MISTÉRIOS NOTURNOS

J.R. WARD
SHERRILYN KENYON
SUSAN SQUIRES | DIANNA LOVE

São Paulo
2012

UNIVERSO DOS LIVROS

Diretor editorial
Luis Matos

Editora-chefe
Marcia Batista

Assistentes editoriais
Bóris Fatigati
Raíça Augusto
Raquel Nakasone

Tradução
Luís Protásio

Preparação
Maurício Tamboni

Revisão
Arlete Zebber
Cíntia Leitão

Arte
Camila Kodaira
Karine Barbosa

Capa
Zuleika Iamashita

Dados Internacionais de Catalogação na Publicação (CIP)
(Câmara Brasileira do Livro, SP, Brasil)

M678m Mistérios Noturnos

Mistérios Noturnos / Sherrilyn Kenyon ... [et. al.] ; [tradução de Luís Protásio]. – São Paulo : Universo dos Livros, 2012.
416 p.

Tradução de: Dead after dark

ISBN 978-85-7930-329-6

1. Vampiros. 2. Fantasia. 3.Contos.
I. Kenyon , Sherrilyn. II. Ward, J. R. III. Squires, Susan. IV.Love, Diana. V. Título.

CDD 813.6 22

Universo dos Livros Editora Ltda.
Rua do Bosque, 1589 • 6º andar • Bloco 2 • Conj. 603/606
Barra Funda • CEP 01136-001 • São Paulo • SP
Telefone/Fax: (11) 3392-3336
www.universodoslivros.com.br
e-mail: editor@universodoslivros.com.br
Siga-nos no Twitter: @univdoslivros

SUMÁRIO

HISTÓRIA FAMILIAR

J. R. WARD

Para toda a minha família,
a de sangue e a eleita,
com todo meu amor.

1

CLAIRE STROUGHTON APANHOU A xícara sem levantar os olhos do rascunho do testamento que redigira e estava agora revisando-o.

– Odeio quando você faz isso.

Claire olhou para sua assistente, que estava do outro lado do escritório.

– Quando faço o quê?

– Essa sua mania de procurar o café pelo calor.

– Minha xícara e eu temos uma relação muito estreita.

Martha empurrou os óculos sobre o nariz.

– Fico feliz com isso. Se não sair agora, vai chegar tarde para seu encontro das cinco.

Claire levantou-se e vestiu o blazer que completava o traje.

– Quanto tempo eu tenho?

– Duas horas e vinte e nove minutos. Dirigir até Caldwell levará no mínimo duas horas, ainda mais com esse trânsito infernal. Seu carro está esperando na porta da frente. A chamada por conferência com Londres está agendada para daqui a dezesseis... quinze minutos. O que quer que eu faça antes do fim de semana prolongado?

– Analisei os documentos da fusão da Technitron e não me sinto nem um pouco impressionada – disse, apresentando uma pilha de papéis grande o suficiente para ser usada como peso de porta. – Mande-os agora por mensageiro para o número 50 da Wall. Quero ter uma reunião com os advogados da parte contrária às sete da manhã. Terça-feira. Diga para virem aqui. Preciso resolver algo mais antes de ir?

– Não, mas poderia me dizer uma coisa: que tipo de sádico marca uma reunião com o advogado às cinco da tarde de uma sexta-feira, véspera do Dia do Trabalho?

– O cliente tem sempre razão. E a questão do sadismo está nos olhos de quem vê – Claire colocou o testamento em uma pasta e recolheu a bolsa Birkin. Enquanto passava o olho pelo amplo escritório, tentou concentrar-se no trabalho que tinha planejado fazer durante o fim de semana. – Do que estou me esquecendo?

– Da pasta.

– Certo, certo – Claire usou o que restava do café na xícara para engolir o medicamento que vinha tomando durante os últimos dez dias. Enquanto jogava a garrafa laranja no cesto de papéis, deu-se conta de que, desde domingo, não espirrava nem tossia. Evidentemente o remédio tinha funcionado.

Malditos aviões. Aquelas coisas eram depósitos alados de germes.

– Acompanhe-me – no caminho para o elevador, Claire deu mais algumas ordens com relação à organização enquanto cumprimentava, durante todo o percurso, alguns dos duzentos e tantos advogados e pessoal administrativo que trabalhavam na Williams, Nance & Stroughton. Martha mantinha-se ao seu lado, mesmo com a carga de papel que levava nos braços. E, afinal de contas, isso era definitivamente o que melhor a descrevia. Independentemente de qualquer coisa, sempre era possível contar com ela.

Chegaram à série de elevadores e Claire pressionou o botão para descer.

– Bem, acredito que isso seja tudo. Tenha um bom fim de semana.

– Você também. Tente descansar um pouco, está bem?

Claire entrou no elevador forrado com painéis de mogno.

- Não posso. Na terça-feira temos a Technitron. Vou passar a maior parte do fim de semana por aqui.

Quatro minutos depois, ela estava em seu Mercedes, avançando lentamente pelo trânsito de Manhattan enquanto tentava sair da cidade. Onze minutos depois, foi colocada em uma ligação com Londres.

A chamada por conferência durou 53 minutos e foi bom que o tráfego era como estar em um estacionamento de tão parado, já que a reunião não foi nada bem. O que era bastante comum. As fusões e as aquisições de companhias bilionárias nunca eram simples; tampouco eram adequadas para os fracos de coração. Seu pai ensinara-lhe isso.

De qualquer forma, foi um alívio desligar e concentrar-se em dirigir. Caldwell, Nova York, ficava a mais ou menos 160 quilômetros do centro, mas Martha tinha razão: o trânsito estava um lixo. Aparentemente todo mundo estava tentando sair da *Big Apple* pelo mesmo caminho que Claire.

Em geral, ela não precisava dirigir para visitar um cliente em sua residência, mas a senhorita Leeds era um caso especial por várias razões. Além do mais, não era fácil para ela ir ao escritório. Quantos anos ela tinha agora? 91?

Jesus Cristo! Talvez fosse mais velha ainda. O pai de Claire fora seu advogado por toda a vida e, depois que morrera, dois anos atrás, Claire herdara a senhorita Leeds junto com a parte dele na empresa familiar. Quando ocupou o lugar do pai na mesa dos sócios, converteu-se na primeira mulher na história da Williams, Nance & Stroughton a sentar-se no conselho. E ela merecia isso, apesar do que dizia o testamento de Walter Stroughton. Era uma advogada fantástica especializada em fusões e aquisições. Poucos, muito poucos a superavam.

A senhorita Leeds era sua única cliente de bens e investimentos, exatamente como ocorrera com seu pai. A idosa tinha uma fortuna beirando os duzentos milhões de dólares graças aos investimentos que sua família fizera em diversas empresas, todas representadas pelo escritório WN&S. Essas participações eram a base das duas mulheres. A senhorita Leeds acreditava em continuar trabalhando com o que era conhecido e sua família cuidava do escritório.

Ou, traduzindo: uma especialista em fusões e aquisições fazendo um trabalho de bens e investimentos para uma aspirante ao asilo de senis.

Acredite ou não, a matemática da interação era demais. O testamento e os bens que ele descrevia eram bastante fáceis de serem administrados uma vez que se estivesse familiarizado com eles e, em comparação com a maioria dos clientes corporativos que Claire tinha, a senhorita Leeds era bem fácil de se tratar. Além disso, a mulher era excelente para os negócios quando o assunto era o seu testamento. Revisava os beneficiários da mesma forma que algumas pessoas, especialmente de sua idade, praticam jardinagem. E não reclamava em pagar os 650 dólares por hora que Claire cobrava. A senhorita Leeds estava constantemente revisando a quantia de seu patrimônio destinada à caridade, cultivando aquela seção, excluindo e remanejando os beneficiários cada vez que mudava de opinião. Claire tinha negociado as últimas duas alterações por telefone, de modo que, quando a senhorita Leeds lhe pediu um encontro pessoal, havia motivos para fazer uma visita rápida.

Se tivesse sorte, seria rápida.

Claire tinha ido apenas uma vez à casa dos Leeds, logo depois da morte de seu pai, para se apresentar. Tinha se saído bem naquele encontro. Evidentemente a senhorita Leeds já tinha visto fotos dela por intermédio de Walter e certamente tinha aprovado sua "elegância".

O que era uma piada. Embora fosse verdade que as roupas fazem o homem e a mulher - e o guarda-roupa de Claire estivesse cheio de trajes conservadores com saias abaixo do joelho -, aquilo era simplesmente superficial. Ela tinha a cabeça do pai para os negócios. A cabeça e um pouco da agressividade. Podia parecer uma dama do coque aos discretos saltos, mas, em seu interior, era implacável.

A maioria das pessoas captava sua verdadeira natureza uns dois minutos depois de conhecê-la e não só porque ela era ruiva. Mas era bom que a senhorita Leeds estivesse enganada. A idosa era da velha guarda e, portanto, fazia parte de uma geração em que mulheres de respeito não trabalhavam, muito menos como advogadas em Manhattan. Francamente, Claire tinha ficado surpresa com o fato de a senhorita Leeds não ter procurado um dos outros sócios. A questão é que elas se davam bem na maior parte do tempo. Até agora, o único inconveniente na relação tinha ocorrido durante o primeiro encontro cara a cara, quando Leeds havia lhe perguntado se ela era casada.

Claire definitivamente não era casada. Nunca tinha sido e não estava nem um pouco interessada em sê-lo. Não, obrigada. A última coisa que precisava era de um homem opinando sobre o horário avançado em que ela quase sempre deixava o escritório, dizendo-lhe que ela trabalhava demais, ou onde eles deveriam morar, ou perguntando o que teria para jantar nesta ou naquela noite. Eliza Leeds, todavia, era obviamente da opinião de que "você é definida pelo tipo de homem que tem ao lado". Por isso, Claire tinha se preparado antes de lhe explicar que não, não tinha marido.

A senhorita Leeds pareceu assustada, mas logo se recompôs e passou rapidamente à pergunta sobre um noivo. A resposta foi a mesma. Claire não tinha, nem queria um noivo, tampouco tinha um animal de estimação. Fez-se um longo silêncio. Então a mulher sorriu, fez um breve comentário – algo como "Deus, como as coisas mudaram"–, e ali morreu o assunto. Ao menos, por enquanto.

Toda vez que a senhorita Leeds ligava para o escritório, perguntava se Claire tinha encontrado algum homem bom. O que era agradável. Enfim, outra geração. E a mulher aceitava os *nãos* de Claire com elegância... Talvez por que ela mesma nunca tivesse se casado. Evidentemente tinha uma veia romântica não satisfeita ou algo assim.

E, para Claire, francamente, todo aquele assunto sobre relacionamento era enfadonho. Não, ela não odiava os homens. Não, o matrimônio de seus pais não tinha sido infeliz. Não, de fato seu pai tinha sido uma figura masculina bastante frequente. Não, não houve nenhum fim de relação problemático, nenhum problema de autoestima, nenhuma patologia, nenhum histórico de abuso. Ela era inteligente, amava o trabalho e estava agradecida pela vida que tinha. Era só que todo aquele assunto sobre casamento era adequado para outras pessoas. Concluindo? Ela respeitava completamente as mulheres que se tornavam esposas e mães dedicadas, mas não as invejava a ponto de querer assumir um casamento e filhos. E, na manhã de Natal, não sentia nenhum buraco no coração pelo fato de estar sozinha. E não precisava de partidas de futebol, nem de desenhos na geladeira, nem de presentes feitos à mão para se sentir realizada. O Dia dos Namorados e o Dia das Mães eram simplesmente duas datas no calendário.

O que amava era a batalha no tribunal. As negociações. As sofisticadas dobras e voltas da lei. A responsabilidade energizante de representar os interesses de uma corporação de dez bilhões de dólares – fosse comprando ou alienando bens ou demitindo um CEO que tivera oito dígitos de gastos pessoais ilícitos.

Todas essas coisas eram sua força motriz. Com pouco mais de trinta anos, ela estava no topo da carreira e em uma posição muito confortável na vida. O único problema que tinha era com as pessoas que não entendiam uma mulher como ela. Era um caso típico de duplo padrão: homens podem ter uma vida inteira dedicada ao trabalho e serem vistos como bons profissionais, mas as mulheres acabam como tias solteironas e antissociais com problemas de relacionamento. Por que elas simplesmente não podiam ser vistas da mesma forma?

Quando finalmente avistou a extensão da ponte de Caldwell, Claire já estava pronta para levar a cabo a reunião, retornar ao seu apartamento na Park Avenue e começar a se preparar para a reunião da terça-feira com os representantes da Technitron. Quem sabe talvez até tivesse tempo suficiente para voltar ao escritório...

A propriedade dos Leeds consistia em quatro hectares de terra, quatro edifícios anexos e um muro que só poderia ser escalado por pessoal treinado, com o físico forte de treinador de rapel. A mansão era uma enorme pilha de rocha localizada em uma elevação, um magnífico empreendimento de novo rico erguido durante o período do Renascimento Gótico da década de 1890. Para Claire, a propriedade parecia com algo pelo qual Vincent Price[1] teria pagado bastante dinheiro para possuir.

Dirigiu pela entrada circular para carros, estacionou em frente à entrada digna de uma catedral e colocou o celular no modo vibrar. Pegou a bolsa Birkin e aproximou-se da casa, pensando que talvez devesse levar uma cruz em uma mão e uma adaga na outra. Céus! Se tivesse a riqueza dos Leeds, viveria em algum lugar um pouquinho menos funesto. Um mausoléu, por exemplo.

Um lado da porta dupla abriu-se antes que ela chegasse ao batedor em forma de cabeça de leão. O mordomo da família, que teria uns 108 anos, fez uma reverência.

- Boa tarde, senhorita Stroughton. Posso lhe perguntar se a senhorita deixou as chaves no automóvel?

Chamava-se Fletcher? Sim, era isso mesmo. E a senhorita Leeds gostava que o chamassem pelo nome.

- Não, Fletcher.

- Poderia entregá-las para mim, por favor? Para o caso de precisar manobrá-lo - quando ela franziu a testa, ele disse em voz baixa: - Receio que a senhorita Leeds não esteja muito bem. Se uma ambulância precisar ser chamada...

- Sinto muito por ouvir isso. Ela está doente ou... - Claire deixou que a pergunta desvanecesse enquanto lhe entregava as chaves.

---

1 Vincent Price, famoso ator norte-americano conhecido por atuar em filmes de suspense e terror, o que lhe rendeu a alcunha de Mestre do Macabro. (N. T.)

– Está muito fraca. Por favor, acompanhe-me.

Fletcher caminhava com o tipo de dignidade vagarosa e cadenciada que se esperaria de um homem vestido com o uniforme de mordomo britânico. E ele combinava muito bem com a decoração. A casa estava mobiliada ao estilo das tradicionais famílias ricas; as paredes lotadas com quadros e mais quadros de obras de arte colecionadas ao longo de gerações. A miscelânea incalculável de pinturas e esculturas de diferentes períodos, todas dignas de museus famosos, aglomerava-se em cômodos enormes. Certamente seria um trabalho hercúleo fazer a manutenção daquilo tudo. Tirar o pó daquelas coisas seria como cortar oito hectares de grama com um cortador manual... Nem bem terminava, teria que começar tudo outra vez.

Ela e Fletcher subiram as imponentes escadas curvadas em direção ao segundo piso e caminharam pelo corredor. De ambos os lados, pendurados nas paredes forradas com seda vermelha, havia retratos de vários Leeds; seus pálidos rostos brilhavam sobre fundos escuros e seus olhos bidimensionais perseguiam os visitantes. O ar cheirava a lustra-móvel de limão e madeira antiga.

Quando chegaram ao final do corredor, Fletcher bateu em uma porta esculpida. Ao ouvir uma débil saudação, ele abriu-a amplamente.

A senhorita Leeds estava escorada em uma cama do tamanho de um carro e parecia tão pequena quanto uma garotinha, tão frágil quanto uma folha de papel. Havia renda branca por toda parte, brotando do dossel e dependurando-se até o piso ao redor do colchão, cobrindo as janelas. Era uma completa cena glacial com pingentes de gelo e bancos de neve, salvo pelo fato de que não fazia frio.

– Obrigado por vir, Claire – a voz da senhorita Leeds era frágil a ponto de parecer um sussurro. – Desculpe-me por não poder recebê-la apropriadamente.

– Assim está perfeitamente bem – Claire aproximou-se nas pontas dos pés, temendo fazer algum ruído ou movimento brusco. – Como a senhorita se sente?

– Melhor do que ontem. Talvez tenha pegado uma gripe.

– Ela anda por todos os lados, mas me alegro por estar melhorando – Claire pensou que não seria apropriado mencionar o fato de que ela mesma tivera de tomar antibióticos para se curar de algo parecido. – De toda forma, serei breve, assim, pode continuar o descanso.

– Mas você deve pelo menos ficar e tomar o chá. Sim?

Fletcher interveio.

– Trago o chá?

– Por favor, Claire, acompanhe-me no chá.

Inferno. Ela queria voltar para o escritório.

O cliente sempre tem razão. O cliente sempre tem razão. O cliente sempre tem razão.

– Mas é claro, querida.

– Ótimo. Fletcher, traga o chá e sirva-o quando terminarmos com os documentos – a senhorita Leeds sorriu e fechou os olhos. – Claire, sente-se junto a mim. Fletcher lhe trará uma cadeira.

Fletcher não tinha aspecto de poder carregar sequer um banquinho, muito menos uma cadeira.

– Tudo bem – disse Claire. – Eu mesma pego uma...

Sem nem mesmo tomar fôlego, o mordomo levantou facilmente uma antiga poltrona, que aparentava pesar tanto quanto um carro.

Uau! Evidentemente ele era um mordomo biônico.

– Ah... obrigada.

– Madame ficará bem acomodada aqui.

Sim, e talvez a *madame* dirija esse trambolho até sua casa se seu carro não der partida.

Quando Fletcher se foi, Claire depositou o traseiro na enorme poltrona e olhou para a cliente. Os olhos da anciã continuavam fechados.

– Senhorita Leeds... Está certa de que não quer que eu deixe o testamento com a senhorita? Pode revisá-lo quando se sentir melhor e posso voltar para pegar sua assinatura.

Houve um longo silêncio durante o qual Claire se perguntou se a mulher teria adormecido. Ou... Deus não permita que...

– Senhorita Leeds?

Os lábios pálidos apenas se moveram.

– Já tem um cavalheiro que a visite?

– Perdão... Hum, não.

– Você é tão adorável, sabia? – a senhorita Leeds abriu os olhos aquosos e virou a cabeça no travesseiro. – Eu gostaria que conhecesse meu filho.

– Desculpe? – aquela mulher tinha um *filho*?

– Vejo que a surpreendi – o sorriso que estirava a pele magra era triste. – Sim. Sou... mãe. Tudo aconteceu há muito tempo e em segredo... tanto o fato como o parto. Mantivemos tudo em segredo. Meu pai insistiu e teve razão ao fazê-lo. Esse foi o motivo pelo qual nunca me casei. Como podia?

Caramba. Naquele tempo, seja lá quando fora "aquele tempo", as mulheres não tinham filhos fora do casamento. O escândalo teria sido tremendo para uma família tão proeminente como os Leeds. E... bem, essa devia ser a razão pela qual a senhorita Leeds nunca tinha feito menção alguma ao filho no testamento. Deixava o grosso de seu patrimônio a Fletcher porque os velhos hábitos eram difíceis de esquecer.

– Meu filho gostará de você.

Bem, isso era absolutamente impossível. Se aquela mulher tinha tido um filho em torno de seus vinte anos, a essa altura o cara teria em torno de seus setenta anos. Mas, mais do que isso, por mais que o cliente sempre tivesse razão, de nenhuma maldita maneira Claire iria se prostituir para manter uma conta.

– Senhorita Leeds, não acredito que...

– Você vai conhecê-lo. E você gostará.

Claire adotou seu tom de voz mais diplomático, que era ultratranquilo e ultrarrazoável.

– Estou segura de que se trata de um homem maravilhoso, mas constituiria um conflito de interesses.

– Vocês se conhecerão... e ele gostará de você.

Antes que Claire pudesse tentar outra tática, Fletcher retornou empurrando um grande carrinho com prata suficiente para qualificá-lo como uma vitrine da Tiffany's.

– Devo servir-lhes agora, senhorita Leeds?

– Depois dos documentos, por favor – a senhorita Leeds estendeu uma mão venosa, com as unhas perfeitamente lixadas e pintadas de rosa. Talvez Fletcher também tivesse algum título de um instituto de beleza. – Claire, faria o favor de lê-los, por gentileza?

As modificações não eram complicadas, tampouco foi a aceitação da senhorita Leeds... o que fez com que Claire sentisse que tinha viajado até ali em vão. Enquanto a frágil mão enroscava-se ao redor da Montblanc de Claire e traçava, com letras acanhadas e tremidas, algo que parecia ser "Eliza Merchant Castile Leeds" na última linha, Claire tentou não pensar nas quatro horas de trabalho perdidas nem no fato de que não suportava mimar as pessoas.

Autenticou a assinatura, Fletcher assinou como testemunha, e logo os documentos voltaram para a pasta.

A senhorita Leeds tossiu um pouco.

– Obrigada por vir até aqui. Sei que é um incômodo e aprecio muito o fato de ter feito isso.

Claire olhou a mulher que jazia no oceano de macias rendas brancas.

Este é um leito de morte, pensou. E o Ceifeiro está perto. Claire tamborilava impacientemente com o pé e verificava o relógio a cada minuto.

Era difícil não se sentir uma canalha. Caramba. Ela era uma maldita profissional qualificada preocupando-se com a perda de um par de horas de trabalho quando parecia que à senhorita Leeds restavam tão poucas de vida...

- Foi um prazer.

- Agora, o chá - disse a senhorita Leeds.

Fletcher empurrou o carrinho de metal, aproximando-o da poltrona, e serviu algo que cheirava como Earl Grey em uma taça de porcelana.

- Açúcar, madame? - perguntou.

- Sim, obrigada – Claire odiava chá, mas o acréscimo de açúcar faria com que conseguisse bebê-lo. Quando Fletcher o entregou, notou que havia apenas uma xícara. - Não vai tomar nada, senhorita Leeds?

- Nada para mim, receio. Ordens médicas.

Claire tomou um gole.

- Que tipo de Earl Grey é este? Parece diferente dos que provei antes.

- Gosta?

- De fato, sim.

Quando Claire terminou o chá, a senhorita Leeds fechou os olhos com uma expressão que estranhamente parecia de alívio e Fletcher levou a xícara vazia.

- Bem, acredito que devo partir agora, senhorita Leeds.

- Meu filho vai gostar de você – sussurrou a anciã. – Ele está à sua espera.

Claire piscou os olhos e apelou à sua diplomacia.

- Receio que eu precise retornar à cidade. Talvez possa conhecê-lo em outra ocasião?

- Ele precisa conhecê-la agora.

Claire voltou a piscar e em sua mente escutou o refrão de seu pai: *O cliente sempre tem razão.*

- Se for tão importante para a senhorita, eu poderia... - Claire engoliu com força. - Eu, ah... eu poderia...

A senhorita Leeds sorriu levemente.

- Não será tão ruim para você. Ele é como o pai. Uma besta adorável.

Claire esfregou os olhos. Havia agora duas senhoritas Leeds na cama. Na realidade, havia duas camas. Então, isso fazia com que houvesse quatro senhoritas Leeds? Ou oito?

A senhorita olhou Claire com encantadora lucidez e inquietante indiferença.

- Não deve ter medo. Pode ser bastante agradável se mantiver o bom humor. Eu não tentaria fugir, entretanto. Ele a apanhará de qualquer forma.

- O quê...? - Claire sentia a boca seca e esponjosa e, quando escutou um ruído à sua esquerda, foi como se o som viesse de uma imensa distância.

Fletcher estava tirando a bandeja de prata de cima do carrinho de metal e depositando-a sobre uma escrivaninha. Quando voltou ao carrinho, desdobrou o que se mostrou ser um painel secreto que havia na parte inferior e a coisa se converteu em uma espécie de maca.

Claire sentiu seus ossos amolecerem e, em seguida, todas as suas juntas ficaram paralisadas. Quando começou a escorregar para um lado da poltrona, Fletcher levantou-a nos braços e levou-a até o carrinho, tão facilmente quanto tinha carregado a pesada poltrona.

Estava sendo colocada de costas quando começou a lhe falhar a visão. Desesperada, tentou conservar a consciência enquanto era levada pelo corredor rumo a um antigo elevador de bronze e vidro. A última coisa que viu antes de perder os sentidos foi o mordomo pressionando o botão "S", de subsolo.

O elevador balançou e desceu, e Claire afundou-se junto a ele, caindo na completa inconsciência.

2

Quando Claire virou-se na cama, sentiu o veludo sob as mãos e o toque suave de algodão egípcio contra o rosto. Enquanto mexia a cabeça de um lado para o outro no suave travesseiro, percebeu o martelar nas têmporas e a leve náusea tomar-lhe conta do estômago.

Que sonho estranho... a senhorita Leeds e aquele mordomo. O chá. O carrinho. O elevador.

Deus! Doía-lhe a cabeça, mas de onde vinha aquele maravilhoso aroma? Odores densos e sombrios... como uma agradável colônia masculina, uma colônia que ela nunca sentira antes. Enquanto inspirava profundamente, seu corpo esquentou-se em resposta e a palma da mão percorreu a superfície do edredom de veludo. Parecia pele...

Espere um momento. Ela não tinha veludo em sua cama.

Abriu os olhos e mirou fixamente uma vela que estava sobre um criado-mudo que não era o seu.

O pânico rugiu em seu peito, mas a letargia dominava seu corpo. Lutou para levantar a cabeça e, quando finalmente conseguiu, sua visão mostrou-se incerta. Não que isso realmente tivesse alguma importância. Claire não conseguia ver nada além da luz que se derramava sobre a cama.

Uma vasta e espessa escuridão rodeava-a.

Ouviu um misterioso som. Metal contra metal. Movia-se ao seu redor. Aproximava-se dela.

Olhou em direção ao ruído, abriu a boca. Um grito formou-se em sua mente, mas não conseguiu se desprender do fundo da garganta.

Havia uma enorme silhueta negra parada ao pé da cama. Um enorme... homem.

O terror fez com que o suor a banhasse e o disparo de adrenalina iluminou-lhe a mente. Claire esticou-se em busca de algo que pudesse usar como arma. A vela, com seu pesado candelabro de prata, era a única coisa. Tentou alcançá-la...

Uma mão segurou-lhe os braços.

Inutilmente, tentou se proteger enrolando os pés no edredom de veludo, contraindo o corpo. Não fez diferença alguma. A mão que a segurava era como que feita de ferro.

Não a machucava, todavia.

Uma voz atravessou a densa escuridão.

– Por favor... não vou te machucar.

As palavras foram ditas com um longo suspiro de tristeza e, durante um momento, Claire parou de lutar. Quanta dor. Quanta solidão. Que bela voz masculina.

Acorde, Claire!

Que diabos ela estava fazendo? Simpatizando com o cara que a estava imobilizando?

Tentou, com os dentes, alcançar o polegar da mão que a prendia, preparando-se para mordê-lo e soltar-se. Depois, usaria o joelho onde mais lhe doesse. Não teve chance. Com um suave impulso, seu corpo foi girado e seus braços foram cuidadosamente presos nas costas. Virou a cabeça para o lado de modo que pudesse respirar e tentar se libertar.

O homem não a machucou. Não a tocou de forma inapropriada. Simplesmente a sustentou frouxamente enquanto ela lutava.

E quando Claire, por fim, ficou exausta, ele soltou-a imediatamente. Ainda ofegante, ela ouviu o som de correntes sendo arrastadas na escuridão à sua esquerda.

Quando seus pulmões pararam de bombear sangue subitamente, ela grunhiu:

– Você não pode me manter aqui.

Silêncio. Não se ouvia uma respiração sequer.

– Você precisa me deixar ir.

Onde diabos ela estava? Caramba... o sonho com Fletcher tinha sido real. Portanto, ela devia estar em algum lugar na propriedade dos Leeds.

– *Devem estar à minha procura.*

Aquilo era mentira. Era um fim de semana prolongado e a maioria dos advogados de seu escritório tinha levado o trabalho para suas casas de veraneio. Se ela não aparecesse no escritório, como tinha planejado fazer, ninguém sentiria sua falta. E, se seus colegas tentassem entrar em contato com ela, encontrariam a secretária eletrônica e provavelmente presumiriam que ela finalmente resolvera curtir um pouco a vida e aproveitara para descansar um pouco no Dia do Trabalho.

– Onde está você? – perguntou. Sua voz ecoou pelo local. Quando não houve resposta, perguntou-se se ele não a teria deixado sozinha.

Estendeu a mão para pegar a vela e usou o brilho fraco para examinar os arredores. A parede que havia atrás da cabeceira de madeira esculpida era feita da mesma pedra cinza clara que recobria a frente da mansão dos Leeds, o que confirmava onde ela estava. A alta cama em que se encontrava era coberta de veludo azul marinho. Ela vestia uma camisola branca e suas próprias roupas íntimas.

E isso foi tudo o que pôde averiguar.

Ao deslizar para a borda do colchão, suas pernas cambalearam e ela sentiu os joelhos cederem, fazendo-a cair. A cera derretida espalhou-se em sua mão, queimando-lhe a pele, e o chão de pedra feriu-lhe o tornozelo. Conteve o fôlego e deu um impulso para cima, agarrando o edredom.

Sua cabeça doía, estava confusa. O estômago parecia estar cheio de tinta látex e tachinhas. E o pânico tornava esses probleminhas ainda piores.

Estendeu a mão e tentou manter a vela o mais afastada possível enquanto arrastava-se para a frente. Quando esbarrou em algo, gritou e deu um salto para trás... até finalmente se dar conta do que era aquela forma vertical irregular.

Livros. Livros com capas de couro.

Levantou a vela novamente e avançou para a esquerda, avaliando o lugar com a palma da mão. Mais livros. Mais e mais livros. Havia livros por toda parte, organizados por autor. Claire estava na seção de Dickens e, a julgar pelas ilustrações douradas das lombadas, os malditos pareciam ser primeiras edições.

Não tinham pó, como se fossem regularmente limpos. Ou lidos.

Alguns incalculáveis metros mais à frente, deparou-se com uma porta. Subindo e baixando a vela, tentou encontrar uma fechadura ou um trinco, mas não havia nenhum sinal na madeira antiga, salvo as dobradiças de ferro negro. No chão, à direita, havia algo do tamanho de uma cesta de pão, mas ela não podia adivinhar do que se tratava.

Endireitou o corpo e golpeou a porta.

– Senhorita Leeds! Fletcher! – continuou gritando por algum tempo e soltou um forte e longo grito, esperando alarmar alguém. Ninguém apareceu.

O medo deu lugar à fúria e à agressividade.

Amedrontada, mas, ao mesmo tempo, de saco cheio, continuou medindo o caminho ao seu redor. Livros. Apenas livros. Do chão até o teto, de uma parede a outra. Livros, livros, livros... malditos livros...

Deteve-se e subitamente sentiu-se aliviada.

– Isto é um sonho. Tudo isto é simplesmente um sonho.

Respirou fundo...

– De certa forma, sim – a profunda e ressonante voz masculina fez com que Claire girasse sobre si mesma e batesse as costas contra as prateleiras.

Não demonstre medo, ela pensou. *Quando enfrentar um inimigo, não demonstre medo.*

– Deixe-me sair desse maldito lugar. Agora mesmo.

– Em três dias.

– Desculpe?

– Tu permanecerás aqui comigo durante três dias. Depois, a Mãe a libertará.

– Mãe...? – aquele era o filho da senhorita Leeds!

Claire sacudiu a cabeça. Partes da conversa que tivera com aquela maldita velha agora passavam por sua mente, mas não adquiriam nenhum sentido.

– Isso é cárcere privado. E é ilegal...

– E depois de três dias, não te lembrarás de nada. Nem de onde esteves, nem do tempo que passastes aqui. Nem de mim. Nada restará de tal experiência.

Deus... aquela voz era hipnótica. Tão triste. Tão suave e tão grave...

As correntes arrastaram-se pelo chão, tornando o som ainda mais alto e forçando Claire a lembrar que devia temê-lo.

– Não se aproxime de mim.

– Sinto muito. Não posso esperar.

Ela correu para trás em busca da porta e golpeou a madeira. Seus movimentos instáveis e frenéticos derrubavam cera por toda parte. Quando a chama da vela se apagou, Claire atirou o candelabro de prata contra a parede. E, quando o escutou cair no chão, ela bateu com os punhos contra os sólidos painéis de madeira.

As correntes aproximaram-se; ele alcançou-a. Apavorada quase ao ponto da loucura, Claire arranhou a porta e suas unhas deixaram profundos sulcos no verniz.

Duas mãos cobriram as dela, fazendo-as parar. Ah, Deus, ele estava sobre ela. Atrás dela.

- Deixe-me sair!

- Não vou te machucar - disse ele mansa e docemente. - Não vou te machucar... - continuou falando, palavra após palavra até ela cair em uma espécie de transe.

Cócegas percorreram o corpo de Claire quando o cheiro dele lhe penetrou as narinas. Aquele homem era a fonte do enigmático e picante aroma, daquela deliciosa fragrância masculina, intensa e sensual. O corpo dela agitou-se, esticou-se, umedeceu-se...

Horrorizada com aquela reação, Claire tentou desvencilhar-se com um repuxão.

- Não toque em mim.

- Acalma-te – a voz dele estava no ouvido dela. - Não beberei muito desta primeira vez. Não precisas te preocupar. Tu sairás daqui com tua virtude intacta. Não posso te possuir.

Ela não devia confiar nele. Devia ficar aterrorizada. Em vez disso, aquelas mãos suaves, aquela voz tranquila e profunda e aquele aroma sensual que ele emanava acalmavam seus maiores temores. E provavelmente isso era o que mais a assustava.

Ele soltou-a e uma de suas mãos foi até seus cabelos. Tirou-lhe os grampos um por um até que os fios caíssem por sobre os ombros.

- Adorável... – ele sussurrou.

Claire sabia que deveria sair correndo. Entretanto, a verdade era que ela já não desejava se separar dele.

- Está escuro. Como pode saber como são meus cabelos?

- Vejo-te perfeitamente.

- Eu não vejo nada.

- É melhor assim.

Será que ele era feio? Será que era deformado? E, se fosse, isso por acaso importaria? Claire sabia que não. Ela aceitaria-o independentemente do aspecto que ele tivesse. Embora, Jesus Cristo... *por quê?*

– Sinto muito por ter de abreviar isso – ele disse bruscamente. – Preciso apenas do suficiente para me acalmar.

Claire ouviu um gemido enquanto seus cabelos eram afastados para um lado. Duas afiadas e ardentes pontas afundaram-se em seu pescoço; a dor lancinante foi uma doce investida. Quando arqueou as costas e ofegou, os braços dele envolveram-na rapidamente, apertando-a contra um enorme corpo masculino.

Ele gemeu e começou a sugar.

Seu sangue... ele estava... bebendo seu sangue. E, Santo Deus! A sensação era maravilhosa.

Claire, pela primeira vez em toda a sua vida, desmaiou.

Quando despertou, estava na cama, entre os lençóis, ainda envolta na camisola. A penetrante escuridão a fez gemer de uma forma como nunca acreditou ser capaz, mas não havia nada que a tranquilizasse, nenhuma realidade em que pudesse se agarrar. Claire sentia que estava se afogando em um denso e profundo oceano enquanto seus pulmões sufocavam com aquilo que ela não conseguia ver.

A ansiedade ativava todos os tipos de conexões em sua mente e ela começou a suar frio. Estava ficando louca, certamente estava...

Uma vela brilhou ao seu lado, iluminando o criado-mudo e uma bandeja de prata com comida. Um minuto depois, outra vela acendeu-se do outro lado da enorme cama. E ainda outra colocada no alto das estantes ao lado da porta. E mais uma no que parecia ser um banheiro. E outra...

Uma a uma, as velas foram aparecendo, acesas por... ninguém. O que deveria tê-la assustado. Mas ela estava muito desesperada para ver ou para se importar com como as luzes se acendiam.

O quarto era muito maior do que Claire havia imaginado e tanto o chão quanto as paredes e o teto eram feitos da mesma pedra cinza. A única mobília além da cama era uma escrivaninha do tamanho de uma mesa de banquete, cuja lisa e lustrosa superfície estava coberta com papéis brancos e com altas pilhas de livros encadernados em couro escuro. Atrás do móvel, havia uma cadeira com aspecto de trono, posicionada de lado, como se alguém que estivera sentado nela tivesse se levantado rapidamente.

Onde estava o homem?

Os olhos de Claire dirigiram-se para o único lugar escuro do cômodo. E ela soube que ele estava lá. Observando-a. Esperando.

Claire lembrou-se da sensação que tivera quando ele pressionara-se contra suas costas e levara a mão ao seu pescoço. Ela não sentira... nada. Bem, quase nada. Havia dois buraquinhos quase imperceptíveis em sua pele. Como se a mordida tivesse ocorrido semanas e semanas atrás.

– O que você fez comigo? – perguntou. Embora, obviamente, já soubesse. E, ah, Deus... as sugestões eram assustadoras.

– Desculpe-me – a bela voz dele soava tensa. – Lamento o que devo tirar de uma inocente. Mas preciso me alimentar ou morrerei, de modo que não tenho outra opção. Não posso deixar meus aposentos.

Claire fechou os olhos por um momento. Ao abri-los, deparou-se com um tabuleiro de xadrez... O tipo de coisa que acontece quando se está a ponto de desmaiar. Santo... Deus.

Um longo tempo se passou antes que ela pudesse pensar coerentemente e o vazio cognitivo fosse preenchido com visões hollywoodianas: o morto-vivo, pálido e malvado... *vampiro*.

Seu corpo estremeceu tão violentamente que seus dentes bateram uns contra os outros. Ela aninhou-se, levantando os joelhos até o peito. Quando começou a se balançar, teve um pensamento delirante de que nunca sentira tanto medo em sua vida.

Aquilo era um pesadelo. Estivesse sonhando ou não, aquilo era um absoluto pesadelo.

– Você me contaminou? – perguntou.

– Estás... Estás me perguntando se te transformei no que sou? Não. De forma alguma. Não.

Alimentada pela necessidade de fugir, saiu correndo da cama e dirigiu-se velozmente em linha reta para a porta. Não chegou muito longe. O quarto começou a girar em círculos ao seu redor e ela tropeçou em seus próprios pés. Levou as mãos à frente e conseguiu evitar a queda agarrando-se aos livros.

Ele também a agarrou. Foi tão rápido que pareceu ter se desmaterializado do lugar onde estava. Com mãos cuidadosas, segurou-a, empregando somente a força estritamente necessária.

- Tu precisas comer.

Ela apoiou-se na estante e notou sem razão aparente que estava diante da coleção completa de George Elliot. Possivelmente esse era o motivo de ele falar como se tivesse saído diretamente da era vitoriana. Estivera lendo livros do século dezenove todo o tempo que permanecera ali, fosse o tanto de tempo que fosse.

- Por favor - implorou a bela voz. – Tu precisas comer...

- Preciso usar o toalete – Claire olhou através do quarto para um entalhe de mármore. – Diga-me que ali dentro há um toalete.

- Sim. Como vês, não tem porta, mas desviarei os olhos.

- Faça isso.

Claire libertou-se dele e caminhou cambaleante, enternecida, enfraquecida e aterrorizada demais para se preocupar com a privacidade. E, além disso, se ele quisesse se aproveitar dela, poderia tê-lo feito várias vezes naquele tempo em que ela estivera desacordada. E, ademais, seu sentido de honra estava gravado no timbre de sua voz. Se ele dizia que não ia olhar, não o faria.

A não ser... Claire, você é uma idiota. Por que diabos ela deveria acreditar em alguém que sequer conhecia? Em alguém que a estava mantendo presa?

Bem, talvez isso fosse parte do motivo que gerava aquela confiança. Evidentemente ele também estava preso ali.

A não ser que estivesse mentindo.

O banheiro era ladrilhado de mármore creme do chão até o teto. Lá havia uma banheira antiga com pés em forma de garras e um lavabo com pedestal. Foi apenas quando abriu a torneira para lavar as mãos que Claire notou que não havia espelho.

Lavou e secou o rosto com uma toalha branca que tirou de uma pilha. Depois, colocou as mãos em concha debaixo do jato d'água e bebeu sedentamente. Seu estômago acalmou-se um pouco e Claire podia apostar que um pouco de comida o acalmaria ainda mais, embora ela não fosse ingerir nada que lhe oferecessem. Fizera isso com a xícara de chá e olhe só onde diabos tinha ido parar.

De volta ao quarto, olhou fixamente o canto escuro.

– Quero ver seu rosto. *Agora.*

Não havia muito risco. Ela já sabia que estava na propriedade dos Leeds e já sabia quem era ele: o filho da senhorita Leeds. Tinha informações suficientes sobre eles para saber que, se fossem matá-la para evitar que os identificasse, já tinham motivos suficientes para fazê-lo, de modo que... enfim...

Instalou-se um longo silêncio. Depois, Claire ouviu as correntes moverem-se e viu o homem entrar no foco da luz.

Ela ofegou, levando as mãos à boca. Ele era tão belo como sua voz, tão belo quanto seu aroma, tão belo quanto um anjo... e não parecia ter mais de trinta anos.

Tinha por volta de 1,98 metro de altura e vestia um roupão de seda vermelha que descia até o chão, amarrado na cintura um cinto bordado. Seus cabelos eram profundamente negros e caíam em grandes ondas até... Santo Deus! Provavelmente até a cintura. E seu rosto... A perfeição de seu rosto era assombrosa, a mandíbula quadrada, os lábios grossos, o nariz alinhado. Era a síntese do esplendor masculino.

Entretanto, Claire não podia ver seus olhos. Ele os mantinha abaixados, voltados para o chão.

– Meu Deus... – ela sussurrou. – Você é surreal.

Ele voltou para as sombras.

– Por favor, coma. Precisarei de ti novamente. Logo.

Claire o imaginou mordendo-a... sugando-lhe o pescoço... bebendo o que ela levava nas veias. E teve de lembrar a si mesma que aquilo era uma violação. E que ela era uma prisioneira, que estava sendo usada por... por... por um monstro.

Baixou os olhos. Parte das correntes que se deslocavam com ele ainda estava à vista. Eram grossas como seus punhos e Claire supôs que estariam fechadas em seu tornozelo.

Definitivamente, ele também era um prisioneiro.

– Por que está preso aqui embaixo?

– Sou um perigo para outras pessoas. Agora, coma. Rogo-te.

– Quem o mantém assim?

Houve apenas silêncio. Em seguida:

– A comida. Tu deves comer.

– Sinto muito. Não vou tocar nisso.

– Não colocaram nada aí.

– Isso foi o que pensei do Earl Grey de sua mãe.

As correntes tintilaram quando ele voltou ao foco da luz.

Sim, estavam presas em seu tornozelo. O esquerdo.

Atravessou o quarto, mantendo-se o mais distante possível dela. Sem olhá-la. Seu andar era leve e gracioso como o de um animal raro e selvagem; seus ombros balançavam-se enquanto suas pernas o levavam graciosamente pelo chão de pedra. O poder que ele emanava era... era simplesmente aterrador. E erótico. E triste.

Ele era como um animal magnífico em um zoológico.

Sentou-se onde ela estivera recostada anteriormente e estendeu a mão na direção da bandeja de prata em que estava a comida. Levantou a tampa e colocou-a de lado sobre a mesa, de modo que Claire pudesse sentir o maravilhoso aroma de cordeiro ao molho de limão. O homem então desenrolou um guardanapo de linho, pegou um pesado garfo de prata e provou do cordeiro, do arroz e do feijão. Depois, limpou a boca com a borda do guardanapo de tecido damasco, limpou o garfo e recolocou a tampa de volta em seu lugar.

Apoiou as mãos nos joelhos, mantendo a cabeça baixa. Seus cabelos eram magníficos, muito espessos e brilhantes, derramando-se sobre seus ombros. As pontas frisadas acariciavam o edredom de veludo e as coxas. Na verdade, os cachos eram de duas cores: um vermelho vinho e um negro muito intenso, quase azul.

Claire nunca tinha visto aquela combinação de cores. Ao menos não saindo naturalmente da cabeça de alguém. E ela estava completamente segura de que a maldita mãe daquele homem não lhe enviava uma cabeleireira todos os meses para retocar as raízes.

– Esperaremos – ele disse. – E poderás ver que não envenenaram a comida.

Ela olhou-o fixamente. Embora fosse enorme, ele era tão calmo, reservado e humilde que Claire não tinha medo dele. É obvio que a parte lógica de seu cérebro lhe recordava a cada instante de que ela deveria estar apavorada. Mas logo Claire pensava na forma como ele a tinha dominado sem machucá-la na primeira vez que ela despertara. E no fato de que ele parecia ter medo dela.

Mantendo o olhar nas correntes, Claire disse a si mesma que deveria dar razão aos tumultuados pensamentos em seu cérebro. Aquela coisa estava ali por alguma motivo.

– Qual é o seu nome? – ela perguntou.

As sobrancelhas dele baixaram.

Deus! A luz que se derramava sobre aquele rosto o fazia parecer definitivamente etéreo. E, ainda assim, a estrutura de seus ossos era máscula, viril e inflexível.

– Responda-me.

– Não tenho um – ele disse.

– O que quer dizer com não tem um nome? Como as pessoas o chamam?

– Fletcher não me chama de nenhuma forma. Mãe costumava chamar-me de *Filho*. Portanto, suponho que esse seja meu nome. Filho.

– Filho.

Ele esfregou as coxas com a palma das mãos, de cima para baixo, e a seda vermelha de seu roupão flutuou debaixo daquele toque.

- Há quanto tempo está aqui embaixo?

- Em que ano estamos?

Quando ela lhe respondeu, ele disse:

– 56 anos.

Por um instante Claire perdeu o ar.

– Você tem 56 anos?

- Não. Trouxeram-me para cá quando eu tinha doze anos.

- Santo Deus... - certo, evidentemente eles tinham diferentes expectativas de vida. - Por que o puseram nesta cela?

- Minha natureza começou a se impor. Mãe disse que desta forma seria mais seguro para todos.

– Esteve aqui embaixo todo este tempo? – ele devia estar enlouquecendo, ela pensou. Não conseguia se imaginar sozinha durante décadas. Não era de se estranhar que ele não quisesse olhá-la nos olhos. Não estava acostumado a interagir com ninguém. - Aqui embaixo, sozinho?

- Tenho meus livros. E minhas ilustrações. Não estou sozinho. Além disso, aqui estou a salvo do sol.

A voz de Claire tornou-se áspera quando ela se lembrou da agradável e pequena senhorita Leeds drogando-a e atirando-a ali embaixo, na cela com ele.

- De quanto em quanto tempo eles lhe trazem mulheres?

- Uma vez ao ano.

- O quê? Como uma espécie de presente de aniversário?

- É o tempo máximo que posso resistir antes que minha fome se torne demasiado intensa. Se esperar mais, torno-me... difícil de lidar - a voz dele era impossivelmente baixa. Envergonhada.

Claire podia sentir que estava se zangando ferozmente, a cólera crescendo e subindo-lhe pela garganta. Inferno! Quando a senhorita Leeds tinha falado de seu filho no quarto, não estava se fazendo de casamenteira com um bom coração. A maldita velha estava vendo Claire como comida. E estava vendo seu próprio filho como um animal.

– Quando foi a última vez em que viu sua mãe?

– No dia em que ela me deixou aqui embaixo.

Deus, ter doze anos e ser trancafiado e abandonado...

– Comerás agora? – ele perguntou. – Como vês, nada me aconteceu.

O estômago dela rugiu.

– Quanto tempo faz que estou aqui?

– O tempo do jantar. Não muito. Haverá dois cafés da manhã, um almoço, mais um jantar e depois estarás livre.

Ela olhou ao redor e viu que não havia relógios. Então fora assim que ele se acostumara? Saber a hora pelas refeições. Jesus... Cristo.

– Quer me mostrar seus olhos? – ela perguntou, dando um passo em direção a ele. – Por favor.

Ele ficou de pé, uma força proeminente e masculina envolta em seda vermelha.

– Vou deixar-te para que comas.

Ele passou ao lado de Claire, mantendo a cabeça virada em direção oposta, a corrente arrastando-se pelo chão. Quando chegou à escrivaninha, girou a cadeira de forma que ficasse de costas para ela e sentou-se. Pegou um lápis de cor e apoiou a mão sobre uma parte do papel branco e grosso. Um momento depois, o grafite começou a acariciar a página. O som que fazia era tão suave quanto a respiração de um menino.

Claire olhou-o fixamente e tomou uma decisão. Depois, olhou para trás e viu a comida. Tinha de comer. Se o que ela queria era tirar ambos dali, precisaria de toda a sua força.

3

Claire terminou de se alimentar com tudo o que havia na bandeja e, enquanto comia, o silêncio do aposento era estranhamente natural, consideradas as circunstâncias.

Depois de deixar o guardanapo, levantou as pernas, colocando-as sobre a cama e recostando-se nos travesseiros, cansada, embora não narcotizada. Enquanto olhava a bandeja, teve o absurdo pensamento de que não se lembrava da última vez em que se permitira terminar uma refeição. Estava sempre de dieta, de modo que também estava sempre com um pouco de fome. De qualquer forma, isso a ajudava a manter o nível de agressividade, deixava-a mais perspicaz e aumentava a concentração.

Agora, todavia, sentia-se um pouco confusa. E... estava bocejando?

- Não vou me lembrar disso? - perguntou.

O homem negou com a cabeça de cabelos ondulados que quase roçavam o chão. A combinação do ruivo com o negro era estupenda.

- Por que não? – questionou Claire

- Apagarei tuas lembranças antes que te vás.

- Como?

Ele encolheu os ombros.

– Não sei. Eu apenas... apenas as encontro no meio de teus pensamentos e as enterro para sempre.

Claire puxou o edredom de veludo e cobriu as pernas. Tinha a sensação de que, se o pressionasse em busca de mais detalhes, ele não teria mais o que oferecer. Era como se ele não compreendesse muito bem a si mesmo ou sua própria natureza. Interessante. A senhorita Leeds era humana, pelo menos até onde Claire sabia. Portanto, evidentemente o pai dele teria sido...

Caramba, ela estava realmente levando aquilo a sério?

Claire levou a mão ao pescoço e sentiu a marca, quase já desaparecida, da mordida. Sim... sim, ela *estava* levando aquilo a sério. E, embora seu cérebro se debelasse ante a ideia de que, de fato, os vampiros existiam, ela tinha uma prova irrefutável disso não é mesmo?

Pensou em Fletcher, que também era um tanto quanto... *diferente*, certo? Claire não sabia o que ele era, mas sua estranha força unida à sua óbvia idade... hum, algo não cheirava nada, nada bem.

O silêncio estendeu-se, os minutos fluíram passeando pelo quarto, escorrendo-se rumo ao invisível infinito. Uma hora tinha se passado? Meia hora? Três horas?

Por mais estranho que parecesse, Claire adorava o som dos suaves traços que o lápis desenhava no papel.

– No que está trabalhando? – perguntou-lhe.

Ele parou.

– Por que querias ver meus olhos?

– Por que não? Eles completariam a imagem que tenho de você.

Ele soltou o lápis. Quando levantou a mão para afastar os cabelos do rosto e colocá-los para trás do ombro, estava tremendo.

– Preciso... ir até ti. Agora.

As velas começaram a se apagar uma a uma.

O medo fez o coração de Claire palpitar como se o próprio diabo a perseguisse. O medo e... Ah, Santo Deus, por favor, não permita que esse arrebatamento seja parcialmente a causa de um sentimento de imaturidade!

– Espere! – ela o interrompeu. – Como sabe que não... que não beberá muito?

– Posso sentir a pressão sanguínea e sou muito cuidadoso. Não suportaria ferir-te de forma alguma.

Ele parou diante da escrivaninha. Mais velas apagaram-se.

– Por favor, não nos deixe completamente no escuro – disse ela quando apenas a vela sobre o criado-mudo continuava acesa. – Não lido muito bem com isso.

– É melhor assim...

– Não! Deus, não... não é. Você não sabe o que sinto. A escuridão me deixa apavorada.

– Então o faremos sob a luz.

Quando ele começou a se aproximar da cama, o que Claire ouviu primeiro foram as correntes arrastando-se. Em seguida, viu emergir da escuridão a enorme sombra daquela criatura.

– Talvez queiras ficar de pé? – perguntou-lhe. – Assim poderei fazê-lo novamente por trás e tu não terás que me ver. Desta vez, demorarei um pouco mais.

Claire suspirou. Seu corpo estava esquentando; seu sangue ardia nas veias. Desejava desentranhar os porquês de sua perigosa falta de senso de preservação, mas que diferença faria? Ela estava onde estava, afinal de contas.

– Acho... acho que quero vê-lo.

Ele duvidou.

– Estás certa de isso? Uma vez que começo, é difícil deter-me na metade...

Santo Deus! Eles soavam como dois vitorianos apreensivos falando sobre sexo.

– Preciso vê-lo.

Ele respirou profundamente, como se estivesse inquietamente refreando-se para superar a ansiedade.

– Talvez poderias te sentar na beirada da cama e assim eu talvez pudesse ajoelhar-me em tua frente.

Claire trocou de posição de modo que suas pernas ficaram penduradas na beirada do colchão. Ele agachou-se um pouco, dobrando os joelhos, mas logo sacudiu a cabeça.

– Não – ele murmurou. – Terei de me sentar ao teu lado – sentou de costas para a vela, para que seu rosto permanecesse na escuridão. – Posso pedir para que te vires para mim?

Ela trocou de posição e levantou os olhos. A luz da chama formava um halo ao redor da cabeça dele e Claire desejou poder ver-lhe o rosto. Desejava ansiosamente olhar para a beleza daquele rosto.

– Michael – sussurrou. – Deviam tê-lo chamado de Michael. Por causa do arcanjo.

Ele levantou a mão e deslizou-a pelos cabelos dela, afastando-os para trás. Depois colocou Claire no colchão enquanto inclinava-se sobre ela.

– Agrada-me esse nome – disse-lhe brandamente.

Primeiro, Claire sentiu os lábios sobre o pescoço, uma suave carícia de pele roçando pele. Em seguida, a boca afastou-se e ela percebeu que aqueles lábios estavam se abrindo, revelando as presas. A mordida foi rápida e decidida e Claire deu um singelo salto, muito mais consciente desta vez. A dor foi mais intensa, mas também o foi a doçura que a seguiu.

Claire gemeu quando o calor percorreu seu corpo e as danças da sucção se espalharam, depois daquela boca macia estabelecer um ritmo. Ela não sabia exatamente quando o tocou. Simplesmente aconteceu. Suas mãos apoiaram-se nos ombros dele. Ponto.

Agora era ele quem vibrava e, quando se afastou, a luz revelou parte de seu rosto. A respiração era forçada, os lábios estavam entreabertos e a ponta das presas levemente à mostra. Estava faminto, mas emocionado.

Ela percorreu-lhe os braços com as mãos. Os músculos eram fortes e bem delineados.

– Não posso parar – disse ele com voz distorcida.

- Eu apenas... apenas desejo tocá-lo.

- Não posso parar.

- Eu sei. E eu desejo tocá-lo.

- Por quê?

- Porque quero senti-lo – ela mesma não conseguia acreditar, mas inclinou a cabeça e expôs a garganta. - Tome o que precisa. E eu farei o mesmo.

Desta vez ele equilibrou-se sobre ela, segurando-lhe a cabeça com uma mão que se apoiava do outro lado da delicada garganta e mordendo-a com força. O corpo dela agitou-se; os seios fizeram contato com a rija parede do peito dele. O cheiro daquele homem era um rugido. Agarrando-se àquele forte bíceps, Claire deixou-se cair para trás, sobre os travesseiros, e ele a seguiu naquela enternecida dança.

Agora o corpo de Michael estava inteiramente em cima do dela, o peso dele a esmagava contra o colchão. Ele estava bloqueando a luz da vela, motivo pelo qual Claire não conseguia ver nada com clareza. Mesmo assim, o brilho que vinha detrás dele evitava a escuridão profunda. De certa forma, ela se sentia bem, embora por um motivo perigoso. A escuridão fazia com que as sensações fossem muito mais vívidas: o úmido contato da boca cálida dele, os puxões que ele dava enquanto engolia o fluido vermelho e a corrente sexual que havia entre eles.

Que Deus a ajudasse, mas ela gostava do que ele estava fazendo.

Claire estendeu a mão e encontrou os cabelos de Michael. Com um grunhido de satisfação, enredou os dedos nos sedosos e espessos fios, agarrando-os em grandes mechas, sentindo sua mão tocar-lhe o couro cabeludo.

Quando ele ficou imóvel, ela aquietou-se e sentiu o tremor que lhe atravessava o corpo. Esperou para ver se ele continuaria. E ele continuou. Quando passou a beber dela novamente, o quarto começou a girar, mas Claire não se importou. Afinal, ela agora podia agarrar-se a ele.

Pelo menos até que se separassem rapidamente e ele a deixasse na cama. Retirando-se para o canto escuro, com apenas as correntes para registrar seus movimentos, Michael praticamente desapareceu.

Claire voltou a si. Quando sentiu a umidade entre seus seios, baixou os olhos. O sangue corria por seu peito e era absorvido pela camisola branca. Praguejou e lutou para cobrir as incisões que ele tinha feito.

Instantaneamente, Michael estava à sua frente, afastando suas mãos.

– Sinto muito, não fechei o ferimento adequadamente. Espera. Não, não lutes contra mim. Devo fechá-lo. Deixa-me fechá-lo para que cesse o sangramento.

Ele segurou os punhos de Claire com uma mão, afastou os cabelos dela para trás e colocou novamente a boca sobre sua garganta. Com a língua, acariciou-lhe a pele. E voltou a acariciá-la outra vez. E outra vez.

Não passou muito tempo antes que Claire se esquecesse da ideia ridícula que lhe ocorrera sobre sangrar até a morte e tal.

Michael soltou as mãos dela e tomou-a no colo. Claire abandonou-se nos braços fortes dele e deixou a cabeça cair para trás enquanto ele a lambia e a acariciava com o nariz.

Então, começou a diminuir o ritmo. Mais devagar, mais devagar, mais devagar. Até que finalmente parou.

– Deves dormir agora – ele sussurrou.

– Não estou cansada – o que, ambos sabiam, era uma mentira.

Quando ele a deitou sobre o travesseiro, Claire sentiu a cortina de seus cabelos cair para frente e tocar-lhe a pele.

Quando ele ia afastar-se, ela agarrou-lhe as mãos.

– Seus olhos. Vai me deixar vê-los. Se nos próximos dias vai continuar fazendo o que acaba de fazer, deve-me pelo menos isso.

Depois de um longo instante, Michael afastou os cabelos e levantou lentamente as pálpebras. Suas pupilas eram de um azul vívido e flamejavam como neon. Cintilavam, a bem da verdade. Contornando-as, uma tênue e maravilhosamente bem desenhada linha negra. Os cílios eram espessos e largos.

O olhar de Michael era hipnótico. De outro mundo. Extraordinário... Assim como todo o resto dele.

Ele baixou a cabeça.

- Dorme. Provavelmente precisarei de ti antes do café da manhã.

- E quanto a você? Você não dorme?

- Sim – ele respondeu. Quando ela olhou para o outro lado da cama, ele murmurou: - Não o farei aqui esta noite. Não te preocupes.

- Onde, então?

- Não te preocupes – disse, antes de desaparecer repentinamente na escuridão.

Abandonada à luz da única vela que permanecera acesa, Claire sentiu-se como se estivesse flutuando na enorme cama, à deriva no que era tanto um deleitável sonho quanto um assombroso pesadelo.

4

CLAIRE DESPERTOU COM O ruído da ducha. Empurrando-se para fora da cama, pôs os pés no chão e decidiu explorar um pouco o ambiente enquanto Michael estava ocupado. Levantou a vela e caminhou na direção da escrivaninha. Ou pelo menos na direção de onde acreditava estar o maldito móvel.

Sua canela foi a primeira a encontrá-lo, esbarrando contra um pé de madeira maciça. Praguejando, Claire inclinou-se e esfregou o que sem dúvida se transformaria em uma enorme mancha roxa. Malditas velas! Avançando com mais cuidado, seguiu em busca da cadeira em que Michael se sentara e baixou a luz quase completamente imprestável para ver no que ele estivera trabalhando.

– Santo Deus... – sussurrou.

Era um retrato dela. Um assombroso, preciso e sensual retrato dela olhando diretamente para fora da página.

Mas ele nunca a tinha visto. Como sabia...

– Por favor, afasta-te disso – disse Michael do banheiro.

– É bonito – ela inclinou-se mais sobre a mesa e observou uma grande quantidade de diferentes desenhos, todos contemporâneos. O que a surpreendeu. – Todos eles são bonitos – completou.

Havia bosques e flores distorcidos. Vistas panorâmicas da casa e dos jardins dos Leeds, todas surreais. Representações dos quartos da mansão, todas elas um pouco livres em seu estilo, mas de igual forma visualmente belas. O fato de ele ser modernista a surpreendeu, dada sua formalidade ao falar e seus modos... *arcaicos*.

Estremecendo, Claire voltou a olhar seu desenho. Era um retrato clássico. De um realismo clássico.

As outras obras de Michael não tinham um estilo, na verdade. As representações eram distorcidas porque ele não via o que estava desenhando há mais de cinquenta anos. Fazia tudo recorrendo unicamente a uma memória que não era renovada há décadas.

Claire levantou seu retrato. Fora executado com amor e cuidado. Uma homenagem a ela.

– Gostaria que não olhasses nada disso – disse novamente, agora ao ouvido dela.

Claire ofegou e virou-se com agilidade. Quando seu coração se acalmou, um pensamento surgiu em sua mente: *Inferno! Como ele cheira bem.*

– Por que não quer que eu os veja?

– São pessoais.

Houve uma pausa enquanto algo lhe ocorrera.

– Você desenhou as outras mulheres?

– Deverias voltar para a cama.

– Desenhou?

– Não.

Aquilo, de qualquer forma, era um alívio. Por razões que Claire não sabia como (ou não queria saber como) precisar.

– Por que não?

– Elas não... não me eram agradáveis aos olhos.

Sem pensar, Claire perguntou:

– Esteve com alguma delas? Teve relações sexuais com elas?

Michael tinha deixado a ducha aberta e o som de água correndo e chocando-se contra o mármore quebrava o silêncio.

– Responda – insistiu Claire

– Não.

- Você disse que não teria relações sexuais comigo. É porque não... é por que não pode se relacionar com humanas?

- É uma questão de honra.

- Então os vampiros... fazem sexo? Quer dizer, eles... vocês... podem fazer, não podem? – certo, por que diabos ela estava levantando esse assunto? Cale essa maldita boca, Claire...

- Posso ficar excitado. E posso... me masturbar.

Claire teve de fechar os olhos quando o imaginou deitado na cama, gloriosamente nu e com os cabelos soltos. Viu uma daquelas mãos largas e magras envolta em seu mastro, acariciando-o para cima e para baixo, arqueando o corpo no colchão e...

Ouviu-o inspirar profundamente e dizer:

- Por que isso te atrai?

Jesus, ele tinha os sentidos aguçados demais. E como poderia ser de outra maneira?

Embora, na realidade, ele não precisasse saber os pormenores do que a excitava.

- Já esteve alguma vez com uma mulher?

A cabeça dele moveu-se de um lado para o outro.

- A maioria delas tinha medo de mim. O que lhes era um direito. Recuavam em minha presença. Especialmente enquanto eu me... quando me alimentava delas.

Claire tentou imaginar como seria ter contato apenas com pessoas que o veem como um monstro. Não era de se espantar que ele fosse tão reprimido e tímido.

- E aquelas que não me achavam... repugnante... – continuou – Com aquelas que se acostumavam com minha presença, que não se negavam... faltava-me vontade. Não as achava atraentes.

- Alguma vez beijou alguém?

- Não. Agora, responda minha pergunta. Por que pensar em mim... aliviando-me, te deixa excitada?

- Porque eu gostaria de... - *assistir*. - Acho que você deve ser lindo fazendo isso. Acho você... lindo.

Ele ofegou.

Quando, durante um longo momento, não se ouviu mais do que o som do chuveiro, Claire disse:

- Desculpe-me tê-lo horrorizado.

- Sou agradável aos teus olhos?

- Sim.

- Sinceramente? - sussurrou.

- Sim.

- Sinto-me abençoado - as correntes arrastaram-se pelo chão quando Michael deu a volta e retornou ao banheiro.

- Michael?

Os elos de metal continuaram se arrastando.

Claire voltou para a cama e sentou-se, segurando a vela com ambas as mãos enquanto ele tomava banho. Quando a água deixou de correr e Michael finalmente saiu do banheiro, ela disse:

- Também gostaria de tomar um banho.

- Fique à vontade - a água voltou a correr, como se ele a fizesse correr apenas com a vontade. – Asseguro-te de que terás privacidade.

Ela entrou no banheiro e deixou a vela sobre o balcão. O ar estava quente e úmido por conta do banho recente; a atmosfera cheirava a sabonete e estava impregnada com os cheiros enternecedores de Michael. Claire tirou a camisola e a roupa íntima e entrou debaixo da ducha. A água caía-lhe sobre o corpo, umedecia-lhe os cabelos e limpava-lhe a pele.

Claire estava chocada com a falta de compaixão que Michael recebera nas últimas cinco décadas. Com a crueldade do fato de suas únicas companheiras terem de ser sequestradas, terem os direitos violados para que ele pudesse sobreviver. Com aquele encarceramento que continuaria a menos que ele fosse libertado. Com o fato de que ele nem mesmo soubesse que era tão lindo.

Claire odiava o fato de ele ter vivido sozinho toda a vida.

Saiu da ducha, secou-se, vestiu novamente a camisola e colocou a calcinha e o sutiã no bolso.

Quando saiu do banheiro, disse:

- Michael, onde você está? – caminhou pelo aposento. - Michael?

- Estou na escrivaninha.

- Poderia acender algumas luzes?

As velas flamejaram instantaneamente.

- Obrigada – ela olhou-o fixamente enquanto ele se mexia para ocultar o que estivera desenhando. - Vou levá-lo comigo – ela falou.

Ele levantou a cabeça e, por um instante, seus olhos resplandeceram. Deus! A forma como eles brilhavam era incrível.

- Perdão?

- Quando Fletcher vier me buscar, vou fazer com que você saia daqui - o mais provável era que ela conseguisse isso golpeando o mordomo com o mesmo candelabro que nesse momento tinha nas mãos. - Vou encarregar-me dele.

- Não! - Michael deu um salto, colocando-se de pé. – Tu não deves fazer nada. Deves partir exatamente como chegaste, sem violência.

- *O inferno que farei isso*. Isso está errado. Tudo isso. É errado para as mulheres e é errado para você e tudo isso é culpa da sua mãe. E de Fletcher.

E ela colocaria as coisas no lugar certo e apropriado. Aquela maldita mulher e seu mordomo valentão deviam ir para trás das grades. E o fato é que Claire pouco se importava que eles fossem dois malditos velhos. Infelizmente, entregá-los à polícia por manter um vampiro preso no porão não era exatamente o que ela gostaria de alegar quando estivesse tentando mandar para a prisão uma das mais proeminentes cidadãs de Caldwell. Afinal, entender algo desse tipo seria um verdadeiro inferno. Portanto, libertá-lo era o melhor a se fazer.

– Não posso permitir que resistas – disse ele.

– Não deseja sair daqui?

– Eles vão machucar-te – a expressão nos olhos de Michael era séria. – Prefiro ficar preso aqui pelo resto de minha vida a permitir que te aconteça alguma coisa.

Claire pensou na força sobrenatural de Fletcher, apesar da idade aparentemente avançada. E no fato de que ele e a senhorita Leeds vinham sequestrando mulheres há cinquenta anos e nunca tinham sido descobertos. Se eles a matassem, então seria um incômodo para eles se justificarem. Mas corpos podem desaparecer... Claro que sua assistente sabia onde ela tinha ido, mas a senhorita Leeds e Fletcher eram, sem dúvida alguma, hipócritas o suficiente para fazer todos de otários. Além disso, tinham as chaves de seu carro e o testamento assinado. Podiam se desfazer do veículo e garantir que Claire tinha chegado, feito o que tinha ido fazer e partido logo em seguida, de modo que, se algo de ruim lhe tivesse ocorrido, isso não teria nada que ver com eles.

Caramba... Claire ficou surpresa de que a tivessem escolhido pelo simples fato de sua personalidade ser tão *enérgica*. Mas, por outro lado, ela se comportava de forma diabolicamente delicada quando estava com a senhorita Leeds. E supôs que era um alvo aceitável, uma mulher solteira viajando sozinha no último fim de semana prolongado do verão.

Era evidente que aqueles velhos malditos tinham um *modus operandi* que funcionara ao longo de cinco décadas. E certamente tentariam se defender. Pela força, de acordo com os temores de Michael.

Claire precisaria de ajuda para tirá-lo dali. Talvez pudesse fazer com que ele... não, provavelmente ele não ofereceria o tipo de ajuda de que ela precisava, dado o maldito trabalho de lavagem mental que lhe tinham imposto. Inferno... ela teria de voltar para buscá-lo e sabia quem traria consigo. Tinha amigos na polícia, amigos que estariam dispostos a deixar o crachá na gaveta e manter a arma na cintura. Amigos que poderiam cuidar de uma complicada cena de crime; que cuidariam de Fletcher enquanto ela cuidava de Michael.

Sim, ela voltaria para buscá-lo.

- Não - disse Michael. - Tu não te lembrarás de nada. Não poderás voltar.

Uma onda de fúria alagou Claire. O fato de ele obviamente poder ler sua mente não a enfurecia tanto quanto a ideia de que ele pudesse evitar que ela o ajudasse... embora fizesse aquilo movido pelo desejo de protegê-la.

- Por mil demônios, eu me lembrarei.

- Apagarei tuas lembranças...

- Não, não apagará – disse, colocando as mãos nos quadris. – Não apagará porque vai jurar, por sua honra, aqui e neste momento, que não vai.

Ela soube que tinha vencido porque pressentia que ele não podia negar-lhe nada. E ela confiava plenamente no fato de que, se ele lhe prometesse não apagar suas lembranças, cumpriria a promessa até o fim.

- Jure - ainda calado, Michael afastou os cabelos molhados do rosto. - Isso precisa acabar. É errado por vários motivos e desta vez sua mãe escolheu mal a garota para trancafiar neste lugar com você. Você vai sair daqui e serei eu quem vai tirá-lo.

O sorriso que Michael lhe dedicou era melancólico, uma levíssima elevação do canto da boca.

- Tu és uma lutadora.

- Sim. Sempre. E algumas vezes valho por um exército completo. Agora, me dê sua palavra.

Ele caminhou pelo quarto com um sentimento de desejo e saudade estampado em sua expressão. Olhava fixamente como se estivesse tentando ver, pelas paredes de pedra, a terra e o céu que lhe haviam sido arrebatados.

- Não sinto o ar fresco há... muito... tempo.

– Deixe-me ajudá-lo. Dê-me sua palavra.

Ele olhou para ela. Tinha olhos bondosos, inteligentes e cálidos. O tipo de olhos que Claire desejaria que um amante tivesse.

Ela tentou voltar para a realidade: ser sua "boa samaritana" não incluía dormir com ele. Embora... que noite não seria! O enorme corpo dele sem dúvida era capaz de...

Basta.

– Michael? Sua palavra. Agora.

Ele baixou a cabeça.

– Prometo.

– O quê? Promete o quê? – a advogada que havia em Claire precisava escutar algo mais *específico*.

– Que deixar-te-ei intacta.

– Não é bom o suficiente. 'Intacta' poderia significar física ou mentalmente. Diga: "Claire, não vou apagar as lembranças de mim ou desta experiência".

– Claire... que nome mais lindo.

– Não fuja do assunto. E olhe nos meus olhos enquanto fala.

Depois de um momento, os olhos de Michael ergueram-se até os dela e ele não piscou nem desviou o olhar.

– Claire, não vou apagar as lembranças de mim ou desta experiência.

– Bom.

Ela foi para a cama e estendeu-se sobre o edredom de veludo. Enquanto arrumava as lapelas do roupão, ele afundou-se em uma cadeira.

– Parece exausto – ela disse. – Por que não vem se deitar aqui? Esta cama é grande o bastante para nós dois.

Ele apoiou os braços sobre as coxas.

– Isso não seria apropriado.

– Por quê?

Todas as velas diminuíram a luz vagarosamente.

– Dorme. Mais tarde irei até ti.

– Michael? Michael?

Repentinamente, uma onda de exaustão a inundou. Enquanto tudo escurecia, ela teve um fugaz pensamento de que ele havia lhe imposto sua vontade.

Claire despertou em meio a uma escuridão total, com a sensação de que ele se erguia sobre ela. Ela estava na cama, como se a tivessem colocado entre os lençóis.

- Michael? - quando ele não respondeu, perguntou-lhe: - É hora de lhe...?

- Ainda não.

Ele não disse nada mais; tampouco se moveu, o que a fez sussurrar:

- O que aconteceu?

- Estavas falando sério?

- Sobre tirá-lo daqui?

- Não. Quando me pediste para que eu... para que eu me deitasse junto a ti?

- Sim.

Ela ouviu quando ele respirou profundamente.

- Então... posso acompanhar-te?

- Sim.

Ela afastou os lençóis, abrindo espaço enquanto o colchão afundava-se sob o enorme peso dele. Todavia, em vez de deitar-se embaixo deles, Michael permaneceu sobre o edredom.

- Não está com frio? - perguntou-lhe. - Cubra-se.

A hesitação não a surpreendeu. O fato de que ele levantasse os lençóis, sim.

- Ficarei com o roupão.

A cama oscilou quando ele se mexeu e o som das correntes causou um calafrio em Claire, fazendo-a se lembrar de que ambos estavam presos. Logo, porém, ela sentiu o cheiro dele e pôde apenas pensar em abraçá-lo. Aproximou-se e tocou-lhe o braço. Quando

Michael moveu-se bruscamente antes de se tranquilizar, Claire deu-se conta de que tinha decidido ficar com ele.

- Tu tiveste muitos amantes? - perguntou ele.

Então ele sabia que ela o desejava. E Claire tinha a sensação de que ele se aproximara porque também sentia o mesmo. De qualquer forma, ela não estava segura para responder àquela pergunta sem fazê-lo se sentir inseguro.

- Tiveste? - insistiu.

- Alguns. Não muitos – ela sempre tinha se interessado mais em ganhar em uma mesa de negociações do que em sexo.

- E tua primeira vez? Como foi? Estavas com medo?

- Não.

- Ah.

- Queria terminar logo. Tinha vinte e três anos... comecei tarde.

- E isso é tarde? – ele murmurou. - Que idade tens agora?

- Trinta e dois.

- Quantos homens tiveste? - agora o tom de voz era uma demanda masculina, uma agitação. E Claire gostava de como aquilo contrastava com sua gentileza essencial.

- Só três.

- E eles te... agradaram?

- Às vezes.

- Quando foi a última vez? - as palavras foram pronunciadas rapidamente e em voz baixa.

Michael estava com ciúmes, o que não deveria tê-la agradado tanto quanto a agradou. Ela queria que ele fosse possessivo e queria isso porque o desejava.

- Há um ano.

Ele exalou como se se sentisse aliviado e, no silêncio que se seguiu, Claire mostrou-se curiosa.

- E quando foi a última vez que você se... aliviou?

Ele limpou a garganta e Claire estava absolutamente segura de que seu belo rosto masculino ruborizou.

– Durante o banho.

– Agora? – perguntou surpreendida.

– Há horas. Ao menos, parece – tossiu um pouco. – Depois de beber de ti. Bem, enquanto eu estava contigo, senti-me... necessitado. Para resistir, tive de deixar-te e é por isso que não fechei a cicatriz adequadamente. Tinha medo de... tocar-te.

– E se eu quisesse que você me tocasse?

– Não terei relações sexuais contigo.

Ela apoiou-se em um cotovelo.

– Acenda uma vela. Preciso ver seu rosto enquanto temos essa conversa.

As velas cintilaram em ambos os lados da cama.

Ele estava deitado de costas, com as pálpebras fechadas e os cabelos vermelhos e negros formando um imenso mar de ondas sobre o travesseiro branco.

– Por que não olha para mim? – perguntou-lhe. – Que inferno, Michael! Olhe para mim.

– Olho-te o tempo todo. Quando as luzes estão apagadas, fico observando-te. Olho-te fixamente.

– Então, abra os olhos agora.

– Não posso.

– Por quê?

– Porque dói.

Claire percorreu o braço dele com a mão. Os músculos retesaram, seus bíceps eram grossos e definidos, seus tríceps, bem delineados.

– Não deveria doer quando olha para uma pessoa – disse.

– É muito perto para mim.

Ela permaneceu em silêncio durante um instante.

– Michael, vou te beijar. Agora – quando ela ouviu a exigência contida em seu próprio tom de voz, acalmou-se um pouco. Não queria forçá-lo. – Isso é, se estiver de acordo. Definitivamente, você pode se negar.

Ela pôde sentir como tremia-lhe o corpo, o sutil estremecimento que era transmitido pelo colchão.

- Quero você. Acho até que vou me afogar de tanto desejo. Mas definitivamente você sabe, não é mesmo? Você sabe que é por isso que me aproximei de você.

- Sim, eu sei.

Ele riu suavemente.

- E esse é o motivo pelo qual preciso tanto de ti. Tu vês tudo o que me acontece e não tens medo de mim. És a única mulher que pensou em me libertar.

Claire aproximou-se e os ardentes olhos azuis dele voltaram-se para seu rosto.

- Levante a cabeça – pediu-lhe. Quando ele atendeu, ela estendeu a mão e libertou-lhe os cabelos da pequena fita de couro. Estendendo-lhes completamente, maravilhou-se com a beleza, o peso e as cores incríveis. Depois, olhou-o fixamente e começou a abaixar a boca em direção à dele.

As pálpebras de Michael abriram-se e ele olhou-a deliciosamente, como um animalzinho assustado.

Claire ficou paralisada.

- Por que está com medo? – perguntou, acariciando-lhe o peito musculoso.

Ele sacudiu a cabeça, impaciente.

– Beije-me.

- Diga por que está com medo.

- E se você não gostar?

- Eu gostarei. Sei que gostarei - para tranquilizá-lo, ela afundou a cabeça e pressionou brandamente os lábios contra os dele. Depois, acariciou-lhe a boca. Deus! Aqueles lábios eram veludo puro. Cálidos. Calor ardente.

Especialmente quando ele gemeu. O som foi totalmente masculino e de uma sensualidade tão absoluta que o corpo de Claire respondeu derretendo-se, úmido e preparado, por entre as pernas.

Para fazer com que ele abrisse a boca, ela o lambeu, perdendo--se na sensação de suavidade contra suavidade, fôlego contra fôlego. Quando ele abriu a boca, ela insinuou-se para dentro, encontrando a firmeza do esmalte de seus dentes para logo afundar-se mais e mais. Acariciou-lhe a língua e sentiu que seu peito elevava-se bruscamente.

Preocupada em ter ido muito longe, muito rápido, afastou-se.

- Quer parar...?

O grunhido pareceu sair de um lugar secreto e ele moveu-se tão rapidamente que ela sequer pôde seguir o movimento.

O quarto girou quando Michael a virou, colocou-a de costas contra a cama e montou nela, um enorme corcel macho que não a assustava em nada. Michael inclinou-se e o peso de seu peito comprimiu os seios dela enquanto suas pernas agarravam-lhe os quadris. Quando aproximou-se de seu rosto, ele estava respirando com força e seus olhos definitivamente estavam flamejantes.

- Preciso de mais – ele exigiu. - Faça novamente. Mais forte. *Agora*.

Claire recuperou-se rapidamente e levantou a cabeça do travesseiro, fundindo as bocas. Ele também se empurrou, forçando-a para baixo, tornando o contato mais profundo. E aprendia rápido. Com uma penetração certeira, sua língua disparou para dentro da delicada boca de Claire, fazendo seu corpo se agitar embaixo dele.

Como ele a envolvia com as pernas, ela não conseguia sentir sua ereção. E desejava senti-la, precisava senti-la.

Afastou a boca com um puxão.

- Coloque-se entre minhas pernas. Estenda-se entre minhas coxas.

Ele levantou-se e olhou para baixo, para seus corpos, depois usou o joelho para separar-lhe as pernas e unir-se ao corpo dela.

- Ah, Deus – ela gemeu enquanto ele ofegava. A ereção de Michael estava quente e rija e Claire podia senti-la através das roupas de seda que ambos usavam. E era enorme.

- Diga-me o que fazer – ele sussurrou, um grunhido. – Diga-me...

Ela levantou os joelhos e inclinou os quadris, embalando-o com seu sexo.

- Esfregue-se em mim. Seus quadris. Movimente-os.

E assim ele fez até que ambos estivessem ofegando e gemendo. Michael enterrou sua cabeça no pescoço dela. A seda era como um condutor, em vez de ser uma barreira. Um maravilhoso obstáculo que realçava as sensações. E possivelmente também por causa das circunstâncias, já que aquilo era uma fantasia, Claire se deixou levar, permitindo-se pelo menos uma vez simplesmente aproveitar as sensações e nada mais. Não pensava em nada além dos contornos do corpo dele contra o seu e na forma em que os movimentos de investida dele eram absorvidos por seu sexo e no incrível aroma que emanava dele e no calor da volúpia.

Quando ele se afastou, ela estava pronta para recebê-lo em seu interior. Especialmente quando disse:

- Quero vê-la.

- Então tire minha roupa.

Quando ele se levantou, roubou-lhe o fôlego. Seus cabelos derramavam-se ao seu redor em gloriosas ondas que capturavam e amplificavam os brilhos das velas. O rosto de Michael era bonito demais para ser real. E, entre seus quadris, uma faminta e orgulhosa envergadura dilatava-se por detrás da seda vermelha.

- É um sonho - disse ela.

As mãos dele tremiam enquanto abriam o laço que tinha ao redor da cintura de Claire e lentamente separava as duas metades. Pegou as lapelas e deslizou-as para trás, revelando o par de seios intumescidos.

Enquanto Michael a olhava, ela notou que ele emitia um som estranho, como o ronronar de um gato.

- Tu és... esplêndida - disse, com os olhos cheios de admiração e assombro. - Posso tocar-te?

Quando Claire assentiu, Michael estendeu uma das mãos e roçou o flanco inferior de um dos seios, imediatamente dirigindo-se para o bico teso e rosado. No instante em que ele tocou-lhe o mamilo, Claire arqueou o corpo e fechou os olhos. Aquele toque era como uma chama, leve e sensual, que a fazia arder por completo.

- Beije-me – ela pediu, alcançando-lhe os ombros para poder puxá-lo para seus seios. Quando ele seguiu na direção da boca dela, Claire deteve-o. – Em meus seios desta vez. Beije-os. Beije-os por todos os lados. Tome-os em sua boca e acaricie os mamilos com a língua.

Michael baixou lentamente sobre o corpo dela, até que seus olhos estivessem na altura de um dos mamilos. A expressão dele era, em parte, uma luxúria animal, como se desejasse devorá-la por completo; ao mesmo tempo, era sedutora e ostentava uma gratidão sofrida.

Acariciou-a com o nariz e logo a cobriu com os lábios. Quando estremeceu e uniu as pernas ao redor da metade inferior de suas costas, sugou brandamente, descobrindo-lhe o corpo, demorando-se em cada toque. Impaciente, precisando de Michael cada vez mais, Claire enredou as mãos nos cabelos dele e pediu-lhe para fazer com mais força.

Ele não precisou de muito mais incentivo.

Sexualmente falando, sua inclinação natural era a de dominar. Claire podia ter começado fazendo o papel da professora, mas a partir dali ele comandaria os movimentos, conduzindo o encontro sexual, levando os dois mais próximos do êxtase. Observou-o sugando-lhe os seios, com olhos famintos e ávidos, cheios de satisfação masculina enquanto ela contorcia-se debaixo dele. E logo voltava a beijá-la e segurava-lhe os quadris com as mãos grandes e forte para poder esfregar ainda mais seu mastro ereto contra ela.

Eles tinham chegado a um lugar em que já não poderiam mais voltar atrás e Claire estava a ponto de dizer isso quando ele se afastou.

A boca dele estava aberta e suas presas mostravam-se pungentes.

E, naquele momento, Claire teve um orgasmo. O primeiro.

Convulsionou-se sob o corpo dele, apertando as coxas ao redor de seus quadris enquanto seu corpo pressionava-se para cima e procurava mais e mais.

Estava vagamente consciente de que a expressão dele se transformou em uma de surpresa. O que fazia bastante sentido, uma vez que ela estava gritando palavras incoerentes e lhe cravando as unhas na pele.

Quando se acalmou um pouco, seus olhos voltaram a ter foco.

- Está tudo bem? – ele perguntou.

- Deus... sim - a voz de Claire estava rouca.

- Tens certeza? O que aconteceu?

- Você me levou ao orgasmo - ele franziu a testa e era como se estivesse imaginando se isso era bom ou não. - Foi fabuloso.

- Podes fazê-lo novamente?

Santo Deus, ela mal podia esperar para repetir aquela experiência.

- Com você? Claro.

O sorriso de Michael foi sincero, nada mais do que um generoso e afetuoso gesto daquela incrível boca.

- Quero que o faças novamente. Tu ficas linda quando isso acontece.

- Então toque entre minhas pernas - sussurrou Claire contra os lábios de Michael. – Toque entre minhas pernas e eu o farei novamente.

Michael saiu de cima dela enquanto beijava-lhe os seios como se odiasse deixá-los. Depois, estendeu a mão e deslizou-a sobre a barriga de Claire, abrindo-lhe a camisola completamente.

Ela teve um lampejo de preocupação. Afinal, não tinha ideia de como ele reagiria diante de seu corpo nu.

Ele inclinou a cabeça enquanto a seda escorregava sobre o corpo de Claire.

- Tu tens pelos... ali.

- E você não?

Ele negou com a cabeça.

- Agrada-me os teus - murmurou, passando os dedos de cima para baixo muito ligeiramente. – São demasiado suaves.

- Há algo que é ainda mais suave.

- Há?

Ela abriu mais as pernas e o guiou para onde desejava que ele fosse. Ao primeiro contato, ela mordeu os lábios e revolveu os quadris...

Michael gemeu.

- Está... molhada.

- Estou pronta para você.

Ele levantou a mão e olhou fixamente para os dedos. Depois esfregou-os um contra outro.

- É como seda - antes que ela pudesse dizer outra palavra sequer, Michael colocou-os na boca. Fechando os olhos, sugou, enternecido, o que havia tocado.

O que a levou ao êxtase novamente.

- Michael...

E foi nesse momento que o café da manhã chegou.

5

Conforme o som da batida de uma porta de metal ricocheteou nas paredes de pedra, um flutuante aroma de bacon invadiu o quarto. Michael pareceu indeciso.

- Mais tarde - disse ela.

- Tu precisas comer.

- Mais tarde.

- Não, agora. Eu... tenho muita fome. De ti. Voltarei quando tiveres terminado - dizendo isso, Michael foi procurar a bandeja que tinha sido deixada na cesta de pão junto à porta. Colocou a comida na cama e logo desapareceu na escuridão.

Quando o som das correntes cessou, Claire envolveu-se na camisola. Era difícil conceber que podia sentir-se frustrada depois do alívio que ele acabara de lhe proporcionar. Mas sentia-se. Queria-o novamente dentro dela.

Santo Deus!

Levantou a tampa, olhou a comida e ficou congelada.

- Isso é o almoço.

O bacon estava dentro da quiche e havia uma taça de vinho acompanhando um bolo de frutas.

- Tu estavas dormindo na hora do café da manhã e eu não queria que comesses comida fria.

Jesus! Só restava um dia e meio. Em circunstâncias normais isso seria motivo de celebração, já que ela sairia dali viva para depois voltar e buscá-lo. Mas o fato de ter de deixá-lo, embora fosse retornar para libertá-lo, deixava-a ansiosa como o inferno.

- Michael, vou tirá-lo daqui - quando não obteve resposta, Claire desceu da cama com a urgência banhada em medo do futuro. - Está me escutando?

Começou a caminhar em direção ao canto escuro.

– Pare – ordenou-lhe.

– Não – ela pegou o candelabro com a vela que oscilava sobre o criado-mudo e ergueu-o em sua frente enquanto avançava em linha reta pelo quarto.

- Não te aproximes mais...

Quando a luz penetrou a escuridão do canto, ela ofegou. Quatro trechos de correntes com algemas em suas extremidades pendiam da parede. Dois deles estavam a aproximadamente um metro e meio de altura e os outros dois rentes ao chão.

- O que é isso? – ela rugiu. – Michael... o que fazem com você aqui embaixo?

- Aqui é onde devo ficar quando limpam meus aposentos. Ou quando trazem e levam meus visitantes. Devo acorrentar-me e, depois que adormeço, Fletcher me liberta.

- Ele *droga* você? – perguntou espantada, embora não duvidasse que o mordomo fosse capaz de tal infâmia. - Alguma vez você já tentou fugir?

- Basta. Agora, coma.

- Pro inferno a maldita comida. Responda-me – o desespero que lhe oprimia o peito imprimia-lhe na voz uma acidez aguda. Ela não podia tolerar a ideia de que Michael sofresse. – Já tentou fugir?

- Isso foi há muito tempo. E uma vez apenas. Nunca mais.

- Por quê?

Ele distanciou-se dela. A corrente presa ao tornozelo agitou-se no chão de pedra.

- Por que, Michael?
- Castigaram-me.
Santo Deus.
- Como?
- Tentaram tirar-me algo. No final, eu me impus, mas alguém saiu ferido. Portanto, nunca mais protestei. Agora, coma. Logo precisarei novamente de ti – ele sentou-se diante de seus desenhos, pegou um lápis e voltou a rabiscar. Por mais tranquilo que Michael fosse, Claire sabia que ele ficaria em silêncio até que ela fizesse o que ele lhe havia pedido.

Ele podia ser tímido e humilde, mas não era ingênuo. Seguramente que não.

A única razão pela qual ela voltou para a cama e começou a comer foi o fato de sua mente estar maquinando planos e aquela ser uma forma de passar o tempo. Enquanto pensava em libertá-lo e preocupava-se com o que lhe tinham feito a maldita velha e seu mordomo infame, Claire olhava para o canto escuro e passeava a vista pelo quarto.

- Por favor, acenda todas as luzes.

Michael o fez imediatamente e o lugar foi inundado pela iluminação.

Claire voltou os olhos para o canto escuro, onde aquelas correntes permaneciam dependuradas na parede. Ela temia que Michael sofresse represálias dos velhos. Realmente temia. Se ela fosse embora e eles descobrissem que planejava voltar...

Não, definitivamente ela não podia deixá-lo ali. Era demasiado perigoso, posto que já tinham tentado machucá-lo uma vez.

Voltou a pensar em seu plano A. Claire levaria-o com ela.

Quando deixou o garfo, sabia o que tinha de fazer. Michael deveria representar um pequeno papel; ela tomaria conta de todo o resto. Mas ia levá-lo com ela. De nenhuma forma se arriscaria a deixá-lo ali.

Estava limpando a boca quando se deu conta de que só havia um prato.

– Isto era para os dois? – perguntou subitamente horrorizada. Afinal, tinha comido uma boa parte da quiche.

– Não. Para ti, apenas – disse, olhando-a por cima do ombro. – Por favor, não pare. Quero que estejas satisfeita.

Quando voltou a comer, Claire teve a impressão de que Michael sentia um prazer descomedido ao vê-la se alimentando, teve até a impressão de vê-lo reluzir de satisfação. E ela sentiu uma estranha e liberadora alegria ao vê-lo alegre daquela forma. Por ser aceita daquela forma. Grande parte do cenário dos encontros que tivera em Manhattan girava em torno de ser inteligente e manter-se em forma. Ser magra e estar na moda enquanto sentava-se diante de um profissional usando terno e gravata (de grife, claro). Conversar sobre o final da peça da Broadway, sobre o que tinha saído no *Times* e sobre quem conhecia ou deixava de conhecer. Eram pessoas tentando superar umas às outras de uma maneira polida e sofisticada. Um tédio, em resumo.

Quando Claire deixou o prato na bandeja, estava satisfeita. Satisfeita e relaxada, apesar da terrível situação. O sono apoderou-se de seu corpo como um menino agarra-se à perna da mãe, querendo abraçá-la.

Fechou os olhos. Pouco tempo depois, todas as velas apagaram, com exceção de uma. Ela sentiu um movimento na cama.

Ouviu a voz de Michael ao pé do ouvido.

– Preciso beber de ti.

Ela ofereceu-lhe o pescoço sem reservas e incitou-lhe para que ele a montasse novamente. Com um gemido, Michael afundou as presas em sua garganta e colocou-se da forma que ela lhe havia ensinado: entre as coxas, com o membro ereto pressionando-lhe o sexo em chamas. Ela agitou-se debaixo dele e abriu a camisola. Michael aceitou o convite, ansioso. Percorreu-lhe a pele com as mãos, desbravando-lhe um caminho para baixo, acariciando-lhe o corpo com a palma cálida, grande e masculina.

Quando deslizou os dedos entre as pernas dela, começou a alimentar-se de sua garganta.

Os orgasmos múltiplos explodiram-lhe no corpo, a combinação da mordida e da pujança sexual era demasiada extrema para ela. Demasiada e gloriosa.

Quando finalmente largou-lhe o pescoço, Michael lambeu-a durante certo tempo. Claire desejava mais e mais. E ele também. Levou a boca aos seios e desavergonhadamente a impeliu mais para baixo, percorrendo-lhe com a língua aguda e máscula a acetinada pele daquele abdômen feminino. Claire estava delirante, em estado de êxtase completo e divino, deixando-se enternecer pelo fogo que o toque de Michael lhe acendia entre as pernas, dentro do peito, no fundo da alma.

Ouviu-o ofegar e soube que ele estava olhando sua vagina.

- É tão delicada – sussurrou. - E resplandece.

- Resplandece por você.

- Onde um homem... iria?

Claire não podia acreditar que ele não soubesse, mas, afinal, como poderia saber? Os livros que Michael lia certamente não descreviam a anatomia sexual feminina.

Ela levou um dos dedos dele para dentro de si. Arqueando o corpo em chamas, fez com que ele a penetrasse.

- Aqui... - a respiração se fez mais forte. - Fundo. Aqui.

Ele gemeu e fechou os olhos como se se sentisse completamente dominado. De uma maneira muito, muito reconfortante.

- Mas é tão pequena... Recebe meu dedo de forma tão apertada e ainda sou muito... *maior* na parte onde está minha virilidade.

- Acredite, caberá – ela moveu-se contra a mão dele, sentindo prazer ao mesmo tempo em que se perguntava quando tinha sido a última vez que sua prostituta interior tinha aflorado daquela forma.

Nunca.

Ele observava o corpo de Claire, o rosto de Claire. Seus olhos estavam em todas as partes e seu assombro e sua fascinação faziam tudo parecer novo também para ela.

- Sinto que quero... – ele limpou a garganta - Temo que tenha uma... perversão.

- Quer o quê?

- Quero beijar-te... aqui - disse, percorrendo-lhe o sexo com o polegar. - Quero tragar-te completamente.

- Faça isso.

Os olhos dele cintilaram.

- Tu me permitirias fazê-lo?

- Ah, sim – disse enquanto abria amplamente os joelhos e balançava os quadris. – E, não, isso não é nenhuma perversão.

Ele acariciou a parte interna das coxas de Claire com as mãos grandes, mantendo-as abertas enquanto afundava a boca para beijar-lhe o sexo. Gemeu contra sua pele diante do primeiro contato dos lábios com o sexo dela e seu enorme corpo estremeceu enquanto a cama, gentil, repercutia o movimento oscilante de modo a fazer a excitação erótica de ambos aumentar. A princípio, ele foi devagar, sendo cuidadoso na aprendizagem, levantando os olhos por cima do monte e passando-os ao largo da barriga e dos seios rijos dela para lhe observar o rosto. Olhava-a para assegurar-se de que estava fazendo direito. Ah, e como ele fazia direito!

- Sim... - ela disse com voz rouca. - Deus, sim, eu adoro.

Ele levantou a cabeça e sorriu; depois, deslizou os braços por baixo das pernas dela e lambeu-a brandamente, devagar no início e, depois, energicamente, tomando o controle até que aquele ronrono se tornasse selvagem e exótico e cortasse a escuridão junto com o movimento rítmico que se adequava à corrente de seu sangue. Não havia fim para o prazer, não havia fim para aquela língua que girava e se cravava, para aqueles complacentes lábios e para aquele ardente fôlego e para aqueles orgasmos que se seguiam e se seguiam, um atrás do outro.

Quando ele finalmente levantou a cabeça, ela estava a ponto de chorar. Esticou-se e atirou-se nos braços dele, pronta para lhe devolver o favor. Mas, quando foi procurar a faixa do roupão, ele lhe segurou as mãos.

- Não.

Claire podia ver a ereção dele. A seda delineava toda aquela espessura.

- Mas eu quero...

- *Não* - a voz de Michael ecoou pelo quarto, afastando o que ambos estavam precisando.

- Não temos que... fazer amor.

Quando ele não disse mais nada, ela murmurou:

- Michael, a esta altura seu membro deve estar latejando.

- Vou me aliviar sozinho.

- Deixe-me fazer isso para você.

- Não! – ele sacudiu a cabeça veementemente. Depois, esfregou o rosto. - Escusa meu humor.

Considerando o quanto ele estava excitado, aquilo era perfeitamente razoável. Aceitável, até.

- Só me ajude a entender o motivo.

- Tu tentarás negociar com o motivo.

- Porque quero estar com você. Quero fazer com que você se sinta bem.

- Isso não pode acontecer.

Ele começou a sair da cama.

- Não faça isso - ela disse bruscamente. - Não me deixe – quando Michael ficou parado, ela levantou-se e abraçou-o. - Juro que irei devagar. Podemos parar quando você quiser.

- Tu não... tu não vais querer o que tenho.

- Não tome decisões por mim. E, se está com vergonha, apague todas as luzes.

Depois de um momento, o quarto mergulhou em uma completa escuridão.

Ela beijou-lhe o ombro e empurrou-o contra os travesseiros. Suas mãos ávidas encontraram o nó da faixa que lhe amarrava o roupão e ela imediatamente o desatou.

Quando Claire colocou as palmas das mãos sobre o peito musculoso dele e começou a acariciar-lhe os mamilos retesados, a respiração de Michael transformou-se em leves, muito embora másculos, grunhidos de prazer. Claire foi abaixando, descendo pelo abdômen bem marcado cujos músculos esticavam-se debaixo da pele completamente sem pelos...

Encontrou a cabeça do membro dele e ambos ofegaram.

Santíssimo... Jesus! Claire não tinha pensado que fosse tão larga. Mas, bem... ele era grande por todos os lados, de modo que... enfim...

Michael estremeceu e rugiu quando ela tomou-lhe o pênis na mão. Deus, era muito grosso, ela sequer conseguia fechar a mão ao seu redor. Entretanto, Claire sabia como tratá-lo. Acariciou-lhe de cima para baixo, fazendo Michael gemer e mover os quadris instintivamente.

- Estou... - proferiu um ruído incoerente. – Estou... tão perto. Já estou tão perto...

Ela o acariciou, deslizando a mão para a base e...

Claire ficou imóvel. E ele deixou de respirar.

Algo estava errado. Uma cicatriz anormal descia para seus...

- Jesus... Michael.

Ele afastou-lhe a mão.

– Não é necessário que termines - disse com voz rouca.

Ela lançou-se em cima dele para evitar que ele fugisse.

- Eles tentaram castrá-lo? - Graças a Deus que não tinham conseguido. - Por quê? Por que poderiam querer...

O corpo dele estremeceu. Desta vez, todavia, o tremor não tinha nada que ver com o fulgor sexual.

- Minha mãe pensou... que ajudaria a me controlar. Mas não pude permitir que o fizessem. Feri o médico. Gravemente. Foi aí que me acorrentaram – ele obrigou-a a sair de cima de seu corpo e ela ouviu o roçar do roupão quando ele voltou a fechá-lo. - Sou perigoso.

Claire tinha a garganta tão tensa que quase não podia falar.

- Michael...

- Mas eu nunca faria mal a ti.

- Eu sei. Não duvido disso.

Um longo silêncio se instalou.

- Não quero que vejas como sou.

- Não ligo para uma cicatriz. Só fico triste com tudo o que você passou. Isso é o que me importa - estendeu a mão nas sombras do quarto. Quando tocou-lhe o ombro, ele assustou-se. - Quero continuar. Quero beijá-lo, como você quis me beijar.

Houve outro longo silêncio.

- Tenho medo - ele sussurrou.

- Santo Deus, por quê?

- Porque desejo que o faças... desejo que faças o que disse. Desejo... a ti.

- Então, deite-se novamente. Nada do que acontecer entre nós jamais será errado. Volta para mim.

Ela encontrou as mãos grandes e masculinas e as segurou até que ele se deixou cair sobre os travesseiros. Depois, abriu a parte de baixo do roupão e segurou novamente o enorme mastro em suas mãos. Estava parcialmente ereto, mas logo voltou a crescer em sua palma, e de forma imediata enrijeceu-se como uma rocha. Quando Claire baixou e colocou a cabeça rígida entre os lábios – e aquilo encheu-lhe completamente a boca –, ele gritou o nome dela e afundou o corpo pesado e rígido no colchão.

Tentou afastá-la.

- Vou terminar em tua...

- Não, não vai. Vai terminar em outro lugar – ela encontrou um ritmo com a mão e, sugando-lhe a cabeça do membro, sentiu-o tremer e suar e...

E quando estava rijo e pronto, Claire o soltou e arrastou-se para cima do peito de Michael.

- Faça amor comigo, Michael. Termine dentro de mim.

Ele gemeu.

– Tu és tão pequenina...

Ela sentou-se com as pernas abertas sobre o quadril dele, preparada já para uni-los, mas hesitou quando Michael ficou completamente quieto. Deus, agora ela sabia como agiam os homens decentes, o desconforto antes de tomar alguém pela primeira vez. Não desejava forçá-lo a nada. Desejava-o com toda a intensidade do mundo, mas só o aceitaria se o sentimento fosse verdadeiramente mútuo.

– Michael? – disse em um tom brando. – Você está bem?

Ele não estava e a quantidade de tempo que levou para dizer que sim deixou isso bastante claro.

– Se pensar que estamos levando isto muito lon...

Repentinamente, ele a abraçou.

– E se eu te machucar?

– Essa é sua única preocupação?

– Sim.

– Não vai. Prometo que não – disse, acariciando-lhe o peito. – Vou ficar bem.

– Então... por favor. *Aceita-me inteiro. Dentro de ti.*

Obrigada, Deus...

– Vamos mudar de posição. Você gostará mais dessa forma – considerando a veia dominante dele, ela sabia que Michael gostaria de ter o controle. – Se estiver em cima, pode conduzir...

Caramba, como ele se movia rapidamente. Em uma fração de segundo, ela já estava deitada de costas. Mas Claire também foi rápida ao colocar a mão entre ambos e posicionar o membro em seu sexo umedecido.

– Empurre com os quadris, Michael.

Ele fez o que ela disse e...

– Ah, *Cristo.*

– Ah… – ele gemeu.

Ela agarrou-se nele e arqueou o corpo. Sentiu o enorme membro penetrar-lhe, desbravando seu interior. Claire apertava as coxas mais e mais enquanto se acostumava com o volume e com a extensão.

– Estás sentindo dor? – ele grunhiu.

– Está ótimo – ela o incentivou a adotar um ritmo de investidas mais pungentes, uma lenta e erótica dança que acompanhava a perfeição de seu corpo. Era a glória, o corpo pesado e maciço de Michael sobre o dela, a pele quente e umedecida de suor, os músculos duros e retesados. - Mais, Michael. Não vai me rasgar. Não vai me machucar.

Ele enterrou-se ainda mais profundamente nela e começou a bombear. Claire subitamente sentiu uma fragrância no ar, uma fragrância que emanava do corpo dele. A essência era seu cheiro natural, só que agora muito, muito mais intensa, com uma base diferente e completamente sexual. Quando ele começou a mover-se desenfreadamente, seus cabelos enredaram os corpos; seus lábios encontraram-se com os dela. Ele enfiou-lhe a língua na boca e Claire teve o pensamento fugaz de que nada em sua vida voltaria a ser como antes, jamais. Havia algo sendo compartilhado entre ambos, um trato feito e aceito... só que ela ainda não sabia o que estava recebendo nem a que deveria renunciar exatamente.

Entretanto, sentia-se bem.

E logo perdeu-se de seu corpo, caindo em uma chuva de estrelas. Como se estivesse a certa distância, ouviu Michael rugir e convulsionar, gozando uma vez, e logo outra e outra mais. E muitas outras vezes mais.

Quando terminaram, ele permaneceu estendido sobre ela, ofegante, enquanto percorria-lhe com a mão os ombros regados de suor.

Claire sorriu, satisfeita. Feliz. Realizada.

- Isso foi...

Ele saiu de cima dela em um salto, as correntes retumbaram rapidamente no chão. Um momento depois, Claire ouviu a água da ducha.

Depois que uma boa dose de estupor desvaneceu, ela envolveu o corpo nos lençóis e curvou-se. Claire evidentemente havia interpretado a maravilha daquele coito de forma equivocada. Ele estava apressadíssimo para lavar o corpo e desfazer-se do toque dela.

Então, ela ouviu os soluços.

Ou, ao menos, o que pareciam soluços.

Sentou-se lentamente, tentando separar o ruído da queda da água e isolar o que seu ouvido tinha percebido. Não estava segura do que estava ouvindo, de modo que vestiu o roupão e saiu da cama, dirigindo-se para o banheiro, usando as estantes de livros como orientação. Quando estava na entrada, vacilou com a mão apoiada no batente.

– Michael? – chamou-o brandamente.

Ele deixou escapar um grito de surpresa e ladrou:

– Volta para a cama.

– O que aconteceu?

– Suplico-te... – a voz dele se desfez.

– Michael, está tudo bem se você não gostou...

– Deixa-me.

O inferno que ela o deixaria! Cambaleou para a frente, estendendo as mãos para a infinita escuridão e avançando rumo ao som da corrente de água. Quando suas palmas tocaram a água, ela deteve-se.

Deus! E se ela lhe tivesse feito algum mal? E se tivesse pressionado um inocente recluso, o levando longe demais, rápido demais?

– Fale comigo, Michael – quando Claire não ouviu mais o som da água correndo, sentiu os olhos encherem-se de lágrimas. – Sinto muito tê-lo forçado a fazer o que fizemos.

– Eu não sabia que seria tão... – ele limpou a garganta. – Estou despedaçado. Destituído de minha própria pele. Nunca mais voltarei a estar completo. Foi tão... belo.

Claire curvou-se. Pelo menos ele não tinha detestado o que fizeram.

– Venha se deitar comigo.

– O que farei quando partires?

– Não ficará aqui por muito tempo, lembra?

– Sim, vou. Devo ficar. E tu deves partir.

O medo correu o corpo de Claire.

– Isso não vai acontecer. Não foi isso que combinamos.

Enquanto a água gotejava, Michael suspirou, frustrado.

– Sede sensata...

– Sou sensata até demais, Michael. Sou advogada. Raciocinar é meu trabalho – ela estendeu a mão para tocá-lo, mas a única coisa que encontrou foi os ladrilhos de mármore. Virando-se no escuro, com as mãos estendidas para a frente, Claire buscou-o, embrenhando-se na escuridão. Tinha a sensação de que ele deliberadamente estava mantendo-se afastado dela. – Quer parar de se esconder?

Ele riu suavemente.

– Tu és tão... autoritária.

– Sou.

O som de uma toalha sendo esfregada contra um corpo a guiou para a esquerda, mas o ruído afastava-se à medida que ela o perseguia.

– Pare com isso.

A voz de Michael veio de trás dela.

– Com os homens com os quais te envolveste também foste assim? Intensa e tenaz? Como foste comigo?

– Você pode se desmaterializar ou algo assim? Como pode se mover tão rápido?

– Conta-me sobre os homens que te amaram. Eles eram tão graves como tu?

Claire pensou em Mick Rhodes, seu amigo de infância que também era sócio no WN&S.

– Ah... um deles era. Os outros, não. E eles não me amavam. Olhe, vamos nos concentrar no agora, o que lhe parece? Onde você está?

– Então, por que tiveste relações íntimas com eles? Se eles não te correspondiam o amor?

– Eu tampouco estava apaixonada por eles. Foi apenas sexo – no silêncio que seguiu, um estranho tipo de frieza percorreu-lhe a coluna vertebral. – Michael? Michael?

- Temo estar sendo eu mesmo insensato.

- Por quê? – perguntou-lhe ela com cautela.

De alguma forma, todavia, Claire soube quando ele saiu do banheiro; era como se seu corpo pressentisse o dele ou algo assim. Ela caminhou para o quarto.

- Michael?

- Comportei-me de maneira infantil, não é mesmo? – o tom de voz dele era calmo e contido. Terrivelmente calmo e contido. - Ter chorado por algo que... por algo que para ti é completamente normal.

- Ah, Deus, Michael, não! - normal? Aquilo não tinha sido nada normal. De forma alguma. – Agora eu também sinto vontade de chorar porque...

- Porque sentes pena de mim, não é mesmo? – disse ele. - Não deverias. Não é um crime não sentir o que sinto...

- Cale-se. Cale-se agora – ela queria apontar o dedo indicador na cara dele, mas não estava precisamente segura da direção em que devia apontar. - Não sou uma pessoa que sente pena das pessoas. E definitivamente não sou uma pessoa que mente. Aqueles outros homens não eram você. Não tinham nada a ver com você, conosco.

Agora eles eram "nós", não eram?, ela pensou.

- Michael, sei que tudo isto é muito difícil para você e provavelmente acrescentar sexo a todo o resto não foi uma boa ideia. Também posso entender por que sair daqui pode causar-lhe medo. Mas você não está mais sozinho. Faremos isso juntos.

Ela não tinha ideia de como aquilo acabaria ou de onde eles iriam parar, mas o compromisso tinha sido feito. Com suas mentes. Com seus corpos. E, pelo inferno! Claire o cumpriria.

Não, não é que ela de repente tivesse se transformado em uma romântica descomedida. Durante toda a vida Claire tinha se furtado ao assunto do matrimônio e tal. E sexo, de acordo com seu ponto de vista, era simplesmente sexo. Agora, todavia, ela pensava de outra forma. Sentia, sem que a razão mediasse, que eles estavam unidos. Não fazia sentido, mas o vínculo estava ali, era praticamente palpável, e a intimidade física tinha sido... bem, uma parte – e grande, diga-se de passagem - dele.

Os braços de Michael envolveram-na por trás.

- Sim, faz sentido. Sinto o mesmo.

Ela segurou-lhe a mão e reclinou-se contra ele.

- Não sei onde acabaremos. Mas vou cuidar de você.

O tom de voz de Michael era baixo e grave quando ele disse:

- E farei o mesmo por ti.

Eles permaneceram assim, unidos na escuridão, abraçando-se. Ela sentia o quente e enorme corpo dele contra as costas e, quando aproximou-se um pouco mais, pôde sentir a ereção majestosa que já se formava. Claire moveu os quadris, esfregando-se contra Michael, provocando-o.

– Quero você – disse-lhe.

O suspiro dele disparou no ouvido dela, causando-lhe frissons de calafrios eróticos.

- Pode estar... pronta outra vez... tão depressa?

- Geralmente é o homem quem precisa se recuperar.

- Ah. Bem, acredito que eu poderia fazer durante toda a noite. Sem parar...

Jesus Cristo!

E era verdade, como ele depois veio a lhe provar.

Fizeram amor tantas vezes que a atividade sexual confundiu-se, formando um único episódio erótico que durou... Santo Deus, horas e mais horas! Durante todo o jantar do segundo dia. Durante toda a noite.

O corpo de Michael era capaz de ter um novo orgasmo a cada dez minutos, aproximadamente, e ele sentia-se inclinado a explorar todos os gozos carnais do sexo. Amou-a de todas as formas possíveis e, à medida que ia se sentindo mais e mais confortável, sua veia dominante surgia com mais força. Não importava como começassem, a coisa toda sempre terminava com ela por baixo, fosse de frente, de costas ou de lado. Ele gostava de mantê-la subjugada sob o peso de seu corpo musculoso e, às vezes, usava as mãos para obrigá-la a deixar-se ser domada por ele como a um animal indômito. Especialmente enquanto ele bebia de sua garganta.

E Claire encantava-se com tudo o que ele fazia. A forma com que ele a dominava com força, a sensação da espessura e do tamanho daquele enorme mastro dentro dela, o beijo ardente daquela boca em sua garganta. Foi assim até que as penetrações dele finalmente tornaram-se dolorosas e ela já não era capaz de aguentá-las. Então, Claire forçou-se a fazê-lo parar. E, Deus, como ela se sentiu frustrada porque não podia seguir recebendo aquele formidável e viril órgão dentro de si! Ela queria mais, precisava de mais daquela doce asfixia sob aquele corpo másculo ao qual ela se subjugava como uma escrava erótica e servil.

Em alguns aspectos, Claire sentia-se um homem no corpo de uma mulher, embora não se desse conta disso até que conhecesse Michael. Sua atitude, sua impulsividade, sua acuidade, todos esses componentes de guerreiro que havia em sua personalidade nunca estiveram de acordo com o corpo que ela possuía. E seus interesses, no mais, nunca tinham sido os mesmos de outras mulheres, nem quando ela era jovem.

Mas, diante do corpo admirável de Michael sobre ela, com seu sexo inserido profundamente dentro dela e seus duros músculos tencionando-se mais e mais, Claire tinha cedido e, ao fazê-lo, tinha finalmente encontrado a si mesma. Ela era forte e frágil, autoritária e submissa; era todos esses *yins* e *yangs*, como todo mundo. O afeto que sentia por ele era transformador e mudava a forma com que ela via todas as coisas. E aquelas mulheres felizes e maternais com papinha de bebê sobre as blusas? E aqueles homens que continuavam com expressão de bobo quando falavam de suas esposas, mesmo depois de cinquenta anos de casamento? E aquelas pessoas que tinham tantos filhos que suas casas mais pareciam zonas sitiadas, mas que não viam a hora de o Natal chegar para poderem ficar um tempo a mais com suas famílias?

Bem, agora Claire os entendia. O caos e o amor desenfreado e, ah, o mundo era um lugar glorioso por causa disso!

Esse pensamento a fez franzir a testa. Como o resto do mundo o trataria? Como ele se alimentaria fora de sua prisão? Onde ficaria durante o dia? O que faria?

A cobertura de Claire, com todas aquelas janelas, não era, certamente, uma opção. Ela precisaria comprar outro lugar. Uma casa. Em Greenwich ou em algum outro lugar no interior. Mandaria construir um quarto no porão onde Michael pudesse ficar sem ser incomodado.

A não ser que... Mas isso também não seria como outra cela? Não estaria ela, à sua maneira, aprisionando-o de certa forma? Porque o que via para quando saíssem era que ele continuaria vivendo escondido, esperando que ela fosse vê-lo. Será que ele não merecia experimentar a vida? Por seus próprios meios? Talvez inclusive com os meios de sua própria espécie?

Como ela poderia encontrá-los?

Michael esticou-se contra seu corpo nu. Quando lhe beijou a clavícula, disse-lhe:

- Eu gostaria que...

- O quê?

- Eu gostaria que te alimentasses como eu. Apreciaria dar-te algo de mim.

- Você me deu...

- Guardarei esta noite como um tesouro para sempre.

Ela franziu a testa.

- Haverá outras.

- Esta foi particularmente especial.

Bem, mas é claro que era. Tinha sido a primeira vez dele, pensou Claire com o rosto aceso.

- Eu também acredito que foi.

E nesse momento chegou a última refeição. O café da manhã. O último.

Michael levantou-se e levou a bandeja até Claire. Quando deixou a prata sobre o criado-mudo, a vela acendeu-se e, sob a suave luminosidade, ela observou-o passar a ponta do dedo pelo cabo desenhado do garfo de prata.

Aproxima-se a hora da despedida, ela pensou. E ele também estava ciente disso.

Claire ficou de pé, tomou-lhe a mão e guiou-o até o banheiro... Depois de abrir a ducha, falou-lhe em sussurros.

- Diga-me como as coisas acontecem. O que acontece quando eles buscam as mulheres?

Michael pareceu confuso, mas logo entendeu o que ela queria saber.

- Depois da refeição, devo dirigir-me para o canto e algemar-me. Eles comprovam por um buraco na parede. A mulher permanece na cama, como no momento da chegada. Entra o carrinho, colocam-na sobre ele, e ela se vai. Mais tarde, drogam-me. Minhas correntes são soltas. E tudo termina.

- Como as mulheres ficam?

- Perdão?

- Elas estão desacordadas? Inconscientes? Como elas estão?

- Estão quietas. Têm os olhos abertos, mas não parecem dar-se conta do que acontece ao seu redor.

- Então, esta comida está drogada. Essa comida está drogada. - o que não lhe importava. Ela podia fingir estar fora de si sem problemas. - Como você sabe quando eles vêm?

- Eles vêm quando devolvo a bandeja e coloco as algemas.

Ela respirou profundamente.

– Então, o que faremos é o seguinte: quero que se algeme, mas deixe uma das algemas do pulso solta...

– Não posso fazer isso. Há sensores. Não estou seguro de como se faz, compreende? No ano passado, uma algema ficou frouxa por causa de uma parte da manga de minhas vestes que ficou presa. Ele soube e disse-me que a arrumasse antes de entrar.

Maldição! Então, ela teria de fazer tudo sozinha. Sua vantagem era que Fletcher teria de se aproximar para colocá-la no carrinho.

Claire esperou um pouco mais antes de fechar a ducha. Depois de se secar com a toalha no escuro, conduziu Michael de volta ao quarto.

Agarrou o garfo de prata da bandeja e colocou-o no bolso do roupão... Depois, pensou melhor. Se ela fosse Fletcher, contaria as peças do faqueiro para se assegurar de que nenhuma peça seria usada como arma.

Lançou um olhar para a mesa de desenho. Bingo.

Levantou a bandeja e levou-a ao banheiro, onde atirou a maior parte da comida no vaso sanitário e deu descarga. Depois, foi para onde estava Michael. Quando passou junto à mesa dele, agarrou um dos lápis mais afiados e colocou-o no bolso do roupão.

Deteve-se diante dele e entregou-lhe a bandeja.

– Chegou a hora.

Os olhos dele levantaram-se e cruzaram-se com os dela. Estavam brilhantes por nenhuma outra razão que não a extraordinária cor. Lágrimas agarravam-se aos grossos cílios.

Ela deixou a bandeja sobre o criado-mudo e passou os braços em volta de Michael. De alguma forma, todavia, ele a abraçou de volta.

– Tudo vai ficar bem. Vou cuidar de você.

Ao baixar os olhos para encará-la, ele sussurrou:

– Amo-te.

– Ah, Deus... também amo você...

– E sentirei saudades por toda a eternidade.

Quando ela entrou em pânico e começou a lutar para se libertar, uma das lágrimas dele correu pela bochecha dela. E logo Michael passou a mão pelo rosto de Claire e tudo mergulhou em um frio e imenso branco.

6

TRÊS SEMANAS DEPOIS

CLAIRE OLHOU PARA FORA pela janela de seu escritório e viu um céu de outono dolorosamente claro. A luz do sol era tão brilhante e o ar tão seco que as duras bordas dos arranha-céus pareciam facas afiadas e os edifícios feriam sua vista, causando-lhe dor de cabeça. Caramba, como ela estava cansada.

– Que diabos você está fazendo?

Virou-se de costas para a vista e olhou do outro lado de seu escritório.

– Ah, Mick. É você...

Mick Rhodes, um ex-caso, companheiro de trabalho, um homem ótimo em todos os sentidos, ocupava todo o espaço do batente da porta.

– Está saindo? – quando Claire simplesmente assentiu, ele sacudiu a cabeça. – Você não vai sair. Não pode sair. Que diabos está...?

– Perdi o ânimo, Mick.

– Desde quando? No final de agosto você estava devorando o advogado da parte contrária responsável pela fusão da Technitron!

– Não estou mais com fome – o que era verdade, tanto figurativa quanto literalmente. Na última semana, Claire tinha perdido o apetite por completo.

Mick afrouxou a gravata vermelha com um puxão e fechou a porta atrás de si.

– Então, tire férias. Tire um mês. Mas não atire toda sua carreira no lixo por causa de um simples caso de momentânea falta de motivação. Está certo, o caso da Technitron não correu bem. Mas logo haverá outros acordos.

Distraída, Claire ouviu o telefone tocar na mesa de Martha, que ficava do outro lado da porta. Ela ouviu também a conversa de outros advogados que passavam apressados na frente de seu escritório. E o som de uma impressora que mais parecia um pica-pau.

– Sempre gostei de seu nome – ela disse em voz baixa. – Alguma vez já lhe disse isso?

Os olhos de Mick encararam-na como se ele pensasse que ela estava louca. Bem, isso era natural. Ela mesma tinha pensado que estava louca desde o fim de semana do Dia do Trabalho quando, em vez de trabalhar, tinha dormido durante três dias seguidos.

A verdade era que Claire temia ter sido a culpada pelo fracasso da negociação com a Technitron. Desde aquele fim de semana perdido, sentia-se confusa, débil, inquieta e distraída.

– Claire, talvez você devesse falar com...

Ela negou com a cabeça.

– Mas por que você usa 'Mick'? Nunca o conheci por outro nome que não fosse Mick. Michael é um nome tão... bonito.

– Hum, sim. Escute, eu realmente acho que você deveria falar com alguém.

Ele provavelmente tinha razão. Durante à noite, ela não conseguia dormir porque seus sonhos a atormentavam e, durante o dia, era tomada por uma depressão sem fundamento. Certo, a negociação com a Technitron tinha fracassado e, talvez, Claire tivesse parte da culpa, mas esse fato sozinho não podia ser a causa daquela letargia que lhe dominava ou tampouco da dor que sentia no peito.

Martha bateu na porta e colocou a cabeça pela fresta que entreabrira.

– Desculpe, sua médica está na linha dois. Achei que gostaria de saber que a senhorita Leeds morreu. O mordomo dela deixou um recado na terça-feira, mas a mensagem se perdeu no sistema. Só consegui ouvi-la agora.

A senhorita Leeds.

Claire levou a mão à cabeça quando uma onda de ódio incompreensível tomou-lhe conta e pulsou-lhe nas têmporas.

– Ah, obrigada, Martha. Mick, falo com você mais tarde. A propósito, acredito que sexta-feira será meu último dia. Ainda não decidi.

– O quê? Você não pode sair assim tão rápido.

– Fiz um rascunho de uma lista de meus casos, de meus clientes e da situação de tudo. Deixarei que vocês briguem por isso.

– Jesus Cristo! Claire...

– Feche a porta ao sair. E Martha, por favor, veja onde e quando será o funeral da senhorita Leeds. Obrigada.

Quando ficou sozinha, Claire pegou o telefone.

– Claire Stroughton.

– Transferindo para a Dra. Hughes.

Claire franziu a testa e perguntou-se o que tinha que falar com sua médica. Os resultados dos exames que fizera no dia anterior não ficariam prontos antes de alguns dias...

– Olá, Claire – Emily Hughes era particularmente direta. E esse era o motivo de Claire tê-la escolhido. – Sei que você é ocupada, então não vou tomar muito de seu tempo. Você está grávida. E esse é o motivo do cansaço e das náuseas.

Claire piscou. Depois, virou os olhos nas órbitas.

– Não, não estou.

– Está grávida de três ou quatro semanas.

– Não é possível.

– Sei que você toma pílula, mas os antibióticos que tomou no fim de agosto por causa daquele resfriado podem ter reduzido o efeito e...

– Não é possível porque não fiz sexo.

Bom, ao menos não na vida real. Ultimamente seus sonhos eram ardentes como o inferno e provavelmente eram parte do motivo de ela estar tão exausta. Não parava de despertar no meio da noite, retorcendo-se, coberta em suor e completamente umedecida entre as pernas. E, embora tentasse com todas as forças lembrar-se do rosto de seu amante secreto, nunca conseguia. Mas, Deus, ele a fazia sentir-se fantástica... pelo menos até o final da fantasia. Ao final, eles sempre se separavam e ela despertava banhada em lágrimas.

– Claire, você pode engravidar sem tecnicamente ter tido uma relação sexual.

– Está bem, deixe-me ser mais clara: eu não fico com um homem há mais de um ano. Portanto, não estou grávida. O laboratório deve ter trocado minha amostra de sangue com a de outra pessoa. Essa é a única explicação lógica. Porque, acredite, querida, se tivesse tido uma relação sexual, eu me lembraria.

Houve uma grande pausa.

– Você se importaria de vir tirar outra amostra de sangue?

– Sem problemas. Passarei aí amanhã.

Quando desligou o telefone, Claire correu o olho por seu escritório e se imaginou tirando seus diplomas de Harvard e de Yale das paredes. Não, ela não estava segura de para onde iria. Talvez para o norte do estado. Caldwell, por exemplo, era realmente um lugar agradável. E, na verdade, ela não precisava trabalhar. Tinha dinheiro o bastante e, se acaso ficasse entediada, poderia usar seus títulos e fazer alguns trabalhos pequenos para pessoas físicas. Claire era boa com testamentos e qualquer um com meio cérebro era capaz de fechar um contrato de imóveis, portanto...

Martha bateu e voltou a enfiar a cabeça pela fresta da porta.

– O funeral da senhorita Leeds começa em meia hora, mas será reservado. Entretanto, depois haverá uma recepção na casa dela. Se você sair agora, consegue chegar a tempo.

Ela realmente estava com vontade de dirigir todo aquele caminho até Caldwell? Por uma cliente morta que, por alguma desconhecida razão, ela agora odiava?

Deus! Claire não tinha nem ideia da razão de sentir aquele absoluto desprezo pela pobre velha louca da senhorita Leeds.

Martha arrumou os finos óculos de prata sobre o nariz.

– Claire... você parece péssima. Não vá.

O fato era que ela não podia deixar de ir. Embora a cabeça lhe pulsasse no ritmo dos batimentos do coração e o estômago estivesse completamente revirado, de maneira nenhuma ela deixaria de ir até lá. Ela *precisava* comparecer.

– Peça meu carro. Vou a Caldwell.

Claire estacionou no final da entrada para carros da propriedade dos Leeds, fechando uma fila de aproximadamente cinquenta carros que se estendia até a mansão. Não usou os serviços dos manobristas porque não pensava ficar muito tempo e não havia razão para esperar que alguém lhe buscasse o Mercedes quando fosse partir. Além disso, ela precisava tomar um pouco de ar fresco. E, como logo percebeu, precisaria também de uma cartela de aspirinas.

No instante em que saiu do carro e levantou a vista para olhar a grande casa de pedra, sua cabeça uivou de dor. Encostou-se ao gelado Mercedes e começou a respirar levemente enquanto o corpo era perpassado pelo medo.

O mal habitava aquela casa. Havia maldade nela.

– Madame? Está tudo bem?

Era um dos manobristas do estacionamento. Um moço de uns vinte anos, mais ou menos, vestido com uma polo branca em que se lia, em letras vermelhas, a legenda MCCLANE'S PARKING.

– Estou bem – ela inclinou-se cuidadosamente, entrando no carro para apanhar a bolsa Birkin antes de fechar a porta. Quando se virou para dar um sorriso ao moço, ele a olhava com curiosidade, como se ela estivesse a ponto de chorar e ele estivesse rezando para que não o fizesse na sua frente.

- Ah, Madame, vim buscar esse carro - disse assinalando com a cabeça para o Lexus que estava na frente do Mercedes de Claire. - Quer que eu a leve nele até a casa?

- Obrigada, mas irei caminhando.

- Está bem... se prefere.

Claire subiu pela entrada para carros com os olhos fixos na casa de pedra cinza. Quando chegou à porta principal e levantou o batedor, notou que seu corpo estava tremendo. Sentia-se enjoada e fraca e era como se estivesse gripada outra vez; seu corpo era assaltado por ondas alternadas de calor e de frio e sua cabeça pulsava.

Fletcher abriu a porta.

Ao ver que estava diante do velho mordomo, Claire retrocedeu, cambaleante e sem nenhum motivo aparente, enquanto seu pânico saía de controle.

Entretanto, ela foi abruptamente resgatada.

Seus instintos de advogada, os que a faziam tão eficiente na hora de confrontar os advogados da parte oposta, os que a convertiam em uma negociadora fatal, os que tinham tomado o controle uma e outra vez quando ela não podia se permitir que suas emoções aflorassem... Esses instintos tomaram o controle do repentino pânico e espanto e a acalmaram instantaneamente.

Nunca demonstre debilidade diante de seus inimigos. Jamais.

Apenas Deus poderia saber o motivo que levava um velho mordomo a provocar-lhe semelhante reação. De qualquer forma, estava agradecida porque, ao menos, já não sentia como se fosse desmaiar. Antes, estava confusa; agora, sentia-se segura.

Claire sorriu serenamente e estendeu a mão, ouvindo os sons do velório que estava acontecendo dentro da casa.

– Meus pêsames. Trago o testamento – disse, batendo em sua bolsa.

– Obrigado, senhorita Stroughton – Fletcher baixou a vista. Os olhos, com as pálpebras cansadas, desciam ainda mais do que o habitual. – Sentirei saudades.

– Podemos ler o testamento na semana que vem ou depois do velório. O que achar melhor.

Ele assentiu.

– Seria melhor fazê-lo esta noite. Obrigado por sua consideração.

– Não há problema – Claire sorriu e agarrou firmemente as alças da bolsa. Enquanto entrava no vestíbulo, o fato de querer usar o melhor da Hermès como arma contra ele surgiu como uma completa surpresa.

Ela se uniu à multidão que formava pequenos grupos entre a sala de jantar e a sala de estar. Cumprimentou com um aceno de cabeça alguns colegas, muitos dos quais eram CEOs de empresas de que a família Leeds era acionista e outros que trabalhavam no próprio escritório que Claire representava. Do resto, dos cem homens e mulheres que havia ali, ela supunha que ao menos metade era representante das várias obras de caridade tão caras à senhorita Leeds. Sem dúvida, eles estavam loucos para antecipar o grande dia do pagamento.

Enquanto chocava-se contra outros ombros, desviava de vários garçons que ofereciam *hors d'oeuvre*[2] e tentava imaginar por que tinha adotado uma posição defensiva quando não havia nada contra o que lutar. Seus olhos continuavam desviando-se para a escada principal. Havia algo naquela escada que... algo... *atrás*.

Abrindo caminho entre a multidão, Claire foi até o pé da enorme extensão de degraus que levavam ao piso superior. Quando colocou a mão na balaustrada ornamentada, ouviu uma voz em sua mente, uma voz que se sobrepujou a todo o ruído da conversa paralela, a toda a dor de cabeça e até mesmo à vontade de matar Fletcher.

Atrás das escadas. Vá para trás das escadas. Encontre o elevador.

---

[2] Em francês, *hors d'ouvres* significa *aperitivos.* (N. T.)

Sem parar para pensar como diabos sabia o que havia ali atrás, Claire deslizou ao redor do corrimão da escada e seguiu até entrar em um pequeno nicho... onde havia um elevador. Um antigo elevador de bronze e vidro.

Entre e desça até o porão.

A voz era incontestável e Claire estendeu a mão para abrir a porta entalhada com filigranas. Antes de entrar, olhou para cima. Na parte superior havia uma lâmpada.

Se usasse o elevador, aquela coisa certamente enviaria um sinal. Os seus instintos lhe diziam que ela devia ocultar o máximo possível seus rastros. Se Fletcher descobrisse para onde Claire ia, ela não poderia...

Bem, caramba, ela não sabia o que devia fazer. A única certeza que tinha era a de que devia chegar ao porão sem que ele soubesse.

Olhando por cima do ombro, Claire viu uma pequena porta atrás da escada curva e dirigiu-se para lá. Havia um ferrolho de metal, que ela abriu antes de mover a maçaneta.

Deu certo...

Do outro lado, havia um lance de escadas irregulares iluminadas por precárias e amareladas lâmpadas antigas. Olhou para trás. Ninguém estava prestando atenção nela e, o que era mais importante, Fletcher não estava à vista.

Fechou a porta e começou a descer. Seus saltos batiam contra o chão e ecoavam à sua volta.

Maldição, como eles faziam barulho.

Parou, tirou os sapatos e colocou-os dentro da Birkin. Agora, sem fazer ruído, podia mover-se inclusive mais rapidamente. Seus instintos estavam em alerta total. Deus, a escada parecia não ter fim, as paredes e o chão de pedra lembravam uma pirâmide egípcia e, antes de chegar ao primeiro patamar, já sentia como se tivesse percorrido meio caminho até a China. E ainda faltava muito para andar.

Enquanto descia, a temperatura a acompanhava, o que era algo positivo. Quanto mais frio ficava, mais Claire se concentrava, de modo que sua dor de cabeça desapareceu e seu corpo converteu-se em pura energia comprimida. Sentia como se estivesse em uma missão de resgate, embora não soubesse quem ou o que estava prestes a tirar do porão.

As escadas terminavam em um corredor feito da mesma pedra que o resto da casa. As luzes incrustadas no teto brilhavam tenuemente, fazendo pequenos rasgos na escuridão.

Devia ir para a esquerda ou para a direita? Para a esquerda, havia apenas mais corredor. Para a direita... havia apenas mais um corredor.

Para a direita.

Caminhou uns 45 metros - ou talvez 65 – e, como seus pés revestidos pelas meias finas não emitiam som, o único ruído que escutava era o golpear de sua bolsa contra as costelas e o roçar das roupas na pele delicada. Estava a ponto de perder a esperança e dar meia-volta quando encontrou... uma porta enorme. A coisa era como algo que poderia esperar encontrar nas masmorras de um castelo: completamente cravejada com suportes de ferro e com uma barra deslizante tão grossa quanto sua coxa servindo de fechadura.

No momento em que viu aquilo, começou a chorar copiosamente.

Soluçando, aproximou-se dos pesados e grossos painéis de carvalho. Mais ou menos à altura de seus olhos, havia uma espécie de visor. Ficou nas pontas dos pés e olhou...

- Não deveria estar aqui embaixo.

Deu meia-volta. Fletcher estava em pé, bem atrás dela, e tinha um dos braços discretamente escondido atrás das costas.

Claire enxugou os olhos.

- Estou perdida.

- Sim, certamente está.

Ela deslizou uma mão para dentro da bolsa e a outra para o bolso do blazer.

- Por que veio aqui embaixo? - perguntou o mordomo, aproximando-se.

– Estava me sentindo mal. Então, encontrei a porta atrás das escadas. Estava procurando me afastar da multidão, de modo que simplesmente comecei a perambular, até que cheguei aqui.

– Em vez de sair para os jardins?

– Havia gente lá. Muita gente.

O mordomo não estava acreditando naquelas palavras, mas Claire tampouco se importava. Ela precisava que se aproximasse só um pouco mais.

– Por que não entrou em uma das salas de estar?

Quando ele chegou mais perto, ela tirou um dos sapatos da bolsa e o jogou, fazendo com que ricocheteasse várias vezes. Fletcher girou sobre si para olhar o que estava provocando aquele ruído e, nesse ínterim, Claire tirou o *spray* de pimenta que tinha no chaveiro e o levantou na altura dos olhos do velho. Quando ele virou-se e pegou a seringa que tinha na palma da mão, ela o atingiu no meio do rosto.

Soltando um berro, o velho deixou cair a seringa que usaria nela e tentou proteger os olhos, cambaleando para trás até bater contra a parede oposta.

É claro que *spray* de pimenta era ilegal em Nova York. E graças a Deus que essa era uma lei que Claire vinha infringindo há dez anos.

Movendo-se velozmente, ela tomou a agulha, fincou-a na parte superior do braço do mordomo e injetou o conteúdo com veemência. Fletcher chiou e logo desabou, formando um montinho inerte no chão de pedra.

Ela não sabia se ele estava morto ou apenas sedado, assim como não fazia ideia de quanto tempo tinha. Correu para a porta da prisão e quebrou duas unhas lutando para fazer correr a barra de ferro e abrir a enorme passagem.

A angústia deixava-a frenética, dando-lhe forças para levantar e puxar para um lado o que parecia ser centenas de quilos de ferro. Quando a barricada estava fora do caminho, ela agarrou o trinco, empurrou-o para baixo e usou todo o peso do corpo para arrastar a porta e abri-la.

Luz de velas. Livros. Um obscuro e delicioso aroma...

Seus olhos atravessaram apressados a distância e viram um homem com expressão de absoluta incredulidade. Ele estava de pé junto a uma mesa cheia de... desenhos dela.

A cabeça de Claire flutuava. Uma dor atordoante privou-lhe da vista. O corpo enterneceu-se e, em seguida, os joelhos cederam por completo. O chão de pedra não seria um bom amortecedor para sua queda.

De repente, braços fortes rodeavam-na, levantavam-na, levavam-na para... uma cama coberta com um edredom de veludo e repleta de travesseiros tão suaves quanto as plumas da asa de uma pomba selvagem.

Ela levantou os olhos para aquele homem e as lágrimas brotaram quando eles o encararam. Deus, aquele rosto perfeito era o do amante sombrio que Claire via em seus sonhos ardentes, do homem que a mantinha acordada durante a noite, do homem por quem ela chorava durante o dia.

– Como retornaste? – perguntou-lhe.

– Quem é você? – ela devolveu.

Ele sorriu.

– Meu nome é Michael.

A dor nas têmporas de Claire cessou abruptamente... e logo suas lembranças retornaram, em um veloz tiroteio que formava uma colagem de imagens e sentimentos, aromas e sabores... todos envolvendo ela e Michael, juntos neste quarto.

Claire agarrou-se a ele e enterrou o rosto em seus cabelos, soluçando por quase tê-lo perdido, pelo fato de que, se a senhorita Leeds não estivesse morta agora, ela certamente nunca teria retornado, já que tinha decidido deixar o escritório.

E, logo, irritou-se e o empurrou.

– Por que diabos você fez isso?! Por que me deixou ir?! – deu-lhe um murro no peito musculoso. – Você me deixou ir!

– Sinto muito, meu amor.

– Não me venha com essa de "meu amor"! – ela ia prosseguir com a discussão quando lhe ocorreu que talvez o mordomo apenas estivesse temporariamente incapacitado. Ela não tinha ideia do que havia naquela seringa... e o filho da mãe tinha aquela maldita força estranha.

Claire abraçou Michael com força e obrigou-se a ficar calma.

– Certo... está bem... Olhe, discutiremos isso mais tarde. Agora, venha comigo.

Todavia, como ela iria tirá-lo da casa? Inferno, como ela mesma conseguiria se levantar e andar? A dor de cabeça tinha desaparecido, mas o enjoo...

Inferno. Ela realmente *estava* grávida.

Claire olhou para Michael.

– Eu amo você.

O rosto dele se transformou, a tensão o abandonou, suas belas feições inundaram-se com um amor tão profundo e ardente que aquela angélica visão fez queimar os olhos de Claire.

– Não mereço, mas sou muito agradecido...

– Com todo o respeito e carinho que tenho por você, devo lhe dizer que pare com essa porcaria de "não mereço". Agora, ajude-me a sair dessa cama – quando eles se levantaram, ela cambaleou momentaneamente e logo viu o grilhão que Michael tinha no tornozelo.

– Precisamos tirar essa coisa.

Michael deu um passo atrás e sacudiu a cabeça.

– Não posso ir. Não posso sair daqui. Não me deixarão. Fletcher e Mãe...

– Sua mãe está morta – informou-o o mais gentilmente que pôde... considerando que seu desejo era desenterrar aquela velha demente simplesmente para poder ter o prazer de matá-la outra vez.

Michael empalideceu. Piscou várias vezes.

– E Fletcher está desacordado no chão do corredor – quando não obteve resposta, tomou-lhe a mão entre as suas.

– Michael, queria ajudá-lo com o que está sentindo neste momento, mas não temos tempo. Precisamos tirá-lo daqui. Preciso que você se concentre.

– Eu... para onde irei?

– Irá viver comigo, se quiser. Mas, se não quiser, será livre, para fazer a sua vontade.

Ele correu a vista por todo o quarto, demorando-se na cama e nos livros.

Claire imaginou que ele relutaria, que talvez preferisse ficar, por causa das décadas de isolamento e de abuso. Ela precisava sacudi-lo de alguma forma...

Tomou-lhe a palma da mão e colocou-a sobre seu estômago.

– Michael, durante o tempo que estive com você, criamos algo juntos. Um bebê. Está dentro de mim. Tenho seu filho dentro de mim. Preciso que você venha comigo. Conosco.

Ele ficou mortalmente pálido. E logo...

Bem, a mudança nele poderia tê-la assustado se ela não tivesse acreditado cegamente que ele nunca a machucaria. O fato é que Michael pareceu crescer e, embora seu corpo permanecesse igual, seus olhos entrecerraram-se; seu rosto tornou-se uma máscara de força masculina e agressividade categórica.

– Meu bebê? Meu filho?

Ela assentiu, embora perguntasse intimamente se tinha feito bem em contar.

Ele a agarrou e a abraçou com tanta força que ela achou que fosse lhe partir os ossos. Quando enterrou a cabeça em seus cabelos, a voz de Michael baixou até converter-se em um leve grunhido.

– Minha – disse. – Tu és *minha*. Para sempre.

Claire sorriu. E ali morriam suas preocupações a respeito de se ele iria querer experimentar a vida sem ela.

– Bem, suponho que estamos comprometidos. Agora, mexa-se. Devemos sair daqui.

– Estás bem? Primeiro, diga-me se estás bem.

– Até onde sei, está tudo bem.

– Tem certeza?

– Posso fazer o que eu quiser. Sou jovem e estou com saúde – colocou a mão no rosto dele. – Devemos ir. Realmente precisamos ir.

Michael assentiu e a soltou. Caminhando calmamente, dirigiu-se ao lugar onde a corrente que tinha fixa a seu tornozelo estava embutida na parede e puxou com voracidade o maldito metal. Um grande pedaço de concreto – algo do tamanho de uma cabeça – saiu com a corrente. Michael balançou a bola e a jogou contra a parede, estilhaçando-a.

Depois, virou-se para Claire como se nada tivesse acontecido.

– Jesus Cristo! Por que não fez isso antes?

– Eu não tinha nenhum lugar para onde ir. Nenhum lugar melhor onde estar – olhou os livros pela última vez. Depois levantou a corrente, enrolou-a em volta do braço e, galantemente, passou o braço em volta de Claire. – Vamos.

Saíram juntos. Fletcher continuava estirado no chão de pedra, mas tinha os olhos abertos e pestanejava lentamente.

– Inferno! – praguejou Claire enquanto Michael olhava o mordomo. Depois de examinar-lhe a cabeça rapidamente, murmurou: – Vamos deixá-lo aqui.

Depois de tudo, ela se dava conta de que aquele homem tinha sequestrado umas cinquenta mulheres e tinha aprisionado ilegalmente o filho de sua patroa durante meio século – portanto, era improvável que ele fosse persegui-los pelas vias legais. E pedir a Michael que o matasse era um pensamento muito espantoso. Provavelmente porque Michael faria isso se ela lhe pedisse.

Segurou no braço forte de seu homem.

– Vamos. Vamos embora daqui – o velório no andar de cima era uma complicação. – Droga, deve haver umas cem pessoas na casa. Como podemos...?

De repente, Michael ficou alerta.

– Conheço uma saída. Desde quando eu era menino. Vamos por este lado.

Eles tinham avançado uns nove metros quando ela deu meia-volta. A seringa. Suas impressões digitais estavam na seringa. No altamente improvável caso de Fletcher decidir persegui-la, seria mais difícil sem esse tipo de evidência. E seu sapato. Ela precisava recuperar seu sapato. Até porque, era um bom sapato.

O melhor a fazer era acabar com todos os rastros.

– Espere! – disse, retornando correndo.

Procurou a seringa. Encontrou-a ainda cravada no braço do velho. Ele levantou os olhos no momento em que ela abaixava-se para tirá-la e colocá-la na bolsa. Fletcher estava movendo a boca. Abrindo-a e fechando-a como um peixe.

Depois de agarrar o sapato, Claire foi para onde estava Michael, mas sentia como se suas pernas fossem de borracha.

– Estás fraca – disse ele, franzindo a testa.

– Estou bem...

Michael tomou-a em seus braços musculosos e começou a caminhar duas vezes mais rápido do que ela teria sido capaz. As enormes pernadas do homem másculo devoravam a distância pelos corredores do porão. Movia-se com rapidez e decisão, o que a surpreendeu um pouco e a fez lembrar-se de que, apesar de sua natureza doce, ele era um homem – um homem carregando sua mulher amada nos braços. E, Deus, como era forte! Estava carregando todo o peso de Claire mais o peso da corrente e nada disso parecia desacelerá-lo o mínimo que fosse.

Quando chegou a uma sólida porta que havia no longínquo extremo do corredor do porão, ele inclinou-se para um lado e testou o trinco. Quando a coisa negou-se a abrir, deu dois passos para trás, chutou a porta com veemência e a deixou em pedaços.

– Cristo! – exclamou Claire. – Você faz o Exterminador do Futuro parecer um menino de dois anos.

– O que é esse Exterminador?

– Mais tarde eu explico.

Do lado de fora, o ar frio da noite precipitou-se sobre eles e Michael vacilou, abrindo amplamente os olhos. Começou a respirar mais profundamente, como se estivesse sofrendo um ataque de pânico.

- Coloque-me no chão - pediu brandamente Claire, sabendo que ia precisar de um minuto para orientar-se.

Ele a baixou lentamente enquanto olhava o céu, as árvores e o vasto terreno dos jardins da propriedade. Depois, analisou a construção de pedra na qual estivera aprisionado durante tanto tempo. Claire podia imaginar o quão perdido Michel devia se sentir e como deviam estar as emoções daquele homem, o quão estranho devia ser para ele deixar a claustrofóbica segurança de sua prisão. Mas eles não tinham tempo para permitir que ele se acostumasse à doce liberdade.

- Michael, meu carro está no final da entrada que fica na frente da casa.

- Posso fazer isto - ele sussurrou.

- Sim, você pode.

Michael tomou-lhe a mão, que estava úmida e quente, e puxou-a mais para perto. Sem hesitar, segurou as correntes e conduziu Claire pelo lado da imensa casa.

O Mercedes estava estacionado onde ela o tinha deixado e eles se apressaram ao cruzar o jardim, mantendo-se sempre perto de uma fileira de arbustos. Claire podia sentir a grama molhada e fofa sob seus pés, pelas meias, e seus pulmões capturavam o limpo oxigênio do outono.

Por favor, Deus, deixe que escapemos de uma vez.

Quando chegou perto do Mercedes, ela acionou o controle remoto e as luzes do carro piscaram.

- Que tipo de automóvel é este? - perguntou Michael aturdido. - Parece uma espaçonave – depois, olhou para os outros veículos por ali. - Todos eles parecem...

Aquele não era um bom momento para que ela lhe mostrasse seus conhecimentos sobre carros.

- Entre.

- Madame?

Claire levantou os olhos. O manobrista do estacionamento, o rapaz que tinha visto antes, estava aproximando-se pela entrada para carros. Parecia confuso, como se não pudesse explicar de onde ela tinha saído. Ou talvez apenas estivesse surpreso por vê-la com um homem enorme vestindo um roupão de seda vermelha e carregando uma corrente enrolada ao redor do braço.

- Olá - disse, saudando-o com a mão enquanto dizia a Michael. - Entre no maldito carro.

O rapaz esfregou a mão no cabelo arrepiado.

- Ah...

- Obrigada por sua ajuda - mesmo não tendo solicitado nenhum de seus serviços.

Sentiu mais do que alívio quando ligou o motor e começou a sair daquele lugar.

Outro Mercedes apareceu atrás dela, preparado para fazer uso da vaga e evitando, desse modo, que ela pudesse dar marcha à ré ou virar para sair diretamente na rua. Não teve outra opção a não ser dirigir-se para o circuito que estava diante da mansão, onde os manobristas estavam alinhados e muita gente passava.

Maldição.

- Abaixe a cabeça - disse a Michael conforme aproximava-se da porta principal.

Por favor, por favor, por favor...

No momento em que Claire aproximava-se da mansão, um casal de idosos saía para entrar no carro. Com o Mercedes atrás do Cadilac do casal bloqueando o caminho, Claire estava presa.

O suor deslizou entre seus seios e debaixo de seus braços. Suas mãos apertaram, inquietas, o volante.

A porta principal se abriu e Claire teve certeza de que veria o mordomo sair cambaleando.

Todavia, tratava-se apenas de outro casal mais velho, levando na mão um guarda-chuva enquanto se aproximava do manobrista.

Os olhos de Claire voltaram-se para o carro que estava à frente. O homem já estava atrás do volante, mas a mulher ainda conversava com o garoto que estava segurando a porta aberta. *Vamos, vovó!* É claro que a mulher não fez nada. Finalmente, sentou-se no automóvel, arrumou a saia e pareceu queixar-se um pouco com o marido. Alarme falso. A velha logo em seguida virou-se para o manobrista e recomeçou a conversa.

155 milhões de anos depois, as luzes de freio do Cadilac cintilaram e o carro começou a mover-se a uma velocidade penosa.

Com o coração retumbando, as mãos tensas e os pulmões intumescidos, Claire rogou e suplicou ao universo que os deixasse escapar dali.

E então aconteceu.

O Cadilac desceu a colina. Ela fez o mesmo. E logo entrou na estrada atrás do casal. Depois, passou a avançar a 50 km/h, afastando-se da propriedade dos Leeds.

Assim que viu a linha descontínua, pisou no acelerador e ultrapassou o Cadilac.

Com os olhos fixos na estrada, procurou algo dentro de sua bolsa. Precisava de seu celular. Onde estava seu... Achou-o, pegou-o e pressionou a discagem rápida.

Enquanto o telefone chamava, olhou para Michael. Ele estava enternecido no assento do carona, com os braços esticados, um contra a porta e o outro sobre o console, e as pernas embutidas debaixo do porta-luvas. Estava branco como creme dental e seus olhos ricocheteavam de um lado para outro dentro das órbitas.

– Coloque o cinto de segurança – disse-lhe. – Está à sua direita. Puxe-o e passe-o por cima de você, como eu fiz com o meu.

Ele encontrou a correia e puxou-a, fazendo-a envolver seu corpo. Em seguida, reassumiu a posição de animal selvagem na estrada, preparando-se para uma colisão iminente que não estava por acontecer.

Ocorreu a Claire que era muito provável que ele nunca tivesse andado em um carro antes.

- Michael, não posso diminuir a velocidade. Eu...

- Estou bem.

- Vamos a... - sua chamada foi atendida e Claire brindou a saudação do homem com um alívio incrível. - Mick? Graças a Deus. Escute, estou a caminho de sua casa e preciso de um favor. Um grande favor que nunca serei capaz de retribuir. Obrigada. Ah, Jesus, obrigada. Dentro de uma hora. E levo alguém comigo – depois de desligar, voltou seu olhar a Michael. - Tudo isso vai acabar bem. Vamos para a casa de um amigo que vive em Greenwich, Connecticut. Podemos ficar lá. Ele vai nos ajudar. Tudo vai ficar bem.

Ao menos esperava que assim fosse. Claire presumia que o mordomo não os iria perseguir utilizando os meios legais, mas, enquanto dirigia pela noite, deu-se conta de que havia outras formas de se perseguir alguém. Formas que não envolviam o sistema legal. Humano. Droga! Não havia como saber que tipo de recursos Fletcher tinha ao seu dispor. E ele era inteligente – afinal, durante todo esse tempo tinha conseguido os recursos necessários para sair impune pelo que tinha feito.

O que significava que ele tinha os registros de Claire. E que também sabia onde vivia, certo? Por que... Ah, Deus, depois dos três dias passados com Michael, Claire despertou em sua cama, em sua casa. De alguma forma, Fletcher a tinha levado de volta para lá.

Talvez ele também tivesse alguns truques mentais ao seu dispor.

Talvez eles devessem tê-lo matado.

7

UMA HORA DEPOIS, QUANDO avistou a mansão de Mick Rhodes, Claire perguntou a si mesma se estava fazendo a coisa certa ao envolver o amigo, ainda que indiretamente. Afinal de contas, ela estava batendo em sua porta com um vampiro fugitivo que sofria de uma grave – e justificada – fobia. E que também enjoava em viagens de carro.

Quando Claire estacionou o automóvel, Michael estava verde.

– Estamos a salvo – disse-lhe.

Ele engoliu em seco antes de completar:

– E estamos parados. Isso é bom.

As luzes externas da casa acenderam-se e Mick saiu na varanda.

Claire abriu a porta e saiu do carro enquanto Michael repetia a ação.

– Mick é um velho amigo. Podemos confiar nele.

Michael farejou o ar:

– E foi teu amante, não é mesmo? – disse em voz baixa. – Ele pensa em ti com uma certa... necessidade.

Jesus!

– Isso foi há muito tempo.

– De fato – o medo e o enjoo tinham desaparecido. Michael estava mortalmente sério. E olhava Mick como se o outro homem fosse seu inimigo.

Evidentemente, os vampiros eram bastante, digamos, *territoriais* com suas companheiras. Mick os saudou com um aceno de mão e gritou:

– Fico feliz que tenha vindo. E quem é seu amigo?

– Ele vai nos ajudar Michael – disse Claire, dando a volta no carro para segurar-lhe a mão. – Vamos.

Os olhos de Michael pousaram sobre ela.

– Se ele tocar-te de forma inapropriada, vou mordê-lo. Só digo isso para que fique claro desde já – Michael voltou a olhar para o amigo de Claire. – Não sou um animal e não me comportarei como um. Mas tu és minha e será melhor que ele respeite isso.

Evidentemente os vampiros eram *muito* territoriais com suas companheiras.

– Ele vai respeitar. Prometo.

Mick trocou o peso de um pé para o outro, impaciente.

– Vocês vêm ou não?

– Vamos – murmurou Claire enquanto começava a caminhar. Quando chegaram à casa, disse: – Este é Michael.

– Prazer em conhecê-lo, Michael.

Michael olhou para a palma que o homem lhe oferecia. Quando inclinou levemente a cabeça em vez de apertar-lhe a mão, Claire se perguntou se ele não confiaria em si mesmo para tocar em Mick, nem mesmo de uma forma polida e educada.

– Como vais? – respondeu.

– Estou muito bem – Mick voltou a colocar a mão no bolso enquanto encolhia os ombros. Depois, franziu a testa. – Correntes... são correntes em seu braço?

Claire respirou fundo.

– Eu lhe disse que precisava de um grande favor.

Houve um momento de hesitação. Em seguida, Mick balançou a cabeça e indicou-lhes a porta aberta.

– Entrem. Vamos começar tirando esses ferros, amigo. A menos que os use por algum tipo de moda, por algum motivo estético?

Tenho uma serra para metais - olhou para Claire. - E talvez você queira me contar que diabos está acontecendo.

Uma hora mais tarde, Claire estava bebendo uma xícara de café na biblioteca e olhando de sobreolho para Michael, já livre de suas correntes e, passadas as náuseas que a viagem de carro tinha-lhe provocado, aparentava sentir-se muito mais dono de si mesmo. Ela pensou que, usando aquele roupão, ele combinava perfeitamente com aquele lugar. O ar formal e antigo da biblioteca parecia saído de um romance vitoriano... Talvez aquele mesmo romance que Michael segurava. Ele estava encantado com todos os livros de Mick, examinava as lombadas, tirava-os das estantes, folheava-os.

- Onde o encontrou? - perguntou Mick em voz baixa atrás dela.

- É uma longa história.

- Ele é um tanto quanto... *incomum*, não é mesmo?

Jesus Cristo, você não tem nem ideia do quanto, ela pensou, enquanto tomava outro gole do líquido quente em sua xícara.

- Michael é diferente de qualquer outro homem que eu já conheci.

- E é ele o motivo de você estar deixando o escritório, não é verdade? - quando não obteve resposta, Mick murmurou: - Então, como posso ajudá-la?

- Para começar, oferecendo um lugar onde possamos passar esta noite - olhou fixamente para o café. - E quero comprar uma identidade nova. Certidão de nascimento, número de seguro social, histórico bancário, declaração de impostos e carteira de motorista. Sei que conhece gente que pode se encarregar disso, Mick, e o que eu conseguir comprar com meu dinheiro tem que ser inexpugnável. Tem que resistir ao escrutínio de um tribunal. Porque pode ser que acabemos em um.

O que não seria nada divertido, aliás.

- Caramba... Em que tipo de confusão você se meteu?

– Confusão nenhuma – era muito, muito pior do que isso.

– Mentira. Você aparece aqui com um homem coberto com correntes de ferro, que fala como um vitoriano, apesar do aspecto de quem alegremente poderia me comer vivo, com os cabelos até o traseiro e vestido em seda vermelha edição especial de Hugh Hefner. E cheira a... bem, realmente cheira muito bem. Que tipo de colônia ele usa? Acredito que eu gostaria de comprar também.

– Não pode comprá-la. E Mick, francamente, quanto menos você souber, melhor – afinal, ela estava a ponto de se transformar em uma criminosa de colarinho branco. – Também quero usar seu computador. Ah, e precisamos dormir no porão.

Michael virou-se e, quando os viu tão juntos, franziu a testa e atravessou a sala para colocar a mão no ombro de Claire. Mick prudentemente afastou-se.

– E então, vai nos ajudar? – perguntou Claire.

Mick esfregou as mãos no rosto.

– Deixe que eu compro a identidade de que precisa. O homem que conheço é bastante melindroso e não aceitará um pagamento de outra pessoa que não seja eu. Depois você me reembolsa de alguma forma. E está falando sério? Quer dormir no porão? Quero dizer, tenho seis quartos de hóspedes nesta casa. É uma casa velha. Lá embaixo não é muito... bonito.

– Não importa, embaixo é melhor.

– Devemos dormir em uma cama apropriada – anunciou Michael. – Ficaremos em um dos quartos.

Ela o olhou por cima do ombro.

– Mas...

Ele apertou-lhe levemente a mão.

– Não permitirei que durmas em aposentos que não sejam dignos de uma dama.

– Michael...

– Talvez o amável cavalheiro pudesse nos levar aos nossos aposentos?

Bem, evidentemente, quando seu homem decidia algo, assim seria.

Mick franziu a testa.

- Ah... sim. Claro, amigo...

Michael se voltou bruscamente para uma das janelas e emitiu o que sem dúvida foi um grunhido.

- Não saias daqui - ordenou. Em seguida, desapareceu no ar.

Mick ladrou um xingamento, mas Claire não tinha tempo de ocupar-se de seu amigo. Correu para a janela e, à luz da lua, observou Michael aparecer no jardim lateral.

O mordomo tinha voltado. Fletcher estava ali, de pé, e parecia ter saído de um pesadelo: brilhava como um fantasma, embora seu corpo tivesse uma forma definitivamente sólida.

O primeiro pensamento de Claire foi que o maldito velho provavelmente tivesse colocado algum dispositivo de GPS no carro dela. Isso explicaria como ele os encontrara. Logo, entretanto, ela se deu conta de que ele não era humano. Assim, só Deus sabia que tipo de porcaria o maldito tinha ao seu dispor.

- Quem é ele?! - exclamou Mick em suas costas. – Ou... Jesus Cristo, Claire, essa pergunta deveria começar com "o que"?

O que aconteceu em seguida foi repugnante e horrendo e representava a única alternativa que tinham. Michael e o mordomo enfrentaram-se em uma luta de morte.

A morte de Fletcher.

Claire não quis olhar, mas Mick olhou. E ela observava as expressões de espanto do amigo enquanto ele assistia ao assassinato.

- Michael está...

- Está... - Mick estremeceu. - Sim, não vai sobrar muito do outro cara para ser enterrado.

Claire soube que o amante tinha terminado quando Mick respirou fundo e esfregou o rosto.

- Fique aqui. Vou ver como está... seu homem?

- Sim – respondeu. - É meu homem.

Mick saiu em direção à porta principal e ela ouviu os homens conversarem em voz baixa do outro lado da porta.

- Claire? - chamou Michael, sem entrar na sala. - Estou bem, mas vou me lavar, certo?

Não era uma pergunta, embora ele a expressasse dessa forma. Claire sabia que ele ficara lá fora porque não queria que ela o visse, mas pro inferno com isso.

Ela atravessou a biblioteca e passou a...

Certo, aquilo era *muito* sangue. Mas não parecia ser de Michael, já que estava em suas mãos e em sua... boca. Era como se ele tivesse mordido Fletcher. Várias vezes.

- Ah, meu Deus.

Mas então ela olhou nos olhos de Michael. Eles tinham uma expressão implacável, séria e decidida, como se ele tivesse cumprido seu dever e não houvesse mais palavra alguma a ser dita. Havia também, entretanto, sombras, como se Michael temesse que ela fosse considerá-lo um monstro.

Ela se obrigou a ficar calma e caminhou em direção a ele.

- Vou ajudá-lo a se lavar.

Depois de banhar Michael, arranjou-lhe algumas roupas. O que foi engraçado. Embora Mick fosse um cara grande, as únicas peças que serviram no homem de Claire foram uma calça e uma camisa de um pijama de flanela... E, ainda assim, tudo ficava apertado, deixando à mostra grande parte dos enormes e fortes tornozelos e antebraços.

Mas ele parecia bem: os cabelos úmidos que, enquanto secavam, frisavam nas pontas e recuperavam as tonalidades vermelhas e negras.

Mick os conduziu a um dormitório encantador que, graças a Deus, tinha apenas duas janelas cobertas por grossas cortinas. Com sorte, o espesso tecido ofereceria amparo suficiente.

Foi Mick quem fechou as cortinas.

- Se precisar de algo, já sabe onde durmo - ofereceu. Quando chegou à porta vacilou um segundo, mas logo em seguida a fechou.

Claire respirou fundo.

- Michael...

Ele a interrompeu.

– Tu disseste que, mesmo grávida, podes fazer o que quiser, não é mesmo?

Quando ela assentiu, ele olhou em direção à cama como se já a imaginasse sobre ela.

- Inclusive...?

Ela não conteve o sorriso.

- Sim, isso também. Mas, primeiro, precisamos conversar...

Porém, Michael já estava sobre ela, pressionando-lhe as costas contra a porta, apoiando brusca e masculamente as mãos ao lado de sua cintura.

- Nada de conversar – ele grunhiu. - Primeiro, vou possuir-te.

A boca dele aprisionou a dela, enfiou a língua profundamente e logo se ouviu o som de tecido rasgando... Ele estava arrancando a blusa de Claire. Ah, Deus, sim... ele a beijou até ela sentir vertigem. E dessa vez a gravidez não era o motivo da tontura. Em algum momento no meio do assalto, ele levantou e estendeu sua mulher sobre a cama. Com suave coordenação, como se tivesse planejado metodicamente cada um de seus movimentos, baixou as calças do pijama que usava, subiu a saia de Claire, puxou-lhe a calcinha para um lado e logo...

Estava dentro dela.

O corpo de Claire se arqueou contra o dele e ela o abraçou com força enquanto ofegava delirantemente, tomada pelo prazer do enorme membro que recebia em seu sexo apertado, ainda não completamente preparado para recebê-lo. No momento em que ele a penetrou, entretanto, ela já lhe pertencia completamente. Michael bombeou forte e profundamente, embora assegurasse para ser também cuidadoso.

Sob os corpos ardentes deles, a cama antiga gemia em resposta à força dos impulsos do corpo daquele homem ao penetrá-la.

O esplendoroso aroma masculino de Michael invadiu as narinas de Claire e ela entendeu do que se tratava: aquilo era ele reclamando a posse dela, o que, no final de tudo, era igual ao amor. Ela estava sendo reclamada por algo distinto de um homem humano e estava totalmente de acordo.

Michael gozou com um grande espasmo de seu corpo e um rugido que quebrou o silêncio da casa. Dado a potência do ato, era impossível que o anfitrião deles não os tivesse ouvido, o que foi, de certa forma, bom, já que Claire não se importou muito a ponto de se envergonhar quando seu próprio orgasmo percorreu-lhe cada centímetro do corpo.

Depois que terminaram, permaneceram unidos, entrelaçados, e a respiração de ambos continuou ainda agitada durante um longo momento.

Depois, ele disse:

- Escusa-me, meu amor - afastou-se um pouco e acariciou-lhe a bochecha enquanto beijava-lhe amorosamente os lábios. - Temo que eu seja um tanto... *possessivo* no que diz respeito a ti.

Ela riu.

- Pode ser tão possessivo quanto quiser. Vindo de você, eu gosto.

- Claire... e quanto ao futuro?

- Já o estou planejando. Sou um estrategista muito eficiente – ela colocou os dedos entre os compridos e luxuriosos cabelos daquele homem, cujas mechas vermelhas e negras frisavam-se ao redor de seu pulso e de seu braço. - Vou arrumar as coisas de forma que sua mãe lhe deixe tudo.

- Como?

- Quando sua mãe estava viva, eu fazia um novo rascunho de seu testamento a aproximadamente cada quatro meses. Amanhã pela manhã, no escritório que Mick tem lá embaixo, vou fazê-lo uma última vez.

Sim, ela estava violando o código de ética profissional que tinha jurado honrar ao se formar como advogada. Sim, ela podia perder a licença. Sim, ela estava infringindo suas próprias regras pessoais. Mas um erro maior tinha sido cometido e aparentemente ninguém sentia remorsos por isso. E, às vezes, para corrigir algo, é preciso sujar as mãos um pouco. Não havia mais Leeds vivos, de modo que não havia herdeiros que pudessem contestar o testamento. As obras de caridade seriam incluídas e, de qualquer forma, ainda receberiam milhões e milhões.

O pecado que ia cometer era necessário para que pudesse fazer a coisa certa.

E o fato de Fletcher estar morto? Bem, isso apenas simplificava as coisas.

– Ela lhe deve isso – disse Claire. – Sua mãe... sua mãe devia ter tomado conta do filho e vou me assegurar de que o faça.

– Tu és minha heroína – o amor que brilhava nos olhos de Michael era uma bênção como nenhuma outra. Incomparável.

– E você é meu sol – respondeu.

Quando beijaram-se novamente, Claire teve o estranho pressentimento de que tudo ficaria bem, embora nada fizesse sentido: uma mulher humana que pensou que nunca se casaria e teria uma família porque era muito dura para esse tipo de coisa. Um vampiro que era, ao mesmo, tempo dócil e feroz... e que tinha vivido em uma masmorra durante cinquenta anos.

Mas estava tudo bem. Eles tinham sido feitos um para o outro.

Embora só Deus soubesse o que o futuro lhes reservaria.

EPÍLOGO

NOVE ANOS MAIS TARDE...

– PAPAI! ESTOU INDO procurá-lo!

Claire olhou os jardins da propriedade dos Leeds iluminados pela luz da lua e observou como sua filha mais velha, Gabriella, conseguia desaparecer completamente. Os longos cabelos vermelhos e negros pareciam uma capa na noite; as alegres e vívidas pernas eram grandes para uma menina de oito anos. Avançou rápida e silenciosamente em direção ao grupo de árvores frutíferas que havia no jardim dos fundos, andando sobre a grama como fazia o pai: com fluidez e graça... como era habitual nos vampiros.

Michael materializou-se atrás da filha e gritou:

- Buu!

Gabriella deu um salto de três metros e meio de altura, mas se recuperou rapidamente, aterrissou sobre os pés e saiu em disparada atrás do pai, rindo. Agarrou-o, e ambos caíram sobre a grama enquanto os vaga-lumes flutuavam sobre a festa de cócegas como se também estivessem rindo.

- Mamãe, terminei - disse uma voz baixa.

Claire estendeu a mão e sentiu a mãozinha de seu filho deslizar sobre a dela.

- Obrigado por limpar seu quarto.

– Sinto tê-lo desorganizado tanto.

Pegou Luke no colo. Aos seis anos, já era evidente que seria parecido com o pai. E não apenas na aparência. Luke cresceria para transformar-se no que Michael e Gabriella eram. Tinha aversão ao sol. Era uma coruja noturna, e sua audição e visão eram anormalmente agudas. Entretanto, o verdadeiro indício eram os grandes caninos que, como os de um adulto, já se mostravam saltados. Bem, isso e o fato de que Luke e Michael tinham exatamente o mesmo cheiro sombrio de especiarias picantes.

Claire beijou a testa do filho.

– Hoje eu já disse que amo você?

Fiel à sua natureza, Luke escondeu o rosto no pescoço da mãe.

– Sim, Mamãe. Quando estávamos jantando. E também disse ao Papai e a Gabby.

– E quando mais eu disse?

– No almoço – a risada do filho era perceptível em sua voz, mas o garoto tentava dissimulá-la.

– E quando mais? – deu-lhe um pequeno apertão nas costelas para fazer com que se soltasse.

Luke se retorceu em seu colo e abandonou toda a intenção de dissimular seus sentimentos.

– No café da manhã!

Ambos começaram a rir e Claire deu um abraço apertado no tímido e doce filho enquanto Michael e Gabriella aproximavam-se correndo pelo gramado.

Olhou o marido e sentiu uma maré de respeito e amor invadir-lhe o peito. Ele era absolutamente incrível: à sua maneira calada, tão firme e forte, sempre cuidando dela e dos filhos com doce bondade. Também era um amante insaciável e um feroz protetor... como bem tinha comprovado um frustrado ladrão alguns meses atrás.

Amava-o agora ainda mais do que o amava pela manhã, mas menos do que o amaria no dia seguinte.

– Olá – disse ele, enquanto Gabriella tomava Luke pela mão e o levava para lhe mostrar os novos botões das rosas-chá que havia perto do terraço.

– Meu amor – murmurou Michael, sentando-se na grama junto a ela e atraindo-a para seus braços. – Tu estás linda com esta luz.

– Obrigada.

Ela não pôde deixar de sorrir ao pensar que aquela beleza era por causa dele. Como era também o fato de que, se estava mais jovem do que quando o tinha conhecido, não era apenas porque tinha deixado de trabalhar dia e noite, mas porque eles tinham descoberto, ao compartilhar um ou outro momento privado e pervertido, que ele gostava que ela bebesse dele e que o sangue de Michael tinha um efeito curioso no organismo dela. Parecia ter contido o processo de envelhecimento... ou, ao menos, retardado a tal ponto que, nos últimos nove anos, ela não tinha envelhecido sequer um dia. Tinha, inclusive, rejuvenescido um pouquinho.

Mas eles tinham muitas perguntas sem resposta. Michael ainda não sabia quem era seu pai ou se havia outros vampiros no mundo. Ambos estavam preocupados com o futuro dos filhos, isolados como viviam na propriedade, e com o fato de que os meninos precisavam de amigos de sua idade.

O cuidado com a saúde dos garotos era outro problema: como poderiam levar seus filhos a um médico humano?

Entretanto, em geral, as coisas eram melhores do que se poderia ter imaginado. Claire administrava a enorme fortuna dos Leeds. Michael dava aulas para as crianças em casa. Luke e Gabriella cresciam e eram saudáveis.

Era uma boa vida. Uma vida estranha, porém boa.

E havia novidades para compartilhar.

– Você é um pai muito bom, sabia? – disse Claire, acariciando-lhe os cabelos compridos.

Michael beijou-lhe o pescoço.

– Tu és uma mãe muito boa. E uma esposa perfeita. E uma mulher de negócios brilhante. Não sei como consegues fazer tudo.

– A boa organização do tempo é algo maravilhoso – Claire colocou a mão de seu marido sobre a barriga. – E vou ter que organizá-lo um pouco mais.

Michael congelou.

– Claire?

Ela riu.

– Você andou bastante ocupado comigo no mês passado e parece que...

Ele abraçou-a com força, tremendo um pouco. Ela sabia que havia momentos nos quais as sequelas do abuso e do encarceramento retornavam, e infelizmente isso costumava acontecer quando ele recebia boas notícias. Depois de todos aqueles anos, Michael ainda tinha de lutar para entender algo que considerava afortunado ou milagroso. Dizia que essas coisas o faziam sentir-se como se estivesse a ponto de despertar e descobrir que aquela nova vida fora somente um sonho.

– Tu estás bem? – perguntou-lhe, afastando-se para percorrê-la com os olhos.

– Bem. Como sempre, estou bem.

Os partos em casa não eram fáceis, mas, por meio de Mick, que sempre parecia conhecer alguém que conhecia alguém que fazia algo, eles tinham encontrado uma parteira em quem podiam confiar.

Michael acariciou-lhe a barriga.

– Tu me fazes tão feliz. Sinto-me tão orgulhoso.

– O mesmo digo eu.

Ele a beijou da forma como sempre fez, demorando-se em sua boca antes de afastar-se. Era gracioso, mas, mesmo depois de todo o tempo que estavam juntos, Claire ainda odiava separar as bocas.

– Se for um menino, eu gostaria de chamá-lo de Matthew ou Mark – informou-lhe.

– E se for menina?

- Michael também pode ser nome de menina – Claire riu. - E por acaso eu já lhe disse o quanto gosto desse nome? Michael é um nome maravilhoso.

Seu marido baixou a cabeça. Tocando os lábios contraídos um contra o outro, ele disse-lhe brandamente:

- Parece que sim. Sim, se não me engano, esse é teu nome preferido.

- Demais.

Claire sorriu enquanto o vampiro que amava beijava-lhe até a alma. E, enquanto o abraçava terna e apaixonadamente, pensou que sim, que eles definitivamente deviam ter outro Michael na família.

A SOMBRA DA LUA

SHERRILYN KENYON

1

NOVA ORLEANS

FURY KATTALAKIS ESTAVA PRESTES a entrar no covil do dragão. Bem, não exatamente. *Havia*, de fato, um dragão no sótão do prédio ao qual Fury estava se dirigindo, mas aquele dragão não representava nem um quinto do perigo que emanava do urso que guardava a porta.

Aquele filho da mãe era detestável.

Não que Fury se importasse com isso. A maioria das pessoas e dos animais o odiava, mas isso não era um problema para ele. E, de qualquer forma, ele não tinha mesmo muita utilidade para o mundo.

– As coisas que você faz pela família... – murmurou Fury, muito embora todo aquele conceito de família ainda lhe fosse algo novo. Estava acostumado a ser insultado por todos ao seu redor. Foi somente depois que seu irmão, Vane, levou-o para fazer uma viagem, no verão de 2004, que Fury percebeu que nem todas as criaturas do universo queriam matá-lo.

O urso, entretanto, ainda estava lá...

Dev Peltier ficou tenso assim que viu Fury surgir das sombras próximas à porta do Santuário – um bar tosco de motoqueiros e clube *privé* que ficava na altura do número 688 da Ursulines. Não era provável que aquele endereço tivesse sido escolhido de propósito pelo clã de ursos donos daquele lugar, de modo que aquilo era, portanto, uma pequena ironia do destino.

Vestindo a camiseta preta do uniforme do Santuário e calças jeans, o urso tinha forma humana naquele momento: cabelos loiros, longos e encaracolados, um par de botas de motoqueiro e um par de olhos perspicaz que não perdia nenhum detalhe ou ponto fraco. Não que Fury tivesse um ponto fraco... Mas, apesar de toda aquela aparência humana de Dev, para os Licantropos[1] (como Fury), a forma alternativa de Dev era como um sinal que alertava todas as espécies dos outros mundos que ele era perigoso.

Todavia, Fury também era perigoso. E o que lhe faltava em habilidades de magia era-lhe mais do que compensado em fúria pura... E em respostas rápidas. E em cólera.

Ninguém levava vantagem sobre ele. Nunca.

– O que você está fazendo aqui? – grunhiu Dev.

Fury encolheu os ombros com indiferença e decidiu que não entraria em uma briga, como havia prometido. Ele, cumprindo uma promessa para outra pessoa que não para si mesmo... pois é... isso mesmo. O inferno devia estar congelando. E Fury ainda não sabia direito como tinha permitido que seu irmão, Fang, convencesse-o daquele suicídio evidente.

O filho da mãe lhe devia essa.

Grande momento.

– Calma, cara – Fury ergueu as mãos em sinal de uma dissimulada rendição. – Só vim aqui para ver Sasha.

Dev mostrou os dentes de forma ameaçadora e lançou um olhar pelo corpo de Fury. O que, normalmente, teria feito Fury esmagá-lo como uma lesma, simplesmente por ter sido insultado. Caramba, seu irmão, Vane, estava gozando com sua cara.

– A Pátria Kattalakis não é bem-vinda aqui e você sabe disso.

---

1 Licantropo: membro da Pátria dos Lycos. (N. T.)

Fury arqueou uma sobrancelha enquanto olhava para o letreiro que se erguia sobre a cabeça de Dev: uma placa preta com luzes azuis e marrons mostrava uma motocicleta em uma colina contornada por uma lua cheia. Além disso, o letreiro também dizia que o Santuário era o lar dos Howlers, a banda da casa. Para os desavisados, aquele parecia um letreiro como outro qualquer. Todavia, para aqueles que tinham nascido amaldiçoados, como eles, as sombras na lua formavam a silhueta de um dragão ascendente – um símbolo oculto para os seres sobrenaturais do mundo.

Aquele clube não apenas se chamava Santuário. Ele *era* um santuário. Todas as entidades paranormais podiam entrar ali e, uma vez que entrassem, ninguém podia feri-las, pelo menos enquanto elas obedecessem a Primeira Regra: *Não derramar sangue.*

- Você conhece as leis de nosso povo. Você não pode escolher quem entra. Todos são igualmente bem-vindos – disse Fury.

- Vá se foder – rosnou Dev.

Fury balançou a cabeça conforme reprimia sua cáustica resposta natural. Em vez de retrucar, todavia, decidiu enfrentar aquela situação lançando mão de um sarcasmo cortante.

- Muito obrigado pela oferta, mas, embora tenha certos trejeitos femininos em seu comportamento e uma cabeleira digna de causar inveja a qualquer garota, você é muito peludo para o meu gosto. Sem ofensa.

Dev contorceu os lábios.

– E desde quando um cachorro se preocupa com quem se esfrega?

Fury segurou a respiração rispidamente.

- Eu poderia descer tanto que até mesmo a sarjeta ficaria constrangida, mas... sei o que você está tentando fazer. Está tentando provocar uma briga para poder me enxotar legalmente daqui – cerrou os punhos e demonstrou lutar contra o que queria fazer e o que havia prometido fazer. - Eu também realmente quero essa briga, mas tenho que falar com Sasha. E isso não pode esperar.

Sinto muito. Vamos ter que deixar a provocaçãor e a luta para mais tarde.

Dev grunhiu ameaçadoramente, um som completamente animal.

– Você está brincando com fogo, Lobo.

Fury fechou a expressão e estreitou os olhos, mostrando-os em sua forma de lobo. Quando falou, sua voz era baixa e selvagem e preenchida por uma promessa de guerra que entraria em erupção se Dev quisesse continuar aquele jogo.

– Feche a boca, caia fora e deixe-me entrar.

Dev deu um passo adiante.

Antes mesmo de Fury poder retesar os músculos à espera do golpe que Dev estava prestes a desferir, Colt apareceu. Mais de um palmo mais alto do que ambos, Colt tinha cabelos curtos e negros, além de olhos letais. Levou uma enorme garra da mão tatuada até o peito de Dev e o afastou de Fury.

– Não faça isso, Dev – disse Colt em um tom baixo. – Ele não vale a pena.

Fury provavelmente se sentiu insultado, mas a verdade nunca o incomodava.

– Ele tem razão. Sou um bastardo inútil, filho de outro bastardo ainda mais inútil. Você definitivamente não quer perder sua licença do Santuário por causa de tipos como eu.

Dev puxou os ombros para longe do toque de Colt, o que fez a manga de sua camiseta subir, expondo a tatuagem de dois arcos e duas flechas desenhada em seu braço.

– Que se dane! – exclamou. – Mas estamos de olho em você, Lobo.

Fury mostrou-lhe o dedo do meio.

– Então, vou tentar não mijar no chão ou estragar a mobília... – disse, desviando o olhar para as botas negras e cravejadas de prata que Dev usava. – Já sua perna... Aí é outra conversa...

Dev rosnou novamente enquanto Colt ria e o segurava apontando para a porta com o queixo.

– Entre logo, Fury, antes que eu decida servi-lo de refeição para Dev.

- Eu realmente não valho a indigestão.

Com uma piscada provocadora para Dev, Fury passou por eles para entrar no bar, onde a música era alta e pungente – o que fez o lobo querer uivar em protesto, já que aquele barulho agredia-lhe a audição aguçada.

Como Colt era um dos Howlers, eles ainda não estavam no palco. Entretanto, já havia uma boa plateia reunida no local. Visitantes e frequentadores andavam de um lado para o outro no primeiro nível do bar de três andares. O segundo piso estava, sem dúvida, tão lotado quanto ali. O terceiro, no entanto, era reservado apenas àqueles como Fury.

Ele enfiou as mãos nos bolsos de trás da calça conforme caminhava entre as pessoas. Era fácil distinguir os motoqueiros das demais pessoas que ali se encontravam, já que muitos deles usavam suas vestes tradicionais, ou seja, andavam cobertos de couro. Os outros, mais jovens e mais modernos, usavam roupas de náilon ou jaquetas da Aerostich, como o próprio Fury. Por outro lado, os visitantes e os universitários usavam de tudo, desde minissaias até calças sociais e jeans surrados.

Enquanto passava pelas mesas onde as pessoas podiam se sentar e comer, Fury avistou a bela garçonete loira que, por acaso, era irmã do babaca que encontrara momentos antes do lado de fora do bar.

Aimee Peltier.

Como Dev, ela tinha os cabelos longos e loiros, e era mais alta e mais magra. Mais suave. Muito atraente, exceto pelo fato de se transformar em um urso quando dormia. Fury estremeceu com aquele pensamento. O gosto de seu irmão para mulheres deixava muito a desejar.

Aimee congelou no exato momento em que o viu.

Sutilmente, ele usou os olhos para apontar para o bar, numa tentativa de dizer à garçonete que lhe trazia um recado. Ela era a verdadeira razão de ele estar ali, mas, se qualquer um dos vários irmãos de Aimee descobrisse, ambos estariam mortos.

Então, Fury seguiu a caminho do bar, onde três *bartenders* preparavam *drinks*. Juntamente com Dev, eles formavam um quarteto de irmãos idênticos, de modo que Fury sentiu como se estivesse vendo uma cópia quando um deles apareceu em sua frente. A única maneira de diferenciar Dev de seus outros três irmãos era a tatuagem no braço. No que diz respeito aos demais, bem, Fury não dava a mínima para quem era quem.

O urso aproximou-se ameaçadoramente, com olhos estreitados:

- O que você quer, Lobo?

Indiferente, Fury se sentou.

– Diga para Sasha que preciso vê-lo.

- Por que precisa vê-lo?

Fury lançou um olhar irônico.

- Negócios de lobos. E, pelo que descobri da última vez que farejei, algo que realmente estou tentando não fazer agora, já que o cheiro de babacas que vocês exalam é azedo demais para meu olfato, você é um urso. Agora, pegue esse seu couro e dê o fora daqui.

- Você precisa aborrecer todo mundo que encontra? – aquela voz suave desceu pela espinha de Fury como uma carícia secreta.

Então, Fury virou-se para encontrar Margarite Neely, que estava de pé logo atrás dele. Pequena e humana, Margery, como eles a chamavam, tinha um dos melhores traseiros que Fury já tinha visto em uma mulher. E aí estava o problema. Ela era humana, e ele tinha passado por momentos difíceis durante uma relação com aquela raça - ou com qualquer raça, para dizer a verdade. Habilidades sociais não eram seu forte. Como Margery havia apontado, ele tinha a tendência de irritar todo mundo que fosse idiota o suficiente para se aproximar. Mesmo quando essa não era a intenção.

- É um costume inato bastante útil na maior parte do tempo.

Rindo, Margery ofereceu-lhe uma garrafa de cerveja.

Fury negou com a cabeça, recusando a oferta. Aquela coisa em suas pupilas gustativas... nojento. Ele franziu a testa.

- Estou surpreso em vê-la aqui embaixo.

Margery era a enfermeira dos Peltiers, e Fury geralmente a via apenas quando estava ferido e precisando de cuidados. Como regra, ela evitava a área do bar e ficava na enfermaria secreta que havia ali no prédio.

A mulher deu um gole em sua cerveja.

- É, mas estamos com um probleminha lá dentro. Preciso de uma bebida para relaxar.

Como ele nunca a havia visto beber, aquilo o intrigou.

– Que tipo de probleminha?

Foi neste momento que Sasha juntou-se a eles, respondendo imediatamente àquela pergunta:

- Estamos com um Litariano,[2] um leão mutante, na sala de Carson.

Fury fechou uma carranca para Sasha, cujo rosto estava pálido. Se não o conhecesse bem, pensaria que o lobo estava abalado.

– Sim, e daí? Há um monte de porcarias na sala de Carson na maior parte do tempo.

Carson era o médico residente e veterinário que todos os Caçadores de Mutantes procuravam quando precisavam de cuidados médicos. O fato de haver um leão mutante em sua enfermaria não devia causar espanto algum, devia?

Margery balançou a cabeça, discordando.

– Não é bem assim, Fury. Ele não consegue voltar à forma humana, não consegue usar sua mágika.

Agora *aquilo* sim era impressionante.

- O que você está dizendo?

- Uma tessera[3] de Arcadianos o feriu – disse em tom baixo, como se tivesse medo de alguém mais ouvi-la. – Não sabe-

---

2 Litariano: mutante que se transforma em leão. (N. T.)

3 Tessera: termo grego para “quatro”. Refere-se a um grupo de quatro Caçadores de Mutantes. (N. T.)

mos com o que, mas o fato é que essa coisa drenou-lhe os poderes instantaneamente. Ele sequer consegue projetar os pensamentos para sua companheira.

Fury não conseguia respirar ao simples pensamento daquilo. Embora sua base e sua primeira forma fossem a de um lobo – e seu controle sobre a mágika fosse risível –, ele não conseguia imaginar como seria viver o resto da vida inteiramente como um animal.

- E vocês têm certeza de que ele não é um leão comum? – era uma pergunta idiota, mas, de qualquer forma, era também uma pergunta que precisava ser feita. Neste momento, Sasha e Margery olharam-no com ares de espanto misturados com "você está falando sério?". – Só quero ter certeza – disse-lhes, levantando as mãos. – Vocês podiam ter caído e batido a cabeça na calçada ou algo do tipo.

Margery deu um longo gole em sua cerveja.

– Tem sido um dia difícil...

- É – concordou Sasha, tomando-lhe a cerveja das mãos e copiando-lhe o gesto. – Todos estamos abalados com essa situação. Imagine estar cuidando das suas coisas e algo atingi-lo e infestá-lo com uma substância que não conseguimos identificar e, depois disso, você se perder para sempre.

Fury respirou profundamente antes de dizer:

– Já vi esse filme antes. É uma porcaria.

Sasha abaixou a cabeça timidamente quando se lembrou do passado de Fury.

- Desculpe, cara. Não queria insinuar nada com isso.

Ninguém nunca queria. No entanto, aquilo era sempre um golpe, independentemente da intenção.

- Você queria falar comigo? – perguntou Sasha, mudando de assunto.

Fury analisou a área ao seu redor para se certificar de que ninguém do clã dos ursos estivesse por perto. Então, lançou um olhar aguçado para Margery.

– Temos de tratar de negócios de Lobo, se você não se importa.

- Tudo bem – respondeu Margery. - Preciso voltar lá para cima de qualquer forma. A companheira do Litariano teve de ser dopada mais cedo e deve acordar a qualquer momento – deu um passo entre Fury e Sasha para chegar ao bar e chamar o Urso. – Remi, mais uma garrafa e volto para meu trabalho.

Fury sussurrou:

- Ainda bem que não sou o paciente.

- É para Carson – disse Margery, olhando-o com repreensão.

O lobo bufou:

- Então repito o que disse. Exatamente o que preciso: um bando de bêbados mexendo em mim – ele encontrou o olhar divertido de Sasha. – Lembre-me de não fazer nada idiota essa noite. Ei, espere, estou aqui. Tarde demais para essa advertência, não?

Sasha ignorou aquela pergunta enquanto cruzava os braços sobre o peito e escorava-se na outra perna.

– Do que você precisa, Fury? Não somos exatamente amigos.

Fury puxou Sasha para alguns metros de onde Remi estava servindo outra garrafa de cerveja para Margery.

- Eu sei, mas você é o único lobo de quem os Peltiers não suspeitam e o único em que posso confiar para entregar isso a Aimee – disse-lhe, passando um pequeno bilhete para Sasha. - Certifique-se de limpar seu traseiro com isso ou de fazer algo do tipo para tirar o cheiro de Fang do papel. Fiz o que pude, mas meu irmão é muito... *perfumado*.

Sasha parecia bastante incomodado com o pedido.

- Sabia que a última vez que me envolvi em algo assim fui ferido de morte e marcado, e vi o meu clã inteiro se complicar? Siga o meu conselho e não deixe seu irmão arrastá-lo para um maldito buraco junto a ele.

- Sim, mas não estou lidando com dois deuses – lidar com dois deuses era o que quase havia matado Sasha. – Apenas estou fazendo um favor para meu irmão.

- Foi exatamente isso que eu disse a mim mesmo. Mas o problema com familiares é que eles o envolvem em toda a confusão e depois o abandonam. Ou pior, morrem.

Era verdade, e Fury sabia disso. Entretanto, ele devia a Vane e a Fang o fato de eles o terem acolhido quando ninguém mais o fizera.

Por seus irmãos, ele estava disposto a morrer.

- E então, você vai entregar o bilhete para ela?

Sasha rangeu os dentes.

– Vou. Mas você me deve essa.

Na verdade, Fang era quem devia, mas... eles eram irmãos e, pela primeira vez na vida, Fury entendeu o que aquilo significava.

– Sei disso. Fico muito grato – contentou-se em dizer.

Sasha enfiou o papel no bolso de trás da calça.

– Sabe, o que me mata nessa história toda é que nunca vi dois animais agirem de forma tão parecida com a dos humanos. Que tipo de porcaria de Romeu e Julieta eles estão planejando, afinal?

Fury encolheu os ombros.

- Caramba, se eu soubesse... Ele diz que ela é a única capaz de entendê-lo. Dado o jeito de menininha com que ele tem agido ultimamente, eu até concordo com isso, porque, definitivamente, não entendo nada. Não me espantaria se ele de repente começasse a usar roupas cor-de-rosa ou coisa assim.

Os cantos dos lábios de Sasha ergueram-se como se ele estivesse segurando o riso.

- E o que *você* está fazendo aqui?

Todo o corpo de Fury ficou tenso ao som do carregado sotaque francês que a voz de Nicolette Peltier – a *Mama* - trazia. Como seu irmão estava envolvido com a única filha de Mama, Aimee, Fury entendia completamente a hostilidade que ela dispensava para todo o clã dos lobos. Isso, entretanto, não significa que ele goste daquele tom.

Preparou-se para começar a dizer para a mulher o que ela podia fazer com aquela empáfia, mas, antes de responder, Sasha o interrompeu:

– Eu pedi a ele que viesse. Queria adverti-lo sobre o que aconteceu com o Litariano.

Mama relaxou levemente, mas sua expressão permaneceu profundamente marcada pela preocupação.

– Estamos com um problema lá – disse, lançando um olhar para o ambiente como se procurasse alguém suspeito. – Que os deuses tenham piedade de nós todos se não conseguirmos conter aqueles que nos perseguem. Fico arrepiada com o simples pensamento do que mais eles são capazes.

E Fury também ficava.

– Os ursos estão fazendo algo para descobrir quem é o responsável?

Mama moveu a cabeça.

– *Non*, as leis do Santuário proíbem isso.

– Então eu vou fazer.

Sasha bufou:

– Você não consegue conter essa sua veia *kamikaze*, não é mesmo?

Fury sorriu.

– Na verdade, não. Acho mais fácil aceitar essa minha natureza e conviver com ela do que lutar contra mim mesmo. Além disso, se alguém está tentando nos ferrar, quero saber quem é o desgraçado e como está agindo. Mais do que qualquer outra coisa, quero a cabeça desse filho da mãe.

Um lampejo de respeito brilhou nos olhos de Nicolette. Ela olhou para Sasha.

– Leve-o para cima para que ele possa farejar quem fez isso, antes que outros odores contaminem o leão.

Sasha inclinou a cabeça para Nicolette e finalmente acenou para Fury acompanhá-lo.

Fury não falou enquanto eles deixavam o bar e se dirigiam à cozinha, adentrando a casa dos Peltiers. Assim que estavam fora da visão dos humanos, Sasha usou os poderes para desaparecer e reaparecer na enfermaria que ficava no segundo andar.

Fury foi um pouco mais cauteloso. Como ninguém o havia ensinado a usar sua mágika quando ele chegou à adolescência, seu controle era menor do que o desejável. Mais especificamente: ele se recusava a deixar que qualquer um soubesse o quão fraco era seu domínio. Ninguém que conheceu suas deficiências sobreviveu para contá-las.

Sendo assim, ele usou as escadas para subir até as salas reservadas, onde se encontrava o centro médico. Tão logo entrou no pequeno cômodo, viu Margery, Carson e Sasha à sua espera.

– Por que você não me acompanhou? – perguntou Sasha.

– Eu acompanhei.

– Sim, mas...

Fury o interrompeu.

– Não vou deixar um vestígio de poder para que vocês possam usá-lo contra mim. Caminhar funciona muito bem. Agora me diga, onde está o leão?

Carson parou no fundo da sala, onde outra porta levava à área da enfermaria.

– Ele está aqui dentro.

Fury o seguiu. Assim que entrou na sala esterilizada, o lobo congelou. Havia uma mulher chorando, debruçada sobre o leão deitado na maca. Ela tinha uma das mãos enterrada na juba do animal, enquanto a outra se apoiava sobre a mesa. No centro de sua palma, havia um elaborado desenho deixando claro que ela tinha um companheiro. A afeição que aquela mulher mostrava para o leão significava que ela pertencia a ele.

– Anita? – chamou Carson gentilmente. – Este é Fury Kattalakis. Ele está aqui para ajudar a descobrir quem fez isso.

Inspirando profundamente, ela levantou a cabeça para lançar um olhar com o propósito de deixar claro que aquela oferta não a impressionava.

– Meu orgulho me leva a querer saber quem causou isso.

- Sim - disse Carson, outra vez com um tom gentil. – Mas quanto mais pistas tivermos, mais chances teremos de encontrá-los e, com sorte, de encontrar também a cura.

- Somos leões...

- E eu sou um lobo - disse Fury, interrompendo-a. – Se eu precisar de força e brutalidade, chamo vocês. Mas, se você está procurando alguém, ninguém melhor do que um de nós.

Carson repousou a mão sobre o braço da mulher.

– Ele está certo, Anita. Deixe-o ver se pode nos ajudar a encontrar os culpados antes que eles façam outra vítima.

Ela apertou a mão na juba do leão antes de se levantar e se afastar.

Fury aproximou-se da maca lentamente.

– Ele está completamente animal ou ainda retém algum traço humano?

Carson acenou.

– Não temos certeza.

Aquelas palavras arrancaram um soluço profundo da mulher.

Fury a ignorou e aproximou-se ainda mais da maca. O leão grunhiu baixo enquanto Fury chegava mais perto. Era uma advertência animal. O lobo dentro de Fury quis subir para sua cabeça, mas ele o impediu. Embora sua parte lobo quisesse lutar, sua parte homem sabia que o leão o destroçaria. Às vezes, era bom ter habilidades humanas, mesmo que essas habilidades, em alguns momentos, entrassem em conflito com o lobo existente em sua alma.

- Calma – disse ele em tom brando conforme fechava a mão em punho para proteger os dedos. Se não houvesse nada além do animal dentro do leão, aquilo responderia a quaisquer feromônios de hostilidades ou de medo que pudesse exalar. Fury estendeu a mão levemente, de modo que o leão pudesse sentir seu cheiro e perceber sua intenção.

O leão o golpeou, mas não o feriu. Ótimo. Fury colocou a mão nas costas do animal. Inclinando-se, sentiu os músculos se retesarem, mas aquilo não era a preparação para um ataque. Inspirou e sentiu os cheiros de Carson, de Margery e da leoa misturados a outros. Todavia, foi o mais sutil de todos os odores que mais o atordoou...

Uma Caçadora de Mutantes.

Fury olhou para a leoa.

– Vocês se aproximaram de outro membro da Pátria de Lykos, de algum outro lobo mutante?

Anita indicou o lobo ao lado de Carson.

– Sasha.

– Não – disse Fury lentamente. – Fêmea.

Anita soltou um sorriso de escárnio.

– Não nos misturamos com outras raças. Somos puristas.

Talvez... mas Fury percebeu também outros odores. Chacal, pantera e lobo.

– Quando foi a última vez que estiveram próximos de um chacal?

– Nunca! – cuspiu, indignada diante daquela simples sugestão. Os chacais não eram exatamente a raça favorita de ninguém. Nas terras dos proscritos, eles eram os animais ômega. Aqueles que todos evitavam e caçavam.

Sasha aproximou-se.

– Também senti isso – completou.

Carson compartilhou um olhar de incômodo e preocupação com Margery.

– Anita, conte-nos tudo o que se lembra sobre quem atacou seu companheiro.

– Eu não os vi. Jake tinha saído com o irmão, na forma natural, apenas para correr. Eles não estavam fazendo mal a ninguém. O irmão de Jake disse que uma tessela dos Arcadianos apareceu subitamente. Eles lutaram, e os Arcadianos atingiram Jake com algo, e ele caiu. Peter correu para buscar ajuda.

– E onde ele está agora? – perguntou Fury.

Uma lágrima deslizou do canto dos olhos da leoa.

– Morto. O que eles lançaram, seja lá o que fosse, atingiu-o na cabeça. Ele viveu apenas tempo suficiente para nos contar o que aconteceu.

Carson deixou a leoa aos cuidados de Margery antes de conduzir Sasha e Fury para fora da enfermaria.

– Examinei a cabeça de Peter e não consegui encontrar nada. Não há buraco de entrada, nem buraco de saída, nem sangue. Nada. Não faço ideia do que o matou.

Aquilo não prenunciava boas-novas.

– Mágika? – perguntou Fury.

Carson balançou a cabeça.

– Mas o que poderia ser tão poderoso assim?

– Os deuses – disse Sasha, levantando-se.

Fury, todavia, discordava.

– Não senti o cheiro de um deus, senti o nosso cheiro – completou.

– Você sabe quantas Pátrias de Lycos[4] existem? – perguntou Sasha com um olhar lânguido.

– Como sou o Líder dos Katagaria, sim, eu sei. Há milhares de nós e apenas nessa época – respondeu Fury. O que ele não disse, todavia, era que o cheiro que ele sentira era-lhe mais do que familiar. O cheiro de um passado que ele daria tudo para esquecer. – Vou dar uma olhada por aí e ver o que consigo encontrar.

– Obrigado – agradeceu Carson.

Fury anuiu.

– Ficarei em contado – limitou-se a dizer.

– Ei, Fury...

O lobo se virou ao chamado de Sasha, que o atingiu levemente no peito três vezes com o punho antes de deslizar a mão para baixo. Um gesto silencioso avisando Fury que Sasha não se esqueceria de

---

[4] Lycos: mutantes que se transformam em lobo. (N. T.)

entregar o bilhete para Aimee. Fury inclinou a cabeça em um gesto de respeito antes de deixar a sala e dirigir-se para as escadas.

Mas, a cada passo que dava, suas memórias há muito tempo enterradas começavam a arder em seu corpo, queimando-o por dentro. Ele voltou para o tempo em que uma mulher tinha sido todo o seu mundo. Não era sua amante, tampouco alguém de sua família. Era, sim, sua melhor amiga.

Angelia.

E, durante uma discussão, quando seu irmão contara para ela a qual clã ele realmente pertencia, ela não apenas traíra a promessa sagrada que lhe fizera, como também tentou matá-lo. Fury ainda podia sentir o golpe do punhal cujo cabo era segurado por Angelia – a cicatriz ainda estava entalhada em seu peito, a poucos centímetros do coração. O fato é que ela não errara o alvo. As palavras que dissera para Fury tinham-lhe causado muito mais dor do que qualquer outra arma teria causado.

Se ela estivesse por trás disso, Fury garantiria que aquele seria o último erro cometido por aquela filha da puta.

2

Angelia hesitou dentro do mal-afamado Santuário. Tinham entrado subitamente no terceiro piso do limani – a área reservada para que aqueles que se teletransportavam não fossem vistos – e estavam agora tentando decifrar a paisagem externa. Mal iluminado, o teto do clube era pintado de preto; as paredes, por sua vez, eram compostas de tijolos vermelho-escuros. Grades e guarnições pretas criavam no lugar a sensação e a aparência de uma caverna.

Ela passara a maior parte de sua vida na Inglaterra medieval, e preferia o campo aberto e o ar puro ao caos da vida no século XXI. Agora, sabia o porquê. Prédios como aquele eram claustrofóbicos. Angelia estava acostumada com tetos abobadados de nove metros – e aquele que agora estava sobre sua cabeça, além de plano, não deveria ter mais do que três metros.

Inquieta, olhou as luzes elétricas ao seu redor. Como uma caçadora de criaturas mutantes, ela era suscetível às correntes elétricas. Uma diminuta descarga e Angelia poderia perder o controle não apenas de sua mágika, mas também de sua aparência humana.

Como seu povo conseguia viver naqueles lugares terrivelmente lotados e excessivamente eletrificados? Ela nunca entendera aquele gosto. Isso para não mencionar as roupas...

Angelia vestia calças azuis e um top branco que, apesar de macio, era também demasiado curioso.

- Tem certeza de que essa é uma boa ideia? – sussurrou para seu acompanhante, Dare.

Ele era pelo menos 25 centímetros mais alto do que ela. Num primeiro momento, seu cabelo parecia castanho-escuro, mas, na verdade, era composto de uma mistura de todas as cores: branco, castanho, marrom, preto, ruivo e até mesmo alguns fios loiros. Longos e ondulados, eram provavelmente mais belos do que os cabelos de qualquer homem. A própria Angelia faria qualquer coisa para tê-los. Dare, todavia, não dava a mínima para o fato de ser incrivelmente sexy e atraente. Não que Angelia pudesse dormir com ele... Dare era praticamente um Katagaria no que dizia respeito à forma como lidava com as mulheres e, como uma mulher Arcadiana, ela achava aquele comportamento animalesco e repugnante, muito embora, de certa forma, também o achasse bastante excitante.

Ainda assim, ele era um dos mais ferozes caçadores de criaturas mutantes da Pátria de Angelia, e as mulheres de seu clã o disputavam há séculos.

Naquela noite, Dare tinha saído em busca de sangue.

Afortunadamente, não era o sangue dela.

Dare afundou seus nebulosos olhos verde-escuros nos dela.

– Está com medo, garotinha? Então volte para casa.

Ela não disfarçou a vontade de empurrá-lo – vontade que era fruto de sua raiva. A arrogância de Dare sempre a impelira para o caminho errado.

– Não estou com medo de nada – contentou-se em responder.

- Então, venha. E não diga nada.

Angelia fez um gesto obsceno pelas costas de Dare enquanto ele seguia na direção das escadas. Aquela era a única desvantagem de se viver no passado: os egos masculinos. Ali estava ela, uma

Aristi,[5] uma das mais poderosas de sua raça. E, mesmo assim, Dare a tratava como se ela não passasse de uma escória.

Deuses, como ela queria espancá-lo!

No entanto, Dare era neto do antigo líder e chefe da tessela de que ela fazia parte, de modo que Angelia era obrigada, pela honra, a segui-lo. Mesmo que quisesse matá-lo...

Lembre-se de sua obrigação, ela inculcava-se. Angelia e Dare nasceram na tribo Arcadiana dos Caçadores, humanos com a habilidade de se transformar em animais. O trabalho deles era vigiar os Katagaria, Caçadores que eram animais e que detinham a habilidade de se transformar em humanos. E, como os Katagaria às vezes adotavam a forma humana, isso não os tornava confiáveis. Eles não compreendiam a racionalidade dos homens, as emoções complexas, nem a decência. No fim das contas, os Katagaria ainda eram animais. Primitivos. Brutais. Imprevisíveis. Perigosos.

Suas presas eram pessoas e, animais que eram, eles caçavam membros da própria espécie. Nenhum membro dos Katagaria era digno de confiança. Jamais.

Ainda assim, por mais irônico que possa parecer, havia um grupo de Katagaria que administrava aquele bar e que mantinha as leis que garantiam a paz. Em teoria, ninguém podia ferir outro.

Sim, certo. Angelia não acreditava naquilo nem por um segundo sequer. Eles, os Katagaria donos daquele bar, provavelmente eram apenas melhores na arte de esconder os corpos. Ou de devorá-los.

Uma apreciação rude e crítica, talvez, mas havia um sexto sentido dentro de Angelia lhe dizendo que ela e Dare deviam sair dali antes de terminarem a missão a que estavam destinados.

Aquele sentimento piorou conforme eles desceram para o segundo piso, onde um urso que jogava cartas com um grupo de humanos mostrou-lhes os dentes em um sinal de intimidação.

5 Aristi: raça rara de Arcadiano com a habilidade de usar a magia sem esforço, os Aristi são os deuses mais poderosos e mais importantes do Reino Arcadiano (N. T.).

Franzindo a testa, ela esperou a reação de Dare, mas ele simplesmente continuou seu caminho rumo ao piso inferior. Angelia presumiu que ele não tivesse percebido a reação do urso, embora aquilo não fosse nada característico de um homem que, geralmente, via cada nuance de hostilidade ao seu redor.

De repente, um rugido elétrico perfurou o ar, fazendo-a estremecer enquanto agredia sua audição de lobo. Angelia cobriu uma das orelhas com a mão e implorou que não estivesse sangrando.

– O que foi isso?

Dare apontou para o palco, onde um grupo de Criaturas Mutantes ligavam instrumentos musicais. Uma guitarra altíssima gemeu antes de eles começarem a cantar e a aglomeração explodir em aplausos.

Angelia articulou uma careta no rosto delicado diante da visão e do som.

– Que música horrível! – reclamou, desejando estar em casa e não submersa naquele mundo bárbaro.

Uma vez que eles chegaram ao térreo, Dare pôde dar apenas dois passos antes de ser cercado por cinco ameaçadores ursos mutantes que Angelia jamais vira antes. O mais velho deles, aparentemente o pai, já que carregava uma misteriosa semelhança com os mais jovens, parou diante de Dare, encarando-o como se estivesse prestes a despedaçá-lo.

– Que diabos você está fazendo aqui, Lobo?

As narinas de Dare flamejaram, mas ele sabia tão bem quanto Angelia que eles estavam em menor número e em um território hostil, cercados por animais.

Angelia limpou a garganta antes de falar com o urso mais velho.

– Este não é o Santuário?

Um dos jovens ursos loiros empurrou Dare.

– Não para todos. Para ele, é mais um cemitério.

Dare se controlou e conteve a expressão de ira. Felizmente, conseguiu refrear o temperamento e não lutou.

Por enquanto.

Uma mulher alta e loira, parecida demais com aqueles homens para não ser da família, parou ao lado deles. Lançou um olhar áspero e afrontoso para Dare antes de esquadrinhar os ursos com um olhar mordaz.

Então, a mulher loira riu.

– Este não é Fang, pessoal. Parabéns, vocês estão prestes a esfolar um lobo inocente – colocando a bandeja debaixo dos braços, ela começou a se afastar, mas o urso mais velho a bloqueou.

- Ele se parece com Fang e tem o cheiro de Fang.

Ela bufou.

– Acredite em mim, Papa, ele não é nada parecido com Fang. Conheço meu lobo quando o vejo e esse cara aí não tem nada a ver com ele.

O urso mais jovem do grupo repentinamente agarrou um punhado de fios do cabelo de Dare.

- Ele tem a marca de um Kattalakis.

A garçonete virou os olhos.

– Certo, Serre. Mate o infeliz. Eu não dou a mínima – disse, antes de sair andando sem olhar para trás.

Serre soltou os cabelos de Dare e emitiu um grunhido de nojo.

– Quem diabos é você?

- Dare Kattalakis.

Angelia congelou ao som da voz ressonante e profunda que a atravessou como gelo. Era uma voz que ela não ouvia há centenas de anos, e pertencia a alguém que, há séculos, ela presumia estar morto.

Fury Kattalakis.

O coração de Angelia bateu pesadamente enquanto ela assistia os ursos abrirem caminho para ele se aproximar. Alto e magro, Fury tinha o tipo de corpo musculoso que a maioria dos homens precisa construir com muito esforço e malhação. Mas ele não. Mesmo quando era mais jovem, já tinha músculos definidos que causavam inveja nos outros machos de sua Pátria e aceleravam os corações afoitos nos peitos das mulheres.

E aqueles últimos séculos tinham-no deixado ainda mais forte e rijo. A insegurança de sua juventude tinha desaparecido. O lobo diante dela era penetrante e letal. E Angelia sabia exatamente do que ele era capaz.

Derramamento de sangue sem piedade.

A última vez em que ela o vira, seus cabelos loiros estavam compridos. Agora, estavam bem mais curtos, caindo até o pescoço. Mas seus olhos ainda guardavam aquela cor única, um tom mais escuro que o turquesa.

E o ódio que havia neles a fez estremecer.

A jaqueta de couro preta que Fury usava tinha chamas vermelhas e amarelas nas mangas; nas costas, havia um crânio e ossos cruzados que nasciam ameaçadoramente de trás das chamas. O zíper aberto na parte da frente colocava à mostra a camiseta preta que havia por baixo e a fibra sintética que forrava a jaqueta tornava os ombros ainda mais largos. As pernas do par de calças pretas enfiavam-se em um par de botas também pretas, que ostentavam fivelas prateadas dos lados.

Angelia engoliu em seco diante da aparição de Fury, parado ali, incrivelmente sexy e pronto para lutar – e *vencer* – com todos à sua volta. E, contra sua vontade, o coração dela disparou em inquietação. Embora Dare fosse gostoso, Fury era incrível. Hipnotizante.

E aquele lobo tinha um traseiro tão firme e bonito que devia ser considerado ilegal, mesmo nos dias de hoje. Tudo o que ela precisava fazer era não olhar. Ou, melhor dizendo, não encará-lo.

Ignorando o óbvio desejo de Angelia, Fury olhou para Dare.

– Há quanto tempo, irmão.

– Nem tanto tempo assim – disse Dare entre os dentes cerrados.

– Você o conhece? – perguntou o pai urso.

Fury encolheu os ombros.

– Costumava conhecer. Mas se vocês querem cortá-lo em pedaços e fazer sanduíche com o que restar, eu não me importaria nem um pouco. Aliás, se acharem necessário, eu até busco o amolador.

Dare moveu-se em sua direção.

Serre o agarrou e o impediu de continuar.

– Socá-lo seria um grande erro de sua parte. Mesmo que não gostemos dele.

Fury piscou sarcasticamente para o urso.

– Também te amo, Serre. Vocês sempre me fazem sentir tão bem-vindo aqui. Adoro isso.

– O prazer é todo nosso – respondeu Serre, soltando Dare.

O pai urso fez um sinal.

– Já que aparentemente cometemos um erro, vamos deixar os lobos com seus assuntos – lançou um olhar de advertência para Dare. – Lembre-se: sem derramamento de sangue.

Nenhum deles disse uma palavra sequer até que os ursos estivessem completamente longe dos olhos – e dos ouvidos.

Fury observou os dois seres diante de si cautelosamente. Dare e ele, junto a Vane, Fang e suas duas irmãs, Anya e Star, eram da mesma ninhada. Todos nasceram ao mesmo tempo e da mesma mãe Arcadiana. A mãe escolhera ficar com Fury, Dare e Star, e mandara os outros para viver com o pai Katagari.

E foi então que eles julgaram que Fury era humano. Sim. E no momento que sua família descobrira que ele não era humano, todos se viraram contra ele e tentaram matá-lo.

Sua condição era demasiadamente estranha para caber na compaixão humana.

Quanto a Angelia... Fury a odiava ainda mais do que odiava a seus irmãos. Quanto a Dare, bem, Fury ao menos conseguia compreendê-lo. O cara sempre o invejara. Desde a lembrança mais antiga de sua infância, Dare estava lá, tentando excluí-lo da afeição da mãe.

Mas Angelia – sua Lia - fora sua melhor amiga. Mais íntima do que irmãos ou até mesmo amantes. Ela prometera com um pacto de sangue permanecer ao lado dele por toda a eternidade.

Então, no momento em que Dare revelou o segredo de Fury, ela também ficou contra aquele que era seu amigo. Apenas isso já seria um motivo para Fury matá-la. Mas, mesmo assim, ele tinha de admitir que ela ainda o fascinava. Seus longos cabelos negros eram brilhantes e macios, do tipo que exigiam que as mãos rústicas de um homem lhes acariciassem e que o rosto austero mergulhasse naquele labirinto até que ficasse completamente inebriado com o perfume feminino. Os grandes olhos escuros escondiam secretamente uma indolente qualidade tão sedutora quanto bela. E os lábios... Volumosos e carnudos, eles pediam para ser beijados. Era também o tipo de lábios que não podia despertar em um homem outra fantasia que não a de tê-los envolvendo uma parte de sua anatomia masculina enquanto os olhos insinuantes procuravam porto onde ancorar.

Caramba, aquele simples pensamento excitava Fury.

Cerrando os dentes, estreitou os olhos e concentrou-se nas marcas que cobriam metade do rosto de Angelia. Aqueles sinais marcavam-na como o pior tipo de hipócrita arcadiano.

Uma Sentinela.

Sentinelas eram aqueles que se achavam melhores do que os Katagaria. Ou pior: tinham jurado caçar e aprisionar os Katagaria como os animais que os Arcadianos os acusavam de ser.

Para Fury, era difícil acreditar que algum dia já tinha cuidado de Angelia. Ele devia estar louco. Sim, aquilo definitivamente devia ser insanidade.

- Vi o trabalho que fizeram com o Litariano – expressou Fury em um tom gutural. – Querem contar como fizeram aquilo?

Dare, cujos olhos assemelhavam-se tanto com os de Vane que pareciam ser uma maldita assombração, encarou Fury.

– Não sei do que você está falando.

Fury soltou um riso sarcástico.

– Sim, sei. E presumo que vocês dois estejam aqui por coincidência. Que vieram apenas para tomar alguns drinks porque essas malditas coincidências acontecem o tempo todo – farejou o ar. – Ei, espere um pouco, o que é isso? Merda? Sim, sinto cheiro de um monte de merda.

- Como se fosse possível – cuspiu Dare. – É impossível sentir o cheiro de merda nessa fossa infestada de bebida barata, perfume exagerado e fedor animal.

- Ah, mas espere, aí é que você se engana. Eu moro em uma fossa. Sentir o cheiro de merda é minha especialidade. E, Irmão, você exala esse cheiro. Então, se eu fosse você, contaria para mim o que fez. Ou então vou atirá-lo para os ursos Peltier.

Foi a vez de Dare soltar um riso sarcástico.

– E o que eles vão fazer? Eles têm de manter as leis. *Sem derramamento de sangue.*

- Verdade. Mas há três mutantes sem moral debaixo desse teto e outros dois moram a poucos metros daqui. Vamos chamá-los e... Basicamente, Irmão, você está fodido.

- Não, *Irmão* - disse Dare, zombando da palavra usado por Fury. – Quem está fodido aqui é você.

Antes que Fury pudesse piscar, Dare levantou uma arma e apontou para a cabeça dele, que segurou-lhe o pulso no exato instante em que houve o disparo. Lutando e se contorcendo, ele caiu de joelhos, puxando o braço de Dare consigo.

Gritos ecoavam ao redor deles.

- Arma! – alguém gritou, causando pânico nos humanos, que corriam para a saída.

Angelia segurou Fury pelo pescoço.

- Mantenha-o abaixado – vociferou Dare enquanto tentava desvencilhar o pulso da mão de Fury.

Mas Fury recusava-se a soltar a mão de Dare. Se soltasse, o filho da mãe o acertaria com o que quer que fosse que tenha usado nos leões.

Angelia envolveu o braço ao redor da garganta do lobo, asfixiando-o.

– Solte-o, Fury!

Antes de o lobo poder responder, os três foram separados. Fury tentou se levantar, mas alguém os mantinha presos com um maldito campo de força. Rosnando, ele liberou seus poderes com raiva. Em vez de quebrar o campo, transformou-se em um lobo.

Latiu para Mama Peltier, que se colocou entre ele e Dare. Mas Fury sabia que não eram os poderes dela que ele sentia. O problema era que ele não sabia a quem aqueles poderes pertenciam.

– Ninguém vem à minha casa e faz isso – rosnou. – Vocês três estão banidos daqui e, se eu pegá-los dentro do Santuário novamente, vocês não viverão tempo suficiente para se desculparem.

– Ele nos atacou – disse Dare. – Por que devemos ser banidos?

Dev rebocou-o do chão.

– Qualquer um que se envolve em uma briga é expulso. Essas são as leis.

Colt foi bem mais gentil ao levantar Angelia.

– Não houve derramamento de sangue – ela argumentou.

Mama contorceu os lábios.

– Não importa. Vocês quase nos expuseram aos humanos. Sorte de vocês que eles saíram rapidamente. Agora, caiam fora daqui.

Fury tentou se transformar em humano novamente para contar-lhes o que estava acontecendo, mas sua mágika não estava cooperando. Nem mesmo seus poderes mentais estavam funcionando. Era provável que aquilo tivesse a ver com o fato de haver o poder de uma terceira pessoa aprisionando-o.

Maldição!

Dare encarou-o e fez um gesto que deixava claro que eles não tinham terminado. Então, ele e Angelia saíram.

– Você também deve ir, Lobo – rosnou Dev. – Max, leve-o para fora.

O campo de força foi interrompido.

Finalmente Fury podia voltar a transformar-se em humano. Embora pudesse ter feito isso sem expor a nudez publicamente. Diferente de outros mutantes, ele não conseguia fazer aparecer as roupas ao mesmo tempo em que se transformava. *Realmente odeio meus poderes...*

Enquanto recolhia as roupas, elas foram colocadas em seu corpo. Confuso, ele olhou ao redor e viu o olhar de Aimee. Ela fez um ligeiro gesto com a cabeça para confirmar que tinha sido a responsável pela mãozinha. Sem dúvida Fang havia lhe contado sobre sua fraqueza.

Dev deu um passo adiante.

- Estou indo – disse Fury. – Mas antes, permita-me agradecer a todos vocês pela estupidez que demonstraram. Aqueles dois filhos da mãe que acabaram de sair são os responsáveis por ferrar com o leão lá em cima. Eu estava tentando tirar a informação deles.

Dev praguejou.

– Por que você não nos disse nada?

- Eu estava tentando. Da próxima vez que prender alguém no chão em um campo de força, talvez você se lembre de não reprimir também a habilidade de falar.

O membro da Pátria dos Draco,[6] Max, sacudiu a cabeça.

– Achei que você fosse me insultar por prendê-lo. É isso o que você geralmente faz sempre que fala comigo.

- E provavelmente insultaria se não tivesse nada mais importante para dizer.

Dev limpou a garganta para chamar-lhes a atenção.

– Eles são dessa época?

- Não.

Mama assentiu.

– Então eles devem estar em algum lugar da cidade. Não há lua cheia para que eles possam dar o salto no tempo.

---

6 Draco: mutantes com a habilidade de se transformar em dragão. (N. T.)

Assim Fury esperava, mas havia outra verdade sobre sua velha amiga.

– A mulher era Aristi. Ela não tem ligação com a lua. Eles podem estar em qualquer lugar, em qualquer tempo.

Dev suspirou.

– Bem, pelo menos conseguimos afastar os humanos antes de eles verem algo sobrenatural acontecer.

- Que ótimo, valentão – disse Fury, fechando o zíper da jaqueta. – Agora, se vocês me permitem...

- Ei.

Ele olhou para Dev, que disse:

- Você ainda está banido daqui.

- Como se eu me importasse.

Fury tinha sido banido de muitos lugares muito mais legais do que aquele, nos quais ele tivera pessoas que realmente se preocupavam com ele. Pelo menos por alguns anos.

Sem devolver o olhar, deixou os ursos e dirigiu-se para a Ursulines. A rua estava inexplicavelmente quieta, em especial dado o fato de que um grande número de humanos havia saído aos gritos noite afora apenas alguns minutos atrás. A ameaça de violência devia tê-los penetrado a pele.

Mas isso não mudava o fato de que tinha ainda um lobo para rastrear. Dois, para ser preciso. O senso comum lhe mandava retornar para seu grupo e contar a Vane o que estava acontecendo.

Fury deu de ombros:

- Vivi toda minha vida sem nenhum senso. Por que deveria começar a me preocupar agora?

Enquanto se aproximava de sua motocicleta, uma estranha fissura de poder lhe percorreu a coluna. Virou-se esperando briga, mas, antes que pudesse sequer se mover, foi golpeado por um choque feroz. Praguejando, caiu no chão com uma forte pancada. A dor explodiu pelo seu corpo enquanto ele retomava sua forma de lobo, depois humano e depois lobo outra vez.

Estava completamente imóvel enquanto seu corpo lutava para permanecer em uma única forma, mas foi incapaz disso.

Dare se aproximou lentamente, chutando-lhe as costelas com força.

- Você deveria ter morrido, Fury. Agora vai desejar ter morrido.

Fury arrastou-se até ele, mas seus músculos não cooperavam. Se pudesse pôr uma mão - ou uma pata - naquele bastardo, não tinha dúvida de que destroçaria sua garganta.

Dirigiu o olhar para Angelia e pode ver empatia em seu rosto um instante antes que Dare disparasse algo. Uma dor indescritível atravessou-lhe o corpo enquanto Fury lutava incansavelmente para se manter consciente.

Era uma batalha perdida, todavia. Em um segundo, tudo ficou negro.

- O que você está fazendo? - perguntou Angelia a Dare.

- Precisamos descobrir o que ele sabe sobre nosso experimento. Precisamos descobrir com quem andou falando. Não podemos permitir que nosso segredo seja descoberto.

Ela se acovardou enquanto observava o corpo de Fury ainda mudando da forma humana para a forma do lobo branco e vice-versa, até que Dare colocou uma coleira na garganta de Fury, o que o manteve como humano. Considerando que a força natural de Fury era a de um lobo, mantê-lo como humano, especialmente à luz do dia, seria uma forma mais certa de debilitá-lo.

E seria doloroso.

Angelia sacudiu a cabeça diante daquelas ações.

- Você sabe que ele não nos vai dizer nada.

- Eu não estaria tão seguro disso.

O Fury de que ela se lembrava nunca contaria um segredo. Morreria antes de fazê-lo. E ele podia suportar muita dor. Ainda quando menino, tinha sido mais forte do que qualquer outro.

- Como pode ter tanta certeza?

- Porque vou transformá-lo em nosso Chacal.

Angelia inspirou com o fôlego entrecortado diante daquela ameaça. Oscar era um chacal cujo coração era tão negro ao ponto de torná-lo mais animal do que homem.

- Ele é seu irmão, Dare.

- Eu não tenho irmão. Você sabe o que os Katagaria fizeram com minha família. Com nossa Pátria.

Era verdade. Angelia estava presente na noite em que o pai Katagaria de Dare tinha liderado o ataque no campo Arcadiano. Ela era apenas uma garotinha e fora escondida pelos pais quando os ataques começaram. A mãe a havia enlameado com terra para mascarar seu cheiro antes de colocá-la no porão.

Ainda agora, Angelia podia ver os lobos atacando sua mãe, assassinando-a enquanto ela observava com horror toda a cena através das tábuas do chão.

Dare tinha razão. Eles deviam proteger seu povo. Os animais deviam ser despojados de seus poderes e eliminados como as violentas criaturas que eram.

Inclusive Fury.

- Está comigo? – perguntou-lhe Dare.

Ela assentiu.

- Não quero que nenhuma criança tenha o mesmo destino que o meu. Temos que nos proteger. Custe o que custar.

3

ANGELIA ANDAVA PELO PEQUENO acampamento que eles haviam montado enquanto ouvia Fury insultar Oscar ao mesmo tempo em que Oscar e Dare o torturavam em busca de informações. Francamente, ela não tinha estômago para aquilo. Nunca tivera.

Talvez Dare estivesse certo. Talvez ela realmente não devesse pertencer a uma tessela.

Apesar disso, era uma guerreira com habilidades incomparáveis. Em batalha, não hesitava em ferir ou matar. O que lhe revirava o estômago, naquele caso, era a ideia de agredir alguém que não podia se defender.

Ele é um animal.

Não havia dúvidas de que ele a mataria em um segundo. Cada parte do corpo de Angelia sabia daquilo e, ainda assim...

Contorceu-se quando Fury uivou de dor.

Um instante depois, Oscar aproximou-se dela e da fogueira que haviam feito anteriormente. Sem dizer uma palavra, passou por ela e manifestou um bastão de ferro.

Franzindo a testa, ela o observou deitar o bastão no fogo.

– O que você está fazendo?

– Acho que uma marquinha pode fazê-lo soltar a língua.

Uma onda de náusea percorreu o corpo de Angelia.

Dare saiu da barraca com o mesmo olhar de descontentamento estampado no rosto.

– Enfie isso no traseiro dele até ele falar.

Oscar riu.

Horrorizada, Angelia não se moveu até que os dois homens, de posse do bastão em brasas, começaram seguir outra vez para a barraca.

– Não! – ela exclamou severamente.

Oscar encarou-a com firmeza.

– Saia do caminho.

- Não! – repetiu Angelia. – Isso está errado. Vocês estão agindo como *eles*.

A expressão de Dare era severa e sádica.

– Estamos protegendo nosso povo.

Mas aquilo não era proteção. Aquilo era pura e simplesmente barbárie, crueldade. Sadismo até. Incapaz de tolerar o que via diante de si, Angelia tentou outra tática.

– Deixe-me interrogá-lo.

Dare fechou uma carranca.

– Por quê? Como você mesma falou, ele não vai dizer nada.

Ela apontou para a barraca enquanto esforçava-se para manter a cólera sob controle.

– Vocês estão batendo nele há horas, e isso não nos levou a lugar nenhum. Deixe-me tentar outra estratégia. Que mal terá?

Oscar devolveu o bastão ao fogo.

– Preciso mesmo comer alguma coisa. Você tem esse tempo, e depois eu vou tentar novamente do meu jeito.

Sentindo repulsa por ambos, Angelia virou-se e seguiu na direção da barraca.

A visão de Fury deitado no chão a paralisou. Ainda em forma humana, ele estava nu, com as mãos amarradas em um ângulo atrás das costas. Outra corda prendia-lhe as pernas. Estava coberto de hematomas e cortes, a ponto de ela praticamente não reconhecê-lo.

O fato de ele estar tão ferido e em sua forma humana devia ser excruciante para Fury. Sempre que os lobos estavam feridos, assumiam sua forma natural. Para Angelia, era a forma humana; para Fury...

Ele era um lobo.

Tentando concentrar-se nisso, ela ajoelhou-se ao seu lado.

Fury rosnou ameaçadoramente até que olhou e encontrou o olhar dela. A dor e a tormenta reprimidos naqueles olhos turquesa fizeram Angelia estremecer. E, quando desceu o olhar, vislumbrou a cicatriz em seu peito. O ferimento que ela lhe causara.

A culpa dilacerou-a por completo e Angelia pensou que nunca devia ter feito aquilo.

– Por que você simplesmente não termina de vez o trabalho? – ele disse em tom hostil e mortal.

– Não queremos feri-lo.

Fury riu sarcasticamente.

– Minhas feridas e a alegria que seus amigos tinham nos olhos quando as provocaram contam-me uma história diferente.

Angelia afastou os cabelos da testa de Fury e observou o enorme corte que havia em sua sobrancelha. Sangue corria das narinas e dos lábios.

– Sinto muito – resignou-se em dizer.

– Todos nós sentimos por algo. Por que você não se transforma em um animal de uma vez e simplesmente me mata? – disse, encarando-a. – Você também pode fazer isso. Não vou contar porcaria nenhuma a vocês.

– Precisamos saber o que aconteceu com o leão.

– Vá para o inferno.

– Fury...

– Não se atreva a dizer meu nome. Eu não passo de um animal para vocês. Acredite, vocês deixaram isso bem claro para mim quatrocentos anos atrás, quando me espancaram até eu quase morrer e me atiraram num monte de lixo para eu esperar a morte.

- Fury...

Ele latiu para ela como um lobo.

- Quer parar?

Ele continuou emitindo sons de lobo.

Suspirando, Angelia sacudiu a cabeça.

– Não é de se admirar que eles batam em você.

Expondo os dentes de uma forma verdadeiramente canina, ele grunhiu, e depois latiu. Não havia nada de humano naquele som ou naquele comportamento.

Angelia afastou-se.

Quando ela já estava distante, Fury deitou-se novamente no chão e calou todos os sons. Ficou completamente parado.

Estaria ele morto?

Não, seu peito ainda se movia. Angelia podia até mesmo ouvir a fraca respiração perder-se na atmosfera atroz que tomava conta da barraca. E, enquanto olhava para ele, seus pensamentos voltaram ao passado. Ao jovem de quem um dia fora amiga. Embora Fury fosse quatro anos mais jovem do que ela, alguma coisa nele havia chamado sua atenção. Alguma coisa nele havia tocado seu coração.

Enquanto Dare era arrogante e mandão, Fury mantinha uma vulnerabilidade que despertara em Angelia o desejo de querer protegê-lo. Mais do que isso, ele nunca a tinha tratado como inferior. Via-a como parceira e confidente.

Serei sua família, Lia. Aquelas palavras ainda a assombravam. Elas compunham a promessa que Fury lhe fizera quando descobrira que ela tivera a família assassinada pelos Katagaria – pela matilha de seu próprio pai. *Jamais deixarei que os lobos a machuquem. Eu juro.*

No entanto, ela estava presente naquela manhã, enquanto eles o torturavam sem piedade.

Isso não é nada comparado ao que você lhe fez na última vez em que o viu, pensou.

Era verdade. Ela não estivera presente da outra vez, e a surra que ele levara fora bem pior do que essa.

- Fury... – ela tentou novamente. – Diga-me o que precisamos saber, e eu prometo que isso vai acabar.

Ele levantou a cabeça e encarou-a com um olhar furioso.

– *Eu* não traio meus amigos.

- Não se atreva a dizer isso para mim. Eu estava protegendo meu povo quando o ataquei.

Ele resfolegou em descrença.

– De *mim*? Eles eram meu povo também.

Angelia balançou a cabeça, negando.

– Você não tem povo. Você é um animal.

Ele desenhou na boca um rosnado ríspido.

– Querida, me solte e eu lhe mostrarei o quanto de animal há no homem em mim. Acredite, ele é bem mais cruel do que o lobo.

- Eu disse... – interrompeu Oscar, entrando na barraca e trazendo o bastão em brasa. – Você devia sair. O cheiro de carne queimada vai ser forte.

Angelia viu o pânico tomar conta dos olhos de Fury conforme ele tentava afastar-se deles.

Oscar agarrou-o pelos cabelos e o empurrou. Fury o chutou, mas não havia muito o que fazer enquanto estivesse daquele jeito, amarrado. Mesmo assim, ele lutava com uma coragem admirável.

- Saia – disse Dare, entrando na barraca.

No momento em que ela dirigia-se para a saída, Fury soltou um uivo tão feroz e tão carregado de dor que Angelia sentiu sua alma se despedaçar. Ainda enquanto dava meia-volta, Angelia viu que Oscar havia atingido Fury com o bastão em brasas, queimado--lhe o lado esquerdo do quadril e fazendo um odor fétido de carne queimada exalar na atmosfera.

Independentemente de quem estivesse certo, ela não podia deixá-los repetir aquela cena infame.

Angelia empurrou Dare e afastou Oscar de Fury. Antes de eles caírem em si, ela ajoelhou-se ao lado de Fury e repousou sua mão no ombro dele. Usando de seus poderes, desapareceu da barraca levando consigo Fury até um pântano longe daqueles dois sádicos notórios. Como não conhecia muito bem a região, aquele era o lugar mais seguro em que Angelia conseguiu pensar.

Quando Fury olhou em seus olhos, Angelia não reconheceu gratidão naquele olhar. Enxergou apenas raiva e aversão, cortantes como navalhas amoladíssimas.

– O que vai fazer agora? Vai me deixar aqui para ser devorado pelos crocodilos?

- Era o que eu deveria fazer.

Em vez disso, entretanto, ela manifestou um punhal para cortar as cordas que mantinham as mãos de Fury amarradas.

Ele ficou estupefato com as atitudes de Angelia.

– Por que você está me ajudando?

- Não sei. Aparentemente estou tendo um momento de idiotice extrema.

Ele limpou o sangue que maculava seu rosto enquanto ela cortava as cordas que amarravam-lhe os pés.

– Eu preferiria que sua idiotice tivesse se manifestado antes.

Angelia ficou imóvel quando viu a bolha no ponto em que o chacal o tinha atingido com o bastão. Aquilo deveria estar doendo muito.

– Sinto muito.

Fury agarrou a coleira em seu pescoço e a puxou, podendo finalmente respirar aliviado.

Angelia ofegou com aquele gesto. Ninguém devia ser capaz de remover aquela coleira.

Ninguém.

- Como você fez isso?

Ele olhou sarcasticamente para ela.

– Posso fazer muitas coisas quando não estou sendo espancado.

Ela ensaiou deixá-lo, mas, antes de poder fazê-lo, Fury prendeu a coleira em volta do pescoço *dela*. Emitindo um som agudo, Angelia tentou usar seus poderes para atacar ou afastar o lobo.

Inútil.

- Eu salvei a sua vida!

- Dane-se – ele rosnou. – Eu não estaria naquela barraca se você não tivesse me atacado na noite passada. Você tem sorte de eu não lhe retribuir o favor que me fez.

Uma onda de pânico insensato se espalhou pelo corpo de Angelia quando ela se deu conta de que Fury podia fazer o que quisesse com ela, já que não teria poder algum para detê-lo.

– O que você vai fazer?

Não havia misericórdia na expressão dele. Tampouco havia perdão.

– Eu devia rasgar seu pescoço. Mas, para sua sorte, sou apenas um animal e matar por vingança não é de minha natureza – Fury apertou as mãos no braço delicado de Angelia. – Matar para proteger a mim e aos de minha matilha é outra história. Você fará bem em se lembrar disso.

No momento em que ela abria a boca para responder, Fury teletransportou-os do pântano e ressurgiu na grande casa em estilo vitoriano de seu irmão Vane.

A companheira de Vane estava na sala de estar, de pé ao lado do sofá onde o filho repousava adormecido. Alta e curvilínea, com cabelos curtos castanho-avermelhados, Bride era uma das poucas pessoas em quem Fury realmente confiava. Ela soltou um rosnado animalesco antes de girar e dar as costas aos recém-chegados visitantes.

– Meu Deus, Fury. Avise-me antes quando for aparecer aqui nu.

- Desculpe, Bride – disse ele, tentando manter o foco. Todavia, dados os ferimentos que cobriam-lhe o corpo, aquela não estava sendo uma tarefa fácil.

- O que aconteceu com você?

Ele olhou para a frente e encontrou Vane de pé no solado da porta. Fury queria responder à pergunta que o irmão lhe fizera, mas o esgotamento de seus poderes, somado a todos aqueles ferimentos, era mais do que ele conseguia suportar. Seus ouvidos zumbiam. Logo se deu conta de que havia novamente se transformado em lobo e a exaustão finalmente começava a tomar conta.

Não a deixe escapar e não retire aquela coleira, comunicou Fury mentalmente a Vane antes de a escuridão carregá-lo novamente.

Angelia afastou-se do lobo em que Fury agora havia se transformado. Percebendo que ele estava inconsciente, ela ensaiou dirigir-se até a porta, mas imediatamente deparou-se com um homem que carregava uma assombrosa semelhança com Dare. Esse cara, todavia, era bem mais intimidador e ainda mais belo.

– Preciso ir.

Ele olhou para a mulher ao lado do sofá.

– Bride, leve o bebê para cima – embora em seu tom houvesse um peso de ordem, havia nele também gentileza e amparo.

Angelia ouviu a mulher sair sem questionar.

Tão logo ela havia deixado o recinto, Vane deitou os misteriosos olhos amendoados nos de Angelia de forma tal que a expressão deixava-lhe muito mais lobo do que homem.

– O que você está fazendo aqui e o que aconteceu com meu irmão?

A jovem inclinou levemente a cabeça ao ouvir aquela pergunta. O cheiro do homem que a interrogava era inconfundível.

– Você é Arcadiano. Um Sentinela, como eu – disse.

Mas, diferentemente dela, ele escolhera esconder as marcas em seu rosto, as marcas que lhe assinalavam como um membro da rara e sagrada raça à qual ambos pertenciam.

Ele franziu os lábios.

– Não sou nada como você. Minha lealdade é com os Katagaria e com meu irmão. Ele me pediu para mantê-la aqui e assim eu farei.

A raiva explodiu dentro de Angelia. Não estava em seus planos permanecer ali.

– Preciso voltar para minha Pátria.

Ele moveu a cabeça com uma expressão decidida.

– Você é parte da Pátria de minha mãe, o que me torna seu inimigo mortal. Você não partirá até que Fury assim o permita – o grande homem deu um passo em direção ao local onde Fury estava prostrado no chão.

Angelia estava consternada com aquela atitude.

– Você está me sequestrando?

Sem esforço, o homem ergueu Fury do chão, uma tarefa nada fácil dado o tamanho do lobo.

– Minha mãe sequestrou minha companheira e a levou de volta para a Inglaterra medieval, onde os membros de nossa Pátria então tentaram estuprá-la. Agradeça por eu não devolver o favor.

Aquelas palavras eram tão lúgubres quanto as de Fury e irromperam em Angelia um arrepio lancinante.

- Eu só quero ir para casa – disse ela.

- Você está segura aqui. Ninguém irá feri-la... a menos que você tente fugir – virou-se e carregou Fury pelas mesmas escadas que momentos antes a mulher subira carregando a criança.

Angelia observou-o até que sua silhueta desaparecesse de seu ângulo de visão. Correu, então, para a porta da frente. Conseguiu dar apenas três passos antes de quatro lobos aparecerem diante de seus olhos. Revelando-lhe os dentes e rispidamente insinuando mordê-la, os animais bloquearam a passagem.

Katagaria.

Ela podia afirmar ao simples cheiro que eles exalavam. Cheiro de lobo misturado com odor de humano e aroma de mágika. Ainda era dia, o que significava que dificilmente eles manifestariam suas formas humanas. Não era impossível, mas sim improvável, especialmente se fossem jovens ou inexperientes.

Ainda tentou forçar a passagem, mas os animais impediram-na com pujança.

– Façam o que Vane lhes disse para fazerem.

Ela virou-se e congelou em choque. Na forma humana, aquele lobo parecia-se muito com Dare. Era como se fossem irmãos gêmeos.

– Quem é você?

– Fang Kattalakis, e é melhor você pedir, seja qual for o deus que você idolatre, para que nada aconteça com Fury. Se meu irmão morrer, sua cabeça será minha – ele olhou para os lobos ao redor dela. – Vigiem-na – depois, voltou à forma de lobo e correu escadaria acima.

Angelia recuou vagarosamente para a sala de estar. Quando vislumbrou outra porta que dava para fora, rumou intempestiva, mas apenas para se deparar com mais lobos.

O pavor irrompeu em seu corpo e ela se lembrou de quando era uma garotinha indefesa e os lobos aniquilaram sua mãe. Repetidas e repetidas vezes, ela ouvia aqueles gritos e revivia o pesadelo dos lobos destruindo seus pais. Tentou lutar contra os animais à sua frente, mas a coleira havia anulado todos os seus poderes.

Ela estava à mercê deles.

– Afastem-se – ela rosnou, atirando um abajur na direção dos lobos.

Eles retribuíram-lhe o rosnado e latiram, circundando-a.

Angelia não conseguia respirar e o pânico tomava-lhe conta. Eles iriam matá-la!

Vane queria sangue quando viu os ferimentos profundos no corpo de Fury.

– O que aconteceu?

Virou-se e encontrou Fang de pé, na soleira da porta.

– Parece que os Arcadianos o pegaram e fizeram uma festinha.

As narinas de Fang dilataram-se.

– Vi uma das vadias deles lá embaixo. Quer que eu a mate?

Não.

Vane franziu a testa quando ouviu a voz de Fury ecoar em sua cabeça. Fury abriu os olhos e olhou para o irmão.

Onde ela está?

– Lá embaixo. Os lobos a estão vigiando.

Fury tomou a forma humana imediatamente.

– Você não pode fazer isso.

– Por quê?

– Os pais dela foram assassinados por nossa matilha. Destroçados diante de seus olhos quando ela tinha apenas três anos. Ela deve estar apavorada.

Antes de Vane ter a oportunidade de responder, Fury desapareceu.

Angelia defendia-se dos lobos com o abajur quebrado enquanto eles se aproximavam mais e mais. Aterrorizada, ela queria gritar, mas o som estava preso em sua garganta. Tudo o que conseguia ver era sangue e tudo o que conseguia sentir era o mesmo horror que sentira na noite em que os gritos de seus pais ecoaram em sua cabeça.

Não conseguia respirar. Tampouco era capaz de pensar.

A próxima coisa que pôde perceber foi alguém arrebatando-a e protegendo-a com o corpo.

Virou-se, tentando atingir seu novo agressor, e então congelou ao ver Fury em sua forma humana.

Com um toque gentil, ele tomou-lhe o abajur da mão e depositou-o com cuidado no chão. Sua expressão era calma; seus olhos quase não piscavam.

– Não deixarei que a machuquem – disse em um tom sussurrado. – Não me esqueci da minha promessa.

Um soluço surgiu das profundezas do ser de Angelia quando Fury colocou-se entre ela e os lobos.

– Afastem-se – latiu para os outros. – Vocês estão agindo como humanos.

Zangado com a crueldade da matilha, Fury conduziu Angelia pelas escadas.

- Eu não precisava de sua ajuda – ela rosnou.

Mas ele percebeu que ela não se afastou.

– Acredite, estou bem acostumado com sua familiaridade em esfaquear e matar a sangue frio.

Angelia hesitou ao ouvir aquelas palavras frias e tingidas de merecida hostilidade. Era verdade. Fury estava desarmado quando eles o atacaram e ela o deixara com a brutalidade de sua família.

Vergonha e horror irromperam dentro de si.

– Por que você me salvou agora?

- Sou um cachorro, lembra? Somos leais mesmo quando ser leal é algo idiota.

Ela chacoalhou a cabeça em negação.

– Você é um lobo.

- É a mesma coisa para a maioria das pessoas... – dizendo isso, parou diante da porta e bateu.

Uma voz gentil ordenou-lhes que entrassem.

Fury abriu a porta e empurrou Angelia para dentro.

– Sou eu, Bride. Ainda estou nu, então resolvi dar uma passada aqui. Esta é Angelia. Ela não gosta muito de lobos, então pensei que pudesse querer ficar com você... se não houver problema.

Bride levantou-se da cadeira de balanço onde embalava uma criança adormecida nos braços.

– Você está bem, Fury?

Angelia viu o cansaço no rosto de Fury e imediatamente pode imaginar quanta dor ele devia estar sentindo. Ainda assim, ele viera por ela...

Era incrível.

- Sim – respondeu em um tom abatido. – Mas realmente preciso deitar e descansar um pouco.

– Vá dormir, querido.

Fury parou e encontrou o olhar de Angelia com uma hostilidade ferina tão potente que lhe congelou a alma.

– Se feri-la, se sequer olhar para ela de alguma forma que lhe machuque os sentimentos, você vai ser trucidada como um pedaço de carne. E nenhum poder, seu ou de qualquer outra pessoa, irá salvá-la. Você entendeu?

Angelia assentiu.

– Não estou brincando – advertiu-a novamente.

– Sei que não está.

Ele inclinou a cabeça antes de bater a porta.

Angelia virou-se e viu Bride se aproximar. Sem dizer nada e ainda com a criança nos braços, Bride passou por ela e abriu a porta. Fury tinha retomado a forma de lobo e estava deitado no corredor, onde devia ter desmaiado depois de fechar a porta do quarto.

Com empatia, Bride agachou-se no chão e mergulhou uma mão na pelagem branca.

– Vane?

Ele apareceu no corredor diante dela.

– Que diabos ele está fazendo aqui? Eu estava procurando lá embaixo.

– Ele queria que eu cuidasse de Angelia.

Vane olhou para Angelia com desprezo e asco.

– Por quê?

– Disse que ela estava com medo e queria que eu ficasse com ela. O que está acontecendo?

O rosto de Vane acalmou-se quando ele olhou para sua companheira. O amor que sentia por ela era mais do que óbvio e tocou o coração de Angelia. Nenhum homem jamais tinha olhado para ela com aquela afeição e doçura.

Vane passou a mão em uma mecha de cabelo de Bride antes de levar a mesma mão aos cabelos escuros da criança adormecida.

– Também ainda não sei direito, querida. Fury sempre fala mais com você do que comigo – voltou a olhar para Angelia e voltou a tornar-se letal e frio. – Vou avisá-la, e será apenas uma vez: se acontecer algo com minha companheira ou com meu filho, vamos cortá-la em tantos pedaços que seu povo nunca irá encontrá-la.

Angelia enrijeceu.

– Não sou um animal. Não mato a família das pessoas para atingi-las.

Vane riu sarcasticamente.

– Ah, garota, acredite. Animais não atacam ou matam por vingança. Isso é *puramente* humano. Então, nesse caso, é melhor você agir como um animal e proteger Bride com a sua própria vida. Porque é sua vida que vou reclamar se ela furar o dedo com uma agulha em sua presença.

Angelia retribuiu o olhar letal de Vane. Se ele pensava em atacá-la, era bom que soubesse que ela não era uma fraca qualquer. Era uma guerreira treinada e não desistiria sem uma luta brutal.

– Sabe, estou ficando cansada de ser ameaçada por todos...

– Não são ameaças. São puros e simples fatos.

Angelia olhou para ele com desejo de pular em seu pescoço. Se pelo menos ela não estivesse usando a coleira...

– Tudo bem, pessoal – disse Bride. – Já basta. Você, leve Fury para a cama e cuide dele – disse a Vane. Em seguida, levantou-se e caminhou em direção a Angelia. – Você, acompanhe-me e prometo que não vou ameaçá-la a menos que faça algo para merecer isso.

Vane soltou uma risada sussurrada.

– E lembre-se de que, mesmo sendo uma humana, ela venceu e aprisionou minha mãe. Não se engane com os traços humanos dela. Ela pode ser tão cruel quanto for necessário.

Bride mandou um beijo no ar para ele enquanto segurava a cabeça do filho com uma mão.

– Apenas quando estou protegendo você e nosso bebê, querido. Agora, leve Fury para a cama. Ficaremos bem.

Angelia afastou-se para dar passagem a Bride, que seguiu em direção ao quarto do bebê. As paredes eram azul-claras e decoradas com ursos e estrelas. Bride colocou a criança no berço azul e branco e ficou ao seu lado, olhando-o.

Sentindo-se deslocada, Angelia cruzou os braços.

– Quantos anos ele tem?

– Dois. Sei que devia tirá-lo do berço, mas ele tem um sono agitado e ainda não estou pronta para vê-lo cair acidentalmente da cama. Tolo, não?

Angelia reprimiu um sorriso diante da preocupação de Bride.

– Proteger a família nunca é tolice.

– Não, não é – suspirou Bride enquanto acariciava os cabelos negros da criança. Virou-se e encarou Angelia. – Então, quer me contar o que está acontecendo?

Angelia ponderou sobre o pedido. Contar àquela mulher que ela ajudara a raptar Fury e depois afastara-se enquanto dois membros de sua tessela o torturavam violentamente não parecia ser a melhor coisa a se fazer. Poderia até mesmo significar suicídio, dada a natureza daquelas "pessoas".

– Não tenho certeza de como posso responder a essa pergunta.

O olhar de Bride intensificou-se.

– Então você deve também ser culpada pelos ferimentos de Fury.

– Não – respondeu indignada. – Eu não o torturei. Eu não faria isso com ninguém.

Bride acenou com a cabeça, demonstrando desconfiança.

– Mas permitiu que acontecesse.

Ela era mais esperta do que Angelia queria que fosse.

– Mas *eu* os impedi de continuar.

– Depois de quanto tempo? Fury está bem mal e sei o quanto ele pode suportar e ainda continuar lutando. Para desmaiar como desmaiou... Alguém deve ter batido nele por um bom tempo.

Angelia desviou o olhar, envergonhada. Ela sentia profundamente, mais até do que achava que fosse possível, por não ter intervido mais cedo. Que tipo de pessoa fica impassível diante de alguém sendo espancado? Especialmente alguém que ela chamara, certa vez, de amigo.

Mesmo assim, pela segunda vez em sua vida, ela havia deixado Fury quase ser assassinado e não fizera nada para impedir.

Não, ela não era melhor do que os animais que odiava. Angelia desprezava essa sua característica cada vez mais.

- Não me orgulho disso, está bem? Eu devia ter feito algo antes... Sei que devia. Mas eu impedi que eles continuassem.

- Você está tentando justificar sua crueldade?

Angelia rangeu os dentes.

– Não estou tentando justificar nada. Francamente, tudo o que quero é ir para casa. Não gosto dessa época e não gosto de estar aqui com meus inimigos.

Todavia, Bride não foi nada indulgente.

– E eu não gosto do que vocês fizeram com Fury, mas até que eu saiba mais sobre o que aconteceu, não somos inimigos. Nesse momento, a hostilidade vem apenas de sua parte. Eu disse para Fury que ficaria com você e é isso o que vou fazer. Não há hostilidade aqui.

Angelia desferiu um olhar cruel para a mulher e seu tom condescendente.

– Você não faz ideia de como me sinto.

- Ei, espere... – disse Bride entre um sorriso sarcástico. – Eu estava cuidando da minha vida quando Bryani enviou um demônio para me sequestrar de minha época e me levar para o vilarejo dela na Inglaterra medieval. Isso quando eu sequer sabia que tais coisas eram possíveis. Quando eu estava lá, todos vinham e me ameaçavam e tudo isso sem eu nunca ter-lhes feito coisa alguma, jamais. E isso incluiu Dare Kattalakis. Então, os machos da Pátria deles tentaram me estuprar por nenhuma razão além do fato de eu ser companheira de Vane... Ei, espere... o que estou dizendo? Ainda não éramos companheiros. Eles queriam me atacar simplesmente porque Vane tinha a marca. Então, acho que tenho, sim, uma vaga ideia de como você está se sentindo. E, em sua defesa, você não está sendo maltratada.

Angelia distanciou-se ainda mais. O que Bride lhe descrevera tinha acontecido quatro anos atrás. E, embora Angelia não tivesse participado do evento, ela soubera por outros o quanto eles tentavam ferir aquela mulher que agora estava em sua frente. Aquilo causou-lhe náuseas novamente.

– Eu não estava lá quando eles fizeram isso com você. Eu estava fora, em uma patrulha. Só soube disso depois.

– Bem, sorte sua. De qualquer forma, foi bastante traumático para mim. E diferentemente do *seu* povo, posso assegurar-lhe que nenhum lobo nessa casa irá atacá-la a menos que *você* os provoque de alguma maneira.

Angelia rosnou, arrogante e ingênua.

– Você é humana. Como pode confiar sua vida a animais? Não entende como são selvagens?

Bride encolheu os ombros.

– Meu pai é veterinário. Cresci rodeada de animais de todo tipo, selvagens e domésticos, com penas, com pelos, com escamas... E, francamente, acho que eles são bem mais previsíveis do que os humanos. Eles não apunhalam de volta, não mentem e não traem. Em toda minha vida, nenhum animal jamais fez nada que me magoasse ou me fizesse chorar.

– Você tem sorte – disse Angelia em tom sarcástico. – Assisti toda minha família ser devorada viva pelos animais que estão em sua sala de estar, na mesma casa em que está o seu filho. O sangue de meus pais escorreu das bocas deles para as frestas do chão e me encharcou enquanto eu morria de medo de também ser devorada.

Olhou para o berço onde o filho de Bride dormia pacificamente, inconsciente de quanto perigo corria por causa das idiotices de sua mãe.

– Eu era apenas um ano mais velha do que seu filho quando isso aconteceu. Meus pais deram a vida deles para salvarem a minha e eu presenciei tudo. Então, queira me desculpar se eu não gosto muito de animais que não estejam mortos ou enjaulados.

– Isso realmente faz você se perguntar o que provocou os animais, não é mesmo?

Angelia virou-se ao som da voz baixa que ecoou como um trovão e causou-lhe arrepios. De pé, atrás dela, aquele homem tinha uma atitude tão feroz que escorria por cada poro de sua pele.

Completamente vestido de preto, ele usava calças jeans, botas de caminhada e uma camiseta de manga curta que deixava à mostra um perfeito corpo masculino. Um brinco de prata dependurava-se em seu lóbulo esquerdo. Em forma de espada, o adereço ostentava uma caveira e ossos cruzados.

Enquanto corria os olhos pelo corpo de Angelia, seus lábios torciam-se em um sorriso tornado ainda mais ameaçador pelo cavanhaque preto. Os cabelos lisos e negros que chegavam até os ombros estavam penteados para trás e deixavam inteiramente à mostra um par de olhos assustadoramente azul.

O comportamento obstinado e fatal daquele homem fez Angelia pensar em um assassino a sangue frio. E, quando ele olhou para ela, ela teve a sensação de que a estava medindo para escolher um caixão.

O coração de Angelia disparou e ela procurou imediatamente a mão esquerda do homem. Cada dedo, incluindo o polegar, estava coberto com uma longa e articulada navalha prateada e com uma ponta tão afiada que era, obviamente, sua arma de escolha. Aquele homem gostava se sujar em suas matanças.

Chamá-lo de psicopata seria um simples elogio.

Instintivamente, ela deu três passos para trás.

Bride soltou um sorriso sonoro quando viu o homem na porta, apesar do fato de ele obviamente não bater bem da cabeça e ser uma ameaça ainda maior do que os lobos na sala de estar.

– Z... Que diabos você está fazendo aqui?

Ele desviou o olhar glacial de Angelia e olhou para Bride.

– Astrid pediu para eu falar com Sasha. Aparentemente algo estranho aconteceu no Santuário na noite passada e ela está preocupada com a segurança dele.

Os olhos de Bride abriram-se mais.

– Então, o que você sabe sobre isso?

O homem olhou com suspeita para Angelia e aquele olhar congelou-lhe o sangue.

– Alguns Arcadianos encontraram uma forma de aprisionar os Katagaria na forma animal e sugar-lhes a mágika. Sasha disse que os responsáveis atacaram Fury e ninguém o viu depois disso. Por isso minha presença não anunciada aqui, sem o colega de Trace. Se Sasha estiver ameaçado, Astrid ficará chateada. E se Astrid ficar chateada, vou matar quem quer que seja responsável por isso até que ela fique feliz de novo. Então, onde está Fury?

De qualquer outro homem, aquilo soaria uma piada, mas Angelia não duvidou nem por um instante que Z de fato pretendia cumprir sua ameaça. Especialmente levando em conta a forma como ele movia aquela navalha em sua mão.

– Ei, Zarek – chamou Bride lentamente, com os olhos tomados de ânimo. – Acho que esse foi o maior número de palavras que você já me disse durante uma única visita. Talvez até mesmo tomando todas elas juntas. Estou impressionada. Quanto a Fury, acho que posso dizer que ele não é responsável pela chateação de Sasha, então, por favor, não o mate. Eu sentiria uma imensa falta daquele cara se ele morresse. Ele foi bastante ferido e desmaiou assim que chegou em casa.

Z soltou um palavrão tão sujo que Angelia corou ao ouvi-lo. Depois, olhou em sua direção.

– E quanto a ela? Ela sabe de alguma coisa? – o tom daquelas palavras não eram de uma pergunta, mas de uma inegável ameaça.

Angelia ficou tensa, como se se preparasse para lutar.

– Sou uma Aristi. Não acho que queira se envolver comigo.

Ele rosnou ao ouvir aquelas palavras.

– Como se eu me importasse... Sou um deus, garotinha, então, na escala das coisas, se eu quiser arrancar a sua cabeça e usá-la para jogar boliche, não há muitos seres capazes de me impedir e a maioria dos que poderiam tem muito medo de mim para sequer tentar.

Angelia teve a sensação de que ele não estava blefando.

– Zarek – disse Bride em tom de repreensão. – Não acredito que torturá-la irá lhe oferecer as respostas que busca.

Um sorriso vagaroso e sinistro delineou-se nos lábios bem desenhados de Z.

– Sim, mas seria engraçado. Bem, vamos ver... – completou, dando um passo adiante.

Bride colocou-se diante dele.

– Sei que você quer agradar sua companheira, e aprecio muito isso. Mas eu disse para Fury que ela estaria segura. Por favor, não me faça passar por mentirosa, Z.

Ele emitiu um rosnado do fundo da garganta e, pela primeira vez, Angelia respeitou Bride, que não vacilou diante do implacável escrutínio do homem.

– Está bem, Bride. Mas quero saber o que está acontecendo. E se eu precisar ficar aqui longe de minha companheira e do meu filho por muito tempo... digamos que isso não será bom para ninguém. Onde está Vane?

– Com Fury. Primeira porta à sua direita.

Ele moveu uma vez mais a navalha que trazia nas mãos antes de se virar e ensaiar sair. Ia fechar a porta com violência, mas olhou para a criança adormecida e mudou de ideia.

Fechou-a em silêncio.

– Obrigada – disse Angelia assim que estava novamente apenas na companhia de Bride.

– De nada.

Esfregou as mãos nos braços em um esforço vão para dispersar os calafrios que a presença daquele homem deixara para trás.

– Ele sempre é assim?

Bride cobriu a criança com um pequeno cobertor azul.

– Na verdade, ouvi dizer que ele é bem mais maduro do que costumava ser. Quando Vane o conheceu, esse cara era um verdadeiro psicopata suicida.

– E você acha que isso mudou como?

Bride sorriu.

– Boa pergunta. Mas, acredite ou não, quando ele traz o filho para brincar com o meu, é bastante gentil com ambos.

Aquilo Angelia pagaria para ver. Ela não podia imaginar alguém tão insano daquele jeito sendo paternal e carinhoso.

Afastando Zarek de seus pensamentos, Angelia caminhou em direção à janela para olhar para a rua. Aquele lugar era tão diferente de sua casa. Mas ela sabia que Dare e Oscar a estavam procurando. Dare era o melhor rastreador de sua Pátria. Ele não teria nenhum problema para encontrá-la e ajudá-la.

Que os deuses tenham piedade dessa matilha quando eles chegarem...

– Então... – disse Bride baixando em um tom a voz. – Importa-se em me contar qual arma é essa que vocês inventaram?

Angelia não falou palavra alguma. A arma era sofisticada e eles dariam a vida para protegê-la. Com ela, tinham provado que a humanidade estava no topo da cadeia evolutiva. Nenhum dos animais da Katagaria jamais teria sido capaz de projetá-la.

Era a única coisa capaz de proteger seu povo dos animais para sempre.

Isso realmente faz você se perguntar o que provocou os animais, não é mesmo? As palavras de Z assombravam-na. Francamente, ela nunca tinha pensado naquilo antes. Tudo o que sempre ouvira era que o ataque tinha sido gratuito e injusto.

E ela não tinha motivos para duvidar disso.

Mas... e se não tivesse sido bem assim?

– Por que Bryani a atacou? – perguntou Angelia a Bride.

– Ela alegou que estava tentando me salvar de um envolvimento com o monstro que era seu filho. Pessoalmente, acho que ela não batia muito bem.

Aquilo era um fato incontestável. Bryani fora a filha de um líder e, como tal, sua história era conhecida por todos. História, aliás, que as mães da Pátria de Angelia usavam para assustar as crianças malcomportadas. Dado o que os Katagaria tinham feito com a pobre mulher, era incrível que ela tivesse a pouca sanidade que tinha.

– Os Katagaria a mantiveram em seu antro e a estupraram repetidas vezes. Você sabia disso?

A expressão de Bride imediatamente adotou um tom triste e indulgente. Era óbvio que a tragédia daquele evento não lhe era desconhecida.

– Apenas o pai de Vane fez isso. Mas sim, eu sei. Vane me contou tudo sobre sua família.

– E ele alguma vez lhe disse por que nos atacou naquela noite?

Bride franziu as sobrancelhas.

– Você não sabe?

– Temos algumas teorias. Pensamos em tudo, desde os lobos estarem famintos e terem sentido o cheiro de nossa comida até o fato de eles serem assassinos fanáticos empenhados em beber nosso sangue. Mas não, ninguém sabe por que fomos atacados.

Bride estava espantada com as palavras de Angelia e sua expressão passou da descrença ao nojo.

– Ah, mas *eles* sabem exatamente o que aconteceu. Apenas não querem que os outros saibam. Aqueles cachorros mentirosos...

Agora era hora de Angelia parecer tomada pela perplexidade.

– Do que você está falando?

Quando Bride respondeu, seu tom de voz estava repleto de raiva e desdém.

– *Nenhum* macho de seu bando nunca disse o que eles fizeram?

– Éramos vítimas inocentes.

– Sim, e eu sou a fada do dente. Acredite em mim. O ataque foi provocado – Bride balançou a cabeça. – Sabe de uma coisa, os Katagaria pelo menos admitem o que fizeram. Eles não ficam inventando mentiras para esconder a verdade.

– Bem, se você sabe tanta coisa, então, por favor, esclareça para mim o que aconteceu.

– Certo. Os Katagaria tinham um grupo de fêmeas que estavam prenhes e não podiam viajar – aquilo era comum tanto para os Arcadianos quanto para os Katagaria. Quando uma fêmea ficava prenhe, perdia a habilidade de se transformar ou usar o poder de teletransporte até que as crianças ou filhotes nascessem. Bride cruzou os braços no peito. – Como eles estavam na Inglaterra medieval na época, os machos levaram as fêmeas para o meio da floresta, longe de quaisquer pessoas ou vilarejos para criar uma toca segura. Eles ficaram lá por várias semanas tranquilamente. Então, uma noite, os machos saíram para caçar alimento. Encontraram cervos e os estavam caçando quando dois lobos caíram em uma armadilha. O pai de Vane, Markus, transformou-se em humano para libertar os dois lobos que estavam presos e, nesse momento, foi abordado por um grupo de machos Arcadianos, os mesmos que tinham armado aquela cilada. Markus tentou explicar-lhes que eles não queriam feri-los, mas, antes de ter uma oportunidade, os Arcadianos executaram os dois lobos presos e, depois, atiraram flechas contra os outros. Em menor número, a matilha retornou para sua toca, onde a maioria de suas mulheres e filhos havia desaparecido.

Angelia engoliu em seco enquanto um mau agouro correu-lhe o corpo. Bride seguiu com o relato:

– Os lobos rastrearam o cheiro das mulheres e das crianças e chegaram ao acampamento de Bryani, onde encontraram os restos da maior parte de seus familiares. As mulheres tinham sido massacradas e suas peles tinham sido colocadas para curtir. As poucas crianças ainda vivas estavam aprisionadas. Os lobos, então, esperaram o anoitecer... No crepúsculo, um grupo de Katagaria atraiu os machos Arcadianos para fora do acampamento, deixando apenas mulheres e crianças. Com a ajuda de um grupo, o pai de Bryani atacou os Arcadianos. Houve uma luta brutal, como você deve se lembrar.

Angelia negou com a cabeça.

– Mentira! Eles nos atacaram despropositadamente. Não havia motivos para fazerem o que fizeram. Nenhum!

– Querida... – disse-lhe Bride em tom gentil – Você não conhece a verdade mais do que eu a conheço. Apenas posso lhe dizer o que o grupo de Vane me contou sobre aquele evento. Francamente, acredito neles por vários motivos. Primeiro, não há nenhuma mulher no grupo que seja velha o suficiente para ter sobrevivido àquela chacina. Algo aconteceu e as exterminou. E agora todo macho com mais de quatrocentos anos protege quase que compulsivamente suas mulheres. Estou com os lobos há quatro anos e nunca vi nenhum deles ser agressivo, a menos que o grupo esteja ameaçado. Também nunca vi nenhum deles mentir. Aliás, são honestos a ponto de serem até mesmo brutais.

Mas Angelia ainda se recusava a acreditar nas palavras que ouvia de Bride.

– Meu povo nunca atacaria mulheres e crianças.

– Eles tentaram me atacar.

– Em retaliação!

– Pelo quê? Vane não os feriu e eu muito menos. Nenhum macho de todo o seu povo, incluindo seu líder, o próprio avô de Vane, foi em minha defesa. Mas eu lhe digo por quê. Se alguém ou alguma coisa surgisse nessa casa e me ameaçasse, não há sequer um lobo lá embaixo que não daria a vida para me proteger. E isso vale para todas as mulheres do grupo.

A criança acordou e começou a chorar pela mãe.

Bride deixou Angelia e foi até o filho.

– Está tudo bem, Trace. Mamãe está aqui.

A criança deitou a cabeça no ombro da mulher e esfregou os olhos com as diminutas mãos.

– Cadê papai?

– Ele está com o tio Fury e com o tio Z.

O garoto acordou instantaneamente.

– Bob brincar com Trace?

Bride sorriu com indulgência.

– Não, querido. Bob não veio com tio Z dessa vez, sinto muito.

O garoto ficou desanimado até que viu Angelia. Então, virou-se acanhado e enterrou a cabeça no ombro da mãe.

Bride beijou-lhe a bochecha.

– Esta é Angelia, Trace. Diga oi para ela.

Ele balançou a mão para Angelia sem olhar.

Apesar disso, Angelia estava completa e estranhamente encantada com aquele garoto. Ela sempre amara crianças e esperava um dia poder ter também um filho.

– Olá, Trace – disse.

O garoto a espiou através da segurança dos ombros da mãe. Depois, sussurrou no ouvido de Bride enquanto ela lhe acariciava delicadamente a cabeça.

Naquele momento, uma lembrança recalcada submergiu do inconsciente de Angelia. Era algo em que ela não pensava havia séculos. Fury e vários garotos tinham se ferido enquanto subiam em uma árvore. Os garotos que tinham esfolado as mãos e os joelhos correram para suas mães em busca de consolo. Fury tinha quebrado o braço. Chorando, ele também correu para a mãe, mas, assim que o viu, Bryani o rechaçou, tomada pela cólera.

O tio de Angelia passou a consolar Fury.

Bryani interrompeu-o com um grunhido feroz:

– Não se atreva a consolar esse garoto.

– Ele está ferido.

– A vida *é* dor e não há consolo para isso. Quanto mais cedo Fury aceitar essa condição, melhor ele conseguirá lidar com ela.

Deixe-o aprender desde já que a única pessoa com quem pode contar é consigo mesmo. Ele quebrou o braço porque foi idiota. Agora precisa cuidar disso *sozinho*.

O tio de Angelia ficara horrorizado.

– Mas ele é apenas uma criança.

– Não. Ele é minha vingança e um dia vou fazê-lo acabar com o próprio pai.

Angelia vacilou diante da lembrança. Como ela pode ter se esquecido daquilo? E, pensou novamente, Bryani nunca tinha sido uma mãe muito amorosa, então por que aquela cena se destacava em sua memória mais do que todas as outras em que Bryani havia deixado de consolar e cuidar de seus filhos? Aquele certamente era o motivo de Dare ser tão frio com todos ao seu redor. Afinal, ele passou a vida inteira tentando ganhar a aceitação e o amor da mãe insana.

E aceitação e amor seriam as últimas coisas que Bryani oferecia aos filhos.

– *É bom ser abraçado?*

Angelia ainda podia sentir o tom de perplexidade na voz de Fury quando ele lhe fez essa pergunta. Era o décimo quarto aniversário dela e seu tio tinha lhe abraçado antes de dar permissão para que saísse e brincasse com Fury.

– *Você também já foi abraçado, Fury.*

Ele balançou a cabeça.

– *Não, não fui. Pelo menos, não que eu me lembre.*

Angelia tentou lembrar-se de um episódio em que alguém o havia abraçado, mas, em consonância com o que ele lhe havia dito, não conseguiu pensar em nem uma única vez. Com o coração partido, ela o envolveu nos braços e deu a ele o primeiro abraço.

Em vez de retornar o gesto, ele permaneceu ali, parado, com os braços estáticos soltos ao lado do corpo. Inflexível. Resoluto. Estável. Sequer respirava. Era como se temesse se mover e, desse modo, feri-la ou afastá-la.

– *E então?* – perguntou após o abraço.

– *Você cheira bem.*

Ela sorriu.

– *Mas você gostou do abraço?*

Ele aproximou-se dela e esfregou a cabeça em seu ombro exatamente como cachorros ou lobos fazem, até que ela o envolvesse novamente nos braços. Apenas nesse momento Fury parou de se mover.

– *Gosto de seus abraços, Lia.*

Depois, ele correu e se escondeu dela por três dias.

Fury nunca se permitiu ser abraçado por Angelia novamente.

Mesmo com todos os segredos que eles compartilhavam. Mesmo quando ela chorava. Ele nunca a tocava. Apenas oferecia-lhe um lenço para que enxugasse as lágrimas e a ouvia até que ela estivesse se sentindo melhor. Mas nunca se aproximou para tocá-la novamente.

Até aquele dia, até hoje, quando a protegera dos outros lobos.

Por que ele tinha feito aquilo?

Não fazia sentido. Fury era um animal. Nojento. Brutal. Violento. Não havia redenção para eles. E, ainda assim, Angelia não conseguia varrer da mente aquelas lembranças do passado. Os momentos em que Fury, um animal, fora-lhe mais próximo do que qualquer outra pessoa.

– *Sou uma Sentinela, Fury!*

Ela tinha despertado e se deparado com suas marcas. E tinha fugido de casa no meio da madrugada para encontrá-lo perto do rio onde ele tinha ido dormir. O fato de Fury ter se refugiado perto do rio foi um acontecimento estranho que ela não entendera na época. Só mais tarde descobriria que ele fora dormir lá porque era um lobo e temia que sua família descobrisse seu segredo.

Ele ofereceu-lhe um sorriso sincero. Diferente dos outros machos de sua Pátria, que ficaram enciumados quando descobriram que ela tinha sido escolhida, Fury ficara genuinamente feliz por ela.

– *Você já contou para seu tio?* – ele perguntou.

– *Ainda não. Eu queria que você fosse o primeiro a saber* – ela inclinou a cabeça para mostrar-lhe as marcas fracas que ainda não estavam completamente formadas. – *Você acha que ficarei mais bonita quando as linhas estiverem preenchidas?*

– *Você é a Caçadora de Mutantes mais bela daqui. Como as marcas poderiam estragar isso?*

Ela tentou abraçá-lo, mas Fury correu antes.

E, embora Angelia tentasse se convencer de que ele era apenas um animal, a verdade era que ela o tinha amado. E, sim, sentia sua falta imensamente.

Agora, ele havia retornado.

E nada havia mudado. Ele ainda era um animal e ela estava aqui para matá-lo ou para mutilá-lo de forma tal que ele nunca mais pudesse voltar a ferir nenhum outro humano.

4

FURY ACORDOU LENTAMENTE E seu corpo ainda doía. Por um momento, pensou que ainda estava aprisionado na forma humana. Todavia, quando abriu os olhos, suspirou aliviado: era um lobo e estava em casa.

Ele esfregou o focinho nos lençóis lilases perfumados.

Bride sempre pulverizava água mineral quando arrumava as camas. Normalmente, Fury odiava aquele cheiro. Mas hoje aquilo era o paraíso.

– Como está se sentindo?

O lobo branco levantou a cabeça e encontrou Vane recostado na parede, olhando-o. Quando transformou-se em humano, Fury ficou feliz pelo fato de Vane tê-lo coberto com os lençóis.

– Estou bem – respondeu.

– Você parece um lixo.

– É, eu também não iria mesmo querer sair com você, babaca.

Vane sorriu brevemente.

– Você deve estar se sentindo melhor. Já está exibindo o mal-humor habitual. E por falar em mal-humor, Zarek esteve aqui. Ele quer falar com você quando estiver melhor.

O que um ex-*Dark Hunter* que se transformou em deus queria debater com ele?

– O que ele quer? – perguntou Fury.

– Ele me deixou a par do que está acontecendo no Santuário. Eles cancelaram as celebrações e trancaram todo o lugar até que se descubra de onde veio esse último ataque. Ninguém entra e ninguém sai de lá.

– Bom. E onde está Angelia?

– Ela está no berçário e se recusa a sair de lá. Acho que tem esperanças de que seu povo possa rastreá-la e libertá-la dos "animais".

Fury rosnou diante daquela ideia.

– Não, ela provavelmente está planejando uma forma de acabar comigo – sentou-se na cama, respirou profundamente e levantou-se para procurar algumas roupas nas gavetas da cômoda.

– Sabe que posso ajudá-lo a se vestir.

Fury riu da ideia do irmão.

– Não preciso de sua ajuda.

– Bem, então, diante disso, vou lá embaixo jantar.

Fury animou-se ao ouvir aquilo.

– O que Bride preparou?

– Peru e presunto.

– E purê de batata?

– Claro. Ela sabe o quanto você adora purê de batata.

Aquilo fez o estômago de Fury roncar avidamente e ele não sabia se devia alimentar-se ou verificar como estava Angelia.

Ele estava realmente faminto...

Mas...

– Guarde um pouco para mim.

Vane inclinou a cabeça para o irmão.

– Nem pensaria em fazer diferente. Ah, e Fang está morrendo para saber se Aimee recebeu o recado.

Fury enfiou-se nas calças.

– Pedi para Sasha entregá-lo, então, acredito que Aimee já o tenha lido a essa altura, a menos que Dare tenha devorado Sasha antes de ele cumprir sua missão.

– Duvido. Z estaria bem mais mal-humorado se isso tivesse acontecido. Vou falar para Fang – disse Vane antes de deixar o quarto.

Fury terminou de se vestir e então foi ver Angelia. Bateu na porta antes de abri-la. Encontrou a mulher sentada na cadeira de balanço, de costas para a parede. Ela pulou assustada como se tivesse sido acordada de um leve cochilo.

Maldição, ela era a coisa mais sensual que Fury já vira em toda a sua vida. Especialmente a forma como seus lábios ficavam quando ela estava adormecida.

Angelia quase sorriu, mas seu rosto subitamente congelou, como se ela se lembrasse de que não deveria ser amigável com ele.

– O que você quer? – perguntou em tom ríspido e seco.

– Vim verificar se está tudo bem.

Ela apertou as mãos contra os braços da cadeira.

– Não, não está tudo bem. Eu não estou nada bem. Estou presa aqui com animais que ambos sabemos que odeio. Como poderia estar tudo bem?

Ele olhou para ela com uma expressão de sarcasmo.

– É, bem... ninguém está batendo em você. A meu ver, isso é bastante bom.

Angelia desviou o olhar dos olhos esverdeados de Fury e tentou não pensar no quão bonito ele era. Em quão belos aqueles olhos turquesa podiam ser...

No entanto, quanto mais tempo ele ficava ali parado, mais difícil era lembrar de não esquecer que ele era um animal exatamente igual aos animais que a tinham ameaçado na sala de estar horas antes.

Fury deu um passo e entrou no quarto.

Ela se afastou, procurando manter distância.

– Fique longe.

– Não vou machucá-la... – a voz de Fury correu o quarto conforme seus olhos dilatavam-se ameaçadoramente.

Angelia engoliu em seco ao perceber que seus piores medos ganhavam forma.

Fury inspirou o cheiro daquela mulher. Apavorada, ela recuou e apoiou-se contra a parede, preparando-se já para lutar contra ele até que um deles estivesse finalmente desprovido de vida.

Fury não conseguia se mover e um sentimento de luxúria e desejo queimava-o por inteiro. Seu corpo instantaneamente retesou-se e tudo o que poderia fazer era segurar-se para não atacá-la. Não era à toa que Angelia se trancafiara naquele quarto.

- Você está no cio.

Ela pegou o porquinho de bronze de Trace e segurou-o como se estivesse preste a atirá-lo contra Fury.

– Fique longe de mim.

Falar era fácil... No entanto, fazer aquilo era bastante difícil, já que cada célula do corpo de Fury estava obcecada por ela de uma forma praticamente irresistível. O lobo dentro de Fury salivava ao sentir o cheiro de Angelia e tudo o que queria era atirá-la no chão e cavalgá-la selvagemente.

Para sorte dela, entretanto, ele não era o animal que ela achava que fosse.

Aproximou-se dela lentamente.

– Não vou tocá-la.

Ela atirou o cofrinho de bronze contra Fury, mas ele pegou o objeto com uma mão e o devolveu ao seu lugar, sobre a cômoda.

- Não estou brincando, Fury – ela grunhiu.

- Nem eu. Eu lhe disse que não vou feri-la e não tenho intenção de voltar atrás em minha palavra.

Angelia desviou o olhar para a proeminência aprisionada nas calças de Fury.

- Não vou acasalar com você por vontade própria. Nunca.

Aquelas palavras atingiram-no mais do que deveriam.

– Acredite, querida, você não valeria os arranhões. Diferentemente dos Arcadianos, com quem está acostumada, não preciso forçar uma mulher a se deitar em minha cama – falou Fury e, em seguida, saiu e bateu a porta.

Angelia não se moveu durante os minutos em que seu coração batia apavorado, esperando que ele voltasse. Mas ele não voltou.

Fury tinha partido e ela estava novamente a salvo... pelo menos, assim esperava.

Mais e mais ecoavam na cabeça de Angelia as histórias de como os Katagaria tratavam suas fêmeas quando elas estavam no cio. Se não tivessem companheiro, as fêmeas eram oferecidas aos machos da matilha, que as usavam até se sentirem satisfeitos. As fêmeas não tinham vontade e não podiam dizer sequer uma palavra.

– Vocês todos são animais – ela rosnou, praguejando contra o fato de estar aprisionada com eles bem em seu período fértil do mês. – Cadê você, Dare?

Como uma resposta, um flash de luz a assustou.

Mas ela ficou ainda mais tensa quando percebeu que não era Dare quem viera em seu resgate.

Era Fury que retornara. Seus olhos brilhavam, tomados pela raiva, enquanto ele lentamente caminhava na direção dela. Um verdadeiro predador, pensou Angelia.

– Não toque em mim! – ela exclamou impetuosamente.

Ele tomou-lhe a mão e a segurou.

– Sabe de uma coisa? Vou lhe ensinar uma lição bastante valiosa.

Antes de poder perguntar do que se tratava, ele os teletransportou para fora daquele quarto, diretamente para a sala de jantar.

Angelia entrou em pânico quando percebeu que a sala estava tomada por oito lobos machos na forma humana. Pelo cheiro que exalavam, ela percebeu que, assim como Fury, eles também não tinham companheiras.

O coração de Angelia acelerou desenfreado. Ela tentou correr, quis fugir, desvencilhar-se, escapar, mas Fury era demasiado forte e a impediu.

– Você vai se sentar e comer – um grunhido em meio tom atravessou sua garganta. – Como um humano civilizado – disse, cuspindo as palavras como se se tratasse de algo quase inimaginável.

Como Angelia desejava naquele momento ter seus poderes para fazer Fury pagar por aquilo... Sem dúvida ele seria o primeiro a cruzar com ela e provavelmente a seguraria enquanto os outros repetissem o gesto obsceno.

Fury levou-a à mesa, ao lado direito de Bride, onde havia um belo caçador de mutantes sentado. Os olhos do caçador escureceram quando ele sentiu o cheiro de Angelia.

Angelia preparou-se para o ataque iminente.

Enegrecidos, os olhos do caçador dilataram-se enquanto ele se levantava vagarosamente. Aquilo era...

Ele provavelmente iria atirá-la para os outros, ela estava certa de que iria. Entretanto, o caçador cumprimentou Fury com um leve aceno de cabeça, pegou o prato e a taça e foi se sentar do outro lado da mesa.

Fury fez Angelia ajeitar-se na cadeira vazia.

Bride, que assistia àquela cena com curiosidade, deixou escapar um suspiro.

– Vejo que vocês vão nos fazer companhia.

Fury assentiu.

– Vamos.

Um jovem caçador que estava sentado diante de Bride imediatamente levantou-se, fazendo Angelia recuar, amedrontada.

– Vou buscar pratos para eles.

Bride sorriu com gentileza.

– Obrigada, Keenan.

Magro e loiro, o jovem praticamente correu para o outro cômodo, mas não demorou para retornar com louças e talheres. Entregou um conjunto para Fury e ofereceu o outro para Angelia.

– Querem que eu lhes sirva?

– Sente-se, Keegan – latiu Fury.

O jovem loiro imediatamente colocou o prato e os talheres diante de Angelia e retornou ao seu lugar.

Havia tanta tensão na sala que Angelia praticamente podia senti-la. Ignorando a sensação, entretanto, Fury serviu a comida e colocou um dos pratos diante de Angelia.

– Tio Fury!

Angelia desviou o olhar e viu Trace entrar na sala acompanhado por Fang. O garoto, então, correu em direção ao tio, que o recebeu com um abraço apertado.

– Olá, meu cachorrinho – Fury apertou-o ainda mais forte enquanto o garoto ria, feliz.

– Trace atingiu o alvo!

Fury riu, e seu rosto lentamente retomou a expressão tranquila que Angelia conhecia tão bem de seus tempos de juventude, antes de eles se tornarem... inimigos.

– Que pena que eu não estava aqui durante o treinamento dele. Bom trabalho, Fang – expressou Fury

Trace desvencilhou-se do abraço e correu para a mãe.

– Trace acertou três patos, mamãe.

– Isso é maravilhoso, querido. Bom trabalho – ela o levantou e o colocou sentado em seu colo.

Os olhos de Fang estreitaram-se conforme ele aproximou-se e, como os outros, também sentiu o cheiro luxurioso de Angelia. Inspirou bruscamente antes de se sentar do outro lado de Fury.

– Sinto muito por você ter perdido o jantar de Ação de Graças ontem.

Fury serviu-se de mais purê de batata.

– Pois é, eu também.

Angelia não entendeu porque aquilo o deixara triste.

– Ação de Graças?

Fury olhou para ela enquanto cortava um pedaço de peru.

– É um feriado americano. Todos os anos, os americanos se reúnem com seus familiares com o objetivo de agradecer por estarem vivos e juntos.

- É por isso que todos os lobos estão aqui – explicou Bride. – Os que têm companheiras foram para suas casas mais cedo. Tradicionalmente, os machos solteiros ficam aqui para o jantar e para uma maratona de jogos.

Entretanto, Angelia ainda não fazia ideia do que eles estavam falando.

– Jogos?

- Videogame – explicitou Keegan.

Fury zombou da avidez do jovem lobo.

- Ela veio da Inglaterra medieval, filhote. Não tem ideia do que você está falando.

- Posso mostrar-lhe.

Fang virou os olhos.

– Relaxe, garoto. As fêmeas Arcadianas comparam estar conosco à bestialidade.

O rosto de Keegan deixou transparecer seu desapontamento. Ele abaixou a cabeça e não olhou mais para Angelia.

Um dos machos mais velhos sentados à mesa empurrou o prato.

– Perdi o apetite. Obrigado, Bride, pela comida – olhou para Vane. – Precisa que eu fique e ajude a proteger sua casa?

- Apreciaria muito se o fizesse. Ainda não sabemos quantos são capazes de lidar com o que quer que seja que tenha derrubado o leão.

O lobo mais velho inclinou a cabeça em anuência antes de partir para a sala de estar.

Dois outros lobos acompanharam-no.

Fang ofereceu uma tigela de pães a Fury.

– Então, Keeg, você tem praticado SoulCalibur?[7]

Keegan sorriu.

- Vou acabar com você, cara. Dessa vez, não vai ter saída.

Vane riu.

---

[7] Jogo de videogame. (N. T.)

– Cuidado, Keegan. Fang conhece todos os movimentos de metade dos personagens.

E assim estabeleceu-se toda uma conversa sobre um assunto do qual Angelia não entendia nada. Entretanto, conforme eles conversavam e faziam piadas uns com os outros, ela pôde finalmente relaxar um pouco.

Estranho como eles não pareciam tão animalescos assim...

Quase pareciam humanos, a bem da verdade.

Trace lentamente saiu do colo da mãe e moveu-se ao longo da mesa, alternando-se nos colos de todos ali. Quando chegou a vez de Fury, o garoto ficou de pé e pulou para o colo de Angelia.

As bochechas da mulher enrubesceram, já que aquilo chamava novamente para si a atenção de todos os lobos.

O lobo sentado ao lado de Keegan suspirou pesadamente.

– Caramba, garota, pare de entrar em pânico toda vez que olhamos para você. Não vamos atirá-la no chão e... – ele parou e olhou para Trace antes de continuar. – Fazer o que você acha que vamos fazer. Sim, sabemos o que está acontecendo com você. E não, não fazemos isso com as mulheres.

Bride devolveu Trace ao colo de Fury e entregou-lhe um pedaço de pão enquanto direcionava a atenção para Angelia.

– Sei que você não conhece os costumes dos Katagaria. Quando uma mulher está... – ela parou e olhou para a criança antes de continuar. – Bem... em *seu... estado*, ela escolhe o macho que quer. Se não consegue se decidir, eles lutam e geralmente ela escolhe o vencedor. E, no caso de ele não a satisfazer, ela escolhe outro. Mas é sempre uma escolha da mulher. Os machos entregam sua vida e sua lealdade às suas mulheres, já que sua sobrevivência depende da capacidade delas de procriar. Capacidade que, por sua vez, está programada em seus seres.

Quando Bride insinuou se levantar, Keegan pegou Trace de seus braços.

– Você precisa de algo? – ele perguntou.

– Apenas ir ao toalete, querido – ela respondeu, batendo-lhe delicadamente no ombro enquanto passava por ele.

Angelia olhou para Fury, mas ele ignorava sua presença.

Seria aquela a razão de Fury nunca tê-la tocado? Fazendo um retrospecto, ela se lembrou de como ele sempre tivera mais respeito do que Dare pela mãe, pela irmã e por ela. Lembrou-se de como Fury sempre se preocupara com a segurança e com o bem-estar delas. E se elas alguma vez precisassem de algo, ele certamente estaria lá para estender-lhes a mão e oferecer-lhes a ajuda necessária. Para o que fosse necessário.

– Por que você me trouxe aqui? – perguntou-lhe.

Ele engoliu a comida antes de responder.

– Quero saber sobre a arma...

Todos em volta da mesa voltaram os olhos para ela e cada pelo de seu corpo arrepiou-se em sinal de completa atenção. Eles estavam prontos para atacá-la. E Angelia, por mais que tentasse, não conseguia controlar o pânico.

– Já discutimos sobre isso – ela disse entre os dentes. – Você pode me torturar se quiser, mas não lhe direi nada.

Vane riu.

– Os Katagaria não torturam ninguém. Eles matam.

Dois dos lobos mais velhos levantaram-se de seus assentos.

– Então, devemos matá-la? – perguntaram em uníssono sem um resquício sequer de emoção em suas vozes.

– Não – interveio Fury. – Dei a ela minha palavra de que a protegeria.

– Humm – o mais jovem dos dois lobos que haviam falado pegou o prato e dirigiu-se para a cozinha.

Bride retornou e sentou-se novamente à mesa.

Um por um, todos os homens deixaram a sala, exceto Vane, Fury, Fang e Trace.

– Onde está Zarek? – a pergunta foi feita por Fury.

Fang girou o vinho em sua taça, um gesto que pareceu a Angelia bastante humano. Depois, respondeu:

- Ele e Sasha estão caçando Dare.

- Espero que não o matem antes de mim.

- Ele é seu irmão – Angelia lembrou-lhe.

Fury direcionou-lhe um olhar cortante e severo.

– Deixe-me explicar uma coisa, garota. Quando Fang e Anya descobriram que Vane era humano, eles o protegeram de nosso pai. Quando ele estava ferido ou dormindo, eles se alternavam vigiando sua forma humana para se certificarem de que ninguém descobrisse seu segredo. No momento em que Dare descobriu que eu era um lobo, reuniu toda a Pátria para me matar. Acredito que devo a ele esse favor em dobro, não? Além do mais, pelo menos ele é um homem formado, e não um adolescente que não tem armas para se defender de guerreiros mais velhos e mais fortes.

- Ele também tem uma arma injusta. Acho que devemos pegar essa arma e... – Fang parou enquanto olhava para Trace. - Enfiá-la em um lugar realmente desconfortável.

O olhar de Fury não se desviou um segundo sequer do de Angelia.

– Gostaria de enfiá-la no mesmo lugar onde ele queria colocar aquele bastão quente.

Angelia balançou a cabeça com veemência ao ouvir aquela brutalidade.

– Vocês percebem que me manter aqui é um ato de guerra?

Fury arqueou uma sobrancelha.

– Como assim?

- Vocês são lobos e estão mantendo um membro da Pátria em cárcere.

Vane rosnou.

– E eu sou o Regis[8] de sua Pátria. Ausente, é verdade, mas sou o líder dos Kattalakis, dos Arcadianos e dos Lycos. Como tal, você

8 Regis: líder de cada grupo de Caçadores de Mutantes. (N. T.)

está sob meu domínio. Para declarar guerra contra Fury e contra sua matilha de Katagaria seria necessário meu decreto. Decreto que eu nunca concederia.

- Então você absolve o comportamento dele?

- Pela primeira vez em nosso relacionamento, e por mais estranho que isso possa parecer, sim, absolvo. E, como Regis, quero saber o que é a arma que vocês usaram no leão. A recusa em entregá-la para mim resultará em um julgamento e acredito que você saiba que os membros do conselho Katagaria exigirão uma pena.

A vida dela. Mas não sem antes ela ser violentada. Sempre que um Regis, especialmente aquele que comandava sua Pátria, exigia algo de alguém, esse alguém era obrigado a entregar.

Angelia nunca tinha odiado mais a lei do que naquele exato momento. Ela teria de falar. E falou.

– Chamamos a arma de Pulso.

Fury fechou uma carranca.

– Que diabos é isso?

- O Pulso emite pequenas descargas elétricas. Não tão fortes a ponto de causar uma transformação incessante, mas, em vez disso, capaz de aprisionar o indivíduo em sua forma básica.

Bride suspirou.

– Como a coleira que você está usando?

Angelia anuiu.

– Com a diferença que o Pulso é permanente.

Fang balançou a cabeça.

– Não pode ser. Se funciona com impulsos elétricos, tem de haver uma bateria.

- O Pulso usa elementos químicos do corpo para manter-se carregado.

Vane olhou enojado ao ouvir aquilo.

– E pode ser extraído?

- É muito pequeno para ser visto. Não deixa ferimento ao entrar e não há como encontrá-lo uma vez que se instala dentro do corpo.

Fang acenou com a cabeça.

– Foi exatamente isso o que Carson disse.

Bride fez uma expressão de inconformismo.

– Quem inventaria uma coisa assim?

- Uma Pantera, no ano de 3062 – respondeu Angelia com um sussurro. – E ele agora está vendendo essa arma para grandes compradores.

- Por quê? – perguntou Vane. – Não precisamos tanto de dinheiro.

Fury lançou um olhar carregado de ódio.

– Você está pensando como nós, Vane. A Pantera é Arcadiana. Pense como humano por um momento. A ganância é o único deus deles.

Angelia começava a compreender sozinha as diferenças.

Vane retribuiu o olhar de Fury.

– Você deveria levá-la ao leão no Santuário. Deixe que ela conheça a companheira solitária dele. Ou, melhor ainda, deixe-a conhecer os filhos dele, que nunca saberão o quanto o pai os ama. Nunca ouvirão o som de sua voz quando ele lhes disser o quanto tem orgulho deles. Ou os avisar de alguma ameaça. Bom trabalho. Realmente, um bom trabalho. Eu não poderia ficar mais orgulhoso da brutalidade de seu povo.

Angelia recusou-se a ficar intimidada pelas palavras do lobo. Ela era mais inteligente, mais perspicaz.

– Animais não fazem isso – contentou-se em responder.

Fury deu uma mordida na comida antes de lançar a Angelia um olhar penetrante e carregado de desprezo.

– Pois é. Eu *nunca* lhe disse nada assim, não é mesmo? – levantou-se e limpou a boca com o guardanapo. – Quer saber de uma coisa? Estou com o estômago embrulhado de ficar olhando para você. Lembro-me de uma garota que era capaz de se preocupar com os outros. Uma garota que dava aos outros o benefício da dúvida antes de atacá-los. Mas está claro que aquela garota está morta. Quero que saia daqui antes que acabe destruindo as poucas boas lembranças que ainda tenho daquela garota – ele arrancou bruscamente a coleira do pescoço dela e deixou a sala.

Atordoada, Angelia permaneceu ali, imóvel, incapaz de acreditar no que acabara de acontecer.

Ela estava... livre.

- Tio *Furry*... – Trace olhou para a mãe. – Por que *Furry* triste, mamãe?

- Os sentimentos dele estão machucados, querido. Mas ele ficará bem.

Vane encontrou o olhar perplexo de Angelia.

– Você está livre para ir. E, devo alertá-la: os leões querem seu sangue. O cara que você atingiu... o irmão dele é Paris Sabastienne, e você matou o irmão mais novo dele. Embora a regra entre os animais não se baseie em vingança, eles são grandes protetores de suas famílias. Vocês os atacaram sem que eles tivessem provocado e eles pretendem destruir todos vocês quando encontrá-los para, assim, impedi-los de fazer a outros membros o que fizeram. Vocês são a caça deles. Boa sorte.

Angelia engoliu em seco, tomada pelo pânico.

– Mas eu não atirei nele.

Fang encolheu os ombros com indiferença.

– Eles são animais. Pouco se importam com quem apertou o gatilho. Estão caçando pelo cheiro e o seu cheiro estava impregnado em Jake. Tenha uma boa vida, docinho, pelo menos pelas próximas horas.

Angelia respirou instável e profundamente diante daquela previsão mórbida. Por mais que odiasse tudo aquilo, ela sabia que o lobo estava certo. Ela não iria longe e não havia realmente nada que pudesse fazer. Angelia tinha feito parte daquilo. De bom grado.

Não havia nenhuma maneira de mudar o passado. Não havia nada que ela pudesse fazer para impedir que os leões a matassem. Eles não iriam querer ouvir a razão e, francamente, se aquilo tivesse sido feito a alguém que ela amava, ela também não perdoaria.

A morte era o que ela merecia por ter participado do plano brilhante de Dare. Angelia lutaria, mas não iria correr. Ela não era assim. Se aquele fosse seu destino, então iria recebê-lo com dignidade.

No entanto, ela não queria morrer sem ao menos dizer que sentia muito a uma pessoa.

Pediu licença e desapareceu da mesa, reaparecendo segundos depois diretamente no quarto de Fury.

O que encontrou lá a deixou ainda mais perplexa.

Fury estava de pé diante da cômoda segurando um pequeno medalhão que ela havia lhe dado quando ele atingiu a puberdade, aos 27 anos.

– *Para quê serve isso?* – ele tinha perguntado quando ela lhe entregara o medalhão.

– *Você é um homem agora, Fury. Precisa de algo para marcar a ocasião.*

Não tinha sido caro e não tinha nada de especial. Era apenas um pequeno círculo com um X gravado no centro. Mesmo assim, Fury o manteve durante todos esses anos.

Mesmo depois de ela tê-lo traído.

Envolvendo o cordão no pulso, ele olhou para ela.

– Por que está aqui?

Mas Angelia não sabia exatamente qual era a resposta. Não, isso não é verdade, ela sabia exatamente o motivo de estar lá.

– Não poderia partir sem lhe dizer uma coisa – respondeu-lhe.

Ele replicou em tom seco e cheio de irritação.

– Você me odeia. Eu não valho nada. Sou um animal indigno de respirar o mesmo ar que você – dizendo isso, Fury deixou o colar cair de volta na gaveta e, então, fechou-a. – Conheço seu discurso. Ouvi isso minha vida toda. Então, vá embora.

– Não – disse ela, sua voz titubeante do alto do medo e da culpa que sentia naquele momento. – Não é isso o que eu queria falar para você – incerta de como seria recebida, aproximou-se dele vagarosamente, como se estivesse se aproximando de um animal ferido. Colocou a mão sobre a de Fury, a mesma mão com que ele tinha antes segurado o medalhão. – Sinto muito, Fury. Você me ofereceu sua amizade e lealdade e, em vez de guardá-las como tesouros, eu me virei contra você. Não tem desculpa para isso. Eu poderia dizer que estava com medo, mas eu não deveria sentir medo de você.

Fury olhou para a mão de Angelia sobre a sua. Em toda a vida, ele tinha sido rejeitado. Depois de ter deixado a Pátria da mãe, não tinha se aproximado de mais ninguém por medo de se ferir novamente. Por causa da inexperiência com seus poderes, ele sempre se sentira estranho perto dos outros.

A única pessoa que já o fizera se sentir como o homem que ele queria ser era...

Ela.

- Você me apunhalou.

- Não – ela negou, apertando-lhe a mão grande e masculina. - Eu o apunhalei em uma memória dolorosa. Você me conhece, Fury, mas o que você não sabe é que nunca em minha vida transformei-me em lobo. Mesmo que isso seja parte de mim, é uma parte que nunca fui capaz de aceitar. Passei minha vida toda tentando silenciar esse pesadelo que nunca me abandonou. Éramos amigos, você e eu. E, desde que você partiu, nunca mais consegui encontrar alguém que me fizesse sentir como você fez. Diante de seus olhos, eu estava sempre bonita.

O olhar de Fury cruzou o dela e Angelia sentiu a dor dentro dele queimá-la feito chamas.

– E diante de seus olhos, eu sou um monstro.

- Um monstro chamado *Furry*? Ele tirou sua mão das mãos dela.

– Meu sobrinho ainda não consegue pronunciar meu nome direito.

– Um monstro que protegeu uma mulher que por duas vezes o feriu?

- E daí? Sou um idiota ridículo.

Ela tocou-lhe o rosto.

– Você nunca foi idiota.

Fury virou o rosto, afastando-se do toque daquelas delicadas mãos.

– Não toque em mim. Já é difícil o bastante ter de lutar contra o seu cheiro. Afinal de contas, eu não passo de um animal e você está no cio.

Sim, ela estava, e quanto mais se aproximava dele, mais seu instinto desejava estar com ele. Cada hormônio em seu corpo estava aceso, consumindo-a em ondas de desejo lancinante.

Ou será que ela estava usando aquilo apenas como uma desculpa? A verdade era que, mesmo distante, ela passara horas durante a noite lembrando-se dele. Lembrando-se do cheiro dele, da doçura dele. Imaginando como teria sido se ele fosse um Arcadiano, se ainda estivesse ao lado dela.

Durante todos esses séculos, Fury tinha sido seu único amigo verdadeiro e ela sentia terrivelmente sua falta.

Engolindo o medo, Angelia se forçou a dizer o que realmente queria dizer.

– Satisfaça-me, Fury.

Ele piscou ao ouvir aquelas palavras.

– O quê?

– Quero você.

Ele balançou a cabeça e lançou-lhe um olhar mordaz.

– São seus hormônios falando. Você não me quer. Você só precisa transar.

– Há uma sala cheia de homens lá embaixo, eu poderia escolher qualquer um deles. Ou poderia voltar para casa e encontrar um. Mas não quero nenhum outro.

Fury afastou-se.

Ela o seguiu e envolveu a cintura dele com os braços.

– Seu irmão me disse que os leões estão nos caçando. Não tenho dúvidas de que eles irão me encontrar e me matar. Mas, antes de morrer, quero fazer a única coisa com que sempre sonhei.

- E isso seria...?

- Ficar com você. Por que você acha que, enquanto estava na Pátria, eu nunca escolhi nenhum macho para dormir depois que cheguei à minha aurora?

- Imaginei que fosse pelo fato de você achá-los fracos.

Ela sorriu diante daquele pequeno insulto. Aquilo era tão... ele...

– Não. Eu estava esperando você. Queria que você fosse meu primeiro – Angelia deslizou a mão pelo corpo musculoso dele.

Fury inspirou profundamente. Era tão difícil pensar enquanto ela o acariciava. Tão difícil lembrar-se do motivo que o levava a desejar que ela fosse embora.

- Fique comigo somente hoje – disse-lhe, mordiscando o lóbulo da orelha.

Arrepios percorreram-lhe enquanto o lobo que havia nele uivava de prazer. A bem da verdade, Fury nunca tivera muitas amantes. Principalmente por causa da mulher cuja mão estava agora acariciando-lhe o pênis por cima do jeans. Como ele poderia confiar em outra depois de ser traído como foi por ela?

Ele sempre se mantinha afastado de todos os Caçadores de Mutantes. Quando eles estavam no cio, ele partia e só retornava quando a mulher tivesse reivindicado outro lobo.

Era mais fácil assim. Fury não gostava das emoções humanas e não gostava de nenhum tipo de intimidade. Elas o deixavam vulnerável demais. Deixavam-no aberto para ser ferido, e ele não gostava de ser ferido.

Fury devia empurrá-la para longe e se esquecer de como era bom sentir-se acariciado. E estava prestes a fazer exatamente isso quando Angelia o envolveu com os braços e deu-lhe a única coisa que ele não tinha recebido de ninguém, a não ser de seu sobrinho.

Um abraço.

- Você tem outra pessoa para abraçar?

Aquela pergunta despedaçou a última resistência de Fury.

– Não.

Ela caminhou em volta dele e ficou na ponta dos pés para alcançar-lhe os lábios. Fury hesitou. Os lobos não beijam quando estão acasalando. Aquela era uma reação humana. Uma reação que ele nunca havia experimentado.

Porém, quando os lábios de Angelia tocaram os dele, Fury percebeu porque aquilo significava tanto para os seres humanos. A ternura do hálito dela fazia cócegas em sua pele; a respiração dela misturando-se com a dele enquanto a língua abria-lhe os lábios para saboreá-los por todo... Aquilo era algo que o lobo nele compreendia.

Rosnando, ele a puxou em seus braços, provando-a plenamente.

Angelia gemeu com a ferocidade delicada daquele beijo. Ele segurou-lhe o rosto enquanto explorava cada centímetro de sua boca. Parte dela não podia acreditar que estava tocando um lobo.

Mas era Fury...

Seu Fury.

Embora não tivessem se escolhido como companheiros um do outro, ele era o único homem para quem ela havia dado o coração, ainda quando era apenas uma criança.

– *Você sempre será meu melhor amigo, Fury. E um dia, quando tivermos crescido, vamos ser guerreiros juntos. Você protege a mim e eu protejo você.*

Como tinha sido inocente essa promessa...

E como era difícil mantê-la.

Fury afastou-se do beijo para encará-la com aqueles olhos que a enchiam de dor e incerteza. Angelia estava com medo. Ele podia sentir isso. Apenas não sabia o que ela tanto temia.

– Você sabe o que eu sou, Lia. Está prestes a cruzar com um animal. Tem certeza de que está preparada para isso?

Cruzar... essa era uma gíria que os Katagaria usavam e que os Arcadianos tanto repudiavam.

Angelia passou a língua pelo contorno dos lábios.

– Se esta é minha última noite para viver, quero estar com você, Fury. Se o Destino não tivesse sido tão cruel para nós e o transformado em um animal quando atingiu a puberdade, teríamos feito isso há séculos. Sei exatamente o que você é e o amo apesar disso – ela dissipou a raiva de sua expressão. – Acima de tudo, amo você pelo que você é.

Fury não conseguiu respirar quando ouviu aquelas palavras que nunca pensou que ouviria da boca de alguém.

Amor.

Mas será que ela estava mesmo sendo plenamente sincera?

– Você morreria por mim, Lia?

Foi a vez de ela fazer uma carranca.

– Por que está me perguntando isso?

– Porque eu morreria para mantê-la segura. Para mim, isso é o amor. Quero ter certeza de que desta vez nós dois entendemos as condições. Porque se, para você, amor é me apunhalar e me deixar morrer, então pode ficar com ele só para você.

Ela engasgou com um soluço diante daquelas palavras sinceras.

– Não, meu querido. Aquilo não era amor. Aquilo era burrice. E juro que, se pudesse voltar atrás e mudar aquele momento, eu certamente o faria. Certamente estaria lá para lutar por você... como prometi que faria.

Fechando os olhos, ele esfregou o rosto contra o dela, acariciando-lhe a pele macia. Angelia sorriu diante daquela ação genuinamente canina. Ele a estava marcando como sua. Misturando seus cheiros.

E, francamente, ela queria o perfume dele em sua pele. Era um aroma ardente e masculino. Fúria pura.

Fury recuou e puxou a camisa por sobre a cabeça. Com os olhos piscando, passou as mãos sobre o sutiã dela, massageando--lhe suavemente os seios já intumescidos. Ela sorriu diante de sua hesitação.

– Eles não vão mordê-lo.

Um lento sorriso desenhou-se nos lábios de Fury.

- Não, mas a dona deles sim.

Rindo, ela mordiscava-lhe o queixo enquanto desabotoava o sutiã.

Fury inspirou profundamente à medida que ela deixou o sutiã cair no chão. De perto, os seios de Angelia eram as coisas mais belas que ele já tinha visto. Com o sangue vibrando, Fury baixou a cabeça para prová-los.

Angelia estremeceu diante da maneira como a língua dele brincava com seus mamilos. Ele a esfregava e sugava de tal forma que ela realmente atingiu o orgasmo alguns momentos mais tarde. Gritando, sentiu os joelhos estremecerem diante da ferocidade do prazer.

Fury pegou-a nos braços, abraçando-a enquanto a levava para a cama.

- Como você fez isso? - perguntou ela, quase sem fôlego. - Eu nem sabia que isso era possível.

Ele emitiu um som surdo do fundo da garganta, um som puramente animalesco enquanto a colocava deitada no colchão. Inclinou a cabeça, varrendo-lhe os seios com os cabelos enquanto livrava-se da calça jeans.

- Sou um lobo, Lia. Lamber e degustar são nossas especialidades.

Deslizou a calça e a calcinha pelas pernas dela antes de removê-las junto aos sapatos.

Com o coração martelando, Angelia esperou, ansiosa, que ele a abraçasse novamente.

Ele arrancou a camisa, mostrando-lhe um corpo perfeito, apesar das cicatrizes e contusões que maculavam sua pele dourada. Inclinando a cabeça, observou-a.

- Está hesitando?

- Não estou hesitando.

- Sim, está. Posso ser um lobo, mas sei o que os caçadores Arcadianos fazem quando tomam um amante pela primeira vez. Está me rejeitando?

- Nunca - ela disse enfaticamente.

- Então, porque não está me recebendo?

- Estava com medo de insultá-lo. Não sei o que os Katagaria fazem. Devo ficar de costas?

A raiva obscureceu os olhos dele.

- Quer transar com um animal ou ser amada por um homem?

Ela suspirou em frustração. Não importava o que fizesse, ela sempre o deixava zangado.

- Quero estar com Fury como *sua* amante.

Fury saboreou as palavras.

- Então mostre-me como seria essa amante.

O sorriso de Angelia o aqueceu completamente enquanto ela abria as pernas. O olhar dela não se desviou do dele enquanto separava cuidadosamente as dobras de seu sexo, de modo que ele pudesse ver exatamente o quão molhada estava por ele, o quão preparada e ofegante estava para recebê-lo.

Os costumes Arcadianos ditavam que ele entrasse nela enquanto ela fizesse isso. Eles deveriam se unir frente a frente.

Mas não era isso que ele queria. Tirando as calças, ele subiu na cama e colocou-se entre as pernas dela. Angelia tremeu, esperando que ele a penetrasse com uma poderosa investida. Em vez disso, ele lambeu os dedos dela, extraindo dali o néctar daquela mulher. Sem desviar o olhar dela, segurou-lhe a mão antes de tomá-la na boca.

Arqueando as costas, ela gemeu ante o bem-estar que sentia. A língua de Fury passeou pelo corpo dela enquanto seu membro penetrava-a profundamente. A cabeça de Angelia agitou-se diante do intenso prazer que se tornava cada vez maior e ela temeu explodir. Incapaz de se conter, enterrou a mão nos cabelos dele enquanto continuava recebendo-o inteiro e enrijecido dentro de si, aceitando com generosidade o prazer que ele lhe proporcionava.

E quando ela chegou pela segunda vez ao orgasmo, ele permaneceu ali, dentro dela, aproveitando cada espasmo do doce êxtase de prazer de Angelia.

O pênis de Fury pulsava enquanto ele a possuía. Entre os de sua espécie, a fêmea devia, sempre, estar completamente saciada. De outro modo, ela tomaria outro amante depois dele. E o fato de outra fêmea ter de chamar outro macho para satisfazê-la era um sinal de debilidade. Embora ele não tivesse tido muitas amantes, nunca tivera nenhuma que chamasse por um segundo.

Não podia, portanto, permitir que Angelia fosse a primeira.

Sentando-se sobre os calcanhares, estendeu-lhe a mão.

Ela se surpreendeu e franziu a testa.

– Aconteceu alguma coisa?

Ele a puxou, colocando-a sentada na cama.

– Não. Você queria saber como um lobo toma uma mulher... – ele a deslocou para os pés da cama e a fez segurar nos pilares forrados.

Angelia não estava segura, mas obedeceu.

– O que está fazendo?

Ele a beijou apaixonadamente antes de indicar a penteadeira com um aceno de cabeça.

– Olhe no espelho.

Ela obedeceu e o viu se mover na direção de suas costas. Quando ele estava ali, levantou-a de modo que ambos estivessem ajoelhados na cama, o peito dele pressionava-lhe as costas. Acariciou-lhe o cabelo, afastando-os de seu pescoço de modo que pudesse lambê-lo. Abrigando-a em seus braços fortes, acariciou-lhe com o nariz e respirou ao pé de seu ouvido.

Os músculos de Fury se flexionaram enquanto ele colhia, como se fossem frutos proibidos, os seios nas mãos. Separou-lhe delicadamente as pernas, então afundou a mão, acariciando as suaves dobras do sexo de Angelia.

Ela observava o jogo, em transe. Como alguém tão feroz e perigoso podia ser tão gentil?

Quando ela estava novamente úmida e preparada para voltar a recebê-lo, ele levantou a cabeça para encontrar o olhar dela no espelho. Com os olhares enlaçados, deslizou o membro para dentro dela. Angelia ofegou diante da espessura e do comprimento que lhe penetrava. Mordendo os lábios dele, empurrando-se ainda mais profundamente contra os quadris dela, afundando-se mais e mais, Fury continuava acariciando-a. Ela sentiu seus poderes surgirem. O sexo sempre deixava os de sua espécie mais fortes. Intensos. Mas ela nunca havia sentido algo assim. Era como se Fury a estivesse alimentando de uma fonte de poder primária.

Fury enterrou o rosto na nuca dela conforme seus sentidos capturavam o prazer que Angelia sentia. Não havia nada mais doce do que a sensação de seu corpo dentro do corpo dela. Se ela fosse uma loba, estaria se revelando agora, exigindo que ele a montasse e a cavalgasse mais rápido e mais forte.

Em vez disso, ela o deixou aproveitar cada minuto, saborear a suavidade de sua pele. Saborear a beleza da intimidade. Este era um lado que Fury jamais havia compartilhado com uma fêmea. E, no fundo de seu coração, ele sabia o motivo.

Sabia que o motivo era que elas não eram Lia. *Sua Lia.* Quantas vezes ele tinha fechado os olhos e fingido que era Lia quem o abraçava? Quantas vezes tinha imaginado que era o cheiro *dela* que ele sentia? Agora, Fury não precisava mais imaginar. Ela estava ali e era sua.

– Diga meu nome, Lia – sussurrou-lhe ao pé do ouvido.

Ela franziu a testa.

– O quê?

Ele a penetrou ainda mais profundamente e olhou a imagem dela refletida no espelho.

– Quero ouvir meu nome em seus lábios enquanto estou dentro de você. Olhe para mim e diga de novo que me ama.

Angelia gritou de prazer enquanto ele afundava o membro uma vez mais.

– Eu amo você, Fury.

Ela podia senti-lo crescer ainda mais em seu interior. Aquilo era algo que todos os machos de sua espécie faziam. Quanto mais prazer sentiam, maiores seus membros se tornavam. A abundante plenitude fazia com que os poderes dela aumentassem ainda mais. Arqueando as costas, Angelia se estirou e segurou-lhe o traseiro.

Ele acelerou os movimentos enquanto sua mão continuava acariciando-a. Agora havia ferocidade em suas carícias. Uma ferocidade que era tanto exigente quanto possessiva. Ela sempre tinha ouvido o termo "ser tomada por um amante", mas aquela era a primeira vez que realmente experimentava aquilo.

E desta vez, quando chegou ao orgasmo, realmente uivou diante do abrupto êxtase que sentia.

Fury apertou os dentes diante daquele som. Diante da sensação do corpo dela contraindo-se junto ao seu. Aquilo libertou os poderes dele, fazendo a luz do abajur sobre o criado-mudo piscar.

Ele a acariciou de todos os modos, querendo extrair-lhe até o último suspiro, até o último murmúrio.

Foi só depois que ela deixou o corpo cair contra o dele que ele se permitiu gozar também. Grunhiu ante o repentino ardor quando explodiu em êxtase e finalmente sentiu o próprio alívio deixar-lhe o corpo. Angelia sorriu ao ver Fury no espelho enquanto ele enterrava a cabeça em seu ombro e tremia. A respiração ofegante dele mesclava-se com a dela enquanto ele a sustentava em seus braços. Ao contrário dos humanos comuns, eles deveriam estar unidos até que o orgasmo chegasse ao fim... o que deveria levar vários minutos. Normalmente, um macho Arcadiano cairia contra ela e esperaria terminar.

Em vez disso, Fury tomou-a pela cintura enquanto cheirava-lhe o pescoço, trazendo-a para mais perto.

– Estou machucando você?

– Não.

Ele apoiou a bochecha contra a dela e a balançou gentilmente. Angelia sorriu, pousando a mão em seu rosto. Em toda a sua vida, ela nunca tinha experimentado um momento mais terno do que aquele.

E pensar que tinha descoberto aquele prazer nos braços de um animal... Aquilo era inconcebível.

Eles mantiveram-se assim até que ele estivesse suficientemente calmo para sair de dentro dela sem feri-la. Angelia caiu de costas na cama.

Fury deitou-se ao seu lado de modo que pudesse contemplar aquele corpo feminino nu.

– Você é tão bonita – disse, passeando os dedos pelas marcas de Sentinela no rosto dela.

– Aposto que você nunca pensou que se envolveria com uma Arcadiana.

– Fiz isso até o momento em que me transformei em lobo.

Ela afastou o olhar diante daquela verdade crua.

– Por que você ocultou esse segredo de mim?

Ele riu amargamente.

– Ah! Não posso nem imaginar. Possivelmente porque temia que você se assustasse e me odiasse. Era um pensamento ridículo, não?

Ruborizando, ela afastou o olhar, envergonhada pelo fato de ele ter razão a respeito dela e, mesmo assim, ter se calado.

– Sinto muito por isso.

– Está tudo bem. Você não é a única que tentou me matar.

E não era. Toda a sua Pátria, incluindo sua mãe, seus irmãos e seu avô haviam tentado matá-lo. E, ainda assim, ele tinha dado um jeito de sobreviver.

– Seu pai não o acolheu?

– Nunca lhe dei oportunidade de me rechaçar. Encontrei o grupo dele e, quando vi o pouco respeito que ele tinha por Vane e por Fang, decidi manter-me distante e não lhe dizer que era seu filho. Suponho que uma experiência de quase morte iniciada pelas mãos do próprio pai seja suficiente para qualquer um – ele desenhava círculos com os dedos ao redor dos seios de Angelia. – Você nunca se transformou?

– Por que deveria?

Ele a contemplava.

– Acho que deveria.

– Por quê?

– É parte de quem e do que você é. É sua natureza.

E daí?

- Essa não é uma parte que eu tenha que aceitar ou de que tenha que gostar.

- Sim, é.

Angelia esticou o pescoço diante do tom das palavras de Fury.

- O que está dizendo?

- Estou dizendo que, ou você se transforma em lobo, ou vou forçá-la a isso.

Ela ofegou diante daquela ameaça.

– Você não se atreveria...

- Pague para ver.

Horrorizada, ela se sentou na cama.

- Isso não é engraçado, Fury. Não quero ser um lobo.

Os olhos turquesa deles eram implacáveis.

- Durante um minuto, por mim. Você precisa conhecer o que você caça e o que você odeia.

- Por quê?

- Porque isto é o que *eu* sou e quero que você me entenda.

Ela queria dizer que o entendia, realmente entendia, mas, antes que pudesse dizê-lo, conteve-se. Ele tinha razão: como ela podia entender o que ele era se nunca tinha experimentado por si mesma? Se era importante para ele, então ela o faria.

- Então, só por você. E só por um minuto.

Ele inclinou a cabeça e esperou.

E esperou.

Quando três minutos inteiros tinham se passado e ela ainda estava na forma humana, ele arqueou uma sobrancelha.

- E então?

- Certo. Agora – disse, olhando para ele conforme cintilava em sua forma de lobo.

Fury sorriu diante daquela visão: marrom escuro misturado com preto e vermelho. Tão bonita naquela forma quanto o era na forma humana. Ele passou a mão na pelagem dela.

– Está vendo, não é tão ruim, não é mesmo?

Consegue me ouvir?

– Claro que consigo. Do mesmo modo que você consegue *me* ouvir. Agora, olhe ao redor do quarto. Veja como as coisas se mostram diferentes. Como seus ouvidos são mais agudos aos sons e seu focinho mais agudo aos cheiros.

Ela levantou o olhar para ele.

– Você ainda é humana, Lia. Inclusive como lobo. Mantém toda a sua essência nessa forma.

Ela cintilou novamente e voltou à forma humana.

– Você...

– Sim. O que somos em uma forma, somos na outra. Nada muda.

Angelia sentou-se, pensativa. Ela tinha suposto que, como lobo, eles se convertiam em animais sem nenhum pensamento... mas essa não era a verdade. Ela tinha mantido todo o raciocínio, o intelecto, a razão. A única diferença fora o aumento nos sentidos.

A gratidão a arrasou e, quando foi beijar Fury, uma dor aguda lhe atravessou a palma da mão. Ofegando, voltou a se sentar, sacudindo a mão para aliviar a aflição.

Fury praguejou antes de levantar a mão e abaná-la no ar. Quando o fez, o padrão geométrico de seu grupo apareceu na palma.

Era idêntico ao dela.

Caramba...

– Somos companheiros? – ofegou Angelia.

Fury a olhou com incredulidade.

– Como?

Ela continuou contemplando a palma da mão. Em seu mundo, o Destino decidia com quem eles deveriam se juntar desde o nascimento. A única maneira de encontrar o companheiro era deitar-se com ele e, se fosse para ser, ambos teriam marcas semelhantes. Idênticas, a bem da verdade.

Essas marcas só deveriam aparecer durante três semanas, e se a mulher não aceitasse o seu companheiro nesse período, ela estaria livre para viver a vida sem ele. Mas nunca poderia ter filhos com mais ninguém.

O macho caía no celibato até o dia em que a fêmea morresse. Uma vez emparelhados, ele somente poderia deitar-se com sua esposa. Nunca seria capaz de ter uma ereção com ninguém mais.

– Fomos escolhidos – ela juntou a palma com a dele e sorriu. – Você é meu companheiro.

Fury estava perturbado com aquilo. Ele sempre se perguntou como se sentiria ao estar emparelhado. O Dark-Hunter Acheron havia lhe dito que ele já tinha conhecido sua companheira, mas Fury não tinha realmente acreditado naquelas palavras...

Tinha de ser a única mulher que sempre tinha amado...

O emparelhamento não acontecia assim, com facilidade.

Ele olhou para Angelia com o coração acelerado.

– Você vai me aceitar?

Ela virou os olhos.

– Não. Estou aqui, nua com você porque todas minhas roupas voaram acidentalmente e não consigo encontrá-las.

– Está engraçadinha você, hein?

– Aprendi com você.

Rindo, Fury aproximou-se para beijá-la, mas, antes que pudesse fazer contato com seus lábios, um brilhante flash de luz explodiu. Ele se virou e bufou quando quatro leões apareceram no meio de seu quarto.

As expressões deles demonstravam fúria quando eles lhe lançaram algo.

Fury agarrou a coisa e fez uma careta de nojo antes de atirar ao chão a cabeça mutilada do chacal.

– Que merda é issa?

– Meu nome é Paris Sebastienne – disse o leão mais alto. – E estou aqui para matar a vagabunda que destruiu a vida de meus irmãos.

5

ANGELIA USOU OS PODERES para vesti-los enquanto se preparava para ser entregue de bandeja por Fury aos Litarianos.

Em vez disso, todavia, ele se levantou da cama com uma aura tão letal a ponto de fazer todo o corpo de Angelia ser percorrido por calafrios.

– Não sei o que vocês estão fazendo aqui, babacas, mas não podem vir à casa de meu irmão com essa atitude e com esse tom – olhou para a cabeça no chão. – E certamente não podem trazer lixo à presença de minha companheira.

– Rastreamos o cheiro dela até aqui.

Fury esboçou um sorriso sinistro.

– E esse cheiro lhes trouxe até meu quarto?

Um dos leões se moveu para agarrar Fury. Antes que Angelia pudesse sequer piscar, o lobo se desvencilhou do leão e colocou-o contra a parede. Com força.

– Você não quer mesmo me provocar – grunhiu Fury, pressionando a cabeça do leão. – Não sou uma gazelinha na savana, imbecil. Vou arrancar a sua garganta mais rápido do que você arrancou a cabeça do chacal.

Paris deu um passo à frente.

– Nós somos quatro e você é um.

– Dois – corrigiu Angelia, colocando-se entre ele e Fury. – E a única coisa mais mortal que um lobo é a companheira de um lobo quando vê seu homem ameaçado.

Paris aproximou-se dela, inspirando o ar ao seu redor enquanto olhava-a atentamente.

– É ela? – perguntou um dos outros leões.

– Não – respondeu Paris com desgosto. – Perdemos o rastro do cheiro – depois, voltou-se para Fury. – Isso ainda não acabou, Lobo. Não vamos parar até estarmos satisfeitos. Se encontrar a vadia responsável pela desgraça de minha família, servirei um banquete com as vísceras dela.

Fury empurrou na direção de Paris o leão que segurava contra a parede.

– Vocês não são bem-vindos aqui. Sério. Agora, saiam.

Paris deixou escapar um grunhido feroz antes de desaparecer com os outros leões.

– E leve essa asquerosa cabeça de troféu com vocês – grunhiu Fury enquanto lançava a cabeça do Chacal no portal que se abrira, de modo que a porcaria fosse com eles para onde quer que eles fossem.

Angelia deixou escapar um lento suspiro de alívio.

– O que aconteceu? Como eles não sentiram meu cheiro?

Fury deu de ombros.

– O único poder que desenvolvi é a habilidade de mascarar meu cheiro. Como, a partir de agora, sou parte de você, pude mascarar o seu também.

– É por isso que você não cheira como um Katagari!

Ele inclinou a cabeça em uma saudação ferina.

Mas aquilo levou outra pergunta à mente de Angelia.

– Como é que Dare descobriu a respeito de sua forma base se ele não pode sentir seu cheiro?

Fury afastou o olhar conforme uma dor atravessou-lhe o corpo. Até aquele dia, a traição do irmão ainda lhe rasgava a alma.

Angelia pousou a mão sobre o rosto dele conforme Fury apertava com força os dentes.

– Diga-me.

Ele não sabia por que confiava nela quando aquilo ia contra sua natureza. Mas, antes que pudesse se conter, a verdade irrompeu de seus lábios.

– Fomos atacados no bosque por um grupo de mercenários humanos. Eles dispararam uma flecha. Dare não a tinha visto, mas eu sim. Empurrei-o, afastando-o do caminho e fui atingido no lugar dele.

Angelia estremeceu em desespero quando finalmente entendeu o que de fato tinha acontecido.

– A dor fez você mudar de forma.

Fury assentiu.

– Ele soube logo que caí no chão. Tentei detê-lo antes que chegasse ao povoado, mas, quando cheguei lá, minha mãe já tinha sido alertada.

Do resto, Angelia se lembrava com incrível clareza. Ouvira a gritaria e fora ao pátio principal onde todos estavam reunidos. Fury estava sangrando, mas ainda mantinha-se em forma humana.

Dare o empurrara na direção da mãe.

– Ele é um maldito Lobo, mãe. Eu vi com meus olhos.

Bryani agarrara Fury pelos cabelos.

– Diga a verdade. Você é um Katagari?

O olhar de Fury procurara o de Angelia. A dor, a vergonha e a tortura lampejaram profundamente em suas pupilas. Mas era a súplica naqueles olhos que lhe havia roubado o coração. Ele estava rogando, em silêncio, que ela ficasse ao seu lado.

– Responda! – exigiu-lhe a mãe.

– Sou um Lobo.

Então, todos se voltaram contra ele em uma vingança tão selvagem da qual Angelia ainda encontrava dificuldades em acreditar que tivera coragem de participar. Mas ali, naquele momento...

Ela fora uma completa idiota.

- Você vai voltar a confiar em mim? - perguntou-lhe.

Ele segurou a palma marcada dela em suas mãos.

- Tenho outra opção?

- Sim, tem. Isto só quer dizer que posso ter seus filhos. Não tem nada a ver com nossos corações.

Fury suspirou. Não, não tinha. Seus pais odiavam um ao outro. Inclusive, agora, tudo o que faziam era planejar cada um a morte do outro.

- Se puder deixar de lado seu ódio pelos de minha espécie, estou disposto a esquecer o passado.

Angelia olhou para o quarto.

- Terei que viver aqui, em sua época, não é mesmo?

- Você realmente acha que pode voltar para casa levando a marca de um Katagari?

Ele tinha razão. Eles a destruiriam. Não havia dúvida.

Fury afastou-se.

– Você tem três semanas para decidir se consegue viver comigo.

- Não preciso de três semanas, Fury. Concordei em ficar com você, e assim o farei. Irei vincular-me a você, inclusive.

A raiva brilhou nos olhos dele diante daquela sugestão.

- Não, não vai. Tenho muitos inimigos que querem me ver morto. Não vou vincular sua força vital à minha. É muito perigoso.

Ela riu.

– *Você* tem inimigos? E o que acha que era aquele grupo de leões que acabou de partir? Atrás de quem eles estão? – segurou-lhe o rosto. – Você e eu já deveríamos ter tido uma vida juntos. Permiti que minha idiotice nos furtasse quatrocentos anos. Não quero perder nem mais um minuto.

- Você não sentia isso há vinte e quatro horas.

- Tem razão. Mas você me abriu os olhos. O que Dare está tentando fazer é errado. Não posso acreditar que eu tenha arruinado a vida daquele pobre leão. Deuses, como queria poder voltar no tempo e empurrar Dare quando ele disparou aquela arma.

O rosto de Fury empalideceu.

– Dare matou um leão desarmado?

– Não, esse foi o chacal. Dare disparou contra o leão que está vivo.

– E sua parte nisso tudo?

– A observadora idiota que pensou que faria do mundo um lugar mais seguro para outras garotinhas, para que elas não precisassem ver a família ser devorada. Não me dei conta de que estava lutando *com* os monstros e não *contra* eles.

Fury suspirou.

– Dare não é um monstro. Ele é apenas um imbecil inseguro desesperado para conquistar o amor da mãe.

– E você?

– Eu era o imbecil inseguro, consciente de que nunca poderia me aproximar muito da mãe por medo que ela sentisse o cheiro do lobo nele e o matasse.

Angelia o envolveu nos braços e beijo-lhe os lábios.

– Vincule-se a mim, Fury.

– Você é bem mandona, hein?

– Só quando se trata de algo que quero – ela olhou para a cama. – Não deveríamos nos despir?

Ele segurou-lhe os braços e a afastou.

– Primeiro, temos que resolver isso tudo. Quero me assegurar de que você está se vinculando a mim por escolha, e não por medo.

– Acha que não sou inteligente o bastante para saber a diferença?

– Sou o único que precisa estar seguro de seus motivos.

Porque ele ainda não confiava nela. E o fato de ela não poder culpá-lo entristecia-a ainda mais.

– Muito bem, então. Como fazemos para acabar com isto?

– Acho que tenho uma ideia.

Angelia desceu e Fang logo farejou sua mão.

– Não é de se impressionar que estivesse agindo de forma tão estranha. O filho da mãe achou a companheira.

– Fang! – vociferou Bride. – Deixe a pobre garota em paz. Ou pelo menos lhe dê os parabéns.

– Pelo quê? Vincular-se a Fury me parece um pesadelo.

Houve um tempo em que a Angelia teria concordado. Estranho como não concordava mais.

– Seu irmão é um lobo maravilhoso.

Bride sorriu em aprovação.

– Que seja. E então, onde está o adorável Lobo? – perguntou Fang.

– Disse que ia ver um amigo, falar sobre como despistar os leões de meu rastro.

Fang empalideceu.

– O que foi? – perguntou Angelia, imediatamente assustada com a reação do lobo.

– Fury não tem amigos.

Por que ele havia mentido para ela? Pelos deuses, o que ele estaria planejando?

– Então, onde ele está?

A pergunta mal tinha deixado seus lábios quando Vane apareceu. Ele a olhou antes de voltar-se para Fang.

– Preciso que você vá ao Omegrion. Agora.

Fang franziu a testa.

– O que está acontecendo?

– Fury se uniu com aquela que destruiu a vida do leão.

Angelia levantou-se.

– O quê?!

– Você me ouviu! Imbecil. Fui chamado por Savitar. Ele me pediu para conseguir quaisquer testemunhas que possam atestar a inocência dele.

Fang praguejou.

– Onde ele estava quando tudo aconteceu?

– Não sei.

Fang ficou de pé.

– Vamos.

Começaram a sair.

– Não se esqueçam de mim – Angelia moveu-se, colocando-se diante de Vane.

Ele vacilou.

Fang dirigiu-lhe um olhar austero.

– Ela é a companheira dele, V. Deixe-a vir conosco.

Assentindo, ele a levou com eles à ilha de Savitar e à câmara onde os membros do Omegrion se reuniam e decidiam as leis que governavam a todos os Licantropos, os mutantes da Pátria Lykos. Durante toda a sua vida, Angelia tinha ouvido histórias a respeito daquele lugar. Nunca tinha pensado que o veria, todavia.

Ali, os Regis e representantes de cada uma das raças dos Katagaria e dos Arcadianos encontravam-se. Para ela, era assombroso que não lutassem. Mas, claro, isso era porque Savitar estava lá.

Mais parecido com um juiz, Savitar detinha em suas mãos o destino final de todos eles. O único problema era que ninguém sabia realmente *o que* era Savitar. Ou sequer de onde tinha vindo.

– Onde está Fury? – perguntou Vane.

– Não sei.

– Todos os membros estão aqui?

Ele examinou o grupo.

– Todos, exceto Fury.

Antes que Angelia pudesse fazer outra pergunta, sentiu uma onda de poder acometê-la por trás. Virando-se, deparou-se com um homem incrivelmente maravilhoso. Com pelo menos dois metros de altura, tinha o cabelo comprido e escuro e usava cavanhaque. Vestia roupas de surfista e olhava-a com desconfiança.

– Tem sua testemunha, Lobo? – perguntou a Vane.

– Tenho.

– Então, procedamos.

Ele caminhou ao lado da mesa redonda onde sentavam-se os membros do Omegrion e tomou o lugar no trono, que ficava à parte.

– Savitar? – perguntou Vane.

Ele assentiu.

Diabos. Ele *era* assustador.

Savitar deixou escapar um longo e exasperado suspiro.

– Sei que todos aqui prefeririam estar em outro lugar. Acreditem, eu também. Mas, para aqueles de vocês que não estão a par dos acontecimentos porque precisam viver em uma caverna... – olhou para o Arcadiano que era Regis da Pátria Falco[9] e vacilou. – Certo, alguns de vocês de fato vivem em cavernas, motivo pelo qual tenho de explicar. Parece que alguns de nossos bons Arcadianos criaram e agora estão utilizado uma arma que pode lhes tirar suas habilidades sobrenaturais e lhes encerrar em sua forma básica.

Vários membros ofegaram enfaticamente.

Savitar assentiu.

– Sim, é uma porcaria. Há dois dias, dois filhos da mãe decidiram sair para caçar. Tenho a cabeça de dois dos quatro responsáveis – indicou com a mão esquerda para o leão. – A família da vítima quer os outros dois. Mortos. Mas torturados primeiro. Respeito esse desejo.

– Devemos caçá-los? – perguntou Nicolette Peltier.

– Não. Parece que um deles decidiu se entregar. Ele clama que assassinou os quatro membros e não quer fugir.

– Onde ele está? – exigiu saber o irmão de Paris.

– Espere sua vez, Leão, ou usarei seus olhos como adorno.

O leão se calou imediatamente.

Savitar estalou os dedos e Fury apareceu, algemado, diante de seu trono.

---

[9] Falco: mutantes com o poder de transformarem-se em falcão. (N. T.)

Assim que Angelia começou a avançar em direção a ele, Vane a deteve.

Fury resmungou duas vezes mais quando a viu.

- Caramba, Vane, eu disse para você que não... - uma mordaça manifestou-se sobre seu rosto.

Savitar o fulminou com o olhar.

- A próxima pessoa ou animal que me interromper será estripado aqui mesmo.

O olhar de Fury estava fixo no de Angelia. *Não fale nada,* projetou-lhe em sua mente. *Você pode voltar para casa e ter sua vida de volta.*

Ele estava louco?

Aquele pensamento desapareceu quando ela viu Dare aparecer perto de Fury.

Savitar olhou para Dare com desprezo.

- Temos uma testemunha que jura ter visto Fury no ato. Uma vez que isso confirma o que Fury disse, suponho que a votação sobre o destino dele será mais fácil. A menos que alguém na sala tenha algo a acrescentar.

Sasha deu um passo adiante.

- Fury não é culpado. Ele está protegendo alguém. Eu o conheço. Pode ser que eu não goste de seu traseiro, mas sei que ele é inocente. Eu estava no Santuário quando ele viu o leão. E ele não sabia nada sobre aquilo.

- É verdade - concordou Nicolette Peltier. - Eu também o vi. Ele me disse que encontraria os responsáveis e os faria pagar pelo que fizeram.

Savitar esfregou a mão no queixo.

- Interessante, não? O que tem a dizer sobre isso, Fury?

A mordaça desapareceu.

– Eles estão chapados.

Savitar sacudiu a cabeça.

- Alguém mais está *chapado*?

As lágrimas escorriam pelos olhos de Angelia diante do sacrifício que Fury estava fazendo. Mas ela não podia permitir que aquilo continuasse.

Baixando o olhar, passou os dedos sobre o símbolo cravado em sua palma.

Seria uma grande honra ser a companheira dele e dar à luz seus filhos.

Se pudesse tê-lo feito...

– Fury é inocente – disse ela, dando um passo para a frente. – Ele confessou para salvar a...

– ... mim.

Angelia congelou, assombrada, enquanto Dare limpava a garganta.

– Que diabos está acontecendo aqui? – perguntou Savitar.

Dare olhou para Angelia e, em seguida, para Fury.

– Sou o único responsável pelo disparo que mutilou ao leão. O responsável pela morte do outro leão já está morto.

– E os outros?

– Mortos também.

Fury sacudiu a cabeça diante de Dare.

– Por que está fazendo isso?

– Porque foi meu erro e não vou permitir que um animal me ensine a ser nobre. Vá se foder, seu filho da puta.

– Tínhamos um trato – disse Fury em voz baixa.

– Estou mudando nosso trato – Dare voltou a olhar para Angelia. – Chegou a hora de você fazer a coisa certa, pelos motivos certos.

Savitar cruzou os braços sobre o enorme peito.

– Temos outra confissão de Dare Kattalakis. Dou-lhe uma... dou-lhe duas... Há mais alguém na sala que gostaria de confessar? Alguém mais quer admitir ter disparado contra o leão? – ele se deteve. – Acho que não.

Os leões adiantaram-se:

– Então ele é nosso.

Savitar negou com a cabeça.

– Na verdade, ele é meu. Sinto muito. Vocês já tiveram as cabeças de dois Arcadianos. Contentem-se com o fato de eu não exigir justiça de suas famílias. Vamos assumir que eles eram culpados, sem julgamento...

Os leões pareciam menos felizes, mas ninguém se atreveu a discutir com Savitar.

- Quanto a esse pequeno brinquedo que usaram, não se preocupem. Já me assegurei de que o inventor não invente nada mais. Tenho gente rastreando as cópias que ele vendeu e logo todas serão destruídas. Enquanto isso...

Dare desapareceu, e os grilhões que aprisionavam Fury também.

- O Omegrion dá a sessão por encerrada.

Os membros do Conselho desapareceram, com exceção dos lobos e de Nicolette.

Fury caminhou para onde eles estavam sentados. Estendeu a mão para Sasha.

- Obrigado.

- Não foi nada. E ainda não somos amigos.

Os olhos de Fury brilharam diante do humor do lobo.

- Sim, seu babaca, também não suporto você – depois, olhou para Nicolette. – Também foi decente de sua parte falar.

- Você ainda está proibido de pisar em minha casa... a menos que esteja ferido – deixou claro antes de desaparecer.

Fury sacudiu a cabeça e, então, olhou para Angelia. Seu humor se desfez.

- Você ia se entregar para me salvar.

- Eu lhe disse, Fury. Sempre vou estar atrás de você, protegendo-o.

Ele segurou-lhe as mãos e beijou-lhes o dorso uma a uma.

- Não é atrás de mim que quero que você fique.

Ela arqueou uma sobrancelha.

- Não? Onde prefere, então?

Ela esperava que ele dissesse debaixo dele... isso era o que um macho Arcadiano diria. Mas não foi isso o que ele disse.

– Quero você ao meu lado. Sempre.

- Ugh! - choramingou Fang. – Ei, lobos, arranjem um quarto.

Angelia sorriu.

– Essa é uma ótima ideia.

No momento seguinte, eles estavam em casa.

Savitar não se moveu quando viu o último dos lobos deixar a sala. No momento em que estava sozinho, sentiu um poder surgir ao seu lado.

Era Zarek.

- Sasha foi para casa, Z.

- Sim, eu sei. Queria falar com você sobre nossa última conversa.

- Meus demônios recuperaram a maioria das armas.

- Mas...

- Ainda há algumas perdidas por aí.

Zarek praguejou.

- Se Sasha for pego por uma delas, Astrid enlouquecerá.

- Acredite, Z, eu sei, como sei.

Savitar via um horizonte claro à frente, mas, em seu interior, ele tinha a mesma preocupação de Zarek: uma tormenta aproximava--se. Feroz e violenta.

Eles tinham controlado aquela marola. Mas ela não era nada comparada ao que estava por vir.

Fury estava deitado nu na cama, com Angelia sobre seu corpo. As mãos de ambos ainda estavam pressionadas uma contra a outra em um ritual de união.

- Ainda não consigo acreditar que você ia morrer para que eu pudesse voltar para casa.

– E eu não consigo acreditar que você ia me chamar de mentiroso na frente de todos e tomar meu lugar na guilhotina. Da próxima vez que eu tentar salvá-la, garota, é melhor que você fique a salvo.

Ela riu. Então, mordiscou-lhe o queixo.

– Prometo que vou me comportar, mas só com uma condição.

– Que seria...

– Que você vincule sua força vital à minha.

Ele bufou diante dela.

– Por que isso é tão importante para você?

Ela engoliu a saliva, apesar do nó que parecia haver em sua garganta.

– Você não sabe?

– Não.

– Porque eu amo você, Lobo, e não quero passar nem mais um dia nesta vida sem estar ao seu lado. Onde você estiver, eu estarei, e, quando você morrer, eu também morrerei.

Fury olhava-a, incrédulo. Em toda sua vida, ele apenas havia desejado uma coisa.

E Lia acabara de lhe dar essa coisa. Uma mulher que pudesse amá-lo e de quem ele pudesse cuidar.

– Por você, minha lobinha, eu faria qualquer coisa.

Angelia sorriu quando sentiu o membro dele enrijecer novamente. Beijando-lhe a mão, ela sabia que, desta vez, não iam apenas fazer sexo. Sabia que, desta vez, eles vinculariam suas forças e que aquilo seria para toda a eternidade.

ALÉM DA NOITE

SUSAN SQUIRES

1

Drew Carlowe correu os dedos pelo pesado chaveiro de ferro no bolso de sua camisa enquanto entrava na taverna Goose and Gander. Uma satisfação sombria tomava conta do seu ser: ele estava prestes a recuperar a vida e a conquistar a vingança fria que por tanto tempo preenchera-lhe os sonhos.

Quase quinze anos tinham se passado desde a última vez que colocara os pés na pequena taverna. Poderia apostar alto que ninguém reconheceria Andy, o jovem servo da propriedade The Maples. Ele tinha a massa muscular de um adulto, fruto do trabalho pesado. Seu rosto tinha se tornado mais angular, mais cuidadosamente alinhado. A cicatriz que lhe corria a bochecha fora causada por um cutelo. A marca se erguia esbranquiçada como se tivesse ficado anos exposta ao mar. Os olhos pareciam muito mais azuis, os cabelos muito mais loiros com aquela nova coloração. O jovem e sincero Andy Cooper, amante de cavalos e da filha de Sir Melaphont, havia há muito tempo ficado para trás.

A noite de setembro estava intempestivamente quente e a taverna tinha suas portas e janelas abertas, lançando na escuridão a luz e as risadas ásperas. O cheiro continuava sendo de cerveja, repolho de ontem e carneiro, como de costume. O local estava repleto de trabalhadores, mas também tinha alguns distintos fazendeiros. O barulho se desfez diante da entrada de um estranho.

O homem atraiu as atenções e entrou no bar.

– Um caneco de cerveja e um bife, por favor – solicitou. Ele não pediu um salão privado. O pequeno local sequer os tinha. O homem teria de jantar na taverna, com todos os demais. Que assim fosse. Estava faminto e teria de encarar aquele risco mais cedo ou mais tarde.

– Sim, milorde – respondeu o dono do local, encarando o corte do casaco e o polimento das botas. Barton não o reconheceu. Isso era bom. Drew teria reconhecido Barton em qualquer lugar. A franja ao redor de sua cabeça nunca tinha recompensado a calvície que brilhava logo acima.

– Me chame de sr. Carlowe – ele corrigiu.

– Carlowe, é verdade? – o velho sr. Henley pronunciou, aproximando-se dele. – Estão dizendo que você quer comprar Ashland.

– Assinei os papéis esta tarde – a chave contra o peito dava-lhe a sensação de triunfo.

A atenção da sala agora voltava-se para ele. Barton desceu uma caneca de cerveja inglesa espumante na frente de Carlowe.

– Que pena – murmurou.

Drew franziu a testa. Ele esperava que aquele povo ficasse impressionado. Ashland só perdia para The Maples em termos de grandeza naquela região. O fato de a propriedade ter sido comprada depois de passar tantos anos vazia devia ser uma grande notícia.

– Eu a reformarei, obviamente – o local estava parcialmente arruinado desde que Drew tinha dezenove anos. – E vou precisar de uma equipe para trabalhar – isso seria bom para a população dos arredores.

– Não acho que alguém vá trabalhar em Ashland – observou o velho sr. Henley, lançando um olhar agudo para sua caneca vazia com um olho remelado.

Eles sabiam que ele era um impostor? Era por isso que ninguém trabalharia para ele? Drew tinha estudado cuidadosamente para desfazer-se de todas as marcas em seu sotaque e evitar qualquer lapso em seus gostos e estilo.

– Por que não? – questionou.

– O local é mal-assombrado – disse Henley, rindo.

Drew relaxou. Aqueles rumores eram abundantes desde sua infância.

– De acordo com o pessoal daqui, toda casa vazia tem fantasmas – ele apontou para que Barton trouxesse outra caneca a Henley.

– Aquela casa tem um fantasma – afirmou Barton, virando a torneira do barril. – Uma mulher jovem e bela.

– Talvez eu goste de ter uma bela fantasma por lá – disse Drew, abrindo um sorriso. Ele não se relacionava já havia muito tempo. Desde que reunira sua fortuna, Drew vinha se guardando para Emily.

– Não vai gostar quando correr gritando pela casa porque os fantasmas sugaram seu sangue – gargalhou um fazendeiro. No salão, algumas pessoas assentiram e deram risadas.

Drew sorriu.

– Vampiros sugam sangue, fantasmas não fazem isso.

– Aposto que você não vai passar uma noite inteira naquele lugar – disse Barton, sem sorrir.

Um joguinho para "intimidar o estranho". Os habitantes de todas as vilas faziam isso.

– Pretendo ir até lá mais tarde nesta noite. Devemos levar uma caneca de cerveja?

Barton desceu uma caneca na frente de Old Henley.

– Aqui está.

Havia coisas que Drew queria saber e que o agente que vendeu a casa não tinha sido capaz de contar. E não havia lugar melhor para obter informações do que Goose and Gander.

– Tenho certeza de que meu fantasma não pode competir com a filha de Sir Melaphont no quesito beleza. O agente Bromley a elogiou bastante.

Na verdade, o agente de Ashland não conhecia Emily, o que poderia ser considerado estranho, já que trabalhava para Melaphont. Melaphont trabalhava para a família então dona de Ashland, já que eles viviam em alguma parte obscura do mundo. Nos Cárpatos, não era?

– Eu diria que estão em pé de igualdade – disse Old Henley, caindo na risada.

E o comentário gerou outros risos por todo o bar.

Um pensamento brotou na mente de Drew, que ficou chocado por não ter lembrado daquilo antes.

– Emily Melaphont é casada?

– Não mais – respondeu Henley, dando um gole em sua cerveja.

– Ela... ela mora aqui na região?

– Por que quer saber, sr. Carlowe? Está em busca de uma herdeira? – um homem à sua esquerda sorriu por sobre a caneca.

– Não é necessário – sorriu Drew. – Fiz minha fortuna com o transporte. – Verdade. Tecnicamente. – É sempre bom conhecer senhoritas jovens que tenham nascido na região, todavia. Torna o local mais... agradável.

O velho Henley parecia pensativo.

– Ela ainda está por aqui. Nunca saiu.

O coração de Drew saltou. Ele sabia que ela o esperaria. Os anos que passou longe tinham sido doloridos, mas ele não podia voltar antes de conseguir sustentar a cabeça erguida, antes de poder olhá-la nos olhos e pedir-lhe que fugisse ao seu lado, sabendo que ele poderia oferecer o estilo de vida com que ela estava acostumada. E ele estava aceitando um risco enorme agora. No entanto, estava cansado de simplesmente sobreviver com remorso, vítima do rancor de outro homem. E não queria continuar na posição de vítima.

– Barton – gritou Drew antes de praguejar. O homem nunca tinha se apresentado. Mas não, estava tudo bem. Ele poderia ter ouvido o nome do atendente da boca de outro freguês. – Você faz entregas naquela região? – Drew teria de se virar até encontrar criados.

Barton pareceu incerto.

– Alguém terá coragem de deixar um pacote na cozinha se for até lá durante a luz do dia? – o povo do vilarejo, com toda aquela desconfiança, era muito mais irritante agora do que no passado, quando Drew fizera parte daquele local. – Eu pago consideravelmente bem.

– Posso conseguir algum garoto para deixar uma caixa na porta, acho, embora estejamos trabalhando com equipe limitada por causa da *influenza* – ele apontou para a mesa onde uma garota servia um bife suculento. – Enviarei alguém amanhã, se você ainda estiver por aqui.

Drew deu risada e levou a cerveja até a mesa.

– Nem mesmo o próprio diabo vai me tirar daqui.

Freya sentou-se no banco sob a janela, olhando para fora pelas vidraças que no passado davam para jardins de verdade. Eles agora tinham muitas ervas e flores selvagens. A lua cheia estava baixa naquela noite quente. Eram apenas nove horas. A escuridão estendia-se adiante. Toupeiras faziam pilhas. Uma raposa trotou pelo gramado além dos jardins – gramados que se estendiam até os penhascos e o mar. Freya enxergava bem no escuro, é claro, muito melhor do que os humanos. O aroma fecundo e salgado do mar ainda se mantinha na atmosfera estanque. Nem uma respiração se atrevia a ecoar, o que a levava a pensar em como os ciprestes tinham se inclinado para o lado oposto da beirada do precipício. Freya se policiou. Não queria se perguntar nada. Queria ficar sentada, em silêncio, como sempre fazia naqueles dias – sem pensar em nada e sem sentir nada. Dizem que o tempo cura tudo. Mas o que as pessoas sabem sobre o tempo, afinal?

Usando um lenço, secou a transpiração que lhe escorria no vale fértil entre os seios. Até mesmo o vestido branco translúcido que ela usava parecia-lhe opressivo diante de todo aquele calor.

Obviamente Freya ouviu o cavalo muito antes de enxergá-lo. Levantou-se, suspirando. Um dos jovens homens da vila devia ter aceitado o desafio de permanecer na casa. Ela pensava que eles tinham se cansado disso depois que um deles molhara as calças enquanto cambaleava, retesado pelo medo, em direção à porta. Era tão patético que Freya sequer se importou em consumir seu sangue. E ela não estava precisando, pois tinha se alimentado muitas noites antes em Tintagel. Isso tinha acontecido havia mais de seis semanas e, desde então, ela permanecera quieta e em paz. Ou pelo menos em paz quando seus pensamentos se desfaziam.

Esta noite, todavia, era diferente. Freya realmente precisava de sangue. Talvez por sorte a arrogância e a ignorância tivessem feito aquele jovem inexperiente ir até ela. Freya o assustaria, tomaria dele o que precisava e então o enviaria para a vila para choramingar sobre fantasmas, com marcas de uma mordida no pescoço. Fora isso, nada pior a temer. Isso manteria outras pessoas distantes.

Levantou-se e virou-se para a sala. As capas de poeira ainda estavam sobre os móveis. Freya não tinha se preocupado em removê-las, embora estivesse ali há um ano. O único sinal a denunciar que ela passava seus dias naquele local era a cama, perfeitamente arrumada e coberta por lençóis limpos.

O cavalo não parou no pórtico frontal, mas seguiu na direção dos estábulos. Aquilo era estranho. Em geral, costumava-se deixar os cavalos presos perto da porta, de modo que pudessem sair rapidamente. Ela deslizou pela porta e seguiu pelo corredor empoeirado. A poeira era o pior para ela, já que a fazia espirrar. E teias de aranha, obviamente. Apressando-se pela escada de serviço e pela cozinha, Freya viu uma luz se acender no estábulo.

Bem, o intruso certamente era corajoso. Ela caminhou discretamente pelo quintal e passou pela porta aberta do estábulo, mantendo-se escondida.

Embora o dono do cavalo pudesse não tê-la ouvido, o animal de fato a escutou, e se esquivou para trás, bufando, enquanto o intruso tentava soltar a sela. O gatuno era um homem, e não um garoto. Tudo que ela podia ver era a silhueta, mas nenhum homem tinha ombros ou coxas como ele. Há quanto tempo ela não tinha um homem? O parasita que corria em suas veias e que a tinha tornado o que ela era, seu Companion, tinha uma adoração pela vida. Havia algum impulso mais certeiro na vida do que o ato sexual? Portanto, Freya sentia-se estimulada facilmente. Essa era sua ruína. Ela afastou esses pensamentos. Freya, de todos eles, não era digna de confiança com pensamentos como esses.

– Ei, qual é, Darley? – disse suavemente o intruso, em uma voz de barítono que não poderia vir de um jovem ingênuo. – O que há de errado com você, garoto?

O animal se aquietou quando Freya se ajeitou. Os animais sempre gostavam dela por causa da energia que ela emanava. O homem soltou a sela e acendeu a luz para deixá-la perto da porta do estaleiro. Suas calças eram justas na altura das coxas e inchadas no lugar certo. Humm. Interessante. Suas botas de andar a cavalo tinham sido produzidas pelo melhor dos artesãos. Usava camisa de mangas longas, com a gola aberta por conta do calor. As mangas estavam arregaçadas para cima do antebraço e sua camisa dependurava-se úmida no corpo. Tinha cabelos loiros, pele bronzeada e olhos muito, muito azuis. Também tinha uma cicatriz na maçã do rosto, uma marca branca contra aquele bronzeado. Aquilo poderia ser uma distração para os mais simples, talvez os fizesse pensar que ele não era atraente. A fome correu pelas veias de Freya e ela viu o pulso saltar na pele úmida do pescoço daquele homem. Definitivamente não se tratava de um garoto. Os traços de seu rosto eram tão duros e implacáveis quando a cicatriz. A boca, porém, era suave e carnuda. Desarmônica. Muito, muito interessante.

Todavia, Freya não estava interessada em homens. Não mais. Ela não era digna de confiança em volta deles. Lançou um olhar para o cavalo enquanto o intruso puxava a rédea pela cabeça do animal. A criatura era impressionante: grande, musculosa, com olhos marcantes e narinas dilatadas. Naquele momento, o cavalo estava suando depois de ter vindo da vila até ali. Era necessário ser um bom cavaleiro para dominar aquele animal quase selvagem.

– Foi bom você ter se alimentando na vila, garoto. Não há feno nesse local velho e embolorado – ele levou o cavalo a um estábulo. – Terá que se virar com isso.

Então, o intruso acompanhou o cavalo e pegou alguns punhados de palha velha para confortá-lo. Freya observou os músculos das costas e dos braços do homem se movimentarem. O tecido leve de sua camisa se tornava quase transparente por conta da transpiração. Agora ela se lembrava daquele cheiro, a essência de um homem transpirando. O palpitar voltou a invadir a região entre as pernas de Freya. Ela não podia deixar a besta dentro de si ficar excitada. No entanto, era impossível parar de observá-lo. Ele levantou os olhos uma ou duas vezes e correu o olhar pelo local, sentindo a presença de Freya. Aquele homem sentiria suas vibrações. A maioria dos humanos a percebia apenas como uma energia vital, um sinal de vida que a tornava incrivelmente atraente. Todavia, ele sacudiu a cabeça e riu de si mesmo, aparentemente ignorando seus sentidos, acreditando que aquilo não passava de influência das lendas que ouviu sobre aquele lugar ser mal-assombrado.

Freya observou uma enorme mala apoiada bem ao lado do círculo de luz espalhado por uma lâmpada. Nenhum outro intruso trouxera bagagem. Uma sensação de desconforto espalhou-se por seu corpo feminino e umedecido.

Bobagem. Ele estaria correndo pela estrada, deixando seu cavalo para trás, assim que adormecesse. Freya veria isso. E teria matado sua fome.

Talvez ela devesse esperar e ir até uma das vilas ali em volta em busca de sangue. Talvez fosse perigoso envolver-se com aquele homem no ato sensual que era se alimentar. Freya não se atreveria a entregar-se à pressão alucinada que se formava entre suas pernas.

O homem pegou a lanterna e a mala e, lançando um olhar para trás, saiu pela porta. Certamente não parecia ter medo. Mas ela mudaria isso.

Freya o seguiu. Onde ele planejava esperá-la? Provavelmente na sala de estar da frente, na área principal da casa. Ele se sentaria com aquela lanterna, fingindo ler, só para dizer que tinha passado a noite por ali. Uma aposta, não restava dúvida. E Freya garantiria que ele perdesse.

Todavia, o homem não foi até a porta da frente. Entrou pela cozinha. Ela deslizou atrás dele. Segurando a lanterna alta, ele encontrou mais uma lanterna e a acendeu. E mais uma. Andou em volta até encontrar as velas que ela tinha pedido – seus suprimentos eram trazidos de três vilas em Tremail, longe o suficiente para que a reputação da casa não fosse um problema. O invasor acendeu um candelabro apinhado de velas. Isso não era bom. A cozinha estava consideravelmente iluminada agora. Ele olhou em volta, surpreso. Ela entrou na despensa, onde a luz não penetrava. A cozinha era o único cômodo que Freya mantinha em ordem. Não havia poeira aqui. E seus suprimentos estavam nitidamente lá, se o intruso observasse. E ele observou quando lançou um olhar na direção dos armários. Encontrou farinha, legumes e presunto defumado. Levantou-se e, depois de refletir por um instante, seguiu até a enorme lareira na cozinha. Freya suspirou.

O homem estendeu a mão e sentiu o calor. Quando chutou os carvões queimados, as cinzas espalharam-se, revelando o brilho da última vez que ela tinha acendido o fogo para esquentar água e preparar um chá.

– Muito bem, muito bem. Fantasmas aqui? Parece mais provável que sejam invasores – ele murmurou.

Aquilo tampouco pareceu assustá-lo. Ele encheu dois baldes de água. Em seguida, colocou a água em um caldeirão para aquecê-la enquanto acendia os carvões. Depois, pegou a lanterna e começou a explorar a casa.

O homem instalou-se em um quarto na área principal, negligenciando os jardins na parte de trás, exatamente como o quarto dela fazia com o lado arruinado na casa. Freya observou, nas sombras do *closet*, enquanto ele abria as janelas e retirava os tecidos que cobriam os móveis. A poeira ficou suspensa no ar, e Freya teve de segurar o nariz para evitar espirros. O homem não ficaria aqui por uma noite apenas, pelo menos não era o que tinha em mente. Ele estava se mudando para lá.

Dependurou dois casacos e várias camisas no guarda-roupa e colocou gravatas e roupas íntimas dobradas na cômoda. As calças foram para as gavetas inferiores. Freya teve de recuar para o quarto adjacente quando ele veio em direção ao *closet*. O que aquela criatura ridícula estava querendo?

Ela o ouviu arrastar alguma coisa. Uma banheira. Aquilo não era nada bom. Freya voltou para o *closet*. A janela tinha sido deixada escancarada. Aquele homem não era nada organizado. Tinha colocado a banheira no meio do velho tapete turco, na frente da lareira. Pegou o candelabro e seguiu pelo corredor. Ele era tão... *passional*. Logo o intruso voltou com dois enormes baldes de água e um sabonete retirado das compras dela. Colocou a água quente na banheira e partiu novamente. Dessa vez, quando voltou, trazia lençóis limpos enfiados em um dos braços e dois outros baldes de água. Despejou novamente a água e inclinou-se para tirar os sapatos.

Ela poderia voltar mais tarde, quando ele estivesse dormindo, e então assombrar seus sonhos. Freya estaria em perigo se ficasse ali. Observá-lo estava excitando-a demais, despertando tudo que ela lutava, quase insanamente, para controlar.

Ele tirou a camisa.

Meu Deus! Aquele homem certamente tinha um físico bem definido. Os ombros eram bastante musculosos. Os bíceps inchavam conforme ele desabotoava a calça. O peito era coberto por pelos loiros encaracolados. Os mamilos eram suaves e marcados; a barriga, marcada por músculos. Ela devia ir embora. Seria todo aquele corpo tão bronzeado quanto a parte superior? O homem deslizou as calças pela coxa. Freya cobriu a boca para evitar que um suspiro de apreciação lhe escapasse. Não, ele não era tão bronzeado, embora todos os lugares tivessem recebido um pouco de sol. O ninho de pelos em volta de suas partes masculinas era de um dourado escuro. Ele era bem dotado – e perceba que Freya já tinha visto muitos homens. Não era de se surpreender que suas calças se curvassem de uma forma tão interessante. No entanto, não era apenas seu órgão masculino que a fascinava. O quadril era fino, as coxas cheias de músculos. De perfil, as nádegas eram... ah, eram firmes, redondas. Fortes.

Exatamente como ela gostava.

O homem entrou na banheira, relaxou com um suspiro. Descansou na água quente com os olhos fechados por alguns instantes. Ela quase pensou que ele tinha dormido. Freya, por outro lado, talvez nunca mais dormisse. Estava tão molhada entre as pernas que praticamente gotejava. Poderia aliviar a tortura caso se distanciasse agora. Ou talvez não. Não: ela se lembraria daquele corpo por muito tempo. Por que sair quando sair é inútil?

O homem finalmente sentou-se e lavou-se rapidamente. Freya pensou que iria desmaiar enquanto ele ensaboava as mãos e esfregava o corpo abaixo da linha da água. Ela sabia exatamente o que aquele homem estava fazendo. Freya fechou os olhos.

Por que estava aqui se torturando? *Você não se importa com sexo,* ela disse a si mesma. Sexo sempre tinha sido um trabalho para ela, e nada além disso. *Você transformou vampiros em Harriers, armas do Conselho de Elders usadas para proteger sua espécie.* E transformar Harriers significava ensinar-lhes a excitação sexual e a supressão que aumentavam-lhe os poderes. *Você nunca sentiu prazer nisso. Fez porque seu pai, o Ancião, exigia.*

E agora ela sequer fazia isso. Seu propósito tinha desaparecido. Seu trabalho já não existia.

A água espirrou. Freya abriu os olhos. Ele estava se secando daquela forma inconsciente como os homens fazem, afinal, raramente sabem o quão estimulante era ver suas peles sedosas com água escorrendo. Ele saiu da banheira e se virou.

Os olhos de Freya arregalaram-se.

As costas daquele homem eram entrecortadas por dezenas de marcas e cicatrizes. Ele tinha sido chicoteado. Alguém o havia tratado muito mal. O intruso abriu o guarda-roupa e tirou um pijama, mas logo pensou melhor. Arremessou a peça na cama. Então, nu, foi até a escrivaninha e abriu uma caixa que tinha deixado lá. Era um estojo para viajantes. Tirou uma folha de papel, um tinteiro e uma pena, e começou a escrever uma carta. Depois de algumas linhas, parou, rugiu insatisfeito e amassou o papel, jogando-o no meio do tapete. Ele agia exatamente como se morasse aqui, e não como se fosse passar uma noite. Não demonstrava medo, e não estava em uma casa mal-assombrada simplesmente para provar que podia fazer isso.

Inacreditável.

Ele não poderia viver aqui. O pai de Freya era dono daquela propriedade, embora não tivesse vindo aqui há séculos. Ela tinha o direito da casa. Queria ser deixada em paz. Queria uma existência discreta. Queria paz. E aí aquele idiota apareceu, levou seu cavalo até um estábulo, entrou, tomou banho e agora estava ali, sentado, nu, escrevendo uma carta e fazendo-a pulsar da forma como ela não queria mais pulsar.

Bem, não duraria muito. Ela bateu os dedos no braço. Só precisaria esperá-lo descansar. Então, beberia o sangue necessário daquele homem e o forçaria a fazer suas malas, sentindo vergonha por seu medo. Se aquele agente em quem o pai de Freya confiara para vigiar a casa a tivesse alugado, ele logo descobriria que os inquilinos não parariam na propriedade.

Drew apoiou a caneta na escrivaninha e suspirou. Como uma carta que ele tinha composto tantas vezes em sua mente subitamente tornara-se tão difícil de ser escrita? O que alguém diria a uma mulher por quem estava loucamente apaixonado, mas que não via há quinze anos? Ela não tinha se casado, mas isso significava que ela ainda gostava dele? Os momentos que eles passaram juntos, tornados ainda mais picantes pela reprovação garantida do pai dela, seriam suficientes para durar muito? Ele sequer tinha feito amor com ela. Alguns beijos, algumas promessas aquecidas, a dor da luxúria reservada. Eles tiveram mais do que isso?

É claro que sim. Pelo amor dela, ele tinha enfrentado a dor e a humilhação. Quase a morte. Quase tinha morrido uma dúzia de vezes.

E, por ela, ele tinha se transformado em Drew Carlowe, um homem rico e respeitável, com sotaque e gostos refinados. O marido perfeito, exceto pelas cicatrizes nas costas. Ou na alma. Ao voltar para casa, ele arriscou tudo. Mas já não era um jovem irresponsável. Seria difícil prendê-lo se descobrissem quem ele era e o entregassem.

Drew afastou o papel. Aquilo era o melhor que ele podia fazer. Teria o pai de Emily virado sua amada contra ele? Ela devia continuar apaixonada por ele. *Tinha que*. A melhor vingança contra aquele homem era Drew ter sua filha apesar de tudo que o velho tentasse. Ela era maior de idade. Drew era rico. Amanhã, ele pagaria um garoto da vila para entregar a carta nas mãos de Emily. Eles se encontrariam. Ele a cortejaria outra vez, desde o início, se fosse necessário, até ela concordar em fugir com ele. Mais tarde, deixaria o sogro ciente de com quem sua filha tinha se casado. Isso feriria Melaphont. E então ele cuidaria do pai dela de uma forma particularmente pessoal. Não logo de início. Não seria muito útil a um casamento feliz se vingar do pai da noiva. No entanto, ele tinha jurado ver Sir Elias Melaphont pagar pelos sofrimentos que tinha causado a ele e a Emily. E não estava disposto a passar sem esse prazer.

Decidiu esperar a carta secar antes de colocá-la no envelope que já havia endereçado. Levantou-se, pegou os lençóis e seguiu até a cama, esfregando a mão no pescoço.

Durante toda a noite, teve a estranha sensação de estar sendo observado. Porém, tinha analisado a casa, tudo excesso o lado oeste, arruinado, e não havia ninguém lá. Ele estava sozinho. Os suprimentos na cozinha e o fogo recém-aceso deviam ter sido preparados pelo agente como as boas-vindas à nova casa, ou talvez pelo próprio Melaphont. Drew não gostava de pensar nisso. Não queria ter dívida nenhuma com aquele desgraçado. Quem quer que tivesse deixado aquelas coisas ali era muito minucioso. Até mesmo o armário de roupas de cama tinha lençóis limpos. E Drew sentia-se grato por isso.

Estava quente demais para vestir o pijama. Apoiou a colcha de brocados no canto e colocou os lençóis na cama. Percebeu, então, por que as pessoas da vila pensavam que a casa era mal-assombrada. Ela tinha um ar um tanto quanto elétrico, como se alguma coisa importante estivesse prestes a acontecer. Ele sorriu enquanto apertava os travesseiros. A fantasma, bela e jovem, continuava tendo pensamentos cheios de desejos. Aqui, na Cornualha, o sobrenatural sempre fez parte da mente das pessoas. Para os locais, fadas e fantasmas eram tão verdadeiros quanto Jesus e seus discípulos. Talvez os dois conceitos não fossem tão diferentes assim, no final das contas. Drew tinha perdido toda a crença em Deus havia muito tempo. As histórias da Bíblia não eram nada além de histórias hoje em dia.

Virou-se de volta para os lençóis e apagou as velas. Sem mais cerimônias, deitou-se na cama, nu em meio a todo aquele calor, e fechou os olhos.

2

Ele tinha que dormir nu? O parasita nas veias de Freya, que a tornava o que ela era, precisava de sangue. Agitava-se na expectativa. Mas a pulsação entre suas pernas, enquanto ela o observava durante a noite, não era nada bem-vinda – para se dizer o mínimo. Ela tinha banido a sexualidade no dia em que se desvencilhou de sua obrigação para com aqueles de sua espécie, no dia em que sua última irmã viva morreu por *sua* culpa. O pai ficara furioso. Mas ela já não podia fazer aquilo. Sempre fizera tudo o que ele pedira. Ele era tão velho, tinha uma personalidade tão esmagadoramente poderosa... Freya estava cansada, enferma. A mente esfarrapada depois daquele dia que mudou tudo. O fato de ela não ter voltado para casa, em Mirso, era sua conquista, ou sua falha. Ela tinha vindo a Ashland para se curar, longe do que era, incerta sobre o que se tornaria.

Todavia, Freya não conseguiria a cura se aquele homem nu em sua casa despertasse-lhe a sexualidade que ela tanto queria suprimir. Arrastou-se para fora do *closet* enquanto a respiração dele tornou-se regular. O intruso tinha se deitado de costas na cama, mantendo uma mão atrás do pescoço e exibindo seu corpo de forma casual. Freya não queria tomar o sangue dele assim. A sensualidade naquilo estimulava-lhe as partes mais femininas até mesmo agora. Mas ela precisava de sangue e ele estava aqui. E a decisão de Freya se enfraqueceu após tê-lo observado por horas.

Ela olhou para a mesa. Ele tinha escrito rascunhos e mais rascunhos de alguma coisa. O que um homem tão... *duro* poderia escrever assim, importando-se tanto? Erguendo um ouvido na direção da respiração do invasor, ela seguiu até a escrivaninha. A lua brilhava, atravessando as janelas abertas, formando um canal prateado por sobre a carta. Para Freya, aquilo era tão claro quanto o dia, já que ela nunca via o sol.

Minha querida Emily, se eu ainda puder chamá-la assim. Finalmente retornei. Sei que, naquela época, eu não era digno de tê-la. Porém, não sou um ladrão. E, em todos esses anos que passei longe, tornei-me um homem de posses, um homem que você não se envergonhará de considerar um conhecido. Mal me atrevo a ter esperanças de ser mais do que isso. Se você não quiser me ver, jamais me aproximarei de você. Quanto a isso, tem minha palavra. Entretanto, se me permitir visitá-la, pelo menos mais uma vez, sentirei honra e gratidão. Avise-me de sua decisão por meio daquele que lhe entregar essa mensagem.

Seu humilde servo,
Andrew Cooper, agora Carlowe

O fato de um homem tão ativo e tão viril, que usava uma carapaça para evitar que os sentimentos transparecessem em seu rosto, poder escrever uma carta como aquela era... surpreendente. Ela olhou para o corpo dele espalhado sobre a cama. Seus músculos, agora em repouso, ainda demonstravam força latente. Os homens costumavam ser tão envolvidos consigo mesmos, especialmente homens com aquela aparência. Por outro lado, aquela carta era algo estranho, totalmente sem pretensão. Ele devia amar muito aquela mulher. E ela tinha muita sorte por ser amada daquela forma.

Freya nunca tinha amado, não em todos os seus longos séculos. Isso não era permitido para aquelas que cuidavam dos Harriers. Sexo, sim. Uma estimulação sexual quase constante do Aspirant para trazer à tona seu poder, mas não o amor. Ela suspirou. Melhor acabar com isso antes que ela caísse em uma espiral de autopiedade.

Deslizou em direção à cama, parando quando estava a alguns passos de distância. Aquele homem tinha realmente um aspecto adorável. Ela estava decidida a tomar o sangue que precisava, uma ou talvez duas xícaras no total, mas isso era tudo.

Freya lançou mão de seu poder. *Companion!*, gritou para aquela coisa em seu sangue. E o parasita respondeu enviando uma sensação de vida pulsante pelas veias de Freya. Um palpitar parecido, quase doloroso, brotou em seu quadril. Quando o Companion lhe enviava poder, a urgência pela vida e pelo ato sexual tornava-se ainda mais forte. Mas Freya podia resistir. Devia resistir. O filme vermelho familiar escorreu por seu campo de visão. Seus olhos brilhariam vermelhos agora, carregados de poder. Era hora de acordá-lo. Freya podia sentir o medo daquele homem, podia alimentar esse medo compelindo a consciência completa durante o tempo em que se alimentaria dele, e então libertá-lo sem a sugestão que ela costumava deixar nas mentes, sem fazer que ele esquecesse do que ela lhe tinha feito. Assim, ele seria capaz de espalhar o relato de sua experiência. Ele se apressaria até os estábulos e cavalgaria para longe da casa. E Freya apostava que o intruso sequer pararia para colocar as calças.

– Andrew – ela chamou suavemente.

Ele estava sonhando com Emily, com seus belos cabelos loiros, com o inchaço de seus seios sob a seda branca e suave da camisola...

– Andrew – ela chamou e sorriu para ele. Com um sotaque. Leste europeu?

– Andrew – mais alto dessa vez, quase insistente. E ele sabia que estava sonhando, mas não queria deixar seu sonho ou Emily.

– Andrew, acorde!

Ele abriu os olhos, irritado.

Lá, de pé ao lado da cama, estava o que devia ser o fantasma. Ela tinha olhos vermelhos que brilhavam na escuridão. Pele branca translúcida e cabelos negros como a noite. Um vestido branco etéreo balançava em volta dela com a brisa que tardiamente entrava pela janela aberta. Se é que aquilo podia ser chamado de vestido... Duas faixas de tecido translúcido se dependuravam de seus ombros e mergulhavam até a cintura, deixando os ombros nus e um "V" de pele branca revelando o par de seios entumecidos. A peça era presa por um cinto de pedras na área da cintura e caía em faixas translúcidas até o chão. Ela era pequena e bela. Quanto a isso, eles não tinham mentido. Tampouco tinham mentido a respeito de haver um fantasma.

Mas ele não acreditava em fantasmas. Existiam memórias e arrependimentos suficientes para assombrar alguém e, portanto, fantasmas eram desnecessários. Então devia ser alguma intrusa que se parecia com um fantasma. De qualquer forma, ele não sabia de onde vinham aqueles olhos vermelhos.

Drew se sentou com a coluna ereta:

– Pode parar com esse joguinho que você está...

Ele pretendia se levantar e se posicionar sobre ela, forçando-a a sair gritando do quarto. Porém, o homem não se moveu. Os olhos de Freya tornaram-se ainda mais vermelhos, quase carmim. Pareciam prendê-lo. Ele não conseguia falar, não conseguia se mover. Apenas permaneceu sentado, mantendo uma perna estendida na direção do chão.

Estar naquela posição tão indefesa era assustador. Ela se aproximou. Os cabelos caíam, soltos, sobre os ombros e sobre as costas. Freya não usava nenhuma joia além daquelas em seu cinto. E não precisava delas. Seus traços eram delicados e seus olhos, embora vermelhos, eram profundamente tristes. Ela parecia flutuar enquanto se movia na direção dele, mas ele conseguia ver os pés dela se estenderem debaixo do vestido translúcido que traçava seu caminho pelo chão. Agora Andrew sentia o cheiro de Freya. Canela combinado com algo adocicado. O que era aquilo? Âmbar gris. A combinação formava um perfume inebriante.

Ele percebeu que a sensação elétrica que experimentou durante toda a noite vinha dela. Era uma vibração carregada de expectativa. Teria aquela mulher estado por perto durante toda a noite?

Ela estendeu uma mão pequena e tocou-lhe o ombro musculoso e masculino. Surpreendente. Não era frio como o toque de um fantasma devia ser, mas aquecido e terrivelmente vivo. Ela recuou e sacudiu a mão, como se também tivesse sentido um choque. A cor nos olhos de Freya tornou-se menos intensa. Andrew se contorceu, mas logo os olhos dela tornaram-se novamente vermelhos e toda a esperança de um movimento se desfez. Freya moveu as mãos sobre o peito dele e, mais uma vez, a sensação o atingiu profundamente. Ela devia correr o polegar pelo mamilo dele? Eles estavam firmes e endurecidos. A sensação encontrou o caminho até o a virilha de Drew, e aquela área pareceu inchar. Aquele homem estava se sentindo excitado por causa de... de alguma coisa que podia mantê-lo imóvel enquanto o tocava. As possibilidades eram assustadoras e... excitantes.

Uma mão correu até o quadril de Andrew, enquanto outra deslizava por seu bíceps. Durante todo o tempo, ela o olhava nos olhos. Freya olhou para baixo. Ele sabia o que ela veria. Seu membro estava totalmente ereto – quase dolorosamente ereto. Ele vinha se guardando para Emily há meses. Não podia ser considerado culpado por aquela ereção que brotara ao ser tocado por uma bela mulher – fantasma, invasora, ou fosse lá o que aquela criatura fosse – enquanto ele estava nu. Talvez o motivo pelo qual ele não pudesse se mover fosse o fato de que, no fundo, ele *não queria* se mover.

Ela o empurrou suavemente para trás, fazendo a cabeça se apoiar nos travesseiros que ainda tinham um cheiro levemente mofado. Quando Freya sentou-se na cama, os lençóis se repuxaram de uma forma nada fantasmagórica. Uma mão envolveu a nuca daquele homem, por debaixo dos cabelos, e a outra continuava correndo por seu peito nu. A palma da mão de Freya encostada nos mamilos dele o fazia arder por dentro. A mão desceu um pouco. Ela estava prestes a...

Resfolegou a mão delicada naquele mastro ereto. O corpo de Andrew arqueou-se involuntariamente. Meu Deus, em poucos instantes ela o deixou prestes a esparramar sêmen sobre a própria barriga, como se aquele fosse um sonho erótico de um garoto de quatorze anos.

Talvez aquilo *fosse* um sonho erótico. De que outra forma ele poderia explicar os olhos vermelhos. No entanto, os sonhos eróticos de Andrew costumavam envolver suas expressões costumeiras de força e poder, claramente ausentes nesta ocasião. Ainda assim, o simples pensamento de que ela poderia fazer qualquer coisa com ele enquanto estivesse naquele estado era, ao mesmo tempo, estimulante e assustador. Ele devia dizer a ela que estava se guardando para Emily. Emitiu vários gemidos ineficazes antes de ela tocar os dedos em seus lábios.

– Quietinho agora – sussurrou Freya com seu sotaque atraente. – Não vou feri-lo.

Aquilo era algo muito estranho saído da boca de um fantasma, mesmo que se tratasse de um fantasma em um sonho.

Por que ela estava tentando confortá-lo? Freya queria assustá-lo, mas as pancadas do coração daquele homem contra sua mão não faziam nada além de trazer uma onda de remorso. Toda a dor que ela e sua irmã tinham causado aos Aspirants, todo o tormento de deixá-los excitados e depois suprimir o gozo, tudo isso tinha se tornado demais para ela no final. Freya não achava que o que elas faziam era certo. Portanto, a última coisa que queria sentir era o bater do coração atemorizado daquele homem ou se dar conta da ereção que tinha causado. E ele definitivamente estava excitado.

Assim como ela estava, verdade seja dita. Freya era incapaz de resistir e precisava tocar aquele corpo masculino. Quando fora a última vez que ela sentira o calor de um corpo masculino e forte, o milagre da pele suave que cobria músculos retesados? E aquele homem era extremamente atraente. Na verdade, não era apenas atraente. Aquele homem tinha escrito *aquela* carta. Freya correu novamente a mão sobre o quadril dele, tão próximo da deliciosa ereção que ela tinha acariciado tão levemente...

Freya *não* devia sucumbir ao desejo. Sob compulsão, qualquer tipo de flerte sexual com ele não seria nada menos do que estupro.

Ela simplesmente tomaria o sangue necessário e o deixaria ir embora. Ele se sentiria suficientemente assustado para manter outras pessoas longe da propriedade. Não havia alternativa. Porém, Freya não queria que ele tivesse uma espécie de apoplexia.

Ele a encarava como se o faminto fosse *ele*. Mas isso obviamente não era verdade. Aquele homem não tinha fome da mesma coisa. Freya virou o queixo dele suavemente para um lado, deixando à vista a grande artéria debaixo do maxilar. Sentiu o coração de Andrew saltar de forma um pouco irregular enquanto se abaixou, pressionando os seios contra aquele peito vigoroso. Beijou-lhe suavemente o pescoço. A pele estava salgada por conta do calor, muito embora a brisa já a tivesse secado. O cheiro daquele homem, o cheiro que era único de cada homem, preencheu-lhe as narinas. Ele levantou o quadril, arqueou o corpo enquanto ela murmurava palavras reconfortantes.

Freya permitiu que o poder em suas veias chegasse até seus caninos. Apoiou a cabeça dele na dobra de seu braço e afundou os dentes cuidadosamente na artéria. O homem estremeceu uma vez. As duas feridas, circulares e idênticas, refluíam a vida doce, com sabor acobreado, em direção à boca dela – um líquido espesso e que trazia satisfação. Seu Companion praticamente ronronou. Ela deixou os caninos se retraírem, e agora só havia lambidas e sucções, produzindo ruídos relaxantes enquanto bebia. Diferentemente do que muitos homens faziam, ele não relaxou. Em vez disso, seu quadril começou a se mover contra ela no mesmo ritmo com o qual ela sugava. Freya sentia aquele mastro ereto pressionar contra seu quadril. Aquele ato era sexual, tanto para o doador quanto para o recebedor do sangue – embora ela normalmente conseguisse controlar os efeitos. Agora não, todavia. Ela praticamente pulsava de tesão.

Sangue é vida, ela pensou. E assim tinha sido há milênios, já que sua espécie estava ligada aos humanos de forma tão íntima. Eles viviam um em cada cidade, para que os humanos não soubessem que havia vampiros entre eles. Era uma existência solitária. O único local onde sua espécie podia se reunir era no Monastério Mirso – para muitos, o último refúgio quando o tédio ou a insanidade da vida eterna os tornava inadequados para o mundo. Freya e sua irmã tinham nascido no Mirso e passaram suas vidas lá, produzindo Harriers. Ela nunca tinha vivido no mundo humano até agora.

Quando tomou o suficiente, ela ergueu a cabeça. Ele a observou atentamente enquanto ela lambia os lábios.

– Obrigada – agradeceu, sentando-se. – Por sua generosidade.

Muito embora ele não tivesse outra escolha.

Os olhos dele eram grandes, azuis escuros sob a luz da lua, mas já não demonstravam medo. Estavam... especulativos. Isso não era bom. Estaria aquele homem se perguntando se ela era real? Se ele espalhasse que havia uma mulher real em Ashland, uma mulher que bebia sangue, as pessoas logo apareceriam com tochas para queimá-la. Ele tinha de acreditar que aquele local era mal-assombrado e que não podia fazer nada além de ir embora.

Freya se levantou.

– Você foi tocado pelo mundo dos espíritos – entoou, e permitiu que seu Companion fizesse sua voz ecoar. – Você deixará este lugar imediatamente.

Freya pediu ainda mais poder de seu Companion. A escuridão girando, tão familiar, começou em seu pé e subiu até os joelhos. Andrew sentou-se agora que ela o tinha soltado. E ainda estava ereto. Duas pequenas faixas de sangue corriam-lhe pelo pescoço. Ele observou com uma mistura de horror e fascinação enquanto a escuridão a envolvia. O quarto desapareceu em volta dela. Um momento de uma dor conhecida e Freya apareceu em seu próprio quarto. Correu pelo corredor para olhar pelas janelas de um quarto úmido, cujo teto estava em colapso em um dos lados. Tinha vista para os estábulos. Andrew era um homem corajoso e não deixaria um corcel como aquele para trás.

Que diabos tinha acontecido aqui? Drew lutou para levantar-se, sentindo vertigem. Certamente porque toda a sua corrente sanguínea estava agora concentrada em sua virilha. Uma mulher tinha... Tinha o quê? Manteve-o imóvel enquanto bebia seu sangue? Ofereceu-lhe a experiência sensual mais incrível de sua vida?

E voltemos à parte da "mulher". Que mulher podia fazer o que aquela fez?

– Fantasmas e coisas desse tipo não existem – ele murmurou para si mesmo. Fantasmas não tinham um toque tão acalentado. Pensar em como aquela mulher era aquecida e no que ela tinha feito com seu toque definitivamente não redistribuíam sua corrente sanguínea. E que tipo de fantasma amassava os lençóis quando se sentava sobre eles?

Por outro lado, que humana teria olhos vermelhos e desaparecia em uma onda de escuridão?

A cabeça de Drew doía tanto a ponto de não permitir-lhe pensar. Ele correu a mão pelos cabelos. Espere! Foi até o espelho, passando os dedos pelo pescoço. Estava escuro demais aqui para conseguir enxergar. Tropeçou enquanto procurava o candelabro. Quando finalmente o encontrou, depois de quase derrubá-lo, Andrew apalpou até achar o isqueiro e acendeu a vela. Em seguida, levou a luz até o espelho, deixou-a na penteadeira e alongou o pescoço numa tentativa de enxergar.

Duas pequenas feridas salivavam sangue.

– Deus todo poderoso! – sussurrou. Que diabos *tinha* acontecido ali? Drew segurou novamente o candelabro e analisou a sala. Um estremecimento brotou em sua espinha, mas foi implacavelmente suprimido. Ele seguiu até a janela. Estavam a mais ou menos dez metros do chão, mas ele viu algumas trepadeiras arrastadas até metade do muro. Não o suficiente. Ela não teria saído por ali. Drew deu meia-volta. Talvez ela estivesse escondida no *closet*. Ele abriu a porta violentamente e viu prateleiras para sapatos, um manequim sem cabeça com casacos que definitivamente precisavam ser escovados e um emaranhado de cabides, exatamente como as coisas estavam quando ele tinha chegado e se banhado. Mas nenhum sinal de pegadas até o corredor. Ela tampouco tinha escapado por aqui. Drew voltou ao *closet*. Nada denunciava que ela tinha passado por ali.

Exceto o leve perfume de canela e âmbar gris no ar.

Ela o tinha observado dali, do *closet*.

Talvez durante toda a noite. Ele tinha sentido aquela energia elétrica estranha durante toda a noite...

Enquanto ele se banhava? Ela tinha se escondido no cômodo ao lado enquanto ele se banhava, havia permanecido perto da porta. Teria ela observado enquanto ele escrevia, nu, sentado à escrivaninha? Enquanto ele dormia?

Isso seria intolerável. E estranhamente erótico. Drew nunca tinha experimentado algo mais sensual do que o leve toque em seu corpo nu e as sugadas suaves em seu pescoço. Ainda agora, seu membro estava teimosamente ereto.

Levou o candelabro de volta ao quarto e o apoiou em um móvel. Seus olhos correram para a carta que tinha escrito a Emily. Ele se ajeitou. Era por isso que ele estava aqui. Para encontrar o amor novamente, o amor que lhe traria vingança e curaria as feridas que ele sofrera a tanto tempo, tornadas mais amargas até chegarem ao ponto de mastigarem parte de sua alma.

Drew não estava disposto a permitir que um fantasma, ou uma intrusa fingindo ser um fantasma, desfizesse sua decisão. Ela poderia ordenar quanto quisesse que ele deixasse a casa. Drew tinha sobrevivido a coisas muito piores do que uma leve perseguição erótica. Não estava prestes a sair correndo e dar o fora antes de tentar reconquistar o que era seu. Não, ele não ficaria sem ver a cara de Melaphont quando finalmente o reconhecesse, não perderia isso por nada no mundo.

Dobrou a carta e colocou-a no envelope. No dia seguinte, ele faria aquelas palavras chegarem a Emily e descobriria onde ele residia. Ela já não estava casada e devia se lembrar do amor dos dois. E agora, se o pai de Emily não a tivesse envenenado contra ele, ele teria chance. Se o filho da mãe tivesse feito isso, bem, então Drew sentiria o pesar. E pularia a parte que envolvia Emily e se vingaria de Sir Elias Melaphont de alguma forma mais direta e mais violenta.

Seguiu até a cama. Com um tom de desafio, apagou as velas e relaxou. Ele não precisava de luz para repelir o que o espiava na escuridão.

Isso não significava, todavia, que ele dormiria.

Drew entrou no Goose and Gander mais tarde do que pretendia. No final das contas, acabou dormindo – se foi pela perda de sangue ou pela adrenalina diminuindo, disso ele não estava certo. E sonhou, acordando com mais uma ereção. Os sonhos não tinham envolvido Emily.

Toda a situação lhe parecia estranha à luz do dia, exceto pelo fato de ele ter tido de dar um nó cuidadoso em sua gravata para cobrir as duas feridas em seu pescoço.

De qualquer forma, tinha chegado à conclusão de que aquilo era fruto de uma intrusa, e não de um fantasma. Um frade português não tinha praticado uma versão oriental do magnetismo animal do dr. Mesmer para exercer controle sobre os homens sem usar imãs? Abbe Facia. Esse era o nome do cara. Foi assim que a mulher o controlou. Ela devia ter usado alguma espécie de truque com a luz para fazer seus olhos brilharem daquela forma. Eles pareciam exatamente com olhos animais, acendendo-se quando a luz brilhava em sua direção durante a noite, porém vermelhos. E as feridas? Um par de tachas, talvez – ele não tinha visto nenhuma faca. A escuridão girando era, sem sombra de dúvida, uma síncope causada pela perda de sangue. Bem, ele faria uma busca cuidadosa por ela mais tarde, e a faria ir embora.

– Barton – chamou Drew. O velho Henley era a única pessoa na taverna àquela hora. Estava preparando cerveja em um canto. O funcionário do bar colocou a cabeça para fora, afastando a cortina que separava a cozinha da taverna. Parecia pálido e cansado. O brilho do suor em sua testa refletiu a luz.

– Não esperava vê-lo aqui esta manhã. Passou a noite lá? – perguntou Barton.

Drew tinha esquecido da aposta.

– Sim – respondeu com um tom instável.

– Viu o fantasma? – Henley queria saber.

– Vi alguém – não se importou em entrar nos detalhes. – Acho que tenho invasores lá em cima.

Tanto Barton quanto Henley respiraram profundamente.

– Invasores não sugam sangue – apontou Henley. – Ela chupou seu sangue?

Drew se viu enrubescendo. Ele não queria ter essa conversa.

– Barton, você tem algum garoto aí que poderia levar esta nota até The Maples?

– Jem foi com o carrinho até Camelford para fazer compras – desculpou-se Barton. – E Billy está com gripe. A mãe dele disse que o garoto está realmente mal – Barton secou a testa com o lenço. Sua mão estava um pouco trêmula.

– Droga! – praguejou Drew em voz baixa. Ele não queria levar a nota pessoalmente. Estava com medo de se encontrar com Emily?

– Posso levá-la para você – o velho Henley de alguma forma tinha aparecido e agora olhava para o envelope. Levantou o olhar para Drew com uma expressão estranha no rosto. Pena? Ah, ele tinha visto que a correspondência estava endereçada para srta. Emily Melaphont. Provavelmente esse não era mais seu nome, já que Henley comentara que ela tinha se casado.

– Farei seu tempo valer a pena – disse Drew, enfiando a mão no bolso. E sem se importar com a possibilidade de entregar cartas a jovens viúvas não ser um comportamento respeitoso.

– Economize seu dinheiro. Você mesmo pode entregá-la. Eu lhe mostrarei o caminho. Vou passar por ali.

Ninguém "passava por" The Maples. A propriedade ficava a quase sete quilômetros da vila e em um terreno impressionante. Drew hesitou. Mas Henley já estava seguindo na direção da porta.

– Não quer sua caneca de cerveja? – gritou Barton.

– Mais tarde – Drew fungou. Henley não lhe deixou escolha.

Drew teve de adequar seus longos passos ao ritmo do outro homem, mais velho e menor. A criatura ainda era ágil, considerando sua idade. Drew pensou que teria de responder a muitas perguntas. Mas Henley ficou em silêncio. O pulso de Drew acelerou. Ele podia estar frente a frente com Emily em questão de momentos. Henley saiu da estrada.

Drew olhou em volta, desorientado. Eles estavam subindo a colina em direção à igreja. Era uma construção pequena, do século XV, com as pedras brutas um pouco dourada por conta do tempo. O pulso de Drew tornou-se ainda mais acelerado. Talvez ela estivesse decorando o altar com flores. Ela o reconheceria? Eles tinham se apaixonado no passado. Como não o reconheceria? A expressão no rosto dela assim que o visse denunciaria tudo. Henley e Drew atravessaram o caminho de pedras até portas antigas de madeira, gravadas com imagens indecifráveis em baixo relevo. Drew estava estendendo a mão na direção do enorme trinco de ferro quando Henley o puxou para um lado.

– Lá atrás, filho.

Drew começou a dar a volta na igreja, ansioso. Então, seus passos tornaram-se mais lentos. Lá atrás ficava o cemitério da igreja. Estaria Emily deixando flores em alguma sepultura? Talvez na sepultura de seu marido...

Não havia ninguém no cemitério. Uma brisa diminuía o calor por ali. O gramado entre os túmulos ainda tinha o cheiro do verão.

E então ele se deu conta. Seu estômago pareceu formar um nó e saltar em volta do coração. Drew parecia não conseguir respirar. Henley apontava, embora isso não fosse necessário. Drew caminhou lentamente até a área cercada por estacas de ferro e coberta por pequenas flores de lis. Os Melaphont estavam todos enterrados ali.

Os olhos de Drew ficaram tão úmidos que ele quase não conseguiu ler o que estava escrito na lápide.

Emily Margaret Melaphont Warner. 1788–1806. Que ela e seu filho que não chegou a nascer encontrem a paz eterna nos braços de Jesus.

Um ano. Ela só tinha vivido um ano depois que ele fora sentenciado. Tinha se casado tão rapidamente. Drew significava tão pouco para ela? Emily tinha morrido ainda enquanto ele estava na prisão. Todos esses anos de saudade tinham sido tão inúteis. E Emily estava grávida. Quem seria esse tal Warner que ela amara? Drew se sentiu traído. Todos os seus sonhos de fazê-la amá-lo novamente, de se casar com ela debaixo do nariz do pai dela, depois de tudo que ele causara a Drew, pareciam tão idiotas.

Ele sentiu Henley se aproximar. A fúria brotava de seu estômago.

– Você disse que ela não era casada, que ainda estava aqui.

– Bem, é verdade se você refletir um pouco.

Drew não sabia o que perguntar. Que diferença faria agora? Sua garganta estava tão cheia que ele pensou que se afogaria.

– O pai de Emily encontrou o marido dela antes de o verão chegar ao fim, no ano em que você partiu – disse Henley, como se filosofasse. Drew viu de canto de olho que Henley segurava um cachimbo e começava a ajeitar o tabaco. – Era um cara bom. A família era de tecelões, acredito. Tinham fábricas em Cumberland. Pagaram caro pelo nome dos Melaphont – Henley puxou um isqueiro do bolso e acendeu o cachimbo. – Melaphont os fez viver debaixo do seu nariz, em The Maples, enquanto criava uma área nova para a casa com o dinheiro dos Warner. Disse que ela era pobre e não a deixou ir. Mas você o conhece... Ele só queria controlar eles dois – e Drew o conhecia. Ondas de fumaça contorciam-se no ar. – Warner voltou a viver com a família quando ela morreu.

Pobre Emily. Vendida para que o pai pudesse erguer uma nova construção em The Maples. A propriedade sempre fora um símbolo do orgulho dos Melaphont. Espere aí! Em meio à confusão, Henley tinha deixado um fato escapar. "No ano em que você partiu." Henley sabia quem Drew era.

Então, Drew lançou um olhar feroz na direção do velho homem.

– Nem pense em espalhar minha identidade por aí. Você me arranjaria um inimigo formidável – ele esperou que a ameaça fizesse seu trabalho. Na verdade, Drew não feriria o velho homem.

– Então você escapou da prisão... – disse Henley com um tom sarcástico. – Eles podem colocá-lo de volta lá se você não cumpriu a pena toda. Isso seria muito ruim.

– Vou me redimir – rosnou Drew. – E você não iria querer me impedir, meu velho.

– Não, acredito que não – respondeu Henley. – É difícil acreditar que um velho idiota saiba manter a boca fechada, Carlowe, mas eu sei fazer isso – ele acertou o ar com a haste do cachimbo. – Só espere não conseguir o que você acha que quer agora. É ruim. Destrói a alma do homem.

Drew adotou um ar de chacota. Era uma boa defesa contra seu sentimento vazio.

– Eu não tenho alma, meu velho. Lembre-se disso – virou-se e cambaleou colina abaixo, sem nem saber direito onde estava. Tudo tinha mudado. Emily estava morta.

Encontrou Darley na frente da taverna e seguiu a cavalo de volta a Ashland. A fúria ainda queimava-lhe o estômago. Todos aqueles anos de sonhos, sem saber que ela estava morta. Não era justo. E agora ele teria de encontrar outra forma de acertar sua vingança com Melaphont. Porque todos aqueles anos tinham sido culpa de Melaphont, afinal.

Então, a primeira coisa a fazer era expulsar a bela intrusa. Ele passaria algum tempo em Ashland enquanto pensava em um novo plano para se vingar, até conseguir colocar esse novo plano em prática. Não tinha nenhum desejo de passar outra noite acordado ou de perder sequer uma gota a mais de sangue.

3

Inacreditável! Carlowe não tinha fugido na noite anterior e agora, quando Freya já estava certa de que tinha se livrado daquele invasor, ele tinha retornado, caminhava pela casa e xeretava todos os cômodos. Ninguém poderia ter um bom dia de sono com isso acontecendo. Ele ainda não tinha chegado até a parte arruinada da mansão, mas Freya precisava ficar atenta.

Os barulhos desapareceram. Aquele dia tinha sido difícil de tantas formas... Quando ela pensou que o homem tinha partido, devia ter ficado feliz. No entanto, pegou-se pensando no que tinha acontecido entre eles na noite anterior. E aquilo a manteve em um estado de quase excitação durante todo o dia.

Solas de sapatos ecoaram na escada dos empregados. Graças a Deus ela tinha a audição aguçada dos vampiros. Aonde ele estava indo? Ao lado de fora? Freya deslizou até as cortinas pesadas e afastou uma delas da janela, apenas o espaço suficiente para conseguir enxergar. A luz do fim da tarde lhe feriu os olhos a ponto de fazê-la apertá-los. Freya era muito velha e podia suportar um pouco de luz do sol, embora fazer isso certamente não fosse agradável. Sim, lá estava ele, usando calças e uma camiseta sem manga, com as mãos na cintura, olhando para a parte arruinada da construção, examinando cada janela. E isso não era nada bom.

Ele começou correr. A janela dela era a única com as cortinas intactas. Aonde Freya poderia ir? Ter de fugir dentro de sua própria casa – isso era ridículo! Ela precisava de algum local escuro para proteger-se da luz do sol.

Passos ecoaram pelo corredor. Ele estava contando as portas. Não havia tempo para pensar. Ela usou seu poder e imaginou o quarto do outro lado do corredor. Aquele momento da dor tão bem conhecida tomou-lhe conta do corpo.

Drew entrou no quarto. Estava escuro. Somente a luz que entrava pela porta revelava os traços do aposento. Ele não teve de pensar muito para concluir que aquele era o quarto dela; podia sentir o aroma maravilhoso e a energia quase elétrica à sua volta, como se ela tivesse desaparecido um momento atrás. E, na verdade, a julgar pela performance daquela mulher na noite passada, isso devia ser exatamente o que tinha acontecido.

Ele estava sendo ridículo.

Correu os olhos pelo quarto. A mobília ainda estava coberta por uma mortalha de tecido holandês, mas a cama tinha sido arrumada recentemente com lençóis limpos. Cinzas espalhavam-se pela lareira e definitivamente havia um caminho de poeira perturbada nos carpetes que cobriam o corredor ali fora. Não havia poeira no carpete dentro do quarto. E, aparentemente, nenhum vazamento. Alguém devia viver aqui.

Drew abriu as gavetas da cômoda e ficou paralisado. Aquelas roupas íntimas femininas eram diferentes de todas as que ele tinha visto antes. E perceba que ele já tinha visto uma boa quantidade. Nada de camisola, nada de cinta-liga. Havia apenas peças translúcidas, de renda... Tecidos que não cobririam quase nada. Sua virilha pulsou. Ele não conseguia não se lembrar da sensualidade da noite anterior, quando ela...

Drew caminhou até o armário e abriu as portas. Vestidos, se é que tais peças podiam ser chamadas assim, como o que ela usara na noite anterior, todos de tecido fino, e todos brancos. Uma capa de lã preta coberta com seda branca e decorada com arminho, chinelos delicados e com um pequeno salto. Botas de couro branco. Não havia dúvida quanto a quem habitava aquele quarto.

Todavia, ela não estava aqui. Como ele poderia expulsá-la se não conseguia encontrá-la? A raiva tomou conta de seu interior. Por que ele não conseguia encontrar sua adorável intrusa? Por que Emily estava morta e ele quatorze anos atrasado para o luto? E por que todos os seus sonhos de voltar a ser o garoto entusiasmado e otimista que fora no passado ao lado de sua amada tinham se despedaçado?

Tudo era culpa de Melaphont. O filho da mãe tinha destruído sua inocência, o amor, a própria vida. Drew tirou as roupas do armário e as lançou pelo quarto. Arrancou as gavetas da cômoda e as lançou contra os dosséis da cama, fazendo-as estourar e lançar tudo o que tinham dentro pelo carpete. Ele queria parar, mas não conseguia. Sentia o desejo de destruir ainda mais. Retirou o canivete do bolso da calça, abriu-o e rasgou os travesseiros sobre a cama. Plumas voaram por toda a parte, incontroladas, assim como ele estava. Drew lançou-se no colchão, esfaqueou o material várias vezes até que se viu sem ar. As plumas continuavam flutuando em direção ao chão, como se fossem flocos de neve.

Seus ombros cederam. Como ele podia perder o controle assim? O vazio o consumiu. Virou-se e deitou-se na cama arrumada, com os olhos secos, exausto. O quarto estava escuro. As cortinas pesadas mantinham toda a luz do lado de fora. A porta aberta lançava pouca luz no quarto enquanto as janelas do corredor iluminavam cada vez menos o local, já que o sol começava a se por.

Ele sentiu o zumbido da energia no limite de sua consciência.

Sentou-se. Há quanto tempo aquela mulher tinha estado aqui?

– Pode sair agora.

Teria ela visto aquele comportamento perturbado e descuidado? Apesar do convite, ninguém saiu do *closet*. Ele levantou-se da cama e abriu a porta. Não havia ninguém lá, todavia.

Sua fúria se dissipou. E ele se sentiu... desamparado. Não conseguia encontrar a bela invasora, embora ele agora estivesse certo de que ela estava em algum lugar daquela casa. A noite começava a se instalar. O estômago de Drew rangeu e ele se deu conta de que não tinha comido desde cedo. Foi até a cozinha. Se ela aparecesse mais tarde naquela noite, ele queria usar toda a sua inteligência e perspicácia.

O que fazer? Freya cruzou o estábulo. O cavalo a observava com interesse. Ela tinha usado todas as formas que conhecia para assustar o convidado indesejado na noite anterior, mas ele não tinha sentido medo suficiente para ir embora. Aquele homem só tinha demonstrado o quão demente era. Quando as cortinas no quarto do outro lado do corredor se mostraram esfarrapadas demais para bloquear a luz do sol, ela se arrastara de volta até o *closet* e observara a destruição. Freya não podia permitir que outra pessoa vivesse em sua casa, menos ainda um homem louco. Por que ele estava tão furioso? Suas ações não assustariam a ponto de afastar um verdadeiro fantasma, então ele claramente não acreditava que ela era fruto do sobrenatural.

Freya, contudo, não queria feri-lo. Que outra alternativa lhe restava? O raciocínio, talvez. Mas com um homem louco?

Ela não tinha escolha. Olhou pela porta do estábulo. As luzes se acenderam na cozinha. Ele devia estar preparando o jantar.

Freya deslizou pela noite. Se fosse tentar usar o raciocínio, precisava abrir a câmara secreta onde seu pai mantinha uma cópia da escritura.

Ela o esperaria ali, em seu quarto. Colocou o rolo frágil de papel na escrivaninha e começou a caminhar impacientemente de um lado para o outro. Foram necessários alguns minutos para ela se dar conta de que havia pedaços de papel no chão. Parou e olhou para baixo. O envelope da noite anterior... Ela ainda conseguia ver partes do endereço. Pegou um dos pedaços. A carta ainda estava dentro quando ele o rasgou.

Ah, então era por isso que ele estava tão furioso. Sua amada o havia rejeitado. Bem, isso significava que ele não era precisamente um louco e que a abordagem racional de Freya poderia funcionar. Também significava que ele ficaria contente em deixar aquela casa.

Ouviu-o se aproximando no corredor. Dessa vez, todavia, ela não se importou em transportar-se para fora do caminho do homem. Ele abriu a porta, mantendo o candelabro alto. E parecia distraído. Foi necessário um momento antes de Drew perceber que Freya estava lá.

– Você! – disse com um tom de acusação. – Você não tem direito de estar aqui, e não me diga que é um fantasma.

– Muito bem – disse ela. – Não sou um fantasma.

Ele pareceu satisfeito.

– Achei mesmo que não seria. Em algum momento, terá de me dizer como conseguiu realizar aqueles efeitos – o olhar dele correu por ela, e foi quando ele percebeu que ela segurava um pedaço do envelope. Caminhou para a frente e arrancou o papel das mãos de Freya. – Pare de fuçar nas minhas coisas!

– Sinto muito por seu pedido de casamento não ter prosperado, mas você não devia descontar em mim.

A fúria e a dor nos olhos daquele homem eram palpáveis.

– A mulher está morta há quatorze anos. Então, seria muito improvável que meu pedido de casamento prosperasse. Agora saia da minha casa, seja lá quem você for.

– *Sua* casa? Esta casa é *minha* – que homem mais insolente!

Os olhos de Drew estreitaram-se.

– Eu comprei esta casa ontem.

Ela ficou boquiaberta.

– Como é que é? Eu não a coloquei à venda, portanto, você não pode tê-la comprado.

Ele foi até a escrivaninha e abriu seu bloco de anotações. Percebeu o rolo de papel dela.

– O que é isso? – esbravejou enquanto o pegava.

– Tome cuidado, seu bruto. Isso é muito frágil – Freya pegou o papel e cuidadosamente retirou o laço que o mantinha preso. O rolo se abriu um pouco. – É a escritura concedendo a posse a meu... antepassado – ela quase disse que a casa pertencia a seu pai, mas, como o documento era de 1564, aquilo pareceria uma mentira.

– Deixe-me ver – disse Drew, furioso. Abaixou o candelabro até a escrivaninha e Freya lhe passou o papel. A letra ornamentada inclinava-se por todo o pergaminho. As letras "s" pareciam "f" e continuavam abaixo da linha. Mas o documento era claramente legível. Os olhos de Drew corriam de um lado para o outro das linhas, e então encaravam o selo da jovem rainha.

– Você é descendente desse tal Rubius Rozonczy?

– Sim – se ele rasgasse o documento diante dela, então Freya não teria nenhuma outra prova. Toda a manobra dela dependia de ele ter honra. Um homem com uma cicatriz como aquela no rosto... Seria ela a insana?

– Como posso saber se isso é verdade?

– Tenho a escritura – no fundo, isso não comprovava a identidade de Freya, mas, afinal, o que comprovaria?

– Pode ter ocorrido uma venda totalmente legítima.

– Não houve – um pensamento brotou na mente de Freya. – De quem você comprou a propriedade?

Ele devia estar pensando a mesma coisa, pois sua sobrancelha se arqueou. Drew pareceu bastante feroz quando aquela sobrancelha dourada se abaixou, e a cicatriz se destacava, tão branca, em sua bochecha.

– Bromley. Ele representou o dono.

– Ele não é também o agente do senhor Melaphont?

Ele assentiu e mordiscou o lábio.

– E Melaphont era o zelador da propriedade enquanto o dono estava longe, em...

– Nas montanhas, nos Cárpatos – ela terminou para ele. – Transilvânia, para ser mais exata. O senhor Melaphont provavelmente precisava do dinheiro e pensou que minha família jamais saberia de sua traição.

– Bromley provavelmente sabia disso – ele caçoou.

– Tenho certeza de que ele foi muito bem recompensado.

Carlowe empalideceu. Seus ombros se soltaram, assim como o ar de seus pulmões, como um daqueles balões de ar que as pessoas sempre carregavam por aí naqueles dias.

– Melaphont vence outra vez.

– Você pagou muito caro por esta propriedade?

– A questão não é o dinheiro – disse ele com uma voz apática. – Eu tenho muito dinheiro.

– Com minha escritura e o recibo da propriedade, sua lei não poderia ajudá-lo? Tenho certeza de que você poderia convencer Bromley a depor contra ele.

Drew passou os dedos pelos cabelos.

– Isso levaria anos.

– Você poderia desafiá-lo – ela sugeriu. – Não é isso que se faz hoje em dia?

Especialmente quando se tratava de um homem interessado em sua honra. E aquele homem tinha sua honra, ah, tinha. Afinal, não destruíra o pergaminho. E não parecia questionar o direito que ela detinha sobre a propriedade.

– Isso atrairia um pouco de atenção demais para mim – a boca dele estava retorcida.

Ah, então ele tinha algo a esconder.

– Além disso, algo desse tipo seria uma morte rápida. Bom demais para ele – os olhos de Drew tornaram-se mais duros do que ela jamais tinha visto em uma expressão masculina e humana. Somente o pai de Freya poderia parecer mais implacável. – Mas eu *vou* me vingar dele, por tudo que fez. Encontrarei uma forma – os olhos de Drew brilharam. – Talvez eu pudesse tomar uma página do seu livro e persegui-lo. Bedlam seria um final adequado para ele – nesse momento Drew ergueu os olhos para encará-la. – Suponho que eu lhe deva desculpas por ter destruído seu quarto.

Ela encolheu os ombros.

– Você pensou que o quarto era seu e que eu era uma intrusa.

Ele assentiu e, em seguida, inspirou decidido.

– Devo voltar à taverna imediatamente.

Tudo o que Freya queria era que aquele homem estivesse fora da casa que era dela, mas, agora que ele estava indo, ela descobriu que não queria, de forma alguma, que ele saísse. Havia um sentimento conhecido e latente de tesão em suas partes femininas. Algo que era quase esperado. Porém, não era a atração física que Freya sentia por ele que a fez sentir um profundo arrependimento. Alguma coisa naquele homem era incrivelmente atraente. Ele era um mistério, duro com sua necessidade de vingança, tentador com seus sentimentos por sua falecida amada, honrável, ferido de alguma forma complexa que definitivamente era mais profunda do que as cicatrizes em suas costas.

Aquilo não era parte do plano dela. Freya estava decidida a não ter nenhum contato com o mundo, nenhuma ligação dolorosa com ninguém, até descobrir quem ela era e o que queria.

– Não vá esta noite – ela se viu pedindo. Era quase impressionante, mas ela percebeu que o que queria era conhecer melhor aquele homem. – Está ficando tarde. Aliás, você pode muito bem ficar aqui enquanto planeja sua vingança. Prometo não chateá-lo. Eu durmo durante o dia.

Ele pareceu duvidoso.

– Posso apostar que a taverna é barulhenta. Os curiosos vão bombardeá-lo com perguntas – ela continuou.

Drew apertou os lábios e Freya sabia que o tinha convencido.

– Muito bem – disse com uma voz apertada.

Estaria ele pensando na noite anterior, com medo de que aquilo poderia ou não poderia acontecer novamente? Porque era isso que ela estava fazendo – temendo ambas as possibilidades ao mesmo tempo. Freya estava louca por deixar a tentação entrar por todas as suas portas. Ou talvez estivesse furiosa por recusar a tentação.

Ela sorriu. Aquele era seu primeiro sorriso em... em um ano! E sua boca parecia estranha.

– Vou pegar lençóis limpos e arrumar outra cama para mim.

– Você vai precisar de ajuda – ele rosnou, para surpresa dela. E, então, abriu a porta para Freya.

Freya escolheu um quarto do outro lado do corredor, com cortinas vermelhas brocadas que deixariam a luz do sol do lado de fora. Eles tiraram os tecidos holandeses dos móveis e arrumaram a cama. Não disseram nada. Talvez porque aquela atração elétrica entre eles fosse intensa demais. Estaria ela pensando em fazer sexo com um homem que tinha perdido seu amor hoje? Sim, ela estava. Imaginando-o nu, excitado, mergulhado dentro dela. Definitivamente sim. Como todas as restrições que Freya tinha conseguido manter durante o último ano poderiam ser deixadas de lado tão... facilmente? Ela não tinha vergonha. Era desprezível. Ainda pior, talvez ele estivesse pensando na mesma coisa. Os olhares latentes que aquele homem enviava a ela do outro lado da cama não eram algo que ela poderia entender da forma errada. Para livrar a própria mente das imagens vívidas e para lembrá-lo por que ele não deveria estar interessado em transar com ela, Freya declarou:

– Eu não disse antes que sentia por sua perda, mas realmente sinto muito.

Essas palavras deviam diminuir as vontades.

Ele parou enquanto colocava a fronha no travesseiro.

– Ah, sim. Obrigado – Drew acabou de ajeitar o travesseiro e o jogou na cama. Então, fez uma pausa. – Sabe, eu tinha dezenove e ela dezessete anos quando trocamos alguns beijos e dissemos um ao outro o quanto nos amávamos. Mas, nessa idade, você sabe o que é amor? Amor? Quer dizer... – neste momento, ele se virou para encará-la. – O que alguém com aquela idade sabe sobre amor? Até hoje não sei o que é amor. Mas não sei se era isso. Talvez eu sentisse amor pela ideia de sentir amor por ela. Essa ideia me manteve vivo quando o pai dela me acusou de ter roubado alguns cavalos. Ele mesmo definiu minha sentença, supervisionou minha tortura e me condenou a ser levado para uma prisão em Nova Gales do Sul.

Então esse era o motivo de aquelas horríveis cicatrizes existirem. Não era de se surpreender que ele detestasse Sir Melaphont.

– Não havia nenhum navio disponível, já que muitos criminosos estavam sendo transportados – continuou. – Então fui enviado para uma prisão em Portsmouth – Drew deve ter percebido o olhar confuso de Freya. – Eles colocavam seiscentos prisioneiros em um navio sem mastro que deixavam flutuando no porto. Em péssimas condições. Quase morri de febre lá, enquanto minhas costas se curavam.

– Como Sir Melaphont pôde fazer algo assim?

– Porque ele é um magistrado, e eu era um criado desgraçado em seus estábulos. Um criado que se atreveu a amar a filha dele.

– Mas você não foi transportado, e não fala ou se veste como um criado.

– O navio naufragou em uma tempestade. Consegui chegar a uma ilha – Drew puxou os lençóis e ajeitou os cobertores enquanto falava. – Fui resgatado por comerciantes do mar.

– Piratas? – Freya só tinha lido a respeito de piratas. Que vida romântica aquele homem tinha tido!

– Sim. E eles me levaram. Eu era um cara forte. Conheci o mar – eles puxaram juntos a colcha de brocados. – Você sabia que os piratas elegem seus capitães?

– Você foi um capitão dos piratas? – ela podia acreditar nisso. Talvez esse fato fizesse aquele homem parecer perigoso.

– Prefiro dizer que fiz minha fortuna navegando – ele abriu um sorriso bastante atraente, quase jovial. Aquela era a primeira vez que Freya o via sorrir e aquela boca era... deslumbrante. – Nós nos demos bem. Vendi tudo. Aprendi matemática para navegar, então eu sabia que não era um idiota. Contratei professores para me ensinarem a ser um cavalheiro. Muito mais fácil do que matemática. *Voilà*, Drew Carlowe.

Ele se chamava de Drew. Adorável.

Drew levantou-se, avaliou seu trabalho, mas ela sabia, pela forma como ele franziu a testa, que aquele homem não estava olhando para a cama.

– Talvez eu só tenha me importado com Emily por conta da vingança que ganhá-la representaria para seu pai. Não é algo de que me orgulho. Eu teria sido um péssimo marido se esse fosse realmente o motivo de nosso casamento – Drew suspirou. – Acho que eu seria um péssimo marido para qualquer mulher, para dizer a verdade.

– Algumas mulheres não querem ter maridos – ela sussurrou.

Ele levantou o rosto e seus olhos estavam em chamas. Ela tinha feito aquilo. Aqueles olhos examinaram o corpo de Freya.

– Por que você se veste assim?

O que ele queria dizer com aquilo?

– Eu sempre me vesti com roupas desse tipo.

Drew deu a volta e chegou ao outro lado da cama. Estava seguindo-a, quase como as imagens de panteras que ela tinha visto. Todo poderoso, cheio de graça, letal.

– Essas roupas denunciam que você conhece muitas coisas sensuais. A maioria das mulheres não se atreveria a usar peças como essas.

– Eu não sou a maioria das mulheres.

Isso era verdade. Ela sequer era humana.

Drew tomou-lhe o antebraço nas mãos, e a parte sexual do corpo dela imediatamente começou a pulsar com o bater do coração. Freya já estava com a área entre as pernas completamente molhada. Ele apenas a encarava.

– Eu não sei o que você é – ah, Deus, ele estava rangendo os dentes, como se tentasse evitar alguma espécie de dor. – E não me importo.

Assim era melhor.

– Qual é o seu nome?

– Por que você se importa em saber meu nome?

– Porque eu não costumo fazer amor com mulheres cujo nome desconheço – Drew deu risada, soando estar no limite da histeria. – Aliás, ultimamente eu não faço amor com nenhuma mulher.

– Isso não é saudável – sussurrou Freya. Mas isso não era verdadeiro também para ela?

O músculo no maxilar de Drew se repuxou.

– Não brinque comigo. Eu não vou me forçar contra você.

– Não precisa. Eu sou maior de idade – ah, sim. Ela tinha séculos de vida. – E tenho experiência.

Sexo era algo que ela sabia fazer. Tinha praticado quase constantemente antes deste último ano, e ela e sua irmã criavam Harriers para seu pai. Freya se insinuou contra o corpo dele e sentiu prazer ao tocar aquela ereção pulsante. Correu as mãos suavemente por sobre a parte da frente das calças de Drew e sentiu-o respirar com dificuldade. Ela faria aquilo, e que se danem as consequências. Não porque fosse seu trabalho, mas porque ela queria. Daria àquele homem, que tinha conhecido as dores e as dificuldades da vida, um vislumbre do êxtase.

Segurou a ponta da gravata de Drew. O nó se desfez enquanto ela puxava o tecido do pescoço. Lá estavam as duas mordidas que ela tinha deixado no dia anterior, já se curando. Ele era forte, aquele homem. Freya abriu o botão da gola da camisa enquanto ele desabotoava o colete. Ela puxou a camisa para fora das calças e desabotoou os punhos. Tantos botões... Drew puxou a camisa sobre a cabeça. Ah, sim! Os leves pelos, os mamilos bronzeados, agora mais enrijecidos, esperando... Freya esfregou as mãos nos músculos daquele peito. Todos os anos de trabalho duro no mar tinham deixado aquele homem... impressionante. Drew estava desabotoando as calças. Ela o empurrou novamente contra a cama, e ele a deixou fazer aquilo.

– Deixe-me tirar suas botas – ela era mais forte do que ele, embora não pudesse deixar isso transparecer. Os sapatos saíram como se estivessem desamarrados.

Drew pareceu nem se dar conta, mas puxou as calças até as coxas enquanto ela tirava a cinta-liga. A ereção, agora livre, se dependurava entre os dois. Freya se levantou e permitiu que a ponta daquele mastro se esfregasse em sua barriga, ao mesmo tempo em que levava as mãos até os ombros largos de Drew. As cicatrizes quase quebraram-lhe o coração.

A surpresa tomou o lugar da luxúria nos olhos daquele homem, e a luxúria foi imediatamente seguida por um pesar. Ele estendeu a mão na direção da camisa.

– Eu tinha esquecido. Tenho... cicatrizes que uma mulher poderia achar desagradáveis.

– Eu as vi ontem à noite – ela puxou suavemente a camisa e a jogou no chão.

– Tem certeza? – disse ele, cheio de dúvidas.

Ela assentiu, suprimindo um sorriso, e empurrou a cabeça de Drew para baixo. O calor voltou a brilhar nos olhos daquele homem. Ela pensou que o beijo dele seria selvagem com a necessidade que sentia por ela. No entanto, ele encostou os lábios em sua testa e desceu pelas têmporas. Leves beijos nas maçãs do rosto, mesmo enquanto ele deslizava o vestido pelos ombros dela. Freya pressionou os seios contra o corpo nu de Drew e percebeu que sua própria respiração agora estava dificultosa. E então ele encontrou os lábios dela. Ela lambeu-lhe a boca, usando apenas a ponta da língua. Sentiu a surpresa de Drew, mas ele logo abriu a boca e tornou o beijo mais profundo, sondando-a com a língua. Como ela adorava beijar... Freya nunca beijava os Aspirants. De alguma forma, o beijo era um gesto mais íntimo do que o próprio coito. Beijá-lo era um sinal de que aquilo era diferente das estimulações mecânicas em que ela se envolvia para treinar e desenvolver os poderes dos Aspirants.

Freya soltou a fivela do cinto, que caiu contra o chão emitindo um som metálico. O vestido caiu logo em seguida. Agora eram apenas os corpos nus: o dela, umedecido e suave; o dele, rijo e pulsante. Os braços de Drew deslizaram em volta dela ainda enquanto ele a beijava, levando-a quase à vertigem de tanto desejo.

Ele enrijeceu quando as palmas das mãos dela acariciaram as cicatrizes em suas costas. Freya não parou, seguiu beijando-o enquanto esfregava a mão pelas nádegas e as apertava, pressionando a virilha dele contra ela, esfregando-se naquela ereção.

– Como você chama seu membro masculino? – ela perguntou. Freya tinha passado tanto tempo em Mirso e não queria parecer estranha.

Ele se afastou, sorrindo, confuso.

– Meu... Mastro. Acho que é isso. Parece um bom nome.

– Então, Drew Carlowe, devo dizer que eu gostaria de dar uma atenção especial ao seu mastro durante as próximas horas.

Meu Deus, pensou Drew, aquela mulher podia não ser um fantasma, mas certamente era uma bruxa. Atenção especial durante algumas horas? Ele poderia morrer.

– Somente se eu puder dar uma atenção especial a você – ele respondeu, segurando-a nos braços. O sotaque era incrivelmente sensual, assim como todo o restante daquela mulher. Ele se deitou na cama. O corpo delicado de Freya era perfeito. Os seios entumecidos ostentavam mamilos macios e rosados. E a pele era quase translúcida, a perfeição cremosa que ele imaginava, quase como se aquela mulher nunca tivesse visto o sol. O cheiro era erótico: canela e âmbar gris misturados com o aroma feminino. E a vibração que Drew sempre sentia em volta dela parecia ganhar força dentro dele e puxá-lo como uma corda, vibrando com paixão. Ele se arrastou na direção dela e se deitou ao seu lado. Estava quase dolorosamente ereto, com seu membro se esfregando no quadril de Freya.

– Vamos fazer devagar – ela sussurrou enquanto se virava para ele. Colocou a língua para fora e lambeu-lhe os mamilos masculinos. – Para que você possa desfrutar de todo o prazer possível.

Freya segurou-lhe os testículos e os levantou, massageando suavemente as pedras que haviam ali uma contra a outra. Drew gemeu. Ela deslizou suavemente a mão pelo enorme pênis. Seu polegar encontrou uma gota de fluido na abertura e a espalhou por toda a cabeça. Drew inclinou-se na direção da garganta exposta de Freya. Ele beijou a coluna delicada até a área onde o pulso batia, e lambeu a região. Enquanto isso, ela corria um dedo pela enorme veia naquela ereção, sempre com movimentos leves. Ele queria gritar; aquela sensação era tão forte. Enterrou a cabeça nos seios dela e encontrou o mamilo com os lábios. E sugou, suavemente, enquanto ela se arqueava para oferecer-lhe um acesso mais fácil.

– Ah, Drew – gemeu Freya. – Você tem talentos escondidos.

– E você ainda não viu metade deles.

Drew deslizou a mão para envolver aqueles seios. Ela estava molhada e pronta.

– Quero vê-la estremecer muitas vezes esta noite.

Ela abriu os olhos, surpresa.

– Pensei que os ingleses só quisessem derramar suas sementes, sem se importarem com o prazer da mulher.

– Qual inglês você conheceu? Não é assim que se seduz uma mulher para que ela volte outras vezes à sua cama.

Ela riu, um som profundo, vindo da garganta.

– Você é bastante prático, Drew Carlowe.

Ele deslizou o dedo para dentro dela e então usou a lubrificação natural para chegar ao ponto que dava prazer a uma mulher. Freya suspirou e agarrou firmemente o membro daquele homem. Não o esfregou, graças a Deus, ou ele não conseguiria se conter. Ele a massageou, todavia, enquanto a beijava por inteiro. E, momentos depois, ela estava se movimentando contra as mãos dele e lançando leves sussurros de prazer enquanto apertava mais e mais seu próprio corpo. E então se soltou, gritando.

– Ah, meu querido. Você é muito habilidoso – ela suspirou depois de gozar.

– Você estava pronta – disse ele, embora sentisse orgulho por suas habilidades terem sido elogiadas.

– Eu estava pronta desde ontem à noite. Estive pronta durante todo o dia. Foi uma verdadeira tortura – ela se apoiou em um cotovelo. – Mas prometi dar atenção especial ao seu mastro e ainda não fiz isso – ela o empurrou suavemente para que ele ficasse de costas, e então acariciou-lhe o quadril. – Agora, vamos fazer uma brincadeirinha.

Uma brincadeira? Ele sentiu seus próprios olhos arregalarem. Enquanto isso, Freya mantinha a mão naquele mastro.

– Não olhe para mim desse jeito. Você vai gostar da nossa brincadeirinha – ela estava certa se o jogo envolvesse continuar exatamente o que ela estava fazendo agora. Drew estava tendo dificuldades em manter a respiração. – Funciona assim: eu brinco com seu mastro e você tenta não gozar – Freya levantou o olhar na direção do rosto dele. – Vocês dizem "gozar"? Ejacular?

– Gozar está bem – ele suspirou.

– Isso vai aumentar o seu prazer. E, se achar que não vai conseguir segurar, me avise.

Ele assentiu com a cabeça.

– Sim. Sim.

Ela o acariciou, usando o polegar para pressionar a cabeça enquanto deslizava a mão para baixo. Drew inspirou pesadamente quando Freya abaixou a cabeça. Ele foi pego de surpresa quando sentiu aquela língua seguir o rastro do polegar.

– Onde você aprendeu a fazer isso?

– Shhhhh. Concentre-se. Desfrute da sensação, saboreie-a – então, ela lambeu novamente. – Apegue-se ao prazer infinito. Você vai encontrar o centro e, então... Permaneça nele.

Ele a decepcionaria? A sensação já era tão intensa que Drew pensou que fosse gozar.

– E se eu não conseguir?

– Você consegue – ela instantaneamente deixou aquela ereção de lado e o beijou na parte interna da coxa. – Descansaremos de tempos em tempos, e aí você me faz gozar. Depois, começamos tudo outra vez. Com a prática, um homem viril pode permanecer enrijecido por horas. E você é um homem muito viril.

Como ela sabia dessas coisas? Todavia, ele não tinha tempo de se fazer perguntas – afinal, aquela mulher já estava deitada entre suas pernas, envolvendo suas coxas com os braços. Segurou novamente o mastro e deslizou a língua por toda a extensão, chicoteando a veia que o alimentava e sugando muito suavemente a cabeça antes de aceitá-lo por completo em sua boca. Drew sentiu a cabeça se esfregando na garganta dela. E pensou que poderia morrer com aquela sensação. Arqueou o quadril contra o dela, gemendo. Freya se afastou na hora certa, e o deixou suspirando. Todas as sensações do corpo de Drew pareciam agora estar concentradas em seu genital, que nunca tinha estado tão rijo, tão necessitado.

Freya usou as mãos para distribuir carícias pelo corpo de Drew, produzindo gemidos confortantes e relaxantes enquanto ele recuperava a respiração. E, em seguida, ela começava outra vez. Agindo e parando, até que ele estivesse prestes a explodir. Ela parecia conhecer muito bem o corpo masculino, o corpo *dele* – tão bem que estava completamente no comando. Freya não tinha aprendido aquilo em um prostíbulo. Os prostíbulos tinham mulheres que faziam movimentos mecânicos de prazer, sem se darem o direito de elas mesmas sentirem prazer e sem se importarem com os espasmos de seu parceiro. E esse definitivamente não era o caso de Freya. Ela estava em perfeita consonância com ele, como se, de alguma forma, os dois estivessem ligados. Talvez ela fosse uma cortesã, treinada de alguma forma sutil... Ou talvez a ligação entre eles fosse ainda mais elementar.

Deus, ela estava começando outra vez.

É realmente muito viril esse tal Drew Carlowe, ela pensou, satisfeita. A confiança que ela sentia nele mostrou-se verdadeira. Era bom colocar seus talentos para provocar prazer, e não apenas para treinar homens que seriam Harriers. Havia uma diferença entre trabalho e prazer. E ela sabia muito bem que estava fazendo aquele homem sentir prazer há mais de uma hora. Ele tentava com todas as forças. Ela conseguia senti-lo focando-se em seu interior, encontrando seu centro. Freya ainda não tinha precisado ajudá-lo, com uma leve compulsão, a se conter, mas poderia fazer isso quando fosse necessário. Drew era um homem determinado. Era hora de um descanso mais longo, e isso significava que ela chegaria novamente ao orgasmo. Freya gostava dos orgasmos. Eles eram um dos benefícios que ela tinha por ser uma escrava criadora de Harriers, a serviço de seu pai.

Ela esperou pelo momento em que ele começava a entrar em transe e se afastou. Rastejou em direção ao peito de Drew, beijando-o lentamente pelo caminho, inalando seu cheiro. O membro dele estava vermelho e latejante, pousado, inchado, sobre a barriga bem definida. Drew estava coberto por uma leve camada de suor, fruto mais dos esforços de Freya do que da noite quente.

Ele a segurou nos braços.

– Você é uma bruxa – murmurou. – Uma bruxa que merece ser recompensada com prazer.

Ela esperava que Drew mergulhasse seu mastro dentro dela. Definitivamente teria de contê-lo com uma leve compulsão se ele fizesse isso. No entanto, ele a surpreendeu simplesmente abraçando-a, mantendo o pênis ereto e pulsando contra as coxas dela. Drew correu a mão pelo corpo de Freya. Os calos a lembravam de que ele tinha trabalhado, brotando naquela verdadeira armadura humana que ele tinha criado. Ela não se importava. Freya lembrou-se de que ele tinha se tornado aquilo com nada além de determinação, algo que ela não conseguia fazer. Ela não sabia quem era, quem além de uma criadora de Harriers, como seu pai queria que ela fosse.

Drew ergueu o queixo de Freya, que estava enterrado em seu ombro, e a beijou com uma ternura tão delicada a ponto de fazer lágrimas brotarem em seus olhos. Aquilo era... generoso. Em todas as vezes que ela praticara sexo ao longo dos anos, ninguém jamais tinha lhe demonstrado ternura. Freya era uma professora, uma professora muito exigente, e nada além disso.

Ele trabalhou suavemente com a boca, e a sondou por completo, movendo suas mãos por aquele belo corpo feminino durante todo o tempo, agora acariciando-lhe os ombros, apertando-lhe as nádegas. O latejar entre as pernas de Drew tornava-se quase doloroso. Ela tinha gozado rápida e intensamente da primeira vez – logo que ele começou a acariciá-la. Freya não gozava há muito tempo. Porém, dessa vez ele estava decidido a estender a experiência daquela mulher. Ela sorriu diante da boca dele. Muito bem.

Freya o deixou encontrar o ritmo. Aquilo era novo para ela. No passado, era ela quem controlava – fosse um Aspirant recebendo estímulos ou fosse a vez dela. Devia ser uma questão de confiança. Talvez a confiança a tivesse levado a permitir que ele controlasse a situação. Drew sugou cuidadosamente cada seio. Ela queria o membro dele se enterrando dentro dela. Queria tanto a ponto de quase gritar. Por que Freya confiava naquele homem? Talvez porque ele tivesse escrito *aquela* carta. Talvez porque não tivesse confiscado sua escritura da casa. Ele a rolou até ela ficar de costas. E voltou a surpreendê-la. Deslizou por entre as pernas de Freya, e ela percebeu que ele devolveria o favor usando a boca. Só de pensar, ela já estremeceu. Quem poderia imaginar que um inglês soubesse fazer isso?

Mas Drew sabia. Abriu-a cuidadosamente e deu atenção àqueles tecidos molhados. Freya sentiu-se feliz por ter se banhado mais cedo. Drew começou a provocá-la com a língua. Ela estremeceu e prendeu seus dedos nos cabelos daquele homem. Ele a trouxe lenta, mas implacavelmente em direção ao clímax. Começou a cantarolar uma canção de marinheiro. As vibrações quase a deixaram louca. Drew deslizou a mão pelos seios e acariciou os mamilos antes de começar a sugá-los deliciosamente.

O orgasmo, quando chegou, foi intenso. Tomou-a por completo e a fez estremecer e virar a cabeça convulsivamente de um lado para o outro enquanto gritava e empurrava-se na direção dele. O orgasmo a invadiu, uma onda após a outra, até que seus quadris sacudiram por vontade própria e ela caiu em um poço de sensações que diminuíram apenas ligeiramente.

Drew rastejou na direção dela, passando a mão na boca. Freya abriu um olho e percebeu que ele parecia bastante satisfeito. E ela sorriu. Ele realmente devia sentir-se satisfeito com o trabalho que tinha realizado. Freya estava certa de que não tinha experimentado um orgasmo como aquele nos muitos, muito anos de vida. Aquilo tinha ocorrido porque ele era carinhoso? Porque ela tinha confiado suficientemente nele, por algum motivo que lhe era estranho, e se aberto para o impacto total? Drew tinha mais do que lhe dado prazer. Tinha mostrado a Freya uma proximidade emocional que ela desconhecia.

Pensar nisso fez lágrimas brotarem em seus olhos. Era como se um enorme nó de tensão tivesse se desfeito dentro dela, um nó que vinha se construindo ao longo de séculos. Ninguém tinha feito aquilo por ela. Freya queria dar a ele algo em troca. Levantou a cabeça e abriu um sorriso. Tinha chegado a hora. Ela adoraria mantê-lo no limite da insanidade. O ato sexual seria um ato de entrega, e não uma exigência de desempenho. Ela se sentou e empurrou-o levemente, para que ficasse de costas. Então, cavalgou naquele homem. Freya queria senti-lo preenchendo-a. E agora que ela estava saciada, podia se atentar a quanto tempo ele poderia aguentar os golpes dentro dela. Quanto tempo ele poderia se manter ali antes do orgasmo? Ela descobriria.

As primeiras horas da manhã já tinham chegado, mas Drew não estava cansado. As horas fazendo amor com aquela mulher pareciam preenchê-lo de energia, em vez de esgotá-lo. Ele a tinha feito gozar várias vezes, e agora segurava sua própria explosão. Isso teria sido oneroso. Mas não era. Ainda agora ela acariciava o mastro dele e mordiscava-lhe um dos mamilos. Aquela mulher era tão habilidosa; a sensação era tão intensa que parecia encontrar um poço de energia que o permitia apreciar o prazer que ela lhe causava naquele momento, e não o orgasmo que viria depois. Freya tinha sentido, várias vezes, a compressão dos testículos que vinha com a luxúria não liberada. Ela parecia sentir aquilo. Talvez os testículo de Drew se apertassem. E ela sempre o massageava suavemente até a dor passar. Uma ou duas vezes, quando ele estava próximo do orgasmo, os olhos de Freya pareceram brilhar vermelhos novamente. Drew estava tão centrado no momento que não conseguiria se concentrar nas perguntas que surgiam. Ela sussurrava: "Encontre seu centro", e ele recuperava o controle novamente.

Drew nunca tinha se sentido tão próximo de uma mulher. Freya era tão generosa, tão atenta. E ele só conseguia sentir-se feliz por poder retribuir o favor. Ela rolou até apoiar as costas na cama. Seus seios se esparramaram e ela abriu os joelhos para convidá-lo. Ele se apoiou sobre os cotovelos, pairando sobre ela, e então ajeitou seu mastro.

– Me preencha, por favor – ela sussurrou.

Ele se entregou ao calor molhado. Ela mordeu os lábios com todo aquele prazer. Drew começou um vai e vem lento. Ele poderia fazer aquilo. Concentrou-se dentro de si mesmo novamente, tentando se perder no ritmo.

Até ela mudar de ideia. Agora ela queria mais rápido.

– Não sei se consigo aguentar – disse ele, estremecendo.

– Agora é a hora de deixar de tentar – ela suspirou.

Drew piscou os olhos. Agora? Em seguida, abriu um sorriso. Ajeitou-se de modo que seu membro a tocasse naquele ponto onde as mulheres mais gostam, na frente da entrada do útero, e fez movimentos para dentro e para fora algumas vezes, buscando estimulá-la.

Aquilo a fez abrir os olhos. Eles dançavam juntos naquela dança enternecida. O quadril dele estava tão apertado, o pênis tão pesado e sensível, que ele pensou que iria explodir. Mas Drew precisava esperar um pouco mais. Certamente uma mulher tão sensual como aquela poderia chegar ao êxtase mais uma vez esta noite. Ele a segurou pelas nádegas e se ajoelhou, mantendo os joelhos afastados. Ela o envolveu com as pernas. Drew mergulhou dentro dela com mais força, e com mais força, como se nunca conseguisse estar tão próximo quanto queria daquela mulher. Ele a sentiu contraindo-se em volta de seu corpo, e então se permitiu gozar.

A explosão foi diferente de tudo que ele já tinha sentido. Suas sementes pulsaram dentro dela, cada vez mais, até que ele parecesse já não ter mais fluidos. Sua visão tornou-se apenas um ponto único de luz. Ele conseguiu se ouvir gemendo, um gemido que vinha de longe, um contraponto grave aos gritos agudos dela.

Ambos caíram na cama, finalmente. Não havia nada que eles não tivessem compartilhado. Ele a abraçou contra seu corpo másculo. Aquela experiência, totalmente sexual, parecia quase... espiritual. No início daquela noite, Drew era uma pessoa – solitária, inviolável, certo de seu propósito. E, agora, era outra pessoa, um homem que precisava de alguém.

Drew nunca tinha precisado de Emily, exceto como uma forma de se vingar de seu pai. Jamais a tinha conhecido por completo. Certamente não a tinha amado. Agora ele sabia disso. No entanto, esta mulher com quem ele tinha compartilhado apenas algumas palavras, bem, Drew a conhecia com cada célula de seu corpo.

Ele só não sabia nada a respeito dela. E agora que não estava enterrado na sensação do momento, definitivamente havia perguntas.

Bem, ele teria de remediar esse problema.

4

Ela se aconchegou contra o corpo dele. Os dois estavam deitados juntos já há algum tempo, mas Drew sabia que Freya estava acordada. E ele se perguntava por onde começar com as perguntas. Sua preocupação com a missão de encontrar Emily, a incrível atração sexual que sentira – tudo isso o tinha distraído e, facilmente, feito com que ele negasse aquelas perguntas. Porém, já era impossível ignorá-las. Ele tinha visto os olhos vermelhos daquela mulher e as feridas em seu pescoço surgirem. Não tinha medo dela, não depois daquela noite. No entanto, não podia considerar que aquilo não passasse de meros truques. Não, Drew teria de perguntar o que lhe tinha acontecido. No fundo, todavia, o que ele realmente queria era saber se ela também tinha sentido o que ele sentira, aquela ligação inegável.

– Nunca senti nada desse tipo.

Ela se espreguiçou e pressionou os seios contra a parede de músculos do peito dele. Drew pensou que aquela mulher tivesse limpado todas as gotas de sêmen de seu corpo, mas ainda sentia um repuxar em suas partes íntimas.

– Bom – disse ela, amolecendo a boca de modo a formar um sorriso.

– O que... O que foi aquilo?

– A proximidade que nós sentimos um com o outro?

Nós. Ele assentiu, esfregando os lábios pelos cabelos de Freya. Ela também tinha sentido, então.

– São os ensinamentos do Tantra – ela continuou. – Vêm do hindu, embora os budistas e os jainistas também pratiquem.

– Eles ensinam sexo?

Era possível estudar sexo? Aparentemente sim. Ela devia ter estudado bastante aquele assunto.

– Bem, o que eles ensinam é mais parecido com meditação. Eles acreditam que o físico é uma expressão do divino. E que os atos físicos podem aproximá-lo de Deus. Como o sexo, se você praticá-lo da forma correta.

– Você faz da forma correta – ele murmurou, abraçando-a mais apertado. Teria ela feito aquilo com outros homens? Para desviar esse pensamento, Drew perguntou: – Você vai me dizer seu nome agora?

Ela pareceu nervosa, como se não se tivesse dado conta de que não tinha sequer revelado isso a seu respeito para aquele homem.

– Freya. Meu nome é Freya.

Como a deusa nórdica da fertilidade e do amor. Parecia apropriado.

– Freya – ele repetiu, saboreando a palavra. – Bem, Freya, por que você vive sozinha aqui, sem sequer retirar os lençóis de cima dos móveis? E fazendo as pessoas do vilarejo pensarem que você é um fantasma?

Freya enrijeceu e corpo e Drew pensou que ela queria se distanciar dele. Então, sentiu-a amolecer. Talvez fosse resignação. A voz dela era baixa, e ela não olhou para ele ao dizer:

– Sou uma pessoa má, Drew. Já fiz coisas ruins. Meu pai exigiu isso de mim e de minha irmã, e nós não protestamos. Uma irmã ficou louca por ter de seguir as ordens. E eu nunca pensei em recusar. Nunca me distanciei da casa... da casa de meu pai até que ele enviou minha irmã ainda viva e eu para a Inglaterra. Estávamos fazendo aquela coisa, e era perigoso, e talvez isso tenha consumido a mente dela também. Eu disse que ela devia parar, mas ela não fez isso. E... E aí eu não consegui mais, e parei. E isso significou minha falta de apoio a ela. Minha irmã... morreu.

Freya expirou um ar estremecido.

Sua irmã tinha morrido. Talvez ela tivesse tantas cicatrizes quanto ele, afinal de contas. Drew esperou que Freya continuasse e simplesmente manteve-se abraçado a ela.

– Mas, meu trabalho, por pior que fosse, era tudo que eu conhecia – finalmente, disse. – Se eu não fosse aquilo, quem eu seria? Mas eu sabia que, se voltasse para casa, não teria força suficiente para suportar meu pai quando ele quisesse que eu continuasse de onde tinha parado. Então, não fui para casa. E vim para cá.

Ele não perguntaria o que ela fazia. Aquela mulher ainda não estava pronta para lhe contar. Não que ele pensasse que, independentemente do que fosse, seria algo ruim. Drew sabia que ela não era má, e sabia isso em seu âmago, embora não pudesse explicar.

– E agir como um fantasma servia para manter as pessoas longe...

Ela assentiu.

– Eu precisava de tempo para pensar. E esses ingleses, eles são tão severos com todas as suas regras sobre o que uma mulher deve ou não deve fazer e sobre como ela deve sempre ser atenciosa e recebê-los e sobre como elas devem viver... Bem, eu não consegui suportar. Então escolhi viver fora de toda essa censura.

– Em que você estava pensando? – ele perguntou suavemente, afastando uma mexa daqueles cabelos escuros da testa dela.

– Em quem eu era.

Ele podia entender aquilo. Ele tinha se definido como alguém inferior, um servo no estábulo de Melaphont, um amante de Emily, um prisioneiro, um pirata e, agora, um cavalheiro. E não tinha certeza de que era qualquer uma dessas coisas – não, mesmo. Drew assentiu e esperou.

– Eu olho para trás, para todos aqueles meses... – a voz dela era pensativa. – Eu estava apenas parcialmente viva. Sem pensar, embora eu tivesse vindo para cá justamente para isso. Sem sentir.

O silêncio se tornou longo.

– Isso significa que você sabe quem é agora?

Ela deu risada.

– Não. Estou mais confusa do que nunca. Só sei que eu não estava vivendo.

– Bem, isso já é alguma coisa.

– Sim.

Ela lançou um olhar para ele e sorriu.

Drew não pode evitar, mas sentiu-se inchar de orgulho. Ele não estava sozinho na sensação de união naquela noite. Mas, se eles queriam seguir juntos, então havia outras coisas que ele precisava saber.

– Então me conte sobre os olhos vermelhos e sobre desaparecer – ele não se atreveu a mencionar as feridas em seu pescoço.

– Você precisa mesmo arruinar tudo com suas perguntas? – ela esbravejou, afastando-se dele e sentando-se. – Não pode simplesmente aproveitar o momento? – Freya olhou em volta, como se percebesse pela primeira vez onde estava. Saiu da cama, gloriosamente nua, e fechou as cortinas. – Logo estará claro. Devo tirar minhas coisas do outro quarto.

– Vou ajudá-la – disse Drew. No entanto, ele se sentiu vazio por dentro. A ligação que sentia com ela parecia se desfazer.

Drew se controlou. Não podia galantear uma mulher. A vingança que ele desejou durante quinze anos teria de ser planejada outra vez. Melaphont devia ser seu foco, e não aquela mulher delicada que tinha violado sua alma e seu corpo naquela noite. Ela tinha segredos que não estava disposta a compartilhar. Ele não tinha tempo de tentar descobri-los. Onde estava sua determinação agora? Drew forçou-se a pensar na vingança. Dinheiro. Era com dinheiro que Melaphont se importava. Com isso e com sua casa. Então seria exatamente isso que aquele velho perderia.

Quando ela terminou de mudar suas coisas de cômodo, a luz do dia já se espalhava. Freya começava a sentir sono. O quarto estava aquecido demais, mas ela não poderia abrir as cortinas para sentir a brisa. Drew estava suado e pálido. Ela não tinha o direito de fazê-lo sofrer aqui.

– Vá até o seu quarto e durma um pouco – forçou-se a sorrir enquanto pronunciava as palavras.

Ele examinou o rosto dela e assentiu antes de sair.

Freya sentiu-se abandonada. Tinha confiado naquele homem na noite anterior, entregando-lhe sua psique frágil, assim como seu corpo. E sentiu-se quase... renascida. Até ele arruinar tudo com perguntas que a lembravam do abismo que existia entre eles. Não eram sequer da mesma espécie, independentemente de quão próximos se sentissem. Ela tinha vida eterna, mas a vida dele não passava de um piscar de olhos. A sensação de os espíritos estarem ligados era apenas efeito do exercício tântrico que ela sempre fizera os Aspirants praticarem. Aquilo não era aproximação verdadeira, e certamente não se tratava de outra coisa que Freya pudesse apontar. Ela só tinha sido surpreendida com a ternura daquele homem.

Freya não poderia dizer a ele que era uma vampira. Jamais. Isso era contra as Leis criadas por seu pai e pelo Conselho de Anciãos. E, mesmo que não fosse, ela não poderia confiar nele suficientemente para *isso*.

Ela dormiu espasmodicamente até o cair da noite. Nenhuma luz passava pela porta dele quando ela foi até a cozinha. Aqueceu água para tomar um banho. Um frango assado que ele devia ter preparado estava, intocado, na tábua de carne, junto a algumas verduras que ela desconhecia. Os ingleses sempre cozinhavam demais as verduras. Ela comeu de pé. A noite estava quente outra vez. Trovões estouraram à distância. Relâmpagos iluminavam a cozinha periodicamente. Ela se banhou, sentindo o pesar quando o sabonete extraiu-lhe do corpo o cheiro dele. Então, vestiu-se e vagou até a frente da casa. No entanto, não havia luzes naquela área. Onde ele estava? Talvez no estábulo.

O cavalo dele estava com o focinho enfiado na manjedoura. A criatura pareceu não se preocupar com o temporal lá fora, contanto que tivesse aveia e feno. Havia vários fardos perfeitamente empilhados no final do corredor do celeiro, e o estábulo estava limpo e abastecido com palha fresca. O local cheirava a feno, sabão de sela e óleo. Porém, nenhum sinal de Drew. Pelo menos ela sabia que ele não estava longe. Aquele homem não iria a lugar algum sem seu cavalo. Então, Freya se deu conta de que estava com medo de ele ter ido embora.

Ela não queria isso.

Voltou para dentro da casa. Os céus abriram-se e uma cortina de chuva caiu. Gotas ricocheteavam-lhe nas pernas e corriam em camadas pelo estábulo. A pele de Freya estava instantaneamente ensopada. Então ela correu em direção à cozinha.

O quarto dele. Só faltava o quarto dele. Estaria Drew lá, sentado na escuridão? Ela, que durante o último ano não queria nada mais do que ficar sozinha, sem pensar ou sentir, estava agora nervosa para saber o que aquele homem estava fazendo e o que estava sentindo. Vestiu um roupão e deixou seu vestido pendurado para secar. Depois, seguiu decidida em direção ao quarto dele.

– Drew Carlowe – ela o chamou, batendo suavemente na porta.

Uma voz rouca respondeu:

– Vá embora.

Por que ele estava tão nervoso assim com ela?

– Eu... Eu quero falar com você.

Drew não tinha ideia de quanto era difícil para ela dizer aquelas palavras.

– Você não... não pode entrar – ele soava estranho, de forma alguma soava como o homem que ela conhecera. – Estou... Estou ocupado.

Freya tentou abrir a porta, mas estava trancada.

– Você está... bem? – ela não tinha a menor ideia de como as pessoas doentes soavam. Tinha crescido em meio a vampiros e eles nunca adoeciam.

– Eu... Eu devo estar com gripe.

Drew tentava soar normal, mas ela podia ouvir a mentira naquelas palavras. Franzindo os lábios, ela virou a maçaneta até a trava ranger e quebrar. E entrou no quarto.

Ele estava amontoado na escuridão, em uma cadeira na frente da lareira vazia, com um cobertor sobre os ombros. Soava estranho, porque tremia descontroladamente.

– Vá embora. Você po-pode pegar essa doença.

Impossível, obviamente. Seu Companion eliminava todas as doenças. Por Deus, ela era imortal – nada a atingia. Freya apressou-se na direção dele, franzindo a testa.

– Não vou pegar nada. Você precisa de um médico.

Afinal, era o que os humanos doentes faziam, chamavam um médico.

– Nã-não precisa – ele conseguiu dizer.

Ela o ignorou e colocou a palma da mão em sua testa. Drew estava incrivelmente quente.

– Há quanto tempo você está assim?

Teria ela o enfraquecido com uma noite de sexo?

– Fiquei ruim es-esta tarde. Mas vou ficar bem.

– Vamos para a cama – ela o empurrou.

– Eu estou bem – mas ele precisou virar o rosto quando uma tosse seca o acometeu. Ela poderia tê-lo carregado, mas não queria assustá-lo com sua força.

– Não seja infantil – Freya praticamente o arrastou até a cama e o empurrou para subir.

Drew já estava com uma meia. Ela começou a despi-lo.

– Sou perfeitamente ca-capaz – ele protestou. Mas não se movimentou para ajudá-la. Aquilo a assustou mais do que qualquer outra coisa. A pele de Drew, independentemente onde ela o tocasse, estava muito quente. Quando ela o tinha despido e o colocado debaixo das cobertas, puxou uma manta de lã para tentar fazê-lo parar de tremer. De nada adiantou.

– Vou chamar um médico.

Ele riu, embora estivesse quase sem ar.

– Ni-ninguém vai vir a-aqui durante a noite.

Drew estava certo. O fato de ela ter se fingido de fantasma tinha causado isso.

– Não preciso de um médico – ele continuou. – Além di-disso, ele deve estar ocupado. Acho que Barton e-estava doente ontem na taverna. Um bo-bom lugar para espalhar doenças – e então ele se desfez em tosse novamente.

Freya se aproximou, posicionou-se sobre ele e franziu a testa.

– Isso poderia causar sua morte?

– Somente os fracos morrem. Só vou me sentir um pouco des--desconfortável por alguns dias. Mesmo assim, é me-melhor você se manter distante.

– Eu já disse, não vou pegar isso de você – ela repetiu rapidamente. – Portanto, sou uma perfeita enfermeira – puxou uma cadeira. Na verdade, ela se sentia bastante inútil. O que podia fazer além de assisti-lo tremendo de febre?

Foi isso que Freya fez durante as próximas horas. Ele não reclamava, mas a tosse seca e a tremedeira pareciam deixá-lo exausto. Drew finalmente entregou-se a um sono inquieto. Ela acendeu uma única vela e pegou um livro que ele devia estar lendo. Era a história de um homem chamado Fausto. Ela mal conseguia se concentrar nas palavras. Ser humano era isso, vítima de todas as doenças, de todos os ferimentos? O único consolo de Freya era que aquilo não passava de um desconforto. Drew não estava realmente em perigo.

Ele começou a suar intensamente no meio da noite. Aquilo era um bom sinal, não era? Freya retirou a manta e encontrou as roupas de cama encharcadas. Então, foi até a cozinha e trouxe várias jarras de água e alguns panos.

Quando ela voltou, Drew parecia estar acordado. Seus olhos estavam repuxados, mas abertos. De qualquer forma, ele parecia não perceber nada. Freya afastou os lençóis e despejou a água na bacia. A tempestade parecia ter ficado para trás. Ela abriu as janelas, deixando o ar da noite entrar, o ar que agora trazia consigo a temperatura do outono. Então, molhou um dos pedaços de pano e limpou o corpo de Drew.

– Está melhor? – ela perguntou ao terminar.

Ele se levantou e, em seguida, murmurou:

– Obrigado. Você é muito gentil.

Ela tocou a testa dele para afastar os cabelos ensopados. Drew estremeceu.

– O que foi?

Aquele homem tinha enfrentado tortura. O que poderia fazê-lo vacilar?

Drew tentou sorrir.

– Dor de cabeça – ele apertou os olhos ao ver a luz da vela. – Sinto-me como se tivesse sido torturado. Caramba, até meu cabelo dói.

– O que significa isso? – ela perguntou, alarmada.

– Significa que tenho a influenza – ele fechou os olhos. – Vai passar logo.

Mas não passou. Ela trouxe mais cobertores quando ele tremia e o deixou nu enquanto ele suava. Freya tentou resfriá-lo limpando-o periodicamente com um tecido úmido, mas Drew continuava quente quando ela o tocava. A febre não o deixava. Ele tinha períodos de insensibilidade. Não era exatamente dormir. Drew recusava qualquer tipo de comida, mas ela o forçou a beber água. Era necessário reidratar depois de suar tanto. Ele se levantava para usar o penico, embora não com frequência.

No final da tarde, Drew abriu os olhos.

– Como você está?

Ele pareceu pensativo. Então, seus olhos se arregalaram.

– Caramba! – sussurrou. – Darley! – Tentou ficar de pé, apoiou-se em um cotovelo e puxou as cobertas. Ela o empurrou novamente em direção à cama.

– Eu posso alimentá-lo. Apenas me diga o que devo dar a ele.

Drew suspirou.

– Duas porções de feno e duas pás de aveia.

Freya começou a seguir na direção da porta.

– E água.

– É claro – ela sorriu. – Voltarei em breve.

Quando a segunda noite chegou, Freya começou a se preocupar. Drew tinha dito que aquilo duraria alguns dias. Certamente alguns dias incluía o tempo de recuperação. Então ele não devia estar melhorando? Drew parecia estar piorando, na verdade. Ela tinha de ajudá-lo a usar o penico. Os lábios dele estavam ressecados e rachados, e seus olhos pareciam vidrados e claros demais. E ele continuava estremecendo quando ela o tocava. E estava sempre quente.

Freya o deitou novamente na cama quando a manhã se aproximava.

– Você é muito boa comigo – ele murmurou. Apesar de toda a febre, havia uma suavidade nos olhos de Drew.

– Qualquer um o ajudaria.

Ele negou lentamente com a cabeça.

– Você é uma pessoa muito generosa.

– Ninguém jamais me chamou de generosa.

– Então as pessoas não a conheceram...

Ele fechou os olhos.

Aquilo a assustou. Talvez ninguém a tivesse conhecido. Freya era uma extensão anônima de seu pai no Monastério Mirso. Ela tinha o benefício da posição dele. Rubius era o Ancião, afinal de contas. Ninguém se atrevia a ofendê-la. Mas, por outro lado, ninguém a enxergava como nada além de "a filha do Mais Velho". Freya sempre dependera de seu pai. Ele sabia de tudo – afinal, tinha vivido por tanto tempo –, e sempre dizia a ela o que fazer.

Porém, aqui ela estava sozinha. E não sabia o que fazer por Drew.

Um médico saberia. Ela chamaria um médico hoje, independentemente se Drew disser que precise ou não de atendimento. Mesmo que aquilo fosse a última coisa que ela fizesse.

A rua da vila estava deserta, embora ainda faltasse uma hora para escurecer. Freya vestia seu manto com capuz, luvas e botas para se proteger do sol. Ainda assim, os raios a queimavam como agulhas ao passarem pela lã. Ela levantou o capuz e apertou os olhos enquanto observava os arredores. Onde poderia encontrar um médico? Aliás, onde estava todo mundo?

Um letreiro sacudia com o vento cada vez mais forte conforme o pôr do sol se aproximava. GOOSE AND GANDER. Uma taverna. Drew pensava ter contraído a influenza ali.

Freya atravessou a porta, sentindo-se grata por poder se refugiar do sol, e então tirou o capuz. A taverna estava deserta, exceto por um velho homem em um dos cantos. Bem, um homem era mais pessoas do que ela costumava ver.

Ele a estudou, olhando-a por sobre a caneca vazia.

– Com licença, senhor – disse. – Pode me dizer onde eu poderia encontrar um médico?

Ele se levantou e foi encher a caneca.

– Acredito que o médico esteja em The Maples.

Freya se sentia fascinada por humanos idosos. Afinal, sua espécie deixava de envelhecer depois de atingir a maturidade. Ela nunca tinha visto ninguém de certa idade até sair de Mirso, no ano anterior. As rugas, os olhos úmidos, as articulações que ela podia ouvir rangendo e estalando, tudo isso gerava uma terrível atração. Como seria sentir a morte se aproximando conforme seu corpo começava a falhar? Esse era o destino que ela esperava para Drew.

– Em que direção fica essa tal The Maples? Preciso de um médico com urgência.

– Você é estrangeira, não é? – ele perguntou, sem responder ao questionamento dela.

Freya adotou uma postura cautelosa. Aqueles ingleses eram tão provincianos... Não aceitavam com facilidade nada que fosse diferente.

– Sou da Transilvânia.

Aquele homem jamais saberia onde a Transilvânia ficava ou o que esse nome significava.

– Isso seria onde ficam os Cárpatos, eu arriscaria dizer. Gostaria de uma caneca de cerveja? É por conta da casa, agora que Barton morreu.

Ela sacudiu a cabeça. Espere! Drew disse que tinha contraído aquela doença de Barton. Freya inspirou demoradamente.

– Esse tal Barton era tão velho quanto o senhor?

O homem sacudiu a cabeça, suspirando.

– Jovem como um cavalo em um dia, duro como uma pedra no outro. Ele teve a tal febre...

Freya sentiu seu coração contrair. Drew estava errado. Ele poderia morrer com aquela doença.

– Por favor, eu preciso de um médico.

– Alguém contraiu a influenza? Isso é má notícia, certamente – o homem sentou-se. – Metade do país está padecendo com o problema.

Como ele conseguia estar tão calmo?

– Sim. Sim – ela respondeu, sentando-se perto dele, inclinando-se para a frente. Ela precisava fazê-lo entender a urgência. – O senhor Drew Carlowe está com essa doença.

– Eu imaginei. Você é o fantasma, não é?

Ela ficou paralisada. Então, dissimulou uma risada.

– Não fale bobagem – tocou na mão do homem. A pele era fina como papel. – Sou bastante corporal, posso lhe assegurar.

Os olhos azuis claros daquele senhor tornaram-se interrogativos.

– Então você se fingia de fantasma, garota malvada!

Freya suspirou. Talvez a verdade o forçasse a dizer como ela poderia conseguir um médico. Ela assentiu:

– Eu queria ficar sozinha e, na Inglaterra, isso é impossível para uma mulher. Então, assustei as pessoas para elas irem embora.

– E as mordidas?

Ah, Deus...

– Alguns eram mais teimosos do que outros. Então, eu os espetava com a ponta de uma faca.

Ele fechou a boca e assentiu.

– E os desaparecimentos?

– As pessoas enxergam o que querem enxergar. E eu usava um vestido branco que parecia flutuar.

– Olhos vermelhos?

Ela deu de ombros e tentou parecer confusa.

– Eles disseram que eu tinha olhos vermelhos?

O homem deu um gole na cerveja.

– Deve ter sido um choque quando Carlowe comprou a casa.

– Sim. Especialmente porque eu sou a proprietária.

– Ahhh... A proprietária ausente. Ou sua filha. Acho que Melaphont ficou um pouco ansioso demais.

– Esse tal Melaphont é um homem ganancioso – Freya franziu a testa. – E foi muito ruim para o senhor Carlowe.

Ela cuidaria de Melaphont para Drew depois que ele se recuperasse. E começaria fazendo Melaphont devolver o dinheiro da casa. Depois disso...

– Acredito que ele esteja prestes a receber sua vingança.

Ela não podia passar mais tempo ali.

– Por favor, por favor me diga como chegar a The Maples.

– Duvido que o médico venha. Melaphont é um homem importante por aqui – ao ouvir as palavras, Freya o encarou. O homem suspirou. – A estrada segue pelas colinas, cinco quilômetros depois de Ashland. A área é sinalizada.

– Obrigada, obrigada, senhor – Freya se levantou. – Qual é o seu nome, se é que posso perguntar?

– Enley.

– Sr. Enley, espero que o senhor não pegue essa influenza. Não quero que o senhor morra.

Ele pareceu surpreso.

– Obrigado, jovem moça. Eu também não quero morrer.

Ela fez uma reverência bem ao estilo inglês e se apressou para fora da taverna, colocando o capuz. Em seguida, correu até chegar atrás do bar e lançou mão de seu poder. Freya precisava chegar a The Maples.

A escuridão começava a se instalar quando ela materializou-se na floresta ao lado da estrada que levava a The Maples. Freya jogou o capuz para trás, finalmente livre da dor que o sol lhe causava. O médico precisava vir, embora estivesse cada vez mais escuro, embora ele pensasse que Ashland fosse mal-assombrada. Ela não poderia forçá-lo porque precisava de uma opinião médica e, sob compulsão, talvez não houvesse uma opinião sensata. Freya simplesmente lhe contaria que era ela quem espantava os visitantes, assim como tinha dito a Henley. O médico precisava ir até lá!

Ela caminhou pela estrada. The Maples mostrou-se maior do que Ashland, com vinte chaminés saindo de uma fachada do final do século XVI, feita de pedras cinzas. Ficava ao lado de um lago artificial, com luzes acesas em todas as janelas, uma visão sólida de riqueza e poder. De um lado, uma nova área da casa começava a se erguer, ainda não terminada. Seu estilo não combinava com o restante do imóvel. Melaphont não tinha gosto. Freya correu por uma ponte cruzando a corrente de água que alimentava o lago e acelerou por uma larga estrada de pedras que levava ao pórtico. Depois de subir alguns degraus baixos, segurou a enorme fechadura e bateu na porta.

Um homem muito severo, com uma boca repuxada para baixo, abriu a porta. Não disse nada, mas a encarou com ares de desaprovação.

Na Inglaterra, uma mulher sozinha não poderia ser rica ou decente.

– Preciso ver o médico – ela arfou.

– Ele está atendendo Sir Melaphont – e o homem já começava a fechar a porta.

– Mas há outra pessoa precisando da ajuda dele! – ela implorou, segurando a porta com uma mão delicada. Freya não esperou mais uma recusa. Em vez disso, passou pelo homem e entrou na casa.

– Espere aí! – ele protestou.

Duas escadas idênticas se curvavam do outro lado da sala de estar. Ela não poderia procurar o médico por toda aquela casa enorme. Usou, então, seu poder ainda enquanto passava pelo mordomo. O mundo se tornou vermelho.

– Leve-me até o médico. Agora.

O olhar do homem tornou-se vago. Ele assentiu e seguiu na direção das escadas. Ela o seguiu. No amplo corredor do primeiro piso, um jovem andava de um lado para o outro. Ele ajeitou um cacho de cabelos negros que se dependurava sobre uma testa pálida, mas as semelhanças com o Lord Byron que ela havia visto nos livros paravam por aí. O rosto daquele jovem era rechonchudo e carregado de petulância.

– Grimshaw! – o garoto começou a caminhar para a frente. – O maldito médico se recusa a me deixar ver meu pai.

Grimshaw não disse nada, obviamente, já que estava sob o controle da vampira. Ele simplesmente abriu a porta e levou Freya para dentro.

– Grimshaw! Eu disse...

A porta se fechou na cara do garoto.

O quarto era enorme. Um homem corpulento estava de costas para a entrada, com a mão no pulso de uma pessoa enorme, somente tornada menor por conta da cama gigantesca e acolchoada na qual se deitava. O doente emitia ruídos molhados e ofegantes, e o quarto cheirava a sangue. Aliás, havia uma bacia com sangue na mesa ao lado da cama. O que era aquilo? O médico virou-se ao vê-la entrando.

– Eu disse, nada de visitantes, Grimshaw! – exclamou o médico, lançando um olhar ameaçador.

Freya forçou Grimshaw a sair do quarto. Ele logo fechou a porta. Agora eles podiam ouvir o jovem Melaphont protestando no corredor.

– Quem é você? – questionou o médico. Ele era um homem mais velho, austero, com bigode exuberante e cabelos grisalhos afastados de uma testa que ostentava ares de inteligência.

– Deixe isso para lá. O senhor Drew Carlowe precisa da sua ajuda. Ele está em Ashland.

– O novo dono? Acredito que seja por causa da influenza, estou certo?

Freya assentiu, correndo o olhar para aquela pessoa na cama. Era o inimigo de Drew. Tão imensamente gordo, com a papada caindo por sobre a camisa do pijama. Seu rosto parecia estar derretendo. Ainda assim, havia linhas cruéis por toda a sua boca. Freya podia acreditar que Melaphont tinha mentido a respeito de Drew e o punido injustamente. Agora aquele homem não passava de um monte de massa amarelada, inerte, com olhos fechados. O médico colocou a mão do paciente de volta sobre a colcha.

– Eu iria até lá se isso fosse ajudar, minha jovem – disse o médico. – Mas é inútil. Ah, eu posso fazê-los sangrar, porque devo fazer alguma coisa. Mas não há nada a ser feito além de deixá-los o mais à vontade possível e permitir que a doença siga seu curso.

Freya ficou assustada.

– Você... Você não pode ajudá-lo?

O médico a encarou com compaixão nos olhos. Em seguida, negou com a cabeça.

Freya sentiu formarem lágrimas de frustração em seus olhos. Sua garganta se fechou. Aqueles humanos estavam à mercê de doenças ridículas que acabavam com uma pessoa por meio de uma simples febre? E o médico só os fazia sangrar... Isso enfraqueceria ainda mais o organismo, e tornaria mais difícil lutar contra a enfermidade. Freya, mais do que qualquer pessoa, sabia muito bem que o sangue era a essência da vida. Não era possível drená-lo sem consequências. Todo aquele esforço tinha sido inútil, e ela tinha deixado Drew sozinho. O médico virou-se de volta para o paciente. Um ruído borbulhado e, então, silêncio.

Freya estava impressionada.

– Ele morreu? – a morte acontecia assim, de uma hora para a outra?

– Receio que sim – respondeu o médico. – E ele também era meu paciente mais importante.

Freya não esperou uma palavra mais sequer. Seguiu violentamente para fora do quarto, passou pelo mordomo e pelo garoto petulante e entregou-se à noite.

5

Freya não dormia há dias. Tinha insistido que Drew tomasse uma sopa enquanto o segurava em seu colo. Ele precisava manter as forças. Suprimentos tinham misteriosamente chegado no dia em que ela fora ao vilarejo, apesar do fato de ela não ter encomendado nada em Tintagel, onde geralmente conseguia o próprio alimento. A entrega incluía um bálsamo, que ela colocou nos lábios de Drew para evitar que eles rachassem, e um pouco de vinagre de maçã que ela usava na água em que o banhava. Aquilo parecia diminuir a intensidade da febre.

Se ele fosse um vampiro, viveria para sempre – exceto se algum acidente bizarro (como decapitação ou algum assassinato desse tipo) ocorresse. Eles não seriam mais de espécies diferentes. Poderiam se tornar ainda mais próximos? Drew se sentiria excitado ainda mais facilmente do que se sentia como humano, teria ainda mais vigor. A possibilidade fazia Freya estremecer com a expectativa – se ela pudesse sentir algo além de ansiedade.

Se o tivesse transformado em vampiro antes de a doença o acometer, ela teria evitado tudo isso. No entanto, não seria possível fazer isso agora. Drew estava fraco demais pra sobreviver à devastação causada por ingerir o Companion. Era uma transição complicada, até que a imunidade que ela lhe entregaria por meio do sangue pudesse tomar conta.

Mas havia tantos motivos pelos quais Freya não poderia transformá-lo em vampiro, antes ou agora. Para começo de conversa, isso era contra as Regras de seu povo. Além disso, Drew jamais concordaria em se transformar em um monstro como ela era. Um monstro... Era isso que Freya seria aos olhos dele se ele descobrisse a verdade. Vampiro. A própria palavra desencadeava o medo no coração dos humanos. Mais um motivo pelo qual Freya não poderia contar a verdade a Drew. Havia um abismo entre eles. Por que ela lutava tanto, em vão, para superá-lo?

Nas primeiras horas do quarto dia, a respiração de Drew tornou-se pesada e difícil. Soava familiar demais, todavia. Freya trouxe travesseiros dos outros quartos para mantê-lo sentado. Aquilo parecia facilitar a respiração. Os olhos de Drew se abriram e, como sempre durante aqueles últimos dias, ele a agradeceu. Dessa vez, ele apenas sussurrou antes de fechar os olhos novamente.

Ela se sentou na lateral da cama e segurou-lhe a mão.

– Não morra – disse diante daqueles olhos fechados, como se ele tivesse o poder de escolher. – Não morra.

Dessa vez, era um apelo. O que ela devia fazer? O que *podia* fazer? Nada. Nada além de esperar.

Passaram-se horas. O sol se levantou. Aqueles de sua espécie sempre sentiam a posição exata do sol. Freya sentou-se, ouvindo a respiração de Drew. Ela sentia muito por tê-lo afastado quando ele queria saber mais a respeito dela. Não que pudesse lhe contar que era uma vampira. Mas ele tinha lhe confiado sua história, sua dor. E ela não retribuíra totalmente aquelas confidências.

Freya virou a cabeça. Tinha se esquecido de fechar as pesadas cortinas de uma das janelas. O céu tornava-se vermelho sobre o enorme jardim que dava para o leste. Ela levantou-se para fechá-las e depois sentou pesadamente na cadeira.

Acordou assustada. Quanto tempo tinha dormido? Horas. Levantou-se e foi até Drew. A respiração dele estava definitivamente menos pesada. Freya colocou uma mão sobre aquela testa pálida. E a pele de Drew estava... fria.

Ela inspirou demoradamente e ele abriu os olhos. Olhos limpos. Exaustos, mas limpos.

– Bem-vindo de volta – sussurrou Freya.

Drew reclinou-se no divã da sala de estar. As janelas estavam abertas para o crepúsculo. Freya aproximou-se com uma bandeja contendo chá, frutas em conserva e biscoitos. Ele a observou como se estivessem distantes. Tudo parecia distante naqueles dias. A influenza o tinha deixado enfraquecido e com a cabeça estranhamente letárgica. Ele vivia o momento, como Freya dizia. Caramba, Drew estava feliz simplesmente por *ter* momentos.

– Este cômodo não está agradável? – perguntou Freya enquanto colocava o chá em uma xícara para ele. – Devo dizer que viver aqui é muito mais fácil com um exército de trabalhadores.

– Um exército? – ele sorriu. Como alguém poderia não sorrir olhando para a bela Freya.

– Bem, são seis. O sr. Enley enviou suas duas netas para cuidar da casa e uma prima para cozinhar, além de um sobrinho para cuidar dos estábulos. E dois rapazes jovens... Não sei se da família. Não, acho que não. Eles estão começando a dar um jeito nos jardins.

– Realmente senti que a casa estava mais viva – ele murmurou. Não a corrigiu quando ela pronunciou da forma errada o nome de Henley. – Acho que estou voltando no tempo, tudo que faço é dormir.

Ela corou.

– Pode ficar com as minhas horas. Eu... sou sensível à luz.

Bem, pelo menos ela estava dizendo algo a seu respeito. Ele não pressionou Freya a falar mais sobre ela. Considerações desse tipo pareciam distantes. Ou ele estava com medo de fazê-la se distanciar?

– Eu percebi – afirmou Drew. – Por que Henley mudou de opinião? Ele era um defensor da teoria do "fantasma que bebe sangue". Pensei que ele jamais enviaria familiares para trabalhar aqui.

– Expliquei para ele que eu não era um fantasma quando fui à vila.

– Você foi até a vila? – Drew viu que ficava ligeiramente curioso. Aquela era uma sensação nova. Devia ter surgido quando ele conseguiu sair da cama.

– Tentei encontrar um médico para você.

– Que bom da sua parte.

Como ela tinha se esforçado para cuidar dele! Drew jamais teria pedido algo assim. Aliás, ele nunca tinha se sentido tão dependente de alguém quanto tinha se sentido dependente dela nos últimos dias. Freya, que nunca quis convidados, menos ainda um convidado tão carente, tinha sido extremamente generosa e afetuosa. Não tinha nem mesmo pedido ajuda aos novos trabalhadores.

– Acredito que o médico estava ocupado e não pôde vir.

Ela desviou o olhar, como se escondesse alguma coisa.

– Ele disse que não poderia fazer nada além de extrair seu sangue, e eu sabia que isso causaria mais mal do que bem.

Drew concordou e deu um gole no chá. O velho Henley não parecia ser o tipo que aceitava facilmente o surgimento de uma mulher estranha com um sotaque do leste europeu. Mas isso devia ter acontecido, já que ele tinha enviado metade de sua família estendida para ajudar.

– Você precisa de dinheiro para pagar os criados? Posso escrever uma carta para meu banco em Londres.

– Não preciso de seu dinheiro, Drew. Eu os pago em ouro – ela soava arrogante. Então, esfregou as mãos no rosto e sacudiu a cabeça. – Sinto muito. Uma arrogância ridícula quando estou usando o dinheiro do meu pai e vivendo na casa dele. Meu pai deixou ouro em... Armazenado aqui, para qualquer necessidade – ela sentou-se abruptamente na cadeira. – Acredito que jamais serei independente dele.

Drew tampouco era independente. Estava *fisicamente* dependente de Freya. E também não era independente dela em termos emocionais. Ele não conseguia imaginar acordar e não ver aqueles olhos calmos, quase negros, levantando-se para fora de algum livro.

Tinha esquecido totalmente da obsessão por Melaphont.

O pensamento era como um cutelo cortando o manto de distância que o envolvia. O que ele estava fazendo, descansando aqui e pensando em Freya enquanto Melaphont indubitavelmente andava de um lado para o outro de sua preciosa mansão, com o peito cheio, direcionando a construção de uma área. Será que o vilão pensava no garoto que ele havia enganado e arruinado? Não. Mas agora pensaria.

Drew abaixou a xícara de forma bastante abrupta, derrubando um pouco de chá na mesa.

– É hora de eu me concentrar novamente em meu objetivo. Tenho uma ideia de como fazer Elias Melaphont se arrepender do dia em que me sentenciou.

– Você já pensou que, ao arruiná-lo, estará também arruinando o filho dele?

Drew piscou.

– Ele tem um filho? – dizendo isso, correu a língua pelos lábios. – Então talvez esse seja o caminho para chegarmos a ele – Drew empurrou o cobertor e forçou-se a sair do divã. Suas pernas estavam tão fracas que ele precisou sentar-se outra vez, abruptamente.

– Você não precisa se preocupar com Sir Melaphont agora – sussurrou Freya. – Você está cansado? Vou ajudá-lo a chegar até seu quarto.

– Que droga, Freya! – ele esbravejou – Não posso ficar aqui parado quando aquele verme está regozijando por aí.

Freya ficou paralisada.

– Ele não está regozijando.

Drew franziu a testa.

– Como você sabe?

– Ele está morto. A influenza. Eu mesma o vi morrer.

Drew sentiu como se tivesse tomado um soco no estômago.

– Não brinque com isso, Freya.

Freya arqueou as sobrancelhas. Ela estava falando sério. Ela não brincava.

– O maldito *morreu* antes de eu lhe dar o que ele merecia? – Drew continuou, ouvindo sua própria voz tornar-se rouca. Aquilo não era justo! Não era justo assim como toda uma série de acontecimentos não era justa. – Então eu vou me vingar do filho dele.

– Não, não vai, Drew. Não depois que refletir um pouco. Aquela pobre criatura já sofreu o suficiente por ter tido aquele homem como pai.

Ele ficou sem ar, e sentiu algo mais. Era como se a energia que ele despendia naquela fúria carregada de vingança tivesse levado o que lhe tinha restado. Drew desviou o olhar.

– Você está certa.

A vida de Drew desenhava-se no horizonte, sem propósito. Ele levou a mão até o móvel pesado de madeira em estilo Tudor que iluminava o quarto, agora brilhando com cera, e não com poeira. Por que Drew estava ali? Aquela casa não era sua. E não significava nada agora que Melaphont estava morto. A casa era apenas o meio para se chegar a um fim, assim como era Emily.

Ele se arrastou até passar pela porta e chegar às escadas. Freya movimentou-se para ajudá-lo, mas ele afastou a mão.

– Deixe-me sozinho – rosnou, e forçou-se pelas escadas com a ajuda do balaústre.

Freya sentou-se no banco ao pé da janela de seu quarto e olhou a noite que caía no jardim. As coisas não tinham mudado muito, no fim das contas. Ah, os jardins eram lentamente podados até tomar forma. E os lençóis para proteger os móveis da poeira haviam desaparecido. Ela já não estava sozinha na casa. No entanto, a distância que sentia dela mesma por mais de um ano tinha voltado a se aninhar em seu coração, como se nunca tivesse saído dali.

Dois dias tinham se passado desde que Freya vira aquele horror nos olhos de Drew, quando ele soube que seu maior inimigo havia morrido. Na noite anterior, ele tinha tentado sair de casa. Ela o deteve, obviamente. Drew estava fraco demais para viajar e Freya sabia disso. No entanto, os olhos dele estavam mortos. Ele não via nenhum motivo para continuar agora que a vingança há tanto tempo planejada era inútil. Era apenas uma questão de tempo até ele sair. Freya não queria que ele tomasse esse caminho, especialmente agora que ela estava flutuando e sentia-se apenas parcialmente viva.

Por uma ou duas semanas ela tinha se sentido... ligada outra vez, interessada em viver.

E isso era apenas por causa de Drew Carlowe. O trágico para Freya era que ela importava-se com ele. De uma forma como nunca tinha se importado com alguém em sua longa, longa vida. Os vampiros não se apaixonavam. Era isso que seu pai lhe dizia. Especialmente por humanos, cuja vida passava em um piscar de olhos. Não havia tempo suficiente para amar, ele dizia. E Drew sentiria-se horrorizado se descobrisse o que ela era. Portanto, ele jamais saberia. Ou seja, não haveria nada além de uma mentira entre eles.

Mas, se Freya se importava com ele, não poderia deixá-lo sofrer. Como evitar que o vazio a consumisse? Ela se lembrou da sensação de plenitude que aquela união sexual havia gerado. Talvez pudesse trazê-lo de volta da loucura. O próprio pensamento de deixar-se vulnerável à rejeição daquele homem era alarmante. Mas ela precisava tentar.

Freya levantou-se do assento da janela e atravessou o quarto escuro até a porta. A luz vazava pela porta do quarto de Drew. Ela virou a fechadura e percebeu que a trava ainda estava quebrada. Ele estava sentado à escrivaninha, exatamente como ela o tinha visto naquela outra noite, rascunhando uma carta. Dessa vez, porém, não estava nu. Drew levantou o olhar. A dor em seus olhos era assustadora, mas ele não demorou a escondê-la com a indiferença.

– Eu... – Drew procurava uma mentira para contar. Seus ombros cederam. Estava escolhendo dizer-lhe a verdade. – Eu estava ainda agora escrevendo uma carta para você.

– Talvez você devesse entregar sua mensagem pessoalmente.

Drew desviou o olhar.

– Em linhas gerais, era um agradecimento.

– Era mesmo? – Freya percebeu que ele estava mentindo novamente, o que aguçou sua curiosidade.

Ele assentiu. Não diria a ela o que tinha escrito na carta. Freya percebeu que havia vários rascunhos amassados pelo carpete. Fosse lá o que fosse, aparentemente não se tratava de algo que poderia ser dito facilmente. O medo a invadiu. *Você precisa tentar*, lembrou-se a si mesma.

Ela posicionou-se atrás dele e massageou-lhe os ombros, desfazendo os nós que tinham se formado naqueles músculos. Não era apenas o choque da atração que a atravessava. Algo mais profundo brilhava dentro dela, algo que ela nunca tinha sentido antes por um homem. Aquilo esquentou-lhe o coração e o sexo. Os ombros dele relaxaram e ele virou a cabeça, emitindo um rosnado de satisfação. Freya correu as mãos por debaixo do colarinho da camisa de Drew, pela pele sedosa daquela nuca masculina.

Então ele estava de pé, segurando-a pelos ombros.

– Estou tão fraco... – sussurrou furioso.

– Eu... sinto muito. Eu não devia ter... Você estava doente. Sei disso.

– Quero dizer que estou fraco por querê-la tanto – ele a tomou nos braços e a beijou ferozmente enquanto ela virava sua boca na direção da boca daquele homem. Beijos eram gestos tão íntimos.

– Eu não devia me entregar – disse ele entre os beijos. – Você nem se importa o suficiente para me falar o que é – agora ele estava tremendo. Usou um dos braços para puxá-la até a cama. – Mas eu a quero, Freya, ao menos uma vez mais.

Freya rasgou a camisa de Drew ao tirá-la. Ele desabotoou a calça enquanto ela se desfazia de seu cinto e deixava o vestido cair como uma poça em volta de seus pés. Nu, ele a pegou e a deitou na cama. Já estava ereto. Os efeitos restantes da influenza não eram suficientes para resfriar-lhe o ardor, aparentemente. Freya acariciou o membro de Drew enquanto se esfregava na lateral daquele corpo másculo. Uma das mãos daquele homem cobriu-lhe o seio enquanto ele a abraçava e a beijava por inteiro. Os seios estavam inchados e macios. Quando Drew inclinou-se para sugá-los, ela arqueou-os na direção da boca dele, gemendo.

– Perdoe-me, meu amor, mas preciso sentir você em volta de mim agora.

Ela se abriu para ele, concordando plenamente com a ideia. Desejava-o mergulhado dentro dela, desejava que ele abrisse suas partes mais secretas e as preenchesse com seu membro rijo. Queria acolher, e não exigir. Eles adotaram as posições mais simples e, de certa forma, as mais satisfatórias. Freya não pediria que ele se controlasse. Drew tinha estado doente e provavelmente tinha pouca energia agora. E, se eles não alcançassem a proximidade daquela primeira vez, bem, não tinha problema.

Espere. Do que ele a tinha chamado?

Drew dependurou-se sobre ela, com olhos claramente famintos.

– Meu amor.

Devia ser uma figura de linguagem e nada mais. Ele queria as habilidades sexuais dela, e ela as ofereceria generosamente – até quando as forças dele aguentassem.

Drew deitou-se e puxou Freya com ele para embalá-la em seus braços fortes. Nada mal para alguém que estava inválido. Ele a tinha levado ao êxtase três vezes e gozado duas outras vezes. Agora Drew devia sentir-se letárgico, mas estava consumido por uma estranha energia, vibrando em consonância com a energia de Freya enquanto ela se encostava sobre o peito dele, deixando a cortina de cabelos cobrir-lhe o rosto. O fato de eles não terem feito aquele jogo tântrico não importava. Drew sentiu-se tão perto dela quanto da primeira vez em que tinham feito amor durante toda a noite. Era assim que aquele ato devia ser definido: fazer amor. Não era apenas sexo. Sexo era o que ele tinha feito com todas as outras mulheres em sua vida.

A carta que Drew tinha escrito dizia a Freya que ele a amava, embora soubesse que ela não retribuía esse amor. Freya nem mesmo confiava em Drew a ponto de lhe contar o que era. E ela *era* algo, não restava dúvida. Ele lembrava-se dela levantando-o até a cama enquanto ele desmaiava ao tentar usar o penico. Freya o carregou como se ele fosse uma criança. Nenhuma mulher comum poderia fazer algo desse tipo. Ele tinha dito a Henley naquela primeira noite na taverna que eram os vampiros, e não os fantasmas, que bebiam sangue. Talvez ela fosse isso. Era uma palavra feia. Drew sentiu seu estômago afundar-se. Sua cabeça dizia que vampiros não existiam. Seu coração dizia que o que ela era não importava. Freya não o tinha ferido. Aliás, muito pelo contrário: ela tinha cuidado dele e o libertado de uma forma que ele jamais imaginaria ser possível.

Drew não a oprimiria com sua presença. Um parceiro que permanecesse por ali quando já tinha se tornado indesejado definitivamente era irritante. Os olhos dele encheram-se. Ele ficou lá, deitado, pensando no vazio que estava por vir. Sua vingança de Melaphont havia sido frustrada, mas isso já não importava. Nos últimos dias, a importância de Melaphont parecia ter diminuído. Drew tinha sido consumido pelo passado, mas agora seus olhos voltavam-se para o futuro – um futuro que não incluía Freya.

Ele era um covarde. Não poderia encarar um futuro assim. Não podia deixar que toda a sua decisão fosse tomada. Freya não o amava. Ele seria rejeitado, mas, mesmo assim, precisava tentar.

– Freya?

Ela ergueu a cabeça. Seus enormes olhos negros eram suaves. Abriu um sorriso questionador, esperando.

Ele engoliu uma vez, sua boca estava seca.

– Case-se comigo.

Ela arregalou os olhos, chocada.

– O quê?! – era um sussurro assustado.

Ele estava pelo menos tão assustado quanto ela.

– Eu te amo. Não tenho coragem de deixá-la. Sei que você não me ama, mas... Se me deixar ficar aqui, eu poderia... Eu poderia cuidar de tudo para você. Você não vai precisar ter servos ou... – ele tentava pensar em como poderia se fazer útil para ela.

– Não posso – a voz de Freya era instável.

Pronto. Drew a abraçou, sem querer deixá-la ciente de que algo dentro dele havia se estilhaçado.

– Tudo bem. Eu sabia que estava me arriscando muito. Mas eu tinha que tentar... – Drew sentiu a convulsão das lágrimas brotar dentro dela. Então, acariciou-lhe o cabelo. – Não chore. Não vou importuná-la. Você jamais poderia amar um homem como eu – ele tentou rir. – Como eu lhe disse, eu seria um péssimo marido.

– Eu te amo, mesmo, seu idiota – ela quase se afogou ao pronunciar as palavras.

– Você... Você o quê?

– Eu te amo – ela ergueu a cabeça, aparentemente furiosa. – Eu te amo com todos os meus sentidos.

– Meu Deus! – Drew sentiu seu coração inchar. Logo franziu a testa. – Então por que não quer se casar comigo? É o que duas pessoas que se amam costumam fazer...

Ela levantou-se. Seus seios adoráveis agora se dependuravam sobre ele. Freya contorceu os lábios.

– Vou lhe contar o que jurei não contar a ninguém, para que você entenda por que eu não posso me casar com você – ela respirou profundamente e expirou. – Eu sou uma vampira – e, ao dizer isso, observou como ele reagiria.

Drew engoliu cuidadosamente sua saliva. Ele imaginava que fosse aquilo, mas a confirmação era... aterrorizante. Esperava que isso não transparecesse em seu rosto. Tinha que superar aquela palavra, por Freya. Ele precisava ganhar tempo.

– Então você realmente bebeu meu sangue naquela primeira noite...

Freya assentiu.

– Fale mais sobre isso... – ele continuou. – Sobre como é ser uma vampira.

Ela pareceu cautelosa.

– Bem, eu tenho um parasita em meu sangue. Nós o chamamos de Companion. Ele nos dá certas... qualidades.

– A sensibilidade à luz do sol... – ele poderia começar por ali. Não era tão ruim.

– Força. Sentidos mais aguçados.

Drew poderia viver com isso.

– Olhos vermelhos?

Freya mordiscou o lábio.

– Essa coisa no nosso sangue tem alguns poderes que nós podemos usar. Os olhos vermelhos acontecem quando convocamos o poder.

– E o que esse poder faz?

Ela encolheu ligeiramente os ombros.

– Eu posso... Influenciar mentes – explicou em voz baixa.

E ele havia pensado que ela era uma proponente do "magnetismo animal", como o Dr. Mesmer...

– E, se eu reunir poder suficiente, a área em volta transforma-se em uma onda de escuridão e eu apareço em outro lugar.

– Acho que... Eu vi isso acontecer uma vez.

Freya assentiu.

– E, se eu morrer, o parasita morre comigo. Ele tem um desejo exasperado de viver e, por isso, recria o hospedeiro. Eternamente.

Drew forçou-se a não ficar boquiaberto.

– Imortal? – conseguiu dizer.

– Exceto se eu for decapitada – ela olhou para as próprias mãos. – Sou muito velha.

– Quantos anos?

– Novecentos, ou algo assim. Entende por que eu não poderia me casar com você?

– Eu envelheceria e você não – ele balançou a cabeça. – Você deve pensar que eu sou um bebê, ingênuo, desinteressante...

Freya segurou-lhe as mãos grandes e fortes.

– Não, não. Você me faz ver que eu simplesmente não vivi até agora. Você... você me mostrou como se faz amor.

– *Eu* mostrei para você? Você é a mais habilidosa praticante da arte do amor que eu poderia imaginar.

Ela ajeitou os ombros.

– É porque sexo era meu trabalho. Não era amor – ela devia ter visto a expressão de choque que ele agora ostentava. – O Companion nos dá uma sexualidade mais... acentuada. Quando usamos nossa sexualidade, quando a expandimos, podemos também expandir nossos poderes. Meu trabalho era usar os ensinamentos do Tantra para treinar homens selecionados em nossa espécie e fazê-los expandirem seus poderes. Eles se tornavam Harriers, armas que meu pai usava contra aqueles que ameaçavam nossa espécie produzindo outros vampiros – Freya olhou novamente para as mãos. – Meu pai os usava também contra aqueles que ameaçavam seu poder.

Drew precisou pensar um pouco. Era muita informação de uma só vez.

– Seu pai a obrigou a fazer sexo com esses aprendizes?

– Eu queria servir ao nosso povo. Esse treinamento era, no fundo, uma espécie de tortura sexual. Mas eu fiz isso com eles por um bem maior. Só que minha irmã e eu fomos enviadas para matar um dos Harriers que produzimos, e então eu entendi que o que estávamos fazendo era errado – ela olhou pela janela aberta diretamente na frente da cama, em direção à noite. – Agora percebo que ela tinha ficado um pouco louca com o poder que tínhamos sobre os

Aspirants. Minha irmã gostava daquela tortura. O treinamento era perigoso e, quando parei de ajudá-la, ela acabou morrendo.

– Então não foi por sua culpa que ela morreu.

– Ah, sim, é claro que foi. Eu sabia que isso poderia acontecer, mas ela precisava ser contida. Eu levo a culpa de tê-la contido – Freya virou-se de volta para ele. – Então, não pense que eu conhecia o amor. Antes de encontrá-lo, eu nem mesmo sabia que ternura e sexo podiam coexistir.

Ela não conhecia o amor. Que tipo de pai podia fazer aquilo com a própria filha?

– Mas... – disse ela, adotando um tom mais leve. – Está vendo por que casar-se comigo seria uma péssima ideia? Você não pode se casar com uma vampira que vive para sempre.

Um pequeno pensamento formou-se no cérebro dele. Drew o afastou. Sentou-se e colocou os braços em volta dos joelhos.

– E quanto ao sangue?

Ela olhou para baixo.

– Preciso de aproximadamente uma xícara a cada quinzena. Isso deve parecer horrível para você. Mas não mato ninguém. E posso apagar a memória deles, ou substituí-las por outras melhores, como, por exemplo, fazê-los pensar que praticaram sexo maravilhoso ou que são lindos.

Tudo bem até aqui. Ele poderia viver com aquilo.

– E eles se tornam vampiros?

Se isso fosse verdade, talvez, a essa altura, ele já tivesse sido transformado em um vampiro.

Freya deu uma risada cansada.

– É claro que não! Se fosse assim, o mundo estaria cheio de vampiros. Não. Nossa espécie vive em um equilíbrio delicado com os humanos. É estritamente proibido transformar um humano em vampiro.

– E como a transformação ocorre? – ele tentou soar o mais neutro possível.

– Bem, você precisa fazer um pouco de meu sangue cair em sua corrente sanguínea, de alguma forma. Uma ferida aberta, por exemplo – ela tentou abrir um sorriso, mas acabou abrindo um sorriso torto. – Fui muito cuidadosa, todavia. Você não está infectado. Se isso ocorresse, ficaria doente imediatamente e morreria sem infusões de sangue de vampiro nos três dias seguintes. Nosso sangue lhe daria imunidade aos efeitos do parasita no corpo humano.

– Então, deixe-me entender. Força. Sentidos aguçados. Sexualidade aumentada. Capacidade de persuadir pessoas. Você pode desaparecer e é imortal. E o sangue. Há algo mais que eu deva saber?

Freya arqueou as sobrancelhas.

– Bem, creio que isso seja tudo.

– E você me ama. E acredita que eu te amo.

Ela assentiu lentamente.

Ele respirou. Perdido por cem, perdido por mil. Drew não conseguia imaginar a vida sem aquela mulher. E, se ela ficasse ao seu lado e o mantivesse humano, as diferenças entre eles os forçariam até a separação.

– Então, por que não me transforma em vampiro?

Ela abraçou-se a si mesma, cobrindo os seios.

– Eu já disse: é proibido.

– Não estamos falando de transformar cem humanos em vampiros, mas apenas um.

– Se o que você deseja é a eternidade, devo lhe dizer que ela é um fardo, e não uma vantagem.

Aquilo era como se ela lhe tivesse dado um tapa. Mas ele prosseguiu:

– Você pensa mesmo isso de mim?

Ela negou com a cabeça, mais agitada a cada momento.

– Seria mais fácil se nós dois enfrentássemos a eternidade juntos – completou Drew.

– Você não entende... – ela estava quase implorando agora. – Quando o amor morrer, você continuará sendo um vampiro. Eu já disse que nós não conseguimos cometer suicídio? A necessidade de viver do Companion não permite que tenhamos um escape desse tipo.

– E se o amor não morrer, Freya? Se eu não for um vampiro, nossas diferenças vão ficar entre nós. Talvez seja melhor nos separarmos agora.

– Eu sei – ela sussurrou. Seus olhos estavam inchados com aquela dor.

Freya estava desistindo. Lágrimas se formavam em seus olhos.

A decisão seria dele, então. Drew estendeu a mão e segurou os ombros da bela vampira.

– Seja forte, Freya. Pense no que poderíamos construir com isso. Tome sua vida de volta das mãos de seu pai e de todas essas regras sob as quais foi forçada a viver. Vamos criar nosso próprio espaço, nossas próprias regras – ele não podia afastar o tom de súplica de sua voz.

Drew sentiu o vibrar da vida contra sua espinha. Havia uma nova energia naquele ambiente, muito mais poderosa do que a de Freya.

Ambos deram meia-volta. Uma escuridão, mais sombria do que o quarto escuro, girava no canto. Drew fechou a boca. Aquilo podia ser muito ruim.

6

Freya sabia exatamente o que era aquela escuridão girando ou quem provavelmente seria o vampiro prestes a aparecer. De certa forma, ela esperava por aquele momento há mais de um ano. Agarrou a camisa de Drew, que estava do outro lado da cama, e a lançou sobre a cabeça dele enquanto seus pensamentos colidiam uns com os outros. Primeiro, o pedido nada convencional de Drew (que era tudo que ela queria, mas não *deveria* ter recebido). Freya não podia aceitar o que ele havia proposto, obviamente. Drew não sabia como seria a vida de vampiro. Então, veio a acusação de que ela tinha se despido do que era para seguir a seu pai e às Regras. E agora... isso.

Seu pai materializou-se no quarto pouco iluminado. Freya tentou acalmar os batimentos do coração e enxergar através dos olhos de Drew. O vampiro definitivamente não parecia tão perigoso quanto era. Tinha uma grande pança debaixo da lã marrom de seu hábito. A barba era branca; os olhos, de um azul perfurante. O homem chegava a parecer as imagens que as crianças humanas tinham de São Nicolau. No entanto, aquele não era um elfo bondoso. Era o Ancião. Governava o Monastério Mirso, o refúgio final dos vampiros que não suportavam o tédio e a repetição da eternidade. Freya tinha morado lá a vida toda, até o ano passado. Na verdade, tudo que ela tinha visto era as almas de vampiros que usavam o local como refúgio e os Apirants que ela treinava para se tornarem Harriers. Havia vampiros cujas vidas eram plenas no mundo, vampiros que nunca precisaram ir para Mirso? Esse pensamento nunca tinha lhe recorrido antes.

Os olhos de seu pai varreram o quarto. Drew arrastou-se para fora da cama e posicionou-se ao lado dela, nu. Passou seu braço em volta de Freya em uma demonstração de apoio.

– Quem é você? – latiu.

O pai de Freya não se dignou a responder.

– E então, Freya, já se cansou da sua rebeliãozinha?

Ela irritou-se por seu pai não ter sequer reconhecido a presença de Drew.

– Ele é conhecido atualmente como Rubius Rozonczy – ela explicou a Drew. – Pai, este é Andrew Carlowe.

– É hora de voltar a Mirso, Freya. Precisamos de um novo Harrier, e agora você é a única capaz de produzi-los.

Ela vinha tentando preparar-se para este momento havia um ano.

– Não posso mais fazer isso. Você não leu minha carta?

– Suas escolhas não estão em discussão – disse severamente o vampiro. – Você é uma treinadora de Harriers.

– Não, Pai – Freya desejou que sua voz não soasse tanto como uma súplica. – O treinamento é doloroso para ele. E a excitação e supressão infinita... – Freya parou subitamente de falar, confusa. No fim das contas, aquilo era uma tortura para ela tanto quanto o era para eles. – A relação sexual deve ser um ato de confiança e prazer entre duas pessoas. Não... Não deve ser daquele jeito.

– É o seu chamado, Freya. Os vampiros precisam de um Harrier – o homem lançou um olhar para Drew. – Se quiser, pode trazer seu brinquedinho com você. Use-o para ter prazer, se precisar de um descanso.

Freya sentiu o corpo de Drew enrijecer.

– Ele não é um brinquedinho, Pai. Eu amo este homem e não vou voltar para Mirso.

Pronto. Ela tinha dito aquilo. Sua boca secou. Aquele homem era tão mais poderoso do que ela que poderia levá-la à força. Ambos sabiam disso.

O pai de Freya estreitou os olhos.

– Você é minha filha. Eu sou o Ancião. Portanto, você vai me obedecer.

– Ela não vai fazer nada que não queira fazer – Freya assustou-se com a intensidade de Drew. Ele moveu-se para a frente dela, como se pudesse protegê-la. – Meu Deus, que tipo de pai força a própria filha a participar de atos sexuais como se isso fosse um trabalho? Pais devem amar e proteger os filhos.

– Você não sabe de nada, humano – o pai de Freya correu os olhos pelo corpo nu de Drew. – Você é o motivo pelo qual minha filha rebelde se tornou desobediente? Posso solucionar esse problema – os olhos do vampiro tornaram-se do mais intenso carmesim. Ele caminhou na direção dos dois.

Que loucura! Aquele homem estava prestes a matar Drew. Faria isso sem pensar duas vezes. Freya sentiu o pânico invadir seu corpo. Ela não era páreo para seu pai. Ele era o Ancião. Sem outra opção, a vampira convocou o poder. *Companion!* A intensa onda em suas veias transformou o mundo em vermelho.

– Pai, não! – gritou.

Mas ele continuava aproximando-se. *Companion, mais!* Ela pensou em empurrá-lo para trás. Rubius hesitou, encarando-a. Teria aquele homem sentido sua força?

– Você não pode me enfrentar, garota. Você sabe muito bem disso – a voz do vampiro era uma explosão amplificada por todo aquele poder. Ele estendeu a mão e tentou segurar o ombro de Drew, que lutou contra aquelas mãos de aço. Mas escapar seria impossível.

O pai de Freya só precisava destroncar o pescoço de Drew. Ela o tinha visto fazer aquilo no passado. E tudo chegaria ao fim em um instante. Irrevogável.

– Não! – ela gritou. Seu pai segurava ambos os braços de Drew.

Companion, mais! Mais do que você ofereceu em toda a vida.

O mundo tornou-se branco. Aquilo era assustador. Onde estava o vermelho? O que estava acontecendo? Suas veias saltaram com o poder. Seu pai colocou ambas as mãos na cabeça de Drew, que ainda tentava se libertar. Um brilho espalhou-se para fora de Freya como um halo branco. Ela pensou em empurrar o pai. Tinha até mesmo estendido as mãos. E suas mãos também brilhavam brancas. Ela conhecia aquele brilho...

Rubius distanciou-se, levando Drew consigo. Virou seus olhos carmesins para ela – olhos que se arregalaram enquanto o vampiro ficava boquiaberto.

– Solte-o, Pai! – a voz de Freya era como o vento, um ruído sibilante que ela mesma não reconhecia.

Rubius virou-se para ela, parecendo esquecer-se completamente de Drew, que caiu de joelhos.

– Você... Você é uma Harrier, Filha. Nunca vi tanto poder.

A coroa de luz contraiu-se e a iluminação no quarto tornou-se fraca novamente. Freya estava boquiaberta. Como aquilo tinha acontecido? Ela tinha visto o halo de poder em outros Harriers e sabia o que aquilo era capaz de causar. Tinha treinado uma centena de Harriers ao longo dos anos. Mas teria se tornado uma deles?

– Acho que... Acho que, durante todo o tempo que passei treinando os Aspirants, eu também estava treinando a mim mesma.

– Excelente – o pai dela chegou a esfregar as mãos. – Agora não precisaremos nem mesmo esperar até outro Aspirant ser transformado em Harrier.

Freya era tão poderosa quanto o pai. Estranho. E isso mudava tudo.

– Não pense que eu serei um instrumento sem emoções para sua vingança, Pai. Vou ficar aqui com Drew, e tenho quase certeza de que você não pode fazer nada a esse respeito.

Ele bufou com um tom de escárnio.

– Os humanos não são dignos a ponto de fazê-la abandonar seu verdadeiro propósito, Freya. O que eles conseguem entender do escopo da sua existência? Humanos sequer vivem tempo suficiente para se tornarem sábios.

De alguma forma, aquilo era o melhor que ele podia dizer. Tudo se tornou claro para Freya naquele momento.

– Há uma sabedoria no coração, e isso é algo que vocês perderam, Pai. Ou talvez nunca tiveram – lágrimas brotaram nos olhos dela. Freya olhou atrás do pai, onde Drew lutava para conseguir ficar de pé. – Drew já é muito mais sábio do que você, apesar da idade. Só espero poder aprender com ele.

O vampiro olhou de volta para Drew. Teria ele visto a suavidade nos olhos daquele homem? Reconheceria essa suavidade pelo que ela era? Freya estava certa de que aquilo era amor.

Quando seu pai virou novamente a cabeça para ela, disse:

– Lembre-se das Regras, Freya – ela sorriu. Seu pai reconheceu aquele olhar. E sabia o que ela planejava. Freya realmente tinha aqueles planos, embora não soubesse exatamente quando havia se decidido.

Drew conseguia sustentar-se com os pés separados agora. Deus, como ele era esplendoroso!

– Um pai precisa se desapegar da filha, Rubius. Mesmo se ela comete erros. Seu erro foi nunca ter aprendido isso.

Freya sentiu-se orgulhosa de Drew.

E, por mais impressionante que possa parecer, ela viu o pai desviar o olhar. Estaria ele com vergonha? Rubius inspirou e deixou o ar sair daquele peito enorme. Talvez o fato de ele ter reconhecido o brilho no olhar de Drew significasse alguma coisa.

– Você deve ter amado alguém, Pai, ou ter sido amado por alguém.

Rubius não demonstrou nada neste momento. Apenas olhou para ela e disse:

– Chegou a passar pela sua cabeça que talvez eu a quisesse ao meu lado porque sentia sua falta e precisava de você? Bem, se quiser me ver, sabe onde me encontrar. Descobrirei outra forma de produzir Harriers.

O redemoinho de vento o envolveu em poucos segundos, muito mais rápido do que Freya jamais conseguira produzir. Rubius tinha... ido embora.

Freya virou-se para Drew:

– Você está bem?

Ele assentiu e correu a mão pelos cabelos, com um leve sorriso no rosto.

– Seu pai é realmente assustador, meu amor – então, olhou para ela. – Como você se sente?

O sorriso que se formava no rosto de Freya trouxe consigo a ameaça de lágrimas.

– Bem – ela deu de ombros, tentando tornar casual a plenitude que sentia em seu interior. – Talvez... completa.

Drew arregalou os olhos ao lembrar-se do que tinha acabado de acontecer.

– Você... Você foi incrível.

– Fiquei impressionada comigo mesa. Aquilo foi a demonstração do poder de um Harrier, caso você se interesse em saber.

– Adoro uma mulher que posso chamar de realizada.

Mas ele adorava, mesmo?

– Mudou de ideia agora que sabe o que realmente sou e que viu quão assustador meu pai pode ser?

– Eu sempre soube quem você realmente é, mesmo se você não soubesse. E acho que seu pai a ama, mesmo daquele jeito assustador dele – ele aproximou-se dela. Estavam a menos de uma respiração de distância, mas sem se tocarem. A superfície da tensão da atração e da hesitação alcançava o equilíbrio perfeito. – E não, não mudei de opinião. Você devia perguntar se eu estou com medo.

– E você está?

– Ah, sim. Mas você vai estar lá, não vai?

O calor a inundou. Ela estendeu a mão e a deslizou pela nuca dele, debaixo daqueles cachos.

– Sim, Drew Carlowe. Você quer isso?

– Quero, Freya Rozonczy.

Ela sorriu e sentiu as lágrimas correrem-lhe pelas maçãs do rosto. Aquele não era seu sobrenome. Até onde Freya sabia, ela não tinha um sobrenome. Mas se sentia feliz em reconhecer que, apesar de todos os erros de Rubius, ela ainda era sua filha. E ela tinha também, pela primeira vez, sua independência. Drew a guiou de volta para a cama, subiu e a puxou ao seu lado. Deitou. O seu corpo ainda pedia pelo âmago dela. Freya convocou seus poderes, o suficiente para suas presas ficarem expostas. Seus olhos brilhariam com um vermelho suave. Ela o deixou ver seus dentes se expandirem. Drew não podia ter ilusões.

– Não há como voltar.

Ele a puxou para perto e a beijou, correndo a língua por aquelas presas.

– Então vamos seguir adiante.

Ela sentiu a ereção dele rebentar contra suas coxas. E seu corpo latejou em resposta.

Drew virou a cabeça na direção dela e levantou o queixo, expondo a artéria em seu pescoço. Porém, Freya queria que aquele momento fosse especial, até mesmo sagrado. Arqueou o corpo e acariciou o mastro de Drew. Agora ele estava totalmente excitado. Assim como ela. Freya beijou o pulso na garganta de Drew, seguindo o caminho diretamente abaixo do maxilar dele.

– Ainda não – ela sussurrou. Seus seios esfregavam-se contra os pelos do peito de Drew. Ele a fez ficar de costas. Freya abriu os joelhos. Queria que ele a empalasse, que mergulhasse dentro dela.

Drew posicionou o membro e Freya apoiou as mãos nas nádegas de seu homem, empurrando-o em sua direção. A doce sensação de ser preenchida a possuiu. Ele entrava e saía com uma intensidade controlada. O prazer tornou-se mais intenso e ela não queria parar, prolongar ou desviar-se do curso inevitável. Depois de alguns instantes, ela mudou de posição e o colocou de costas. Montou no quadril dele e cavalgou-o como a um corcel selvagem. Drew gemia. Ela mordia e lambia os lábios, tomada pelo prazer. A saliva evitaria que as feridas se curassem imediatamente, mas não havia muito tempo.

Ele expôs a garganta novamente.

Freya respirou. Estava prestes a batizar seu novo eu com um ato que seu pai acharia repugnante, mas que ela sabia se tratar de algo extremamente correto. A confiança que Drew demonstrou ao se expor para ela não passaria sem ser retribuída. Ela mordiscou-lhe suavemente, balançando a cabeça enquanto montava aquele membro viril. Ele gemeu, mas ela achou que não fosse por causa da leve dor que as duas feridas haviam infligido. Drew estava rijo e precisava sentir-se dentro dela. O sabor acobreado da vida preencheu a boca de Freya. Para o bem ou para o mal, aquilo tinha sido feito. Ela sugou suavemente, acariciando os ombros de Drew enquanto ele dava investidas cada vez mais profundas dentro dela. Freya percebeu o orgasmo dele desenhando-se junto ao seu. A doce sensação de sugá-lo enquanto eles corriam em direção ao gozo – em uma troca complexa e extremamente íntima de fluidos, corpo com corpo, alma com alma – envolveu-a. O mundo de Freya parecia não caber dentro de seu corpo. Sangue e sêmen e fluidos selvagens misturavam-se num abandono caótico enquanto Drew explodia dentro dela. Eles caíram juntos na cama. Drew abraçou-a, aproximando-a de seu peito. Freya sentiu seus lábios se curarem como se os cortes nunca tivessem existido.

– O sangue está cheio de vida, meu amor – disse ela.

– Para nós dois – ele sussurrou.

BEIJO DE ADEUS À MEIA-NOITE

DIANNA LOVE

Esta história é dedicada à minha sogra, Jane O'Hern, que me deu, há muitos anos, meu primeiro romance, e também meu herói, quando me casei com seu único filho.

Meu profundo apreço a Sherrilyn Kenyon, pela amizade e apoio infindáveis. Quero também agradecer a Caren Johnson por divulgar esta história e a Monique Patterson por ser uma editora excepcional. Agradeço também Maureen Hardegree, que foi a primeira leitora e deu a mim um ótimo retorno. Muito obrigada a todos aqueles que apoiaram a produção deste trabalho: James e Terri Love, Jim e Mary Buckham, Walt e Cindy Lumpkin, Gail e Dave Akins, Bart e Hope Williams, Bill Gayton, Joanne e Hank Shaw, Mae Nunn, Annie Oortman, Darlene Buchholz, Donna Browning, Debby Giusti, Jacqui Sue Ping, os RBLs, membros da GRW e todos vocês, leitores, que me possibilitam escrever estas histórias. Por favor, visitem meu website *www.authordiannalove.com*. Eu adoro receber mensagens de leitores no e-mail *dianna@authordiannalove.com*.

Acima de tudo, agradeço a meu marido e herói, Karl Snell, que me possibilita ir atrás de meus sonhos.

1

ONDE ESTÁ VOCÊ, EKKBAR? Mostre-se para que eu possa enviá-lo de volta às chamas do inferno que te deram vida.

Trey McCree levantou a cabeça e varreu com os olhos o cômodo repleto de góticos festeiros que estavam ali à espera já de alguma ação já na noite após o Halloween. Ouviu telepaticamente trechos dos pensamentos íntimos dos presentes.

Ei, solte-se, querida... Quero um homem esta noite... Que perdedor...

Quando a mulher que ele estava seguindo moveu-se novamente, Trey tentou avançar, empurrando o emaranhado de pessoas vestidas com sinistras roupas pretas, acessórios vermelho-sangue e pregos prateados trespassados em lugares interessantes. A maioria da clientela permanecia nos cantos acolhedores dos vários níveis, mas a pista de dança ainda estava lotada de corpos se contorcendo. Despreocupado em se misturar às pessoas com *piercings* no nariz e penteados assustadores, Trey vestiu um par de calças jeans preto e uma blusa de gola alta e mangas compridas que combinavam com uma jaqueta de couro.

Ele estava aqui por uma razão.

A discoteca Black Fairy, que ficava em um armazém reformado no centro da cidade de Atlanta e perto de um cemitério histórico, havia despertado o interesse de uma mulher que ele *não* perderia de vista: Sasha Armand.

Não com Ekkbar visitando este milênio.

Botas pretas de cano alto moviam-se a vinte metros de distância e, a cada passo sexy, o puxador prateado do zíper, em formato de cruz e caveira, balançava. O movimento fluido do quadril de Sasha seduzia eroticamente na batida da música pulsante, fazendo Trey lembrar-se da razão por que ele não poderia permanecer em Atlanta nem um minuto além daquela semana. Era mais fácil resistir à tentação a uma certa distância.

De qualquer maneira, Sasha estaria melhor sem ele, *se* ela se mantivesse longe de problemas, caramba.

Uma onda de energia carregada e nebulosa percorreu o cômodo. Trey sentiu a pele arrepiar-se como aviso. Hesitou, imediatamente em estado de alerta. Examinou a multidão procurando Ekkbar, mas o velho servo de um senhor da guerra Kujoo, um sujeito de oitocentos anos, fundiu-se à confusão de ruídos antes que Trey pudesse detectá-lo. Ekkbar quase tinha se exposto. Era um idiota, mas um idiota letal para um ser humano desprotegido como Sasha.

Por ser um forte telepata, Trey evitara multidões até aprender a filtrar ruídos telepáticos e evitar a sobrecarga sensorial. Havia agora fechado a porta de entrada para sua mente num piscar de olhos, e apenas assistia.

O lampejo de energia metafísica poderia ser Ekkbar captando o cheiro do caçador de Sasha ou de outra entidade transcendental *capaz* de reconhecer os traços físicos de Trey como os de um guerreiro Belador. Não havia maneira de o mágico ter percebido sua presença. Ao contrário dos soldados de elite Kujoo do guerreiro hindu, Ekkbar não possuía os poderes de combate necessários para detectar um Belador. Mas era um mágico que poderia ferir uma mulher humana.

Sasha parou do outro lado do cômodo, virando a cabeça para a esquerda. Luzes azuis, verdes e cor-de-rosa brilhavam ao longo de seus cabelos lisos e negros, que escorriam-lhe sobre os ombros e costas. Ela apertou os olhos, focando alguma coisa, e então piscou-os.

O movimento de seus densos cílios beijou-lhe a face antes que ela continuasse. Trey havia beijado aquela mesma face quando a mulher usava um par esfarrapado de calças de brim e um rabo de cavalo – que combinavam com o sorriso de garota comum. Talvez, se ela o tivesse beijado apenas como uma garota qualquer, eles não tivessem acabado na cama, fazendo sexo explosivo - ou em sua varanda, à meia-noite, com o chantili caseiro, ou... Diabos, ele nunca esqueceria aquela noite no lago com a água escorrendo pelo corpo dela, iluminado pela lua, quando ele a ergueu no ar. Quase reconsiderou seu futuro como Belador depois disso. Mas não o fez, e não podia mudar o passado agora.

Com cuidado para não deixar que ela o visse, Trey avançou novamente, respirando o cheiro amargo de incenso misturado com odor de pele quente e úmida dos que dançavam naquele ambiente lúgubre. Ele tinha de descobrir o que fazer com Ekkbar sem causar um desastre. Desde que havia aceitado seu destino, Trey fora advertido a nunca se envolver com o guerreiro condenado a viver sob o Monte Meru. Um rio de sangue havia sido derramado uma vez, séculos antes, quando Beladors e Kujoo se enfrentaram. Desde então, ambos mantinham uma trégua implícita.

Se perturbasse a frágil paz instalada, abriria as portas para uma guerra nunca vista antes.

Deixe isso a uma mulher para que arruíne uma licença sabática de duas semanas de seu contrato de trabalho com a VIPER – Vigilant International Protectors Elite Regiment –, onde ele havia defendido este mundo contra predadores sobrenaturais. Reunir informações a respeito de Sasha tinha sido um verdadeiro inferno, já que fora forçado a usar métodos convencionais. Em qualquer outro momento, ele simplesmente leria os pensamentos das pessoas. Mas nunca fora capaz de ler a mente de Sasha e não tinha ideia do porquê, já que se recusara a perguntar a outros Beladors. Um guerreiro nunca admitia uma deficiência a outro.

Grampear sua linha telefônica tinha funcionado, mas a única informação a que Trey chegara nesse fiasco foi descoberta quando

Sasha deixou uma mensagem por telefone para a irmã, dizendo que estava trabalhando e que esperava encontrar Ekkbar na discoteca Black Fairy à noite.

Uma mulher alta e loira, vestida de um modo que deixaria o diabo em pessoa a seus pés, posicionou-se diante de Trey, bloqueando-lhe o caminho. Encarou-o como uma nova alma a ser devorada. O olhar dele dançou sobre o bastante revelador vestido de renda vermelho e preto, e sua mente procurou os pensamentos dela, por pura curiosidade.

Palavra alguma. Apenas imagens eróticas do que ela imaginava estar fazendo: com ele... nu... amarrado a uma cama.

Ele fechou a mente, sorriu educadamente e desviou daquela mulher. Em seguida, olhou adiante para certificar-se de que Sasha permanecia ao alcance de sua visão.

Quando foi que ela deixou seu negócio de pesquisar antepassados e tornou-se uma detetive particular? Quem poderia tê-la contratado para encontrar uma criatura que ainda deveria estar vivendo debaixo de uma montanha?

Um grito na pista de dança atraiu-lhe a atenção. Quando ele se virou novamente, à procura de Sasha, a multidão havia engolido--a. Esticou-se, procurando por ela. Nada. As palmas de suas mãos ficaram umedecidas, algo que ele raramente experimentara durante uma operação. Porém, as missões anteriores não envolviam uma mulher indefesa diante de um monstro.

Com o coração pulsando fortemente no ritmo de cada batida grave da música, Trey acelerou o passo, dividindo aquele mar de fantasias macabras. Chegou ao outro lado da enorme sala no momento em que um par de botas justas de cano alto passavam por um corredor e, em seguida, saíam pela porta dos fundos. Ele poderia mover-se tão rápido quanto a luz quando necessário, mas não em público e sem uma boa razão. Na saída dos fundos, percebeu que o segurança que monitorava a movimentação estava distraído, então, passou por ele tão rápido quanto uma corrente de ar.

Já do lado de fora, Trey subiu uma rua vazia e respirou o ar fresco, aproveitando o rápido resfriamento daquele final de outubro. Ouviu o som familiar de passos ao longo da calçada em direção ao cemitério.

Próximo ao bosque onde ocorreram estupros no passado.

Para onde diabos Sasha estava indo?

Movendo-se agora com cautela, ele sintonizou seus sentidos com o que estava ao seu redor. Sobreviver, em seu trabalho incomum, dependia sempre de estar preparado. Meio quarteirão abaixo, parou próximo ao cemitério, tentando captar o som dos passos de Sasha novamente. Sentiu outro corpo tenso adentrar o perímetro. Estava a aproximadamente três metros. Trey girou, com as mãos voando juntas em um movimento de espada que deceparia a cabeça de um homem.

Ele parou a pouco mais de um centímetro do pescoço macio de Sasha.

- O que *você* está fazendo aqui?

Os lábios dela, pintados de preto-azulado, franziram com irritação, e tudo o que Trey conseguia pensar era em testar aquele batom para ver se ele borraria.

– Como vai, Sasha? – ele puxou as mãos para trás e endireitou-se, mostrando sua real altura. Pelo que podia ver, ela estava excepcionalmente bem naquele corpete preto amarrado com couro. Uma corrente balançava da extremidade de um seio ao outro.

Trey forçou a língua a permanecer dentro da boca, impedindo-a de deslizar pelos lábios sedentos.

– Estou bem. Agora, o que *você* está fazendo aqui?

– Dando uma olhada na Black Fairy – ele virou a palma das mãos para cima com um movimento de quem quer dizer "e o que mais?". – Que surpresa encontrá-la por aqui. Pensei que você tivesse pendurado as chuteiras anos atrás.

As sobrancelhas de Sasha encolheram-se num franzir de testa constrangido.

Ops, isso pode ter soado como uma referência ao fato de ela ter completado trinta anos há alguns meses, mas ela não tinha nada com que se preocupar, considerando aquele bando de brutamontes dentro da discoteca medindo-a de cima a baixo. Trey deveria ter distribuído umas bofetadas em algumas cabeças, mas o ato petulante teria causado uma perturbação e confirmado sua presença.

– Pensei que o que eu faço ou deixo de fazer não te interessasse. E houve um tempo em que você não seria encontrado morto em um lugar como este, então, por que a curiosidade repentina? – olhos egípcios em forma de avelã ousadamente delineados por um lápis preto desafiaram-no.

– Para dizer a verdade, eu estava procurando alguém.

Ele esperava que essa resposta tímida mantivesse-a falando, o que o faria ganhar tempo para descobrir quem a havia mandado caçar Ekkbar.

– Eu também estava, até que você o assustou.

– Eu?

Não existia a possibilidade de que Ekkbar o tivesse detectado, mas Trey não poderia dar o braço a torcer.

- Quem você está procurando?

– Ninguém que você conheça.

– Então como eu poderia tê-lo assustado?

– Você parece carne nova neste lugar. Os óculos são novos, mas eles não vão camuflar o que você é. Você parece um policial. Ou um agente federal – ela estalou os dedos. Uma de suas sobrancelhas perfeitas levantou-se num arco sarcástico. – Ah, mas está certo. Você *realmente* trabalha para o FBI ou a CIA ou faz alguma coisa em defesa nacional que não poderia explicar ou então teria que me matar, certo?

Não era o tipo de conversa na qual ele gostaria de se meter agora. As lentes de seus óculos eram feitas de um material óptico não encontrado em lojas comuns. Em vez de melhorar sua visão, eles protegiam o poder que ela continha.

- Você estava à procura de um criminoso? – perguntou Trey.

A testa de Sasha enrugou-se num olhar que revelou que ela deveria ter mantido a boca fechada.

Ele manteve uma máscara de inexpressividade em vez de sorrir maliciosamente pelo deslize.

– O que você está fazendo aqui a essa hora da noite à caça de alguém com medo da lei, hein?

- Estou trabalhando. Então, que tal não interferir?

Agora ele estava aproximando-se.

– Que tipo de trabalho?

Ela respirou fundo, num movimento que deu vida à roupa de couro. Então explodiu num ataque de ira:

– O que o leva a pensar que tem o direito de saber qualquer coisa sobre mim ou sobre minha vida?

- Bem, eu só estou preocupado com você.

Ela riu, profundamente e com escárnio.

– Isso é bom – Sasha balançou a cabeça num movimento carregado de descrença. Seus cabelos da cor do pecado roçaram-lhe o corpo macio que Trey várias vezes naquela noite havia imaginado libertar das roupas... e imaginava novamente.

- É verdade, Sasha.

Ela permaneceu imóvel, olhando de relance para ele como uma mulher de negócios.

– Você perdeu a chance de se preocupar comigo há muito tempo, então não comece agora. Você tem sua vida exatamente do jeito que quer e eu tenho a minha – não há espaço para erros do passado.

Ele tinha uma vida, não necessariamente do jeito que queria, mas isso era culpa dele, não dela.

Trey sentiu vários predadores aproximarem-se. Virou-se para ficar na frente de Sasha e amaldiçoou seu descuido. Um trio de homens com vinte e poucos anos com casacos, tatuagens de punhais e sangue e atitude arrogante apareceu. Integrantes de alguma gangue violenta. Ele deveria ter prestado atenção em algo além de Sasha...

– Por que vocês, garotos, não descem a rua, hein?

Trey avaliou o homem que segurava uma arma, provavelmente, o líder. Cabelos loiros e lisos sobre os ombros largos e pesados anéis, como juntas de bronze, em cada dedo de uma das mãos.

– Comecem a caminhar na direção do cemitério, em silêncio – ordenou o líder, com o rosto marcado pela acne e desprovido de qualquer emoção.

Trey entrou na mente do líder e ouviu: *Eu vou gostar de fazê-lo assistir enquanto monto a sua vadia.*

A noite só melhorava a cada minuto. Trey rosnou. Ele não poderia usar seus poderes sobrenaturais para ferir aqueles caras. O código Belador exigia que fosse usada apenas força igual à de quem ele tivesse de enfrentar.

Sasha posicionou-se ao lado de Trey, mas ele empurrou-a para trás.

– Você precisa da minha ajuda – ela sussurrou drasticamente.

– Não, não preciso – respondeu Trey suavemente. – Se você se envolver, vai causar a morte de alguém.

– Posso escolher *quem* será morto? – ela murmurou.

– Você vai me fazer usar isso? – perguntou o loiro, mostrando a arma. Demonstrava muita segurança ao apontar uma arma para alguém desarmado.

– Se seu plano era irritá-los, funcionou lindamente – Sasha resmungou. – Dê-lhes dinheiro ou deixe-me ajudar.

– Não.

Trey virou os olhos. A mulher não percebera que ele poderia lidar com a situação sem que ela entrasse na briga? Ele amava aquele lado moleca que a impedia de ter uma crise de pânico, mas agora não era a hora de bancar a menina durona. Trey não podia explicar que não era o dinheiro, mas sim *ela,* o objetivo deles. Ele não tinha como saber ao certo o que aquela doida poderia fazer, então lançou mão de um poder limitado, que raramente usava.

Emanando sua energia para a mão do atirador que segurava a arma, Trey paralisou o dedo que estava no gatilho, forçando o pulso do assaltante a tremer. Todavia, ele não seria capaz de manter a conexão por muito tempo.

Rapidez e agilidade eram dádivas maiores do que sua capacidade cinética. O líder da gangue olhou para sua mão, que vibrava, os dedos em uma luta óbvia para combater o tremor involuntário. Ambos os capangas recuaram, lançando olhares assustados. A mão do loiro tremia mais intensamente.

– Dane-se isso.

O loiro agarrou o pulso da mão que segurava a arma, tentando firmá-lo enquanto recuava, com os olhos arregalados na direção de Trey. Seus dois companheiros apressaram-se em se afastarem também. Quando chegaram a uns quinze metros de distância, os três viraram-se e correram rua abaixo, desaparecendo no bosque que rodeava o cemitério.

Trey soltou a respiração e virou-se para Sasha. Ela permaneceu com uma mão no quadril:

- Teria sido mais inteligente entregar-lhes o dinheiro. Desde quando você se importa tanto com sua carteira?

Ele não moveria uma palha por causa de dinheiro ou de cartões de crédito, mas mutilaria corpos para manter Sasha em segurança. Trey deu de ombros.

- Eram apenas punks. Tinham uma arma, mas não ousadia.

- Foi isso que te ensinaram em Quantico?

Quantico não treinava agentes como ele. Trey preferiu não dizer nada em vez de mentir novamente para ela.

Sasha balançou a cabeça, abanando a cortina de cabelos negros sobre a pele, agora arrepiada com um calafrio.

– Foi interessante termos nos encontrado, mas tenho que me apressar.

– Você vai de carro para casa?

– Não. E eu ainda moro na casa da minha família aqui no centro. Até a próxima! – disse ela, afastando-se.

Tirando a jaqueta de couro, Trey pôs-se a caminhar ao lado dela.

– Vou acompanhá-la até sua casa.

Ele começou a cobrir os ombros de Sasha quando ela soltou um ruído de descontentamento, então parou e encarou-o:

– Veja bem, Trey. Não sou mais uma criança. Sou uma adulta capaz de cuidar de si.

Ele queria voltar ao tempo em que Sasha não era assim tão crescida, para acertar as coisas e tirar o tom de mágoa da voz dela. Em vez disso, olhou-a fixamente, da mesma forma que fazia com Beladors em treinamento, quando chamado para cumprir a função de instrutor.

– Vou acompanhá-la até sua casa, Sasha. Portanto, podemos ou ficar aqui pelo tempo que quiser, ou seguir na direção certa. A escolha é sua.

Ela retribuiu o olhar por dez segundos e, em seguida, emitiu um som de aborrecimento. Depois, afastou-se, contrariando a despedida dele ao perguntar:

– Por que você voltou para Atlanta?

Trey largou a jaqueta nos ombros dela e ignorou o som de descontentamento que ela lhe dirigia.

– Dando uma pausa.

Ele gostaria de ter mais tempo ali.

Se sua última operação não tivesse durado tanto tempo, ele teria voltado em setembro, como de costume. Até aquela noite, pensara que as viagens esporádicas para casa todos os anos, para ver como ela estava, eram tortura.

Nada disso. Ficar assim tão perto de Sasha novamente e não poder tocá-la estava rasgando-lhe as entranhas.

O cheiro familiar do perfume delicado dela afastava os anos e o tempo perdido. Queria abraçá-la uma vez mais e sentir aquela conexão que ele nunca tivera com outra mulher.

– Durante quanto tempo você vai ficar aqui, Trey?

Seria interesse na voz dela?

– Duas semanas... Bem, mais uma semana.

– Então você já está aqui há uma semana?

A pergunta tinha soado mais como uma declaração, e a desilusão não pôde ser disfarçada.

Trey gostaria de dizer-lhe quantas vezes a tinha visto, quantas vezes a tinha visitado, ainda que secretamente, mas absteve-se de cavar um buraco onde seria possível colocar um caminhão. Tentou mais uma vez descobrir o que ela estava fazendo de verdade:

– Por que você está caçando pessoas? Por acaso está trabalhando para a polícia?

– Nada disso – ela caminhou em silêncio por alguns minutos. – Sou uma detetive particular.

– Hum. Então, quem foi que assustei? Algum marido aprontando por aí?

– Não exatamente. Um cara qualquer – ela murmurou, virando à direita para descer a rua pouco iluminada por onde Trey poderia guiar-se ainda que estivesse cego. Folhas caídas, dispersas durante um outono de muito vento, cobriam as calçadas onde outrora ele havia passeado de mãos dadas com Sasha, antes de ter de que fazer a escolha mais difícil de sua vida. Ele sempre havia admirado as construções clássicas erguidas ali em outra época, a maioria das quais agora estava restaurada.

Nos degraus da casa vitoriana de dois andares que Sasha uma vez tinha lhe dito pertencer à sua família há três gerações, ela parou e virou-se para ele, com os saltos gastos das botas raspando, determinados, o concreto cru. As luzes vindas da varanda cobriram com um brilho sutil o balanço onde Trey dissera-lhe adeus.

A garganta dele fechou-se com a lembrança dolorosa.

Sasha levantou a mão de modo que ele pensasse que ia tocar-lhe o peito, e o desejo de que ela o fizesse esfaqueou-o profundamente. Mas, em vez disso, Sasha afastou os dedos para cima e para longe, tocando uma mecha de cabelos que ela torceu, como costumava fazer quando estava nervosa. Os dedos dele ficaram contraídos por terem perdido a sensação do cabelo macio de Sasha.

– Espero que a vida esteja te tratando bem, Trey. Agradeço sua ajuda esta noite com aqueles caras, mas, por favor, não volte, está bem?

Os olhos dela desviaram-se dos dele, voltando em seguida cheios de um brilho inquieto que disse mais do que as palavras.

Trey gostaria de saber o que ela estava realmente pensando, mas já havia se cansado de tentar, em vão, compreender a mente de Sasha, no passado. Aquele problema, sozinho, havia feito com que os destinos de ambos percorressem caminhos diferentes. Ele nunca poderia confiar seu coração a nenhuma mulher da qual não pudesse ouvir a verdade. Era imprevisível demais.

– Faça-me um favor, Sasha, e não saia sozinha por aí de novo perseguindo homens estranhos. Como você mesma disse, o dinheiro não é assim tão importante.

As sobrancelhas escuras dela juntaram-se em descrença.

– Não vou conseguir me manter nessa área durante muito tempo se não estiver disposta a correr alguns riscos e a sair depois de escurecer, não é mesmo?

– Você não sabe o que está caçando.

– Sim, eu sei. Um homem com informações.

Um homem? Trey queria sacudi-la. Ekkbar não era um homem, nem possuía alguma das qualidades humanas - como a compaixão, por exemplo. Ele faria mais do que ferir Sasha por tê-lo caçado. Ekkbar roubaria sua alma. Mas ela não acreditaria se Trey lhe contasse isso.

– Você não está treinada para lidar com essas... situações.

– Você não tem ideia de para que eu sou ou não sou treinada. Sou perita em tae kwon do, para sua informação.

– Eu só...

– Boa noite, Trey.

Sasha tirou o casaco e jogou-o para ele, então, virou-se e subiu os degraus de pedra sem olhar para trás. Enfiou uma chave na fechadura de bronze ornamentada, abriu a porta de vidro negro e desapareceu dentro da casa escura.

Ele teria que interromper seu trabalho se tivesse que encontrar Ekkbar antes que ela o fizesse para mantê-la segura.

Sasha prendeu a respiração até que entrasse em sua casa e, em seguida, deixou-se cair contra a porta, longe de seu centro de vidro em forma oval.

O gesso fresco tocando-a não aliviava em nada o calor que percorria seu corpo e atravessava sua pele.

Essa foi por pouco. Se Trey não tivesse incomodado-a no último minuto, ela poderia ter se complicado por pedir um beijo a ele... Ou apenas por roubar um. Inclinou-se para o lado e espiou enquanto ele se afastava. Seu casaco estava pendurado nos ombros largos, que pareciam caídos.

Será que ele estava arrependido por ter rompido com ela? Estaria ele desejando que ela quisesse vê-lo novamente? Ela queria.

Trey parou sob o poste na esquina, o feixe âmbar de luz delineando aqueles quase dois metros de pura masculinidade sexy que ela tinha perdido a oportunidade de ver ao seu lado quando acordasse. Talvez ele estivesse considerando voltar e puxá-la em seus braços para pedir uma segunda chance e...

Sasha perdeu-o de vista.

Virou-se novamente. *Sou patética*. Quando é que ela iria aceitar realmente que ele tinha ido embora e que não voltaria?

Maldito seja por ter estragado a busca dela esta noite.

Maldito seja por ter questionado suas habilidades.

E maldito seja por ter aquele sorriso de canto de boca e olhos verdes escaldantes que ainda faziam o coração tolo dela sucumbir. Sasha desejava que ele tivesse mantido o casaco no corpo. A última coisa de que ela precisava antes de dormir era encher a cabeça com o cheiro limpo e másculo do qual se lembrava vividamente daqueles dias em que vestia suas camisetas amarrotadas depois de horas fazendo amor. Como Trey pôde simplesmente aparecer naquela noite e começar a conversar com ela como se nada tivesse acontecido entre os dois?

Como se ele não tivesse passado dezenove meses incríveis com ela e, em seguida, apenas se afastado, dois dias antes de ela completar 21 anos, sem deixar qualquer pista que pudesse ajudá-la a entender as coisas.

Na verdade, ele *havia* sugerido: "Você vai encontrar alguém melhor".

Ela havia tentado. Caramba, como ela havia tentado e tentado e tentado preencher o vazio que ele deixara em sua vida e em seu coração. Mas o fato de Sasha ainda querer superar o que sentia por Trey não significava que ele pudesse reaparecer em sua vida e começar a dar-lhe ordens.

Deixe para um homem estragar um plano simples.

Sasha endireitou-se e forçou-se mentalmente a visualizar uma imagem forte. Quem era Trey para questionar suas habilidades e agir como se ela não pudesse cuidar de si mesma? Como se ela não viesse fazendo um ótimo trabalho ao longo dos últimos nove anos...

Dirigindo-se a uma mesa imperial de estilo clássico no hall de entrada, onde três globos de vidro translúcido do tamanho de bolas de pingue-pongue descansavam no centro do mármore marrom-claro, Sasha passou a mão sobre a superfície macia. Os globos voaram no ar. Ela elevou a palma de sua mão a poucos centímetros deles e, em seguida, mexeu os dedos.

As órbitas flutuantes brilhavam e giravam em círculos – sua versão pessoal de alívio do estresse.

E Trey achava que Sasha não estava preparada para o trabalho de detetive particular, hein? Bem, ele estava errado. Ela tinha mais do que alguns truques na manga.

Sasha acenou com a mão livre, telepaticamente trancando a porta da frente e apagando as luzes externas. Ela então se dirigiu para a cozinha, de onde uma luz vazava pela porta aberta.

– Onde você esteve esta noite? – sua irmã, Rowan, sentou-se à mesa-balcão da cozinha com uma caneca de chá que cheirava à mistura de framboesa e menta.

– No Black Fairy, procurando por Ekkbar.

Sasha baixou suavemente as bolas de vidro até a mesa. Então, sentou-se, colocando uma mecha de cabelo atrás da orelha.

– Você não devia ter ido à procura de Ekkbar sem mim.

Rowan recostou-se graciosamente, parecendo qualquer outra mulher atraente de trinta e poucos anos daquele bairro histórico. A não ser pelo fato de o rosto de Rowan ter exposto uma fragilidade que Sasha nunca tinha visto antes.

– Você não está em condições de me ajudar. Eu ficaria mais preocupada se alguma coisa pudesse acontecer com você – Sasha reparou no rosto magro e nos olhos cansados de Rowan. Sua irmã estava perdendo a batalha.

– Seus poderes ainda não são estáveis – lembrou-lhe Rowan com aquele tom de irmã mais velha, como quando havia dito a Sasha que ela era muito nova para usar maquiagem aos nove anos de idade.

– Tenho praticado. Na verdade, acho que estou bastante estável, e melhorando a cada dia.

– Sério? – Rowan sorriu com indulgência. – Então, por que os relógios aqui de baixo não estavam funcionando direito esta manhã?

O quê? Sasha voltou a pensar na noite passada. Será que ela poderia ter direcionado seus poderes ao lugar errado quando sentiu-se fisicamente cansada demais para andar pela casa e apagar as luzes? O levantar de sobrancelhas de sabe-tudo que Rowan ostentou confirmava que Sasha tinha sido pega. *Inferno.*

– Devo ter feito alguma besteira – admitiu Sasha, agradecida pelo fato de nada pior ter acontecido.

– Você não pode apenas acenar com a mão, querida. Tem que concentrar seus pensamentos. É por isso que Ek... bem, é isso que venho tentando te ensinar.

Sasha encolheu-se quando a irmã não terminou a frase: *É por isso que Ekkbar passou batido por você no cemitério.*

– Estou trabalhando nisso.

Sasha tinha praticado diariamente, antes de Rowan ficar doente, fazendo-a questionar se a bruxaria havia causado o comportamento bizarro da irmã. O clã delas havia se recusado a ajudar, acreditando que Rowan tivesse provocado aquilo a si mesma praticando a magia para o lado negro. Mas Sasha sabia que a irmã nunca teria feito isso.

Sasha não tinha muito tempo para praticar, se esperava salvar sua irmã. Passou a perguntar mais detalhes quando Rowan virou a cabeça. A colher que sua irmã estava segurando escorregou de seus dedos e espatifou-se no chão.

Ah, não.

– Rowan... Ei, irmã... – Sasha ficou tensa e amedrontada. A cabeça da irmã tombou para a frente, os olhos já não eram mais castanhos, mas de uma cor laranja brilhante. Lembrando o que tinha acontecido da última vez que Rowan tinha sido tomada pela loucura, Sasha levantou-se e recuou um passo.

Rowan moveu-se tão rapidamente que Sasha não teve chance de escapar antes de ser pega pela garganta.

– Não faça isso... – Sasha sufocava, agarrando os pulsos finos da irmã, agora fortes como aço.

– Encontre Ekkbar ou você morre, bruxa – Rowan ameaçou-a com uma voz aguda que fez com que calafrios percorressem a espinha de Sasha.

– Rowan, por favor... Sou eu... Sasha – ela balbuciou.

Os olhos de sua irmã oscilaram entre enlouquecidos e confusos.

– Pare... de me matar... – ela sussurrou com uma voz frágil. Levantando desesperadamente os dedos de Rowan, Sasha esforçou-se para respirar. Sua visão estava turva. O mundo ficou cinza.

Os dedos de Rowan soltaram-se no mesmo momento em que os olhos voltaram ao normal, mortificados.

– Ah, não! Eu sinto muito...

Liberta, Sasha cambaleou para trás. Rowan caiu a seus pés, chorando, finalmente livre do que quer que tivesse feito sua mente prisioneira. Ofegante, Sasha massageava sua garganta dolorida. *Meu Deus, como vou ajudá-la se ela me matar?*

Raiva e mágoa atrapalharam suas emoções, mesmo que ela não acreditasse por um minuto sequer que Rowan a machucaria intencionalmente se não estivesse possuída.

Sasha agachou-se e agarrou os braços da irmã, ajudando-a a se levantar.

– Sinto muito por tê-la machucado – lágrimas escorreram dos olhos de Rowan.

– Eu sei, querida – Sasha demonstrou compreensão, sentindo-se mal pela irmã, apesar do que havia acontecido.

Normalmente, Rowan não era uma ameaça quando dormia. Parecia pior depois de dormir, mas perdia o apetite e a força quando não descansava – uma batalha feroz, de qualquer maneira.

– Por que você não se deita um pouco?

Quando chegaram ao quarto no alto das escadas, Sasha ajudou a irmã a deitar-se cama. Em seguida, deu-lhe um par de fones de ouvido. Rowan acreditava que música relaxante pudesse ajudá-la, mas Sasha já começava a se perguntar se a música soava como a trilha sonora de *O exorcista* na mente de sua irmã.

Depois que Rowan adormeceu, Sasha voltou ao andar de baixo para continuar sua pesquisa na internet sobre possessão demoníaca, já que seu clã havia proibido qualquer um de ajudá-las.

Com seu irmão, Tarq, fora da cidade, em um lugar qualquer onde não era possível fazer contato, Sasha estava vagando sozinha.

Nem mesmo Trey pode me ajudar. Ela parou na parte inferior da escada, desejando que pudesse voltar nove anos atrás.

Sasha queria mais uma vez senti-lo dentro de si. E, Deus, queria mesmo acordar junto a ele. Se Trey lhe oferecesse isso, Sasha o deixaria retornar à sua solteirice e ao seu precioso trabalho secreto, sem uma palavra sequer. *Tenho mais com que me preocupar do que o quanto eu o quero de volta.*

Curar Rowan vem em primeiro lugar.

Até lá, Trey já terá ido para outra década. Sasha suspirou. É melhor que ele parta do que tê-lo ali como uma distração.

Se não ficasse focada em manter-se camuflada da maneira que Rowan havia lhe ensinado, Sasha iria acabar se expondo a Ekkbar antes que estivesse pronta. O servo poderia não ser confiável. Depois que ela tinha ajudado o filho da mãe a abrir um portal entre o mundo dele e o dela, tinha deslizado por ele e corrido para longe do cemitério em um borrão de névoa pungente.

Ele não iria longe, não depois de negociar por meio de sonhos uma chance de viver aqui e agora... Como um ser humano de sangue vermelho do sexo masculino, com capacidade sexual completa novamente. E ela havia sentido naquele bar uma energia definitivamente má. Tinha de ser Ekkbar, à espreita. Ele provavelmente pensou que poderia prendê-la com sua antiga magia hindu e fazer dela sua serva.

Ekkbar era um tolo por subestimar uma bruxa de décima geração. Quando Sasha deixasse cair seu manto protetor, ela teria Ekkbar encurralado e pronto para pagar por ter sido trazido do Monte Meru à frente no tempo.

Ele *iria* curar a loucura de sua irmã.

– Ekkkkkkbaaarrrr! – trovejou através do mundo de pedra e bruma abaixo do Monte Meru.

A voz de Batuk percorreu o grande salão, tateando ao longo de caminhos e túneis em busca de seu servo.

Os músculos do guerreiro apertaram-se duramente com a necessidade de matar, a imagem constante em sua mente desde que fora amaldiçoado e forçado a viver debaixo daquela montanha com seus soldados e suas famílias. Ele nunca deveria ter confiado em

Ravana, que tinha oferecido a Batuk e a seu povo a vida eterna, se ele jurasse fidelidade ao deus hindu demoníaco.

Segurando as duas serpentes verdes suavemente entalhadas na malaquita e que serviam como braços de seu trono, Batuk rugiu em frustração. As serpentes ganharam vida, sibilando. Chamas lamberam as pontas de suas línguas bifurcadas.

Paredes de pedra na alta e enorme sala brilhavam em vermelho vivo como uma brasa adormecida respirava a vida, então, se acomodaram em seu estado de fusão normal, roxo, que deixou o ar frio como um congelante inverno. Criadas e meretrizes correram da sala. Soldados que descansavam na companhia de concubinas simplesmente levantaram um respeitoso olhar em sua direção e, em seguida, retornaram à sua atividade, após ganharem uma pausa do treinamento.

Batuk lançou um olhar de raiva e apoiou-se em seu trono. Houvera um tempo em que vivera uma vida de carne e osso como um reverenciado guerreiro Kujoo, alguém que seus guerreiros temiam e que as mulheres adoravam. Um tempo em que tinha amado uma mulher mais do que todas as outras... A razão pela qual havia levantado a espada contra os Beladors. Que pecado teria ele cometido para acabar num lugar pior do que Fene, para onde os condenados eram enviados após a morte? Nenhum, até onde podia considerar.

Ele apenas tinha confrontado os Beladors para recuperar o que lhe pertencia por direito. Por isso e porque ele havia confiado na avaliação de Ekkbar sobre a oferta de Ravana. Onde estava o seu servo? O mago raquítico tinha jurado que estava perto de encontrar uma maneira de livrá-los da morte, ou Batuk nunca teria dado permissão ao tolo de experimentar um novo encantamento. A última tentativa de Ekkbar havia infestado o lar submundano com almas perdidas gritando incessantemente em sofrimento, até que ele inventou uma maneira de tirá-las dali.

Exterminar roedores em uma pilha de esterco infestada teria sido mais fácil. O cheiro que os condenados deixaram para trás permanecera no ar por décadas.

Se o idiota errasse novamente, Batuk iria... o quê?

Ele já tinha neutralizado a praga repugnante em sua existência.

Uma bola de fumaça rolou sala adentro, dividindo o fino nihar – um véu de bruma de cheiro pungente que flutuava na altura do peito. Parou diante de Batuk.

Ekkbar apareceu de joelhos, com a cabeça baixa e as mãos em súplica.

Batuk quase riu. Nenhum Deus ouvia as orações de condenados.

– Onde você esteve, patife? Eu te chamei por horas.

Suas unhas afiaram-se e curvaram-se em garras de aço com o desejo de rasgar uma garganta. A de Ekkbar.

– Meu senhor, meu senhor – Ekkbar começou com seu modo ecoante, com sua voz humilde. – Acabei de despertar depois de ter sido ferido sem misericórdia, sem qualquer misericórdia.

Batuk afastou uma mecha de cabelo trançado de seu rosto, esperando que o eunuco levantasse o olhar leitoso e amarelado. Apenas Batuk e seus soldados de elite Kujoo tinham pupilas duplas, cada uma rodeada por um anel de um dourado intenso, que os marcava como amaldiçoados.

O quê? Será que Ravana achou que eles esqueceriam? Era muito improvável que qualquer um deles pudesse se esquecer daquele poço abandonado.

Ekkbar enrugou as sobrancelhas com sofrimento dissimulado. Ele mentia com a habilidade de Ravana. Mas, ao contrário do deus demoníaco que estava a salvo das consequências, seu servo não estava.

– Meu senhor, meu senhor, vejo que não acredita em mim, mas digo a verdade – Ekkbar cruzou os braços delicados na frente de seu peito nu e ossudo numa tentativa infantil de demonstrar indignação.

Tochas dançaram em sua cabeça brilhante envolvida com uma bandagem de pano.

– Acabei de encontrar uma maneira de sair desta...

– O quê? – Batuk inclinou-se para a frente, não acreditando em seus ouvidos.

Poderia o tolo realmente libertar o seu povo daquele inferno?

– Como eu estava dizendo... – Ekkbar ajeitou-se. Suas calças de seda verde-jade eram refletidas pelo chão de pedra polida – Acredito ter encontrado uma maneira de sair daqui, mas...

– Mostre-me agora! – Batuk berrou.

Ekkbar franziu a testa. Seus olhos voltaram-se em direção ao céu que nenhum deles jamais veria, e então tornaram a Batuk.

– Meu senhor, meu senhor, se me permitir concluir, posso explicar a todos.

– Cuidado para não tomar esse tom, pagará o preço.

– O que mais você poderia tirar de um homem que já não pode mais deitar-se com uma mulher? – ele reclamou.

– Você se arrisca a descobrir, aumentando minha ira?

Ekkbar murmurou algo, indignado com a ingratidão dos senhores guerreiros e com tudo o que já tinha feito.

Batuk fantasiou livrá-los ambos de suas misérias, acabando com a irritação, mas ninguém de seu povo poderia morrer enquanto vivesse sob o Monte Meru - uma verdadeira maldição, uma vez que ninguém jamais tinha envelhecido um dia sequer depois de ali chegar.

Mas eles *poderiam* sentir a dor de sua espada.

Batuk suspirou pesadamente.

– Termine seu relato, mago.

Ekkbar endireitou as costas magrelas e recomeçou:

– Encontrei uma ligação, sim, uma conexão com o mundo exterior. Uma bruxa ouviu meus gritos e comunicou-se comigo. Expliquei o meu, quer dizer, o nosso, sim, o nosso terrível dilema e pedi sua ajuda, jurando que Vossa Alteza retribuiria generosamente. Ela concordou em me ajudar a abrir um portal através do qual pudéssemos viajar ao seu mundo. Enquanto estava experimentando, com todas as intenções de entrar em contato com Vossa Alteza assim que pudesse garantir sucesso, fui cruelmente atacado. De forma realmente cruel. Quando acordei, o caminho tinha desaparecido.

– Quem fez isso? – gritou Batuk, vibrando com a necessidade de esmagar um crânio. – Quem teria arruinado sua chance de escapar?

– Eu... bem, eu acredito que tenha sido um de seus soldados de elite. – Ekkbar tocou-lhe a cabeça numa tentativa vã de despertar pena.

– *O quê?* – a elite de Batuk daria suas vidas por seu senhor e por seus protegidos. – Quem? – as paredes brilharam novamente com seu rugido. O calor transformou o nihar em vapor.

– Vyan. Encontrei o escudo dele na sala quando acordei – Ekkbar começou a torcer as mãos. – Meu senhor, ele deve voltar.

– Não.

A pele sem viço de Ekkbar empalideceu até atingir um cinza manchado.

– O quê? Vyan foi possuído por uma necessidade ardente de vingança. Ele está furioso por ter perdido sua esposa e família nas mãos de Beladors. Irá atrás do líder Belador, certamente o fará. E sabe o que isso significa? – Ekkbar tremia. Seus olhos transformavam-se em branco puro.

– Sim. Isso significa que, se for bem-sucedido, Vyan terá encontrado uma saída para todos nós, e não apenas para si mesmo, como você obviamente estava tentando fazer.

– Não é verdade, não é verdade! Eu simplesmente planejei testar o caminho antes de convidá-lo a indignar-se por ter fracassado – lágrimas douradas translúcidas foram derramadas pelos olhos de Ekkbar.

– Mas e a maldição? Se começamos uma guerra novamente seremos enviados a Fene por mil anos!

Batuk não podia ver muita diferença entre Fene e onde viviam agora, com exceção dos fogos eternos e da escravidão sexual a que seriam submetidos pelas criaturas perversas. No entanto, ele preferia desfazer-se de sua própria humanidade do que se submeter àqueles seres.

– Vyan é um dos meus melhores estrategistas. Ele tem um plano, sem dúvida. Se for bem-sucedido em matar Brina, a líder Belador, seremos libertados. Ravana jurou que, se fôssemos atraídos para uma batalha e conseguíssemos a cabeça do líder do exército, ele nos devolveria ao mundo superior e forçaria a deusa celta Macha a provar sua honra, enviando os Beladors à sua sorte sob Monte Meru para quebrar a trégua.

Os lábios finos de Ekkbar escancararam-se.

– Eu não entendo.

– Você disse que uma bruxa o chamou.

Batuk olhou para o nada, calculando.

– Não exatamente – Ekkbar murmurou.

– Isso prova que *nós* não incorremos neste problema. Você me disse que, da última vez que sonhou com o mundo exterior, os Beladors habitavam todos os continentes. Vyan vai encontrar uma maneira inteligente de provocar uma batalha e derrubar-lhes o líder. Se ele for bem-sucedido, vamos finalmente voltar a respirar ar em nossos pulmões, vamos nos reproduzir, prosperar e viver de novo como uma poderosa civilização – Batuk baixou seu olhar para o servo. – E se Vyan falhar, vou dizer a Ravana que você enganou meu soldado, já que ele me encarregou de você. O deus demônio sem dúvida nenhuma mostraria seu desprazer pelo erro que cometeu ao permitir que você vivesse.

Batuk recostou-se, sentindo uma sensação de calma da qual não desfrutava há séculos. Uma vez libertos dessa maldição, Batuk não deveria fidelidade a ninguém mais, ninguém além de seu povo. Iria desencadear o terror no novo mundo como ninguém nunca tinha visto antes.

2

TREY ESTACIONOU SEU FORD Bronco 1974 na calçada em frente à casa de Sasha. Seu plano tinha falhas – como confiar na cooperação dela –, mas foi o melhor que ele pôde criar assim tão rápido.

Saiu do carro e subiu os degraus da varanda para bater à porta.

O som fraco de passos aproximando-se dentro da casa alcançou-lhe os ouvidos pouco antes de a porta abrir-se lentamente. Sasha estava usando uma camiseta desbotada, que ele suspeitou ser muito parecida como uma que costumava ser sua, e tinha uma expressão carrancuda. Os olhos dela estavam inchados de exaustão e os cabelos, desarrumados, como se ela não tivesse dormido bem.

Mas, caramba, que bela primeira visão do dia...

– Eu te acordei? – perguntou, forçando-se para trás por obrigação.

– Não, eu apenas ainda não tomei banho. Por que você está aqui? – ela resmungou, antes de correr os dedos pelos cabelos.

– Quero contratá-la.

– Me contratar para quê? – ela retrucou.

– Para encontrar alguém.

– Estou com a agenda lotada – ela tentou fechar a porta, mas Trey bloqueou-a com a mão grande e máscula.

– Não podemos conversar um minuto?

– Como eu disse, estou com a agenda lotada, o que significa que estou ocupada demais para pegar um novo caso – seu olhar fugiu do dele, vagando como se ela procurasse por um pensamento. – Tenho uma tonelada de coisas para cuidar hoje.

Ele duvidou que aquela fosse a razão. Era provável que Sasha precisasse dormir durante o dia, já que seu cliente provavelmente a havia informado de que Ekkbar preferia circular durante a noite. Trey queria, primeiro, o nome do cliente... E, depois, sua cabeça.

– Vamos, Sasha. Preciso de uma ajuda.

– Não.

Ela sorriu de um modo maldoso, permitindo que ele se desse conta de que ela gostara da chance de usar essa palavra. Ele merecia aquela rejeição, mas a culpa não o impediria de seguir com seu plano. Trey deu um passo à frente e agora seu pé também bloqueava a porta. Quando ele inclinou a cabeça para baixo, ela curvou o pescoço para trás numa tentativa de enfrentá-lo. Ela cheirava exatamente como ele sempre lembrava – um aroma delicado e com uma nuance floral, com um toque selvagem que o deixava embriagado.

– Eu só quero conversar por um minuto – ele pressionou, esperando que não tivesse destruído completamente tudo que havia entre eles.

– Deveria ter tentado nos últimos nove anos.

Trey esforçou-se para não estremecer, desejando que uma de suas viagens até a casa dela pudesse ter reparado o dano que sua partida causara.

O que ele teria dito? "Desculpe, Sasha, mas dediquei minha vida a enfrentar seres não naturais?" Era melhor sofrer em silêncio do que expô-la ao seu mundo. Além disso, ele cortaria um de seus braços antes de partir o coração de Sasha uma segunda vez, quando tivesse de ir embora novamente.

– Eu estou pedindo, como um amigo, por alguns minutos – Trey implorou.

Ele acamparia na varanda de Sasha se ela ainda o recusasse depois de ouvir sua proposta inteira. Precisava de sua ajuda para mantê-la segura.

– Tudo bem – ela bufou. Em seguida, deu um passo adiante, forçando-o a recuar.

Sasha fechou a porta e escapou em direção ao balanço que havia sustentado muitas visões de tempos passados.

Mas ele não podia ser exigente agora.

Trey sentou-se sobre as desgastadas ripas de carvalho. Tal como as células de memória voltando à vida, seu corpo reagiu com Sasha tão perto, o que fez seus batimentos cardíacos acelerarem. Ele daria tudo para segurá-la nos braços e saborear-lhe dos lábios carnudos uma vez mais.

– Então, o que eu poderia fazer que sua agência secreta sobrenatural não pode? – ela queria saber.

Ele antecipou-se a essa pergunta.

– Preciso encontrar um informante para um objetivo pessoal. Não posso envolver minha agência.

– Por que não contratar uma agência de investigação pessoal mais bem estabelecida? Estou apenas começando neste ramo – ela tocou com os pés o chão de madeira da varanda, dando ao balanço um pequeno empurrão. O movimento suave fez seus cabelos voarem soltos contra o rosto delicado.

Trey lutou contra o desejo de alcançá-los e penteá-los de volta. Em vez disso, todavia, respondeu:

– Confio em você.

Ela parou de movimentar o balanço. Seus olhos se apertaram.

Trey não precisava de poderes telepáticos para entender, certo como o inferno, que Sasha não confiava nele depois de ter rompido com ela.

Sasha pulou do balanço.

– A confiança é uma comodidade superestimada – disse ela, com a impertinência de uma mulher injustiçada. – Boa sorte na busca por sua pessoa – completou, correndo para a porta.

– Faça como quiser, mas vou pagar bem para encontrar Ekkbar.

Sasha fez uma pausa, com a mão na maçaneta da porta.

– *Quem*?

– Um cara hindu que diz se chamar Ekkbar. Deveria estar em Atlanta esta semana. Disseram-me que ele tem as informações de que preciso.

Ela se virou.

– Que informações? Quem disse isso?

– Não posso contar tudo isso a você – ele se esquivou, na esperança de alimentar o interesse que fervia nos olhos dourados de Sasha.

– Você e seus segredos – ela murmurou e, em seguida, desviou o olhar e suspirou profundamente. Quando voltou os olhos para ele, estava claramente em um dilema.

– Como é que nós vamos encontrá-lo se você não vai compartilhar as informações?

Nós? Ele a tinha pego.

– Eu vou compartilhar tudo o que puder. Há rumores de que ele estará nos arredores do parque Piedmont esta noite.

– Sério? – ela fechou os lábios como se tivesse percebido que seu entusiasmo tinha sido um erro. – Por que não vai procurá-lo sem mim?

– Será mais fácil investigarmos se formarmos uma equipe. Não é tão rápido seguir uma dupla quanto é seguir um rastro único.

Ela bateu uma unha roxa realmente sexy contra a porta, pensando. Então, respirou fundo.

– Está bem, mas apenas por uma semana. Se não o encontrarmos depois disso, estou livre do contrato.

– Isso me parece bastante justo. Venho buscá-la às cinco.

Trey esperava localizar Ekkbar e enviá-lo de volta para debaixo do Monte Meru até o dia seguinte. Nesse meio tempo, seu contrato de investigação pessoal fictício iria manter Sasha perto o suficiente para que ele pudesse protegê-la das garras do mago notório.

Para Trey, o único problema seria mantê-la longe das mãos dele mesmo.

Ekkbar olhou para uma poça de água escondida sob o Monte Meru, uma poça que ele havia localizado na primeira semana em que esteve ali. Movimentou a mão no ar, afastando o nihar. Quando a névoa dissipou, cantou em sua língua nativa, o hindu, palavras conhecidas apenas por feiticeiros ancestrais.

Ele tinha que localizar o soldado miserável de Batuk, Vyan.

Aquele cão imundo havia arruinado os planos de Ekkbar, destruído sua chance de escapar. Agora tudo dependia do sucesso do soldado de elite.

Mas, como poderia Vyan, com seus poderes escassos, derrotar um Belador ou mesmo uma dupla de bruxas? Ekkbar tinha que descobrir alguma forma de ajudar o intruso miserável. Mas primeiro precisava encontrá-lo.

A água negra começou a se movimentar, agitando suavemente a pequena piscina. Ekkbar estendeu o pescoço à frente, cerca de um metro, até que pudesse olhar para dentro da água revolta.

Uma imagem formada por edifícios e carros que Ekkbar já tinha visto antes, quando ele olhou para o futuro, apareceu. Vyan provavelmente estava escondido, tomado por medo. O soldado entrou na imagem, amontoado em um quarto escuro, exatamente como Ekkbar esperava. Raios de luz solar atingiam-lhe o rosto, vindos das frestas da janela pelas quais espreitava, enquanto o sol se desvanecia, mergulhando atrás das árvores e envolvendo a terra em escuridão.

Vyan ficou parado. Usava roupas estranhas e não mais o manto de peles curtidas de um guerreiro. Batuk tinha razão sobre a astúcia de Vyan. O soldado estava semelhante a outros do século XXI. Mesmo o cabelo na altura dos ombros e duas pequenas tranças na lateral de seu rosto eram daquela época. Vyan pendurou sua espada no lugar.

Ekkbar fez uma careta para a ignorância do guerreiro enquanto Vyan cobria a espada com um casaco comprido.

– O tolo está perdendo seu tempo se pensa que uma espada irá matar um Belador.

Ekkbar estendeu um braço para tocar a cabeça do guerreiro, esfregando a superfície lisa com preocupação. Ele estaria condenado se o melhor plano do maldito dependesse de uma lâmina.

Quando Vyan alcançou o interior de sua bolsa e retirou uma pedra multicolorida, Ekkbar engasgou, amaldiçoando o ladrão. Em seguida, inclinou-se para confirmar que estava correto: o soldado de elite de Batuk segurou a arma que poderia garantir o seu sucesso – isso se Vyan não destruísse o mundo por descuido ao manejar a pedra mágica de Ngak.

Trey estacionou ao lado da calçada da 10th Street e, em seguida, contornou a caminhonete. A minissaia de couro que Sasha estava vestindo nunca permitiria que ela descesse aquele degrau com modéstia.

Ela abriu a porta.

– Como você pode ter certeza de que Ekkbar está aqui?

Trey pegou-a pela cintura e baixou-a lentamente entre o próprio corpo e o veículo. Seu olhar mergulhou no decote de seu top violeta e preto de renda que mostrava uma fenda onde ele definitivamente gostaria de mergulhar a língua.

Será que ela ainda gostava de ter os mamilos...

– Trey, você me ouviu?

Quase nada. O sangue rugia através de seus ouvidos pela imagem que seu último pensamento havia formado.

– Minha fonte é bastante confiável – respondeu ele, fechando a porta e segurando a mão de Sasha.

Ambos os lampejos de consciência bem-sucedidos dele tinham vindo naquela manhã de andarilhos da noite – vagabundos que tinham morrido durante desastres naturais, como tempestades violentas ou nevascas intensas, e que, desde então, viviam como almas torturadas no mundo intermediário entre a vida e a morte. Nada de novo adentrava um território sem chamar-lhes a atenção, mas tudo o que podiam fazer era informar.

Infelizmente, andarilhos da noite não tinham uma relação de fidelidade com nenhum dos dois lados da vida e tampouco possuíam algum código moral. Eles haviam fornecido informações em troca de um aperto de mão com um ser sobrenatural. Quanto mais longo o aperto de mão, por mais tempo eles poderia permanecer com um corpo sólido – muito mais desejável do que uma forma vaporosa, já que podiam beber uma garrafa de vinho como um morto-vivo sedento.

– Você sabe qual é a aparência desse cara?

Feliz com a mudança de assunto, Trey assentiu.

– Sim. Um cara baixo, com pouco mais de um metro e meio de altura, de aparência frágil, calvo e com um nariz grande em forma de gancho e... olhos estranhos.

– E o que vai fazer quando encontrá-lo?

Trey gostaria de saber por que ela queria encontrar Ekkbar.

– Eu só quero fazer algumas perguntas a ele – a não ser que o amaldiçoado hindu chegasse perto de Sasha. Se isso acontecesse, então Trey partiria o filho da mãe em milhões de pedaços.

– Temos que nos comportar naturalmente, e não parecer agentes disfarçados.

Ele observou enquanto se aproximavam de um estádio à sua direita, onde tinha participado de alguns poucos jogos de futebol. Adentrou o parque Piedmont, guiando-os para o caminho de concreto que serpenteava ao longo do parque, onde ele e Sasha costumavam correr juntos.

Seu subconsciente questionou o real motivo de ter levado Sasha até lá.

Está bem, ele queria passar um pouco de tempo com ela naquela noite. Que mal haveria em conversar? Ele já tinha perdido tudo, portanto...

– Eu queria que fosse verão – refletiu Sasha, tirando Trey de seus pensamentos.

Ele sorriu quando chegaram à ponte, onde ela sempre admirava buquês espessos de flores amarelas durante o verão.

Um homem de meia-idade que vestia um casaco puxou a coleira de seu beagle para manter o cão longe de uma cama de amores-perfeitos. Trey manteve os olhos em volta deles, embora poucas pessoas saíssem assim tão perto da meia-noite.

– Já fazia um bom tempo que não vinha aqui – ela murmurou depois que eles atravessaram a ponte e aproximavam-se da passagem de pedra e tijolo decorada com azulejos de cerâmica e fracassadas tentativas de grafite.

Estaria ele inconscientemente levando-os para o lugar onde havia roubado de Sasha o primeiro beijo?

Talvez.

Provavelmente. Mas isso não lhe dava licença para fazê-lo novamente.

Então, pare de pensar em como ela fica atraente usando couro e renda.

Trey agarrou-se a um novo assunto:

– Como está sua família?

– Continua sendo o mesmo grupo disfuncional que você conheceu, só que agora não tenho que lidar com eles diariamente. Rowan vive comigo.

– Vou ter que falar um "oi" quando levá-la pra casa.

Sasha segurou-se antes de gritar "não" a Trey. Ela podia imaginar Rowan voando na garganta dele, tentando matá-lo.

– Ela está um pouco fora de si ultimamente.

– Sinto muito por ouvir isso.

Os olhos de Sasha inadvertidamente deslizaram para a boca dele. A mesma boca que podia ser dura num minuto e delicada no instante seguinte. Trey estava enlouquecendo-a. Como ele podia ser tão indiferente depois de ela ter se vestido especialmente para ele? Ele não podia prestar um pouco de atenção e flertar com ela? O ego de Sasha poderia aproveitar o impulso. Trey era todo negócios. Ela também poderia ser... se conseguisse parar de pensar no fato de que teria apenas uma noite com Trey e queria aproveitar um pouco aqueles momentos. Era pedir muito?

Uma noite por causa de Ekkbar. Aquele verme viscoso deve tê-la visto com Trey na noite anterior e estava brincando com ela. Ele era melhor relacionado do que ela esperava.

Trey parou perto da travessia da antiga ponte do parque Drive. O mesmo local onde eles tinham compartilhado um primeiro beijo. Cada uma das células racionais de seu cérebro disseram a ela para dar meia volta e ir embora, para longe de Trey.

Mas todos os nervos de seu corpo estavam fazendo um ótimo trabalho para convencê-la de que poderia resistir a um beijo sem entregar o coração novamente. Ela era uma adulta desta vez, uma adulta que deveria ser capaz de convencer um homem a beijá-la – ou mais que isso – e então seguir a vida.

Sasha não se importaria de ter uma noite empolgante de "algo mais", mas as chances de isso acontecer eram provavelmente tão grandes quanto as de convencê-lo a permanecer após o fim daquela semana. Trey parecia estar fazendo o reconhecimento da área, sem prestar nenhuma atenção a ela. Sasha poderia melhorar a situação.

Ela esticou os braços acima da cabeça e suspirou profundamente, fazendo com que seu top tremeluzisse à luz ambiente. Mexeu o traseiro envolto em couro.

Os olhos de Trey chicotearam os dela. O olhar dele movia-se com ardor conforme percorria cada curva abaixo do pescoço de Sasha.

Então ele não era tão indiferente como pareceu ser. Bom começo. Quando Trey lançou um olhar desconfiado de volta ao rosto dela, Sasha ofereceu sua expressão inocente e fez uma careta, como se o movimento tivesse causado dor.

– Você está bem? – suas sobrancelhas uniram-se.

– Eu torci... aqui em baixo – disse ela. Em seguida, esboçou outro suspiro e exalou, torcendo-se para arquear as costas. – Você poderia... esfregar?

O pomo-de-adão de Trey flutuou para cima e para baixo, engolindo.

– Esfregar o quê?

Sasha deveria sentir-se culpada, e não encorajada.

– Minhas costas. Passo muito tempo sentada diante do computador todos os dias.

Ela se virou.

Nada aconteceu no início. Sasha permaneceu de costas para ele, sem vontade de desistir agora. Trey segurou-a delicadamente na cintura com as duas mãos e começou a movimentar os polegares grandes lentamente em cada lado de sua coluna vertebral. O toque daquele homem enviava ondas de calor por toda a pele sensível e macia de Sasha. Ela queria gemer com a sensação incrível das mãos dele, queria mais do que isso. Quando os dedos de Trey alcançaram-lhe os ombros, ela se virou. Seu peito estava a um palmo do dele.

– Meu irmão costumava me abraçar e estalar minhas costas. Acha que poderia fazer isso? – ela deixou transparecer inocência e manteve uma expressão séria. Atitude difícil de ser sustentada quando ela queria que as mãos dele estivessem entre as suas pernas.

Trey envolveu-a em um abraço que enviou os pensamentos dela de volta para quando ela se dirigia a ele para escapar de uma família atormentada por problemas, para o conforto e... para o amor.

Lentamente ergueu-a contra si. Quando o quadril dela encontrou o dele, Sasha sentiu uma prova sólida de que Trey estava tão afetado por tocá-la quanto ela estava pelas mãos dele.

Ah, sim, muito, muito afetado.

Ele gemeu, aproximando-se dos cabelos dela. O hálito quente de Trey roçou-lhe a pele.

Sasha passou os braços em volta do pescoço dele e beijou-lhe a garganta. Depois, contornou com a língua o lóbulo de sua orelha.

Ele estremeceu e virou o rosto em encontro ao dela, fazendo uma pausa de um segundo fugaz antes que sua boca capturasse os lábios de Sasha, que esperavam pelo beijo poderoso e repleto da saudade que derreteu-lhe o coração. Ninguém nunca a tinha feito sentir algo próximo a isso em todos aqueles anos. Ela havia crescido e deixado para trás a aparência moleca que tinha nos seus vinte e poucos anos, mas Trey sempre a achara atraente. Enquanto outras mulheres se sentiriam intimidadas pela estatura dele, Sasha gostava de um homem que a fizesse sentir-se feminina.

A boca de Trey alimentou o calor latente que ela nunca pensou que sentiria novamente. Até agora. Sasha queria aquele homem, ansiava por ele como por uma droga. Longos dedos de uma mão enterraram-se em seus cabelos, segurando-a como se ele achasse que ela pararia. De jeito nenhum. Ela o queria aqui, agora, em qualquer lugar. A boca dele pediu por mais, acariciando com a língua cada centímetro da boca dela. Trey estendeu a mão e roçou um dedo num dos mamilos de Sasha, entumecido através do tecido.

As coxas dela reagiram, apertando-se, úmidas e prontas para ele.

Por que ela nunca havia se sentido assim com outro homem?

A mão dele segurou-lhe as nádegas e levantou-as. Em um movimento tão natural quanto respirar, as pernas dela envolveram a cintura dele, desejando abrir-lhe o zíper para que ele pudesse imediatamente penetrá-la.

Trey rosnou com o contato entre eles, como se não acreditasse no que estavam fazendo. Ela apertou as pernas com mais força e esfregou-se contra a saliência grossa de seu membro rígido.

Ela sorriu, mais feliz do que jamais havia sido.

– Trey, eu quero...

Uma força puxou-a para trás. Sua mente confusa lutou, passada aquela névoa sensual. Que diabos estava acontecendo? Outro puxão interrompeu o beijo.

– Alguma coisa me puxou – ela deixou escapar.

Seus olhos encontraram os de Trey. A fúria emanando no olhar dele a deixou sem fôlego. Ele avançou sobre ela e passou um braço em volta da cintura de Sasha, puxando-a de volta ao seu peito com um aperto firme. Com os pés bem plantados no chão, Trey empurrou seu outro braço para cima, com a palma da mão para fora.

O vento agitou o parque, chicoteou os cabelos de Sasha. Ela acompanhou o olhar de Trey para ver o que ele encarava com sangue nos olhos.

Acima deles, em uma das extremidades da ponte do parque Drive, estava a silhueta de um homem. Raios vermelhos se acenderam por toda parte, destacando as árvores gigantescas que se erguiam em torno dele e realçavam-lhe o corpo, que tinha bem mais de dois metros de altura. Aquele cara era maior do que Trey, e seu olhar era letal. Os cabelos na altura dos ombros e o longo casaco esvoaçavam para a frente e para trás, diante do vento trapaceiro que havia surgido do nada. O restante de seu corpo permaneceu rígido como uma estátua, um braço estendido com uma pedra que brilhava em muitas cores na palma aberta de sua mão.

Aquele não poderia ser Ekkbar. A descrição de Trey do mágico raquítico tinha batido com a dos sonhos de Rowan. O indivíduo louco ergueu a pedra e gritou:

– Ela é minha, Belador. Devido a uma dívida de sangue.

Uma força mais intensa puxou o corpo rígido de Sasha. Ela gritou e agarrou Trey, aterrorizada pela ideia de perder o contato com ele. Como ele a segurava contra o poder de um mágico? O corpo musculoso de Trey vibrou com a tensão.

Sem tempo para questionar o que estava acontecendo, Sasha procurou uma maneira de ajudar. Pássaros alvoroçaram-se entre as árvores em cada lado de quem estava atacando-os, as costas iluminadas pela aura vermelha. Ela concentrou-se e começou a entoar:

– Elementos, escutai, vosso poder eu busco...

Sua voz tornou-se abafada com o rugir do vento.

Um estrondo rompeu o ar. Em seguida, outro.

Ela olhou com terror enquanto duas árvores desabaram, quase atingindo o homem estranho.

A atração magnética libertara-se.

– Espere – Trey puxou-a para perto, e então correram.

Sasha agarrou-se a ele, com o coração batendo contra suas costelas. Ela abriu os olhos para ver se o lunático estava perseguindo-os, mas nenhum ser humano poderia tê-los seguido na velocidade em que Trey se movia. Antes que ela respirasse três vezes, ele empurrou-a para dentro do Ford Bronco, deu a partida no motor e arrancou do estacionamento.

Sasha não soltou-se da porta até que tivessem passado pelo Carter Center, chocada enquanto estudava o perfil de um homem que ela pensava conhecer. Mas o brilho feroz nos olhos dele naquela noite havia sido tão estranho para ela quanto assisti-lo lutar contra um ser sobrenatural.

– Hum, Trey – ela começou com cuidado. – Quer conversar? – Será que ele achou que poderia simplesmente levá-la para casa depois daquilo, e sem dar nenhuma explicação?

Os músculos do pescoço dele pulsavam, bombeando tão forte quanto seus dedos seguravam o volante.

– Sim, eu quero.

Ela prendeu a respiração, imaginando como poderia acreditar em qualquer explicação para o que tinha acabado de acontecer. E talvez ele tivesse ficado tão absorvido pela batalha metafísica a ponto de não perceber as árvores caindo.

– Sasha, o que exatamente você é e por que motivo estaria um guerreiro hindu amaldiçoado tentando tirar você de mim?

3

Trey rangeu os molares, e então relaxou-os, antes que se tornassem apenas pó. Que diabos tinha acontecido no parque Piedmont? A luz do semáforo na direção em que acelerava com o Ford Bronco tornou-se âmbar. Trey lançou um olhar irritado para a lâmpada oscilante, que se tornou verde antes que ele chegasse à interseção vazia e, em seguida, virasse o veículo para a esquerda. A adrenalina apressava-se com tanta intensidade em seu corpo enrijecido que ele poderia ter arrancado o volante.

Respirou fundo e lançou um olhar para Sasha.

Ela encarou-o boquiaberta, pasma. Quando conseguiu se recuperar, gritou:

– *Eu?* Que diabos é *você?*

Touché. A fúria de Trey diminuiu. Ficara tão chocado com o fato de ela ter derrubado duas árvores que negligenciou a exposição de suas habilidades.

No entanto, ele não poderia falar muito sobre os Beladors para outros que não pertencessem à sua espécie, mesmo que fosse para proteger a tribo. A exceção seria contar à sua parceira, algo que Sasha nunca seria. Além da questão da telepatia, ele ainda insistia em não arriscar ligar a vida dela à sua, condição fundamental de quando se aceita um parceiro. E acasalar-se com qualquer pessoa que tivesse poderes era um imperativo negativo, algo raramente permitido.

Trey correu uma mão pelo rosto, em uma tentativa de ganhar um minuto para formular uma resposta. Então, usou uma resposta padrão que o departamento de relações públicas dos VIPER apresentava aos burocratas do governo:

– Sou treinado para lidar com situações... *incomuns*. É por isso que não posso falar sobre o que faço. A identidade e as operações de nossa agência são protegidas como segredos de estado.

Nada mal. Essa era uma resposta razoável que não entregava nada significativo.

– Se você acha que eu vou aceitar uma resposta genérica, criada por alguém cujo objetivo é diminuir os danos às tropas, você está louco.

– Sasha, eu não posso...

– Não me venha com essa de "não posso"! Acabei de vê-lo lutar contra algo de outro mundo. O que *ele* era? E o que ele quis dizer com aquela coisa de antigas dívidas de sangue?

Trey virou o Ford Bronco em direção à rua de Sasha, estacionou ao lado do meio-fio, a uma distância de vários metros da casa, e então desligou o motor. A tensão lutava por espaço no silêncio repentino. Ele se virou na direção dela, esperando encontrar uma mulher próxima da histeria.

Sasha também virou-se para encará-lo e apoiou-se na porta, cruzando os braços e adotando um olhar de "é melhor você me dar resposta". A mesma garota durona que Trey conhecia tão bem.

– Ele é um guerreiro hindu que viveu oitocentos anos atrás – respondeu Trey. – Estou me perguntando por que ele está aqui e acredito que deve ter ido para a casa de Ekkbar. Quanto à dívida de sangue, eu não gostaria de especular, por enquanto... – Trey sabia da história, mas preferia esperar até entrar em contato com Brina, que liderava os guerreiros Belador, e com a deusa celta Macha. Ponto principal: seus ancestrais Belador tinham matado famílias dos Kujoo em uma tentativa de escravizá-los, forçando gerações futuras a reparar pecados passados. Como ele iria manter Sasha a salvo daquele demônio sem atrair os Beladors para uma guerra?

– Espere aí! Você *sabe* onde Ekkbar está? – questionou Sasha.

Trey apoiou o cotovelo na janela e levou os dedos à testa.

– Sim. E você também sabe. O tempo já está começando a explicar, mas antes me diga como você derrubou duas árvores?

– Eu não o atingi! – ela protestou enquanto encolhia os ombros timidamente. – Eu estava tentando fazer os pássaros descerem com o objetivo de acabar com a concentração dele, para que, assim, pudéssemos fugir – Sasha desviou o olhar, pensativa. – Devo ter usado a entonação errada, mas as palavras estavam certas. Ou eu...

– Sasha, o que você... é? – ele insistiu.

Ela cedeu contra a porta, relaxando os braços. Com a mão, levantou os cabelos, envolvendo uma mecha em um dos dedos. Então, respondeu com uma voz suave:

– Sou uma... bruxa.

Ele queria rir e tratar aquilo como uma piada, não queria acreditar que ela tivesse escondido *aquilo* dele durante todo esse tempo. O olhar constrangido que Sasha lançou na direção de Trey denunciou que ela estava falando sério. Ela nunca havia lhe contado.

Quem sou eu para usar de subterfúgios?, pensou. Afinal, ele nunca havia contado para Sasha que era um Belador.

– Desde quando? – questionou Trey.

– Por toda a minha vida. Minha irmã e eu somos bruxas de décima geração. Meu irmão gêmeo, Tarq, também é um bruxo – Sasha deixou as mãos caírem sobre seu colo, batendo os dedos de uma mão na outra.

– E quanto aos seus pais, o que eles são?

– Apenas problemáticos – um sorriso torto brotou-lhe nos lábios carnudos. – Não são nossos pais biológicos. Rowan tentou me contar isso quando eu ainda era criança, mas eu não acreditei. Quando veio morar comigo, finalmente entendi que ela era uma bruxa...

Assim como eu. Juntas, descobrimos que nossos pais adotivos tinham nos adotado de um primo distante, mas os registros são vagos. A casa lhes foi doada por uma rede legal impenetrável. É por isso que comecei a pesquisar nossos antepassados, tentando descobrir quem eles eram, mas meus pais esconderam os vestígios muito bem.

– Então você nunca percebeu que era uma bruxa? – perguntou Trey, ainda surpreso por ela admitir aquilo.

– Eu devia ter imaginado, considerando que minha orelha às vezes me deixa louca.

– Do que você está falando?

– Depois que Rowan me convenceu de que eu era uma bruxa, ela me explicou que nossas orelhas queimam, uma espécie de sinal avisando que há uma bruxa desconhecida nas redondezas. Quanto mais forte a sensação, mais forte a bruxa.

– E por que as árvores caíram, em vez de os pássaros descerem?

Sasha franziu os lábios para o lado em uma expressão mortificada. Então, suspirou:

– Rowan é melhor do que eu, mas estou aprendendo.

O sorriso de Trey se desfez enquanto ele se dava conta da realidade.

– Então você *não tem controle* dos seus poderes?

Ela poderia ter derrubado um prédio sobre os dois, ele pensou enquanto, em sua mente, conseguia apenas desejá-la. Nua e flamejante.

– Não olhe para mim desse jeito. Não sou perigosa, mas apenas um pouco louca de vez em quando – resmungou Sasha. – De volta ao assunto original: o que você sabe sobre Ekkbar?

– Está bem. Você o estava procurando antes. Por quê?

Sasha arqueou as sobrancelhas, pensativa.

– Como você soube que eu o estava procurando antes?

Inferno. Ele tinha destruído as coisas.

– Eu apenas sei.

– Isso não vai funcionar agora. Não, mesmo.

Talvez ele pudesse lhe contar. Teria de contar em algum momento, se eles fossem pegar aquele cara.

– Grampeei seus telefones e ouvi você contar à sua irmã que iria encontrar Ekkbar.

– Você *fez o quê?!* – Sasha estava boquiaberta. Ela saiu da caminhonete. Trey fez a mesma coisa logo em seguida, tentando alcançá-la. Folhas voavam para fora da calçada, encontrando refúgio na sarjeta.

– Sasha, espere um minuto.

Ela se apressou nos degraus que davam para a varanda, gritando:

– Você grampeou meus telefones? Eu sei exatamente o que você é. Um bisbilhoteiro. Vá embora!

Trey segurou-a a poucos centímetros da porta e abraçou-a por trás – a parte de trás do corpo dela junto à parte da frente do corpo dele... Sasha se debateu, enterrou o cotovelo na lateral do corpo de Trey.

– Pare com isso e deixe que eu me explique.

– Não há explicação para o fato de você estar me espionando, seu excremento.

– Excremento? – Trey gargalhou. – Você não cozinha línguas e olhos de lagarto em um enorme caldeirão, cozinha?

Aquelas foram palavras erradas. Sasha deu uma forte pancada com o cotovelo, atingindo as costelas de Trey.

Ele se levantou do chão, até ela parar de chutar.

– Sinto muito por ter grampeado seus telefones, mas eu te vi sair sozinha do cemitério algumas noites atrás. E fiquei preocupado com você.

– Por que isso importa para você depois de nove anos? – rosnou Sasha.

O sorriso de Trey se desfez. Ele não queria lhe contar sobre todas as outras vezes, mas devia mais do que uma justificativa ridícula para Sasha.

Levou seus lábios até perto do ouvido dela.

– Por que eu me importo.

Ela ficou paralisada. Seu coração acelerou sob o toque masculino dos dedos dele.

A luz da varanda se acendeu e a porta da casa se abriu. Rowan estava diante deles, usando um vestido leve, de uma cor vermelho--sangue, e um roupão.

Trey falava ao celular enquanto atravessava de um lado para o outro a sala de estar de Sasha e mantinha os olhos nela e em Rowan, ambas curvadas no sofá. Rowan parecia mais exausta do que possuída, mas Trey observou-a atentamente, caso ela "se transformasse".

– Coloque-me em contato com Findley – disse Trey, pedindo para seu contato na VIPER na Virgínia.

Se o restante do grupo escapasse, todos os seres sobrenaturais da VIPER, Belador ou não, teriam de lutar contra o exército Kujoo. Até lá, um guerreiro não garantia um trabalho em grupo da organização. A aliança de seres incomuns funcionava como uma inteligência paranormal e como uma força de defesa. Agentes eram chamados sempre que uma ameaça sobrenatural começasse a se erguer contra os Estados Unidos ou contra os outros países envolvidos, mas Trey conseguiria lidar com Vyan se tivesse apoio.

Que bagunça tão perto de 2 de novembro...

Quando Findley entrou na linha, Trey explicou as linhas gerais do problema.

– Por que você não consegue um Belador, McCree? – perguntou Findley.

– Ninguém disponível – mentiu Trey.

Ele poderia pedir ajuda a um exército de Beladors, mas tinha certeza de que estaria dando vantagem ao guerreiro hindu se envolvesse toda a sua tribo. O acordo de Trey com a VIPER não se sobrepunha ao seu juramento como um Belador. Ele não confiaria em uma agência secreta cheia de seres sobrenaturais quando sua tribo podia ser destruída por essa raça hindu.

– Preciso verificar e então entrarei em contato com você.

– Preciso de um agente agora.

Conseguir estabelecer contato com Brina poderia ter poupado Trey de fazer aquela ligação, mas ela ignorou sua primeira mensagem telepática – como era uma líder difícil de tratar! – e ele estava lutando contra o relógio. Se tivesse de lutar contra aquele guerreiro, Trey queria fazer isso antes da meia-noite do dia seguinte. Em 2 de novembro, o Dia de Finados, os guerreiros Belador sofriam uma perda de poder entre a meia-noite e a alvorada. O hindu certamente devia saber isso, e esse era o motivo que levava Trey a precisar de apoio para proteger as mulheres enquanto ia à caça de Vyan.

– Você não pode simplesmente telefonar pedindo um agente sem que suas atividades sejam aprovadas por uma comissão da VIPER – rebateu Findley.

– Não faça esses joguinhos de burocracia comigo. Se não contivermos isso e outros guerreiros escaparem, a autorização para enviar um agente a campo será o menor dos seus problemas.

– Não tenho ninguém em sua região – alegou Findley.

– Eu só preciso de um maldito apoio.

– Está bem. Enviarei Lucien.

– Lucien? – Trey começou a falar em uma voz baixa e com um tom carregado de ameaça. – Estou te dizendo que, se as coisas saírem de controle, isso será um verdadeiro Armagedom, e você quer me enviar um cara novo e cheio de arrogância? – Trey conseguia imaginar tudo, menos Findley se preparando para uma guerra. E não se importava. Já tinha ouvido falar de Lucien.

– Você não passa de um prestador de serviços.

Neste momento, Trey parou de andar.

– Um prestador de serviços tentando salvar o seu traseiro, além do resto do mundo. Portanto, não fale comigo nesse tom – avisou.

A maioria dos agentes da VIPER tinha técnicas de sobrevivência e sabiam recuar quando Trey estava irritado – como agora, por exemplo.

Depois de uma ligeira hesitação, Findley proferiu:

– Ele é tudo que consigo enviar rapidamente para você, e só pode ficar três dias.

Setenta e duas horas? Sem problemas. Trey pretendia enfrentar aquele hindu nas próximas 24 horas.

– Envie-o, então. Telefonarei se precisar de mais alguma coisa.

Dizendo isso, desligou e enfiou o telefone no bolso. Em seguida, virou-se para Sasha e sua irmã.

– Você consegue manter Sasha segura? – perguntou Rowan sem fazer rodeios.

– Sim – respondeu prontamente Trey, embora não tivesse chegado a uma conclusão sobre como proteger Sasha e como manter a própria tribo fora de uma guerra. Pensar em decepcionar qualquer uma das partes lhe causava dores internas.

– Posso proteger a mim mesma – Sasha levantou-se do sofá.

– Nesse caso, ficarei aqui e fora do caminho, a não ser que você precise de mim – disse Rowan a Trey.

– Isso facilitaria as coisas para eu conseguir manter um olho em vocês duas – afirmou Trey.

O que desencadeava a loucura de Rowan? Será que ela estava piorando, como Sasha suspeitava? Essa devia ser a razão pela qual o guerreiro queria que Sasha, e não Rowan, fosse a bruxa mais forte.

– Ei, *eu estou* na sala – Sasha vociferou para eles dois.

Rowan se levantou. O vestido vermelho e o roupão balançaram em volta do corpo dela.

– Sei que você está aqui, querida. Está cada vez melhor em administrar seus poderes, e *será* poderosa um dia, mas ainda não é capaz de enfrentar esse guerreiro hindu – Rowan abraçou Sasha, desejou boa noite aos dois e saiu da sala dizendo suavemente. – É bom vê-lo novamente, Trey.

– Você ainda não explicou tudo – disse Sasha a Trey, cruzando a sala para encará-lo de perto. – Eu te disse tudo, incluindo meu acordo com Ekkbar. Agora é *sua* vez.

Ele tinha sido evasivo com Findley, mas com Sasha a história era outra. Trey não gostava de mentir para ela, mas estava limitado com relação ao que podia revelar.

– Não posso te contar tudo a meu respeito.

Ela sacudiu a cabeça. A decepção estampada em seu rosto era demasiadamente similar à daquele dia em que ele deixou-a sentada na varanda. E aquilo feria mais do que ele imaginava.

Quando Sasha começou a distanciar-se, Trey segurou-lhe o braço suavemente, puxando-a para perto de modo que pudesse sussurrar ao pé do ouvido.

– Eu nasci debaixo de uma estrela, fui escolhido no nascimento para... para receber poderes quando me tornasse adulto, se eu aceitasse meu destino, e o aceitei. No entanto, fiz um juramento que inclui não compartilhar nada a respeito desse grupo, minha tribo. Isso não quer dizer que eu não confie em você. Nem mesmo meu pai sabe tanto quanto você neste momento, e eu confiaria minha vida a ele.

Sasha inclinou o corpo para encará-lo. Toda a fúria se esvaiu de seus olhos, que agora adotavam uma aparência mais suave. Os batimentos do coração de Trey pontuavam a espera enquanto ela estudava seu rosto, antes de assentir e erguer uma mão para afastar uma mecha de cabelos da testa dele. Então, Sasha sussurrou:

– Eu... compreendo.

Um olhar dentro dos olhos dela e Trey percebeu que ela realmente entendia. Sasha o aceitaria como ele era, sem tentar mudá-lo. Nenhuma outra mulher tinha mexido tanto com ele quanto Sasha. Se pelo menos eles pudessem ficar juntos... Mas agora eles tinham mais problemas do que a simples telepatia. Brina era difícil até mesmo em seus melhores dias e definitivamente não aprovaria a união com uma bruxa.

– Quando seu apoio chega? – perguntou Sasha.

– Provavelmente não antes do amanhecer.

– Você não terminou o que começou no parque.

Sasha se levantou e seguiu na direção de Trey, que desistiu de tentar não beijá-la. Envolveu o queixo dela com as mãos e abaixou a cabeça. Sasha passou os braços em volta do pescoço dele e os lábios de ambos se encontraram. Antes que Trey se desse conta, ela estava em seus braços, contorcendo eroticamente o quadril contra seu corpo. O desejo se espalhou por todos os nervos do corpo dele, levando consigo uma brasa de desejo tão ardente a ponto de fazê-lo estremecer diante da necessidade de possuí-la.

Ele nunca tinha deixado de desejar aquela mulher. No entanto, depois de tê-la ferido uma vez, distanciando-se, não poderia permitir que aquilo fugisse de controle se ele fosse desaparecer novamente.

Sasha distanciou-se da boca dele e sussurrou:

– Não me deixe esta noite – apoiando dois dedos nos lábios dele, ela o silenciou quando ele começou a falar. – Sei que você vai deixar Atlanta, e me deixar, quando tudo isso acabar. Deixarei que vá, mas preciso de você agora. *Quero* você agora.

Os olhos âmbar de Sasha chamejaram com determinação.

Trey cambaleava no limite de uma decisão da qual poderia se arrepender durante muitos anos... Independentemente de qual escolha fizesse.

Sasha correu a língua pelos lábios e murmurou:

– Por favor.

Trey fechou os olhos e tentou se convencer de que precisava recuar. Realmente tentou. No entanto, quando abriu os olhos, ele se viu diante dos lábios de Sasha e o prazer explodiu em seu peito. Ela o desejava. E compreenderia quando ele tivesse de ir embora novamente.

Como ele poderia se distanciar depois daquilo?

Quando ele apoiou a mão na base do quadril de Sasha, ela envolveu a cintura de Trey com as pernas. Em seguida, abaixou um pouco e acariciou a ereção furiosa. Trey gemeu com o contato, certo de que seu rosnado fez o chão tremer. O que não era uma atitude inteligente, considerando que Rowan estava no andar de cima. Rowan, aquela que se tornava o anticristo sem avisar...

– Meu quarto... – Sasha murmurou em meio aos beijos.

– E sua irmã?

– Dorme com fone de ouvido... Música a ajuda.

– E quanto a Tarq?

– Está em licença sabática em algum lugar. Trey, você não está se movimentando.

Os pés dele ouviram-a, e caminharam até a parte de trás da casa. Enquanto Trey a levava para um quarto escuro, Sasha simplesmente acenava com a mão, sem jamais distanciar os lábios dos dele. Chamas dançavam em velas dispostas em uma bandeja de prata sobre a penteadeira, e um rock suave começou a tocar. Trey fechou a porta com o pé e atravessou o quarto até a cama de dossel de Sasha, onde colocou-a sobre uma colcha de cetim azul escuro. Embora eles tivessem feito aquilo em vários lugares, tanto em ambientes fechados quanto ao ar livre, Trey nunca a tinha tocado dentro do quarto dela.

Ele parou e usou a mão para acariciar-lhe a maçã do rosto em chamas.

– Não mereço isso. Não mereço você. E a última coisa que quero é feri-la... outra vez.

– Eu sei, mas pare de se preocupar. Era isso que eu estava dizendo quando afirmei que tudo vai ficar bem quando você precisar ir embora – Sasha se levantou, abriu a calça de Trey e colocou a mão do lado de dentro. Em seguida, levou a boca ao membro enorme e rígido.

Trey inspirou profundamente e gemeu profanidades, dizendo o quão perto ela estava de fazê-lo se esquecer de tudo.

– Ainda não, querida, ou nossa relação não será tão longa quanto eu tenho em mente.

Ele acalmou-a, negando com a cabeça enquanto ela lançava um sorriso sensual e, em seguida, tirava-lhe as roupas com uma eficiência implacável. Apoiando o joelho ao lado dela, Trey ergueu a blusa rendada de Sasha, que já estava com os braços erguidos.

– Estou tão pronta – ela sussurrou.

Mas ele tomaria o tempo necessário.

Nada de sutiã. Apenas o corpo de mulher. Sua mulher.

Quando o tecido transparente estava na altura dos ombros de Sasha, ele parou, deixando os olhos de sua parceira cobertos e seus braços presos, vulneráveis. Ela gemeu, esperando. Trey desceu sua boca até os seios, lambendo o mamilo e, em seguida, a parte de baixo. Doce.

Sasha estremeceu e inspirou profundamente.

Ele lentamente tirou as calças justas da parceira, beijando-lhe a parte interna das pernas. As coxas tinham um sabor ligeiramente salgado que se misturava ao aroma aquecido do couro. Tão adequado para sua mulher selvagem que poderia ser como couro amaciado – dura e suave ao mesmo tempo. Então, ele subiu novamente até o elástico da calcinha preta, esfregando levemente os dedos pela seda justa que formava um escudo sobre o sexo de Sasha.

Ela tremeu e seus dedos apertaram com força o travesseiro sobre o qual apoiava a cabeça. Seu peito se curvou com o movimento.

Ah, sim! Isso!

Trey deitou-se ao lado dela e esfolou seus dedos na parte de baixo do outro seio, suavemente acariciando-lhe a pele, deslizando pelas curvas... passando perto do mamilo, mas sem tocá-lo. Ela arqueou a cabeça, enterrou os pés com os dedos já curvados, mas ainda não se entregou. Ele sorriu, desfrutando de cada minuto delicioso enquanto a levava até o limite da sanidade.

Sasha empurrava os seios mais para cima, mais na direção dele, toda vez que Trey se aproximava do mamilo.

Então, ele se distanciou, de modo que ela não pudesse alcançá-lo.

Os gemidos incontroláveis de Sasha se transformaram em um rugido de aviso. Trey sorriu.

Em seguida, levou o corpo sobre o dela e abaixou seus lábios, correndo a língua logo abaixo do tecido para explorar a pele suave acima da clavícula e beijá-la na área do pescoço.

Sasha levantou as pernas e prendeu o pênis de Trey entre suas coxas, massageando-o suavemente. Ele se agarrou aos lençóis e ao colchão, lutando por controle, e em seguida se abaixou, fazendo círculos com a língua em volta do mamilo de sua parceira antes de colocar aquele bico perolado na boca. Trey sorria, mas não conseguia se conter. Abriu seus dedos para empurrar o corpo retesado de

Sasha de volta na direção da cama e, em seguida, massagear-lhe as áreas mais baixas do corpo.

Músculos femininos, firmes e palpitantes, esperavam o que Sasha não podia ver. Trey acariciou-lhe o quadril, o umbigo, a parte interna de suas coxas e então mergulhou os dedos debaixo do elástico da calcinha... só para deslizá-los de um lado para o outro.

– Trey, você está me matando.

Ela movimentou as nádegas, claramente tentando encorajá-lo a continuar.

Trey sorriu.

– Você vai morrer feliz.

– Estou me sentindo tentada a usar magia para forçá-lo a fazer o que eu quero.

A mão dele parou.

– Não faça isso. Pode ser que você derrube o teto.

Ela murmurou alguma coisa e, em seguida, estalou os dedos. Um pacote apareceu em sua mão, e ela mostrou-o cegamente para ele. Um preservativo com o pacote já aberto encostou-se ao peito dele.

– Admito que eu estava errado. Estou começando a gostar desse seu lado – afirmou Trey.

– Espere até eu lhe mostrar o que posso fazer. Tenho alguns truques... Consigo me segurar... Homens arrogantes...

Trey colocou o preservativo e riu das palavras que Sasha dizia. Em seguida, colocou o dedo entre as pernas dela. Aquilo a silenciou.

Sasha deixou para trás a coerência de seus pensamentos e concentrou-se no que poderia fazer a seguir. Raios leves de luz passaram pelo tecido que lhe cobria os olhos. Trey era o único homem em que ela confiava a ponto de deixá-la em uma posição tão vulnerável. As mãos daquele homem eram realmente mágicas. Ele a provocou até ela chegar perto de um orgasmo. Sasha enrijeceu o corpo, pronta, mas ele deslizou o dedo para fora de seu sexo, deixando-a sem ar e sem pensamentos. Ele correu o dedo novamente para dentro de Sasha, fazendo uma onda de prazer se espalhar até seu útero. Trey acelerou o ritmo até que todos os músculos do corpo de sua parceira estivessem tensos, até que ela estivesse perto de gozar.

Então, parou novamente. Sasha choramingou. Trey afastou o dedo e movimentou-o sobre a pele sensível de sua parceira em um movimento lento, tentador, tocando-a por tempo suficiente para deixá-la estremecendo antes de se distanciar e voltar, levando-a cada vez mais próxima da insanidade.

Toda a concentração de Sasha estava orientada para o ponto em que ele se recusava a tocar até ela atingir um orgasmo alucinante, para o ponto de onde ele se afastava antes de ela gozar. Trey deslizou um dedo dentro dela. Os músculos de Sasha se retesaram. Ele então colocou dois dedos.

– Você está tão molhada e quente – ele murmurou entre os beijos que distribuía em seus seios. Afastou o dedo molhado novamente, e usou-o para tocar o outro seio, suavemente destruindo o último vestígio de sanidade que ela possuía.

– Quero você dentro de mim *agora*, Trey.

– Ainda não. Ainda não toquei em um ponto.

– Você pode... tocá-lo... mais tarde – ela tentou garantir, mas não conseguia falar quando a ponta do dedo de Trey tocou suas entranhas molhadas, provocando-a deliberadamente. Sasha arqueou o corpo, tentando alcançar aquele prazer pelo qual estava a ponto de implorar... chegando mais perto... Em seguida, ele massageou o ponto G de sua parceira... cineticamente.

O orgasmo alucinante desfez todos os laços entre Sasha e este mundo. Ela gritou e sentiu o corpo perder contato com a cama. O deleite sensual espalhava-se pelo ambiente... O prazer correu-lhe o corpo como uma onda, como um tsunami. O tempo parou. Ela flutuava, sem sentir os ossos, livre de todas as preocupações até que um par de mãos fortes puxou-a para baixo, levando-a suavemente de volta em direção aos lençóis frios.

Sasha ofegou, recuperando a respiração. Ao abrir os olhos, viu o rosto de Trey logo acima do seu. A blusa tinha sido retirada de seu corpo em algum momento. Aliás, nada além daquele corpo extremamente enrijecido de Trey a tocava. Sasha respirou fundo, deliciando-se com o cheiro almiscarado.

Ele se abaixou, beijou-lhe os lábios, e então sussurrou:

– Por que você não fez isso quando fizemos amor das outras vezes?

– O quê?

– Levitar.

Sasha precisou de um minuto para perceber que ele pensou que ela não estivesse se entregando por completo quando eles estiveram juntos outras vezes.

– Isso nunca aconteceu antes.

O olhar de Trey relaxou, mas logo adotou um tom possessivo.

Ele se importava. O coração de Sasha pulsava, feliz por encontrar a verdade no rosto dele. Trey tinha que saber que eles estavam ligados um ao outro como nenhum outro casal já estivera.

Se ele não soubesse, ela lhe informaria... mais tarde.

Sem dizer uma palavra sequer, Trey se abaixou. Seu pênis estimulava aquela abertura delicada. Ela se abriu para seu parceiro, e ele entrou, preenchendo-a. Como ele podia se movimentar como um foguete, em outro momento, e agora ser tão incrivelmente paciente? Penetrou-lhe profundamente e todas as questões sem importância desapareceram.

Sasha travou as pernas em volta das costas dele, e Trey abraçou-a apertado enquanto se sentava. E beijou-a. Sua língua lutava preguiçosamente contra a dela até o beijo tornar-se quente e sério. Então, ele passou os braços por baixo dos joelhos de Sasha, apoiando-a com as mãos enquanto levantava-a lentamente e deslizava-a por seu membro em um ritmo excruciantemente regular. Ela perdeu noção de tudo à sua volta, agora em um mundo que pertencia somente aos dois.

Sasha usou as mãos para segurar o rosto de Trey, regozijando ao sentir a boca dele na dela, ao senti-lo enterrado dentro dela, lugar ao qual ele pertencia. O orgasmo se aproximava e Sasha concentrava todos os pensamentos no homem tão próximo. Ele inclinou-se para trás, o que permitiu que entrasse ainda mais fundo em seu próximo impulso. Sasha ficou boquiaberta de prazer.

Ele murmurou alguma coisa que Sasha não entendeu, mas ela sentia os dedos de Trey acariciarem seus mamilos, muito embora ele estivesse com as mãos apoiadas nas costas dela. Fazer amor alcançava novos patamares com a habilidade cinética.

A sensação do toque em seus seios desceu, atingindo a leve protuberância que controlava o mundo imediatamente à sua volta. O ritmo com que ele a penetrava tornou-se mais urgente enquanto Trey cineticamente tocava *aquele* ponto.

Estrelas movimentavam-se rapidamente no ângulo de visão de Sasha quando ela estava prestes a gozar outra vez. Se Trey não a estivesse abraçando tão perto de seu corpo, ela teria voado na direção do teto. No entanto, os braços dele seguraram-na apertado enquanto ele rugia o nome de Sasha, chegando ao orgasmo logo depois dela.

A fragrância familiar do sexo daquele casal espalhou-se pelo ar e apagou todos os anos em que ela sentira falta daquele homem. Sasha deixou seu corpo amolecer contra o dele. Trey abaixou-se com ela em direção à cama, alongando o corpo e lançando uma perna enorme sobre ela.

Enquanto corria a unha pelos lábios dele, Sasha queria dizer "eu te amo", mas, em vez disso, contentou-se em sussurrar:

– Senti sua falta.

Trey empurrou uma longa mecha de cabelo por sobre o ombro dela. Seus olhos viçosos estavam cheios do amor que ela esperava não voltar a ver.

– Também senti sua falta. E você nunca vai saber o quanto.

– Por que, então, você me deixou?

Trey desviou o olhar, exatamente como costumava fazer enquanto organizava seus pensamentos antes de falar. Então, seus olhos tristes se cruzaram com os dela.

– Depois que consegui superar o choque de descobrir que havia um motivo que justificasse todos os meus comportamentos estranhos e que minhas habilidades eram necessárias para proteger outras pessoas, aceitei a responsabilidade que veio com meu destino... como um Belador. Essa é a tribo à qual pertenço. Eu não tinha escolha que não fosse aceitar meu destino, já que a outra opção seria terminar como um inimigo de nossa tribo e provavelmente ficar louco por conta de meus poderes não se desenvolverem. Eu não te sujeitaria a viver uma vida assim.

Ele tinha se importado o suficiente a ponto de se distanciar para mantê-la segura, mas Sasha sentia algo mais. Tinha sentido seu amor de todas as formas silenciosas que um homem o demonstra a uma mulher, mas, em seu coração, ela sabia que ele estava refreando alguma coisa sobre a qual não falaria.

– Esse foi o único motivo, Trey? – perguntou Sasha, lembrando-se do dia em que ele viera para dizer-lhe adeus. Aquele homem tinha olhado em seus olhos durante um longo período, como se tentasse discernir alguma coisa. – Posso enfrentar a verdade, independentemente do que ela seja – ela assegurou.

Trey tocou a bochecha dela com seus dedos masculinos. A indecisão estava estampada naquele franzir de testa.

– Há algo mais, mas não quero que você leve para o lado pessoal – quando ela acenou com a cabeça, demonstrando um encorajamento, ele inspirou e prosseguiu. – Eu percebi quando ainda era criança que eu sou capaz de ler mentes. Então, mais tarde, como um Belador, aprendi a me comunicar telepaticamente.

O rosto de Trey hesitou quando ele disse "criança". O que tinha acontecido?

– Fale-me sobre a primeira vez.

– Foi com minha mãe – Trey correu os dedos pelos cabelos de Sasha. Os olhos dele pareciam desfocados e distantes enquanto ele lutava para recuperar uma memória quase já apagada. – Eu sempre disse a ela que a amava quando saía para ir à escola ou quando ela me colocava na cama. Ela respondia automaticamente com um "eu também te amo", mas nunca me olhava nos olhos quando dizia isso. Eu estava na terceira série quando cheguei em casa e a encontrei discutindo com meu pai. A mala dela já estava ao lado da porta. Quando pegou a mala para sair, entrei em pânico e comecei a implorar para ela ficar. Perguntei por que estava indo embora.

Sasha nunca tinha visto a dor que Trey certamente carregava durante todos esses anos atrás daquela máscara jovial que ele ostentava para o mundo, mas, agora, testemunhava essa dor se desenrolando com força plena.

Trey levou um punhado dos cabelos de Sasha até seu nariz e inspirou, e então deixou os fios finos correrem por seus dedos até caírem contra os seios nus dela.

– Minha mãe não falava, mas eu podia ouvir seus pensamentos como se ela os gritasse. Ouvi: "Por quê? Porque eu fui uma adolescente idiota que se casou com um caminhoneiro idiota e acabou ficando grávida de você. Dar à luz um boi teria sido mais fácil. Você é um enorme erro que eu devia ter abortado quando havia tempo".

Sasha inspirou horrorizada ao perceber que uma mãe poderia dizer algo daquele tipo. No entanto, a mãe de Trey não tinha dito – ela tinha mentido muito bem diante dele. Memórias dos momentos que Sasha passou com ele corriam-lhe pela mente. Momentos passados, em que ele olhava para ela como se questionasse o que ela dizia, mesmo sem desafiar abertamente nada que ela lhe dissesse. Quantas vezes Trey tinha lutado para aceitar o que ela dizia em vez de ferir seus sentimentos?

– Você nunca foi capaz de ler meus pensamentos, não é verdade?

– Você está certa – ele admitiu. – Mas você merece uma vida normal, sem todos os perigos que meu mundo traz. Você não deve correr riscos.

Sasha queria discordar. Trey sempre a protegeria, mas ela não forçaria o assunto esta noite, depois de aquele homem ter compartilhado uma parte dele que ela duvidava já ter dividido com qualquer pessoa. Em vez disso, ela rebateu com a lógica:

– Normal? *O que* era normal na minha vida naquela época? Eu tinha um pai alcoólatra não assumido e uma mãe que se recusava a sair de casa por medo de alienígenas roubarem seus óvulos. Ela nunca parecia perceber objetos inanimados se movimentando com autonomia em volta da casa – Sasha relaxou. – Obviamente, até eu justifiquei isso como sendo fruto da minha imaginação estranha ou talvez como fantasmas.

Um sorriso brotou nos cantos da boca de Trey:

– Sua família era bem estranha, mas esta noite você viu o tipo de "coisa" com que eu lido todos os dias. Não quero que você esteja perto disso.

– Eu também tenho poderes. Posso me disfarçar. Posso...

Essa frase rendeu-lhe um franzir de testa.

– E se você não deixar de usar esses poderes até ser proficiente, vai acabar se ferindo ou morrendo. E se você tivesse libertado *uma legião* de guerreiros como ele?

– Ekkbar controlou quem passou pelo seu lado do portal.

– E essa é precisamente a razão pela qual você deve deixar de brincar com a magia até que tenha uma licença e seja uma bruxa certificada.

Em um movimento repentino, ela rolou para fora dos braços de seu parceiro e pairou sobre ele. Trey ficou de costas e o corpo dela se estendeu por toda a extensão do corpo dele. Os cabelos negros de Sasha caíam como uma cortina em ambos os lados de seu rosto. Ela cerrou os punhos.

– Eu não sou tão ruim.

– Querida, desça – disse Trey em voz baixa, como se não quisesse assustá-la.

– Por quê? – Sasha estava cansada de receber ordens de outras pessoas.

– Eu não quis insultá-la. Só não consigo viver com a ideia de que algo pode feri-la, e eu me senti um idiota por tê-la deixado. Estou constantemente preocupado com você. E foi por isso que passei todos os meus minutos livres dos últimos nove anos retornando a Atlanta para ter certeza de que você estava bem. Agora estou mais preocupado do que nunca.

Caramba, inferno. O coração de Sasha estava derretendo e ela jamais conseguiria fazer aquele maldito órgão instável retomar a forma normal. Queria atacar Trey por ele ter grampeado seus telefones, por tê-la seguido, por tê-la deixado. Mas não conseguia. Aquele era o Trey que ela conhecia, o Trey que sempre tinha estado entre ela e o perigo. Ela poderia não aprovar as táticas daquele homem, mas ele tinha agido por preocupação, e não com uma intenção maliciosa.

Trey abriu os braços. Sasha suspirou e desceu para se ajeitar ao longo do torso musculoso e definido dele, apoiando o queixo nas mãos, que estavam apoiadas uma sobre a outra acima do enorme peito masculino.

Ele *tinha* voltado, tinha sempre estado por perto.

Sasha não tinha intencionalmente mentido para ele até aquele dia, mas tinha mentido mesmo assim quando concordou em deixá-lo ir. E ela não permitiria que ele se afastasse dela outra vez. Não se o *único* motivo que ele tinha para terminar aquele relacionamento fosse seu trabalho e suas habilidades sobrenaturais. Agora ela se dava conta de que ele a amava, mas temia demais feri-la ao assumir seus sentimentos e depois ir embora outra vez.

E quanto ao problema da telepatia? Sasha ainda não tinha uma resposta, mas pensaria em alguma forma de superar isso... ela esperava.

Num primeiro momento, tudo o que ela precisava fazer era descobrir uma forma de curar a loucura da irmã e de enviar o guerreiro insano de volta para o lugar ao qual ele pertencia - antes que aquela criatura a sequestrasse ou matasse Trey.

4

NO FINAL DA MANHÃ seguinte, Trey terminou de se banhar, irritado por nenhum membro da VIPER ter aparecido e por Brina continuar ignorando suas mensagens telepáticas. Ele tinha saído do quarto em busca de Sasha quando o bater da porta se fechando chamou-lhe a atenção. Deu meia-volta e caminhou até a varanda dos fundos, onde encontrou-a jogando pão no pequeno quintal e na pouca grama que brotava na área escura.

– O que você está fazendo aqui fora, Sasha?

– Dããã. Alimentando os pássaros.

– Não foi isso que eu quis dizer. Concordamos que você ficaria lá dentro.

– Não. Concordamos que eu ficaria em casa. E este local faz parte da casa – Sasha continuou movendo-se em volta do pequeno quintal preenchido por uma mistura eclética de plantas em vasos e esculturas de metal. Um carvalho com galhos grossos demais para cederem ao vento balançava por ali.

Meu Deus, Trey amava aquela mulher, mas, se ficasse unido a ela, Sasha estaria ligada ao seu destino se ele estragasse as coisas. E dar início a uma guerra entre Beladors e Kujoo provavelmente se qualificava como um sério estrago para Macha.

A deusa celta exercia todos os poderes sobre os Beladors.

Trey correu os olhos pela área, em busca de qualquer ameaça. Em seguida, foi até onde Sasha estava, ao lado de uma estante vazia para vasos. Folhas e ramos estalavam debaixo de seus passos pesados. O aroma defumado de uma lareira em uso espalhou-se pelo ar fresco, gerando nele um *déjà vu* de quando passou um final de semana em um chalé nas montanhas com ela. Era como se todas as memórias que Trey guardava com carinho envolvessem Sasha.

Quando ela lançou as últimas migalhas de pão para o grupo de pássaros gananciosos, Trey segurou-a e forçou-a a sentar-se em uma mesa.

– Trey!

– Sim? – ele correu as mãos pelas pernas dela, amassando a saia enquanto procurava... Ah, nossa! Nada de calcinha. Ereção instantânea.

– O que você está fazendo? – ela chiou, olhando em volta.

Havia densos arbustos dos dois lados do armário para vasos.

– Shhh. Ninguém pode ver o que estou fazendo, a não ser que olhem por sobre meu ombro. E você vai descobrir em um minuto. – Ele beijou-a para que ela se calasse e, em seguida, correu os lábios até a pele adocicada atrás da orelha dela. Abriu as pernas de Sasha e deslizou a mão para acariciá-la. Trey mal tinha começado a provocá-la e a deslizar um dedo naquela abertura úmida e aquecida quando ela gozou, tão rapidamente que ele quase não teve tempo de cobrir a boca de Sasha com a dele para proteger aquele momento.

Qual mulher se sentiria tão apaixonada assim nos braços dele? Nenhuma.

Sasha soltou o corpo contra o dele e murmurou:

– Sei o que você está fazendo. Tentando me deixar fisicamente cansada para eu não conseguir ir a lugar algum hoje.

Trey riu.

– E está funcionando? – ele abraçou-a bem apertado, saboreando aqueles minutos roubados de contentamento e guardando-os para mais tarde, quando seu mundo voltasse a ser uma cadeia infinita de noites solitárias.

– Sim. Neste momento, eu não conseguiria chegar à varanda da frente sem ajuda – ela começou a levantar-se da mesa. – Trey! Ele me pegou outra vez! – Sasha enterrou suas unhas na pele dele.

Trey puxou-a para perto de seu peito enquanto se virava para encarar a ameaça.

– Vou matar esse filho da mãe.

Não! Você não pode. As palavras se espalharam por seus pensamentos como uma mordida aguda. Brina tinha finalmente aparecido.

Por que não, Brina?

Ah, não sei... O fim da civilização, como você sabe.

Não tenho tempo para isso agora. Trey fechou sua mente e se concentrou em salvar Sasha, que estava sendo arrastada para longe dele, estendendo os braços o máximo possível. Alguma coisa que ela lhe tinha dito na noite anterior invadiu sua mente.

– Camufle-se agora!

Sasha encarou-o por um segundo e, em seguida, fechou os olhos. Assim que conseguiu se camuflar, caiu nos braços dele. Trey deu três passos para chegar à porta dos fundos, onde colocou-a de pé e esperou até que ela recuperasse o equilíbrio.

– Vá para dentro, continue disfarçada e não chegue perto das portas ou das janelas.

Ela assentiu, distanciando-se até esbarrar em sua irmã, que a envolveu nos braços.

– Estou com ela! – gritou Rowan.

Trey deu meia-volta e encontrou o guerreiro hindu parado a pouco mais de cinco metros, acima do chão, no carvalho.

– Quem é você e o que quer?

– Sou Vyan, membro da primeira guarda de Batuk. Estou aqui atrás da bruxa, para salvar minha raça. Ela vai quebrar o feitiço. Os Beladors mataram minha família, minha mulher. Ter a bruxa é sinônimo de justiça.

– Não – Trey sabia de parte da história antiga, de como seus ancestrais Belador tinham matado e saqueado. Parte dele se solidarizava com a dor do guerreiro hindu e com o que significava perder a mulher amada. Porém, aquele cara estava louco se pensava que poderia ter Sasha em troca ou que Trey permitiria que ele a usasse para libertar os guerreiros Kujoo.

– Vou levá-la! – vociferou Vyan.

– Tente fazer isso e você morrerá.

– A morte seria bem-vinda depois de oitocentos anos debaixo de uma montanha. Entregue-me a mulher, Belador. Ela *chamou* por mim.

– Ela *chamou* Ekkbar, não você. O que você faria? Mataria Ekkbar?

Vyan negou com a cabeça, curvando os lábios em um sorriso retorcido.

– Você sabe que ninguém pode morrer debaixo do Monte Meru.

Ele está tentando fazer você morder a isca, Trey.

Percebi isso, Brina. Permita-me matá-lo em uma luta justa e colocar um ponto final nisso. Se os outros tivessem alguma alternativa, estariam aqui.

As coisas não funcionam assim com os deuses. Se você lutar contra ele sem ser fisicamente atacado primeiro, vai dar início a uma guerra. A trégua será quebrada.

Ele deu início a uma guerra, argumentou Trey apaixonadamente. *Não eu.*

Sasha o convocou, rebateu Brina com uma voz muito forte na mente de Trey, como se quisesse atacá-lo – o que era um bom truque, considerando que ela estava a milhares de quilômetros de distância, em uma ilha mística no mar da Irlanda. *Sasha abriu o portal, portanto é ela quem deve enviá-lo de volta,* apontou Brina.

Isso não vai acontecer. Ele não vai chegar perto dela.

Os homens serão a derrocada dos Beladors. Sempre querendo brigar.

Por que diabos você nos fez guerreiros se não queria que nós lutássemos?

Não! Me! Insulte!

Alguma coisa pontiaguda atingiu a orelha de Trey.

Vyan levantou a mão que segurava uma pedra cintilante.

– Ela virá até mim voluntariamente, Belador.

A porta dos fundos se abriu sozinha, expondo Sasha amedrontada, abraçada à irmã.

A fúria se espalhou por todo o gene protetor do corpo de Trey, causando-lhe um ataque febril. Ele fechou a mente, recusando-se a continuar a conversa com Brina. Ela não estava lá, encarando aquele demônio, e tampouco estava ajudando. Trey deu um passo para frente, abaixou-se e, em seguida, pulou em direção a um galho a duas espadas de distância de Vyan. O carvalho rangeu com a soma do peso dos dois.

Trey entrou na mente de Vyan para visualizar as intenções daquele homem, mas somente encontrou emoções explosivas: agressão, cólera e angústia.

Como se tivesse percebido o que Trey pretendia, Vyan sorriu e lançou um olhar sinistro. Pupilas com o dobro do tamanho normal flutuavam em cada uma das íris douradas.

– Vou gostar de tocá-la, Belador.

A disciplina de Trey se desfez. Ele se lançou para frente, mas encontrou o vazio quando o guerreiro desapareceu. O impulso lançou-o um passo adiante, diretamente no ar. Trey pousou no chão e voltou a procurar Vyan.

Ele se foi, Trey. Era impossível deixar Brina longe de sua mente por muito tempo.

Para onde? Diga-me onde fica o esconderijo do guerreiro.

Não. A sobrevivência de nossa tribo depende da ausência de guerras. Não posso interferir. Eu apenas o fiz se distanciar para você conseguir esfriar a cabeça, mas isso é tudo o que posso fazer. Você sabe o que acontece esta noite, não?

Sim. Trey virou os olhos e seguiu até a varanda. Todos os Beladors do mundo mantinham-se em silêncio durante o dia do ano em que se tornavam mais vulneráveis à morte. No entanto, ele não tinha essa opção quando Vyan estava tão claramente atrás de Sasha.

Não sacrifique sua tribo por uma mulher, ordenou Brina.

Trey subiu os degraus que levavam à sacada, chegando a uma posição de onde pudesse ver Sasha. Ela estava com os ombros para trás, orgulhosa, tentando com todas as forças demonstrar a Trey que era forte. Impressionante, se o rosto dela não estivesse tão pálido. Ele refletiu sobre suas opções, mas apenas uma coisa lhe importava agora: manter Sasha segura.

Fiz um juramento, Brina, respondeu Trey. *Honra acima de todas as coisas. Essas palavras dominaram durante a minha vida. Estou tentando proteger nossa tribo e Sasha, mas não vou permitir que aquele demônio coloque as mãos nela.*

Eu também fiz um juramento, rebateu Brina. *Também farei o que for necessário para proteger minha tribo... Mesmo que isso signifique dar as costas a você. Não há honra alguma em sacrificar toda uma raça por uma mulher.*

Essa pode ser a sua perspectiva, mas eu tenho a minha própria forma de enxergar as coisas. Ele esperou que Brina gritasse com ele, mas ela retirou-se de seu pensamento sem dizer mais uma palavra sequer. Um sinal nada encorajador. Trey esperava que ela aparecesse com uma solução, que lhe desse um dragão para matar, e não que simplesmente o deixasse sentindo-se ainda mais culpado. Será que ele estava sendo egoísta ao querer defender Sasha?

– Ele se foi – Trey entrou na casa e estendeu a mão na direção de Sasha, que se apressou em direção aos braços abertos do parceiro. Ela estava tremendo. Trey abraçou-a bem apertado e sussurrou:

– Não vou deixar que nada aconteça a você.

Sasha anuiu encostada ao queixo dele. Maldito hindu. Tinha assustado uma mulher que queria enfrentar uma gangue inteira ainda outro dia.

Trey levou sua parceira até a cozinha, onde panelas e frigideiras batiam. Rowan estava começando a cozinhar. Ele apreciava os esforços daquela mulher para tentar acalmar Sasha. Esforços como a simples atividade de preparar o café da manhã. Alguém bateu na porta da frente.

– É para você – disse Rowan a Trey. – Traga-o para a sala de jantar. Preparei um almoço para quatro pessoas.

Trey abriu a porta e deparou-se com um rapaz hispânico, de cabelos negros, a alguns centímetros de distância. A maioria das pessoas não perceberia que o corpo escudado por uma gola alta negra, jaqueta de couro e calças cargo pretas era quase tão forte quanto o de Trey. A cor combinava com os olhos, os cabelos ondulados e a atitude pensativa do agente.

– Você é Lucien Solis? – perguntou Trey, sem estender a mão. *Então esse é o filho de uma cadela com que ninguém queria trabalhar...*

– Sim. Mas você está confundido as espécies. Minha mãe não era uma cachorra.

Trey sequer tinha sentido Lucien entrar em sua mente. Instintivamente invadiu-lhe também a mente, onde ouviu: *Caramba, Findley. Desperdiçando meu tempo com isso quando eu devia estar...*

Devia estar onde, Lucien?, perguntou Trey, interrompendo o fluxo de pensamento do agente.

Silêncio. Olhos negros piscaram irritados pouco antes de Trey sentir um muro impenetrável instalar-se entre as mentes. Impressionante e interessante, mas não era algo que ele teria tempo de investigar agora.

– Sejamos diretos – anunciou Trey. – Eu tampouco gosto de Findley. Se você não quer ser parte disso, vá embora.

Lucien deu de ombros.

– Vou ficar aqui... Durante algum tempo.

– Neste caso, Rowan preparou almoço. Vou te passar as informações enquanto comemos.

Eles seguiram o aroma de pão quente e sopa de legumes e chegaram à sala de jantar, onde Rowan deixou de servir café para analisar Lucien, que respondeu ao olhar curioso com uma carranca.

Eu me pergunto o que foi tudo aquilo.

Trey não se importava o suficiente para descobrir agora, então simplesmente sentou-se ao lado de Sasha e começou a rever a situação de todos. Quando terminou de comer, tinha contado a Lucien o que eles sabiam até agora, incluindo a doença de Rowan, embora ela ainda não tivesse demonstrado qualquer sinal de loucura. Será que Sasha estava exagerando?

Lucien não disse uma palavra, o que deixou Trey preocupado. Aquele cara sabia ser um peso morto.

Quando Sasha começou a empilhar os pratos, Rowan disse:

– Por favor, sente-se. Eu cuido de tudo isso.

Então, levantou as mãos, mantendo as palmas para cima, e sussurrou algumas palavras. A mesa estava instantaneamente limpa.

O olhar aguçado de Lucien se estreitou ligeiramente, mas ele continuou sem dizer nada. Os olhos de Rowan, brilhando com o deleite diante daquele humor obscuro, encontraram-se com os dele. Trey percebeu que ela estava avaliando o agente com um ar extremamente feminino. Mais tarde, ele teria de avisar às duas mulheres para serem cuidadosas quando perto de Lucien.

– Eu me pergunto por que Vyan não tentou invadir a casa – disse Trey, tentando fazer as coisas prosseguirem.

– Talvez porque eu tenha lançado um feitiço de proteção nesta casa quando me mudei – supôs Rowan.

– Se esse for o caso, as mulheres devem estar seguras aqui, mas não quero arriscar caso ele esteja esperando uma oportunidade – explicou Trey. – Vou sair esta noite para explorar. Lucien vai vigiar a casa e pode entrar em contato comigo se alguma coisa acontecer.

Se Lucien aceitasse comunicar-se com ele.

– De onde você é, Lucien? – perguntou Rowan.

– Espanha.

A resposta curta de Lucien não revelou interesse em continuar a conversa.

Trey bloqueou sua mente, de modo a evitar a telepatia, e inclinou-se para estudar Lucien enquanto Rowan fazia perguntas. Ele se perguntava se os rumores que tinha ouvido seriam verdade, se Findley tinha recebido ordens de colocar Lucien em atividade sem tempo suficiente de treinamento.

– E que lugar você chama de casa agora? – perguntou Rowan, claramente inabalada pela atitude concisa de Lucien.

– Onde passo a noite – Lucien cruzou os braços, adotando uma pose de "você está perdendo seu tempo".

Sasha lançou um olhar furioso na direção de Lucien, e Trey quase gargalhou. Garota esperta! Talvez Trey devesse mesmo livrar-se daquele cara. Por que o conselho – e, mais especificamente, Sen – não limitaram a área de trabalho de Lucien até a coalisão ter tempo de avaliá-lo?

Quando isso chegasse ao fim, Trey perguntaria a Sen o que tinha acontecido. Sen, um imortal que aparecia quando considerava uma questão digna de tomar seu tempo, tinha uma capacidade de ligação não oficial com a coalisão VIPER. Ele administrava um conselho de governança composto por seres distintos, cujo trabalho era manter os olhos nas habilidades e ações paranormais.

Rowan levantou-se. Seu vestido rosado, que se estendia até os tornozelos, estava largo. Ela tinha perdido peso.

– Sasha, quer me ajudar a servir o café, por favor?

– Claro – Sasha empurrou a cabeça para trás.

– Por que você simplesmente não pisca os olhos para encher as xícaras? – perguntou Lucien com um tom sarcástico.

Trey olhou para Rowan, buscando perceber se ela tinha se sentido insultada. Se a resposta fosse sim, ele teria de lidar com a boca grande de Lucien antes de chutá-lo para fora daquela casa. Ele começava a pensar que aquele cara tinha alguma coisa contra bruxas.

Rowan lançou para Lucien um olhar de quem estava se divertindo enquanto dava a volta na mesa e seguia até a porta diretamente atrás dele.

– Agora não.

Tendo seguido pelo outro lado, Sasha tinha acabado de chegar ao mesmo ponto atrás de Lucien quando o corpo de Rowan enrijeceu.

– Ah, não. Rowan, não... – implorou Sasha.

– Sasha, o que há de errado?

Trey estava se levantando da cadeira quando Rowan literalmente voou na direção da irmã, agarrando-a pela garganta e prendendo-a à parede. Trey correu na direção delas e posicionou as mãos em volta dos pulsos e das mãos magras de Rowan, que naquele momento eram verdadeiros ganchos de ferro.

– Não... machuque... ela – choramingou Sasha com o rosto estampado em vermelho.

– Solte-a, Rowan, ou eu vou feri-la – vociferou Trey.

Rowan caiu na risada e correu seus olhos ímpios na direção dele. Aqueles olhos brilhavam vermelhos como o pôr do sol.

– Você não pode me impedir.

– Ah, mas *eu* posso, sua bruxa – disse Lucien, atrás dela. – Isso é, se você não tiver medo de mim... *bruxa*.

Rowan soltou Sasha e empurrou Trey para o lado enquanto girava no ar. Levantou-se a quase um metro do chão. Seu vestido se agitava enquanto ela agarrou Lucien, seu próximo alvo.

Trey segurou Sasha e envolveu aquele corpo trêmulo com seus braços.

– Você se atreve mesmo a me insultar? – perguntou Rowan em uma voz que parecia tão perigosa quanto insana. Trey esperava que Rowan se acalmasse e recuperasse a sanidade antes de se ver forçado a usar seus poderes para combatê-la. Afinal, Sasha talvez nunca o perdoasse se ele tivesse realmente que fazer isso.

5

– UMA BRUXA? – Lucien gargalhou. – Você não me assusta.

Trey insultou a arrogância e a imbecilidade de Lucien. Por outro lado, a força de Rowan era incrível. Talvez ela desse uma boa lição ao novato.

– Vamos lá, bruxa – provocou o guerreiro hispânico. – O que você pode fazer?

Rowan rosnou e lançou-se na direção de Lucien, cujo rosto se tornou feroz. Ele estendeu a mão como se quisesse contê-la apenas com o gesto.

– Não a machuque! – gritou Sasha, mas a atenção de Lucien estava totalmente voltada a Rowan, que parou assim que seu abdômen entrou em contato com a palma da mão aberta dele. Lucien a manteve suspensa acima de seus ombros, a um braço de distância. Seu olhar inflexível chocou-se com o olhar insano de Rowan.

A energia ricocheteava pelas paredes, deixando a sala carregada. O ar em volta de Lucien o açoitou. Seus lábios se moveram, pronunciando palavras silenciosas.

Rowan levou as mãos à cabeça. Seu corpo estremeceu contra a pegada de Lucien. Ela gritou:

– Me ajudem. Me ajudem, por favor, me ajudem! Está doendo!

Com a boca endurecida, Lucien parecia pensativo. Em seguida, fechou uma carranca. Ergueu sua outra mão e agarrou o ombro de Rowan. O corpo dele estremeceu com o contato, e os músculos de seu maxilar flexionaram-se, lábios curvados sobre dentes cerrados. Faíscas saíram da parte de cima do corpo de Rowan, especialmente de seu abdômen, e então desceram pelo braço e por todo o corpo de Lucien. Toda a energia começou a girar, envolvendo-o em um forte brilho.

Trey não conseguia acreditar que o guerreiro hispânico estava atraindo o que quer que houvesse no corpo de Rowan para seu próprio corpo. Que diabos *era* Lucien? Preparou-se, então, para o que pudesse acontecer quando o guerreiro finalmente a soltasse.

Os músculos que encobriam o corpo de Lucien saltaram, tornando-se duas vezes maiores antes de ele finalmente murmurar alguma coisa estranha e voltar à sua forma normal. Quando tudo terminou, o corpo de Rowan estava amolecido. Lucien a segurou perto do peito enquanto ela caía, após ter levitado. Então, ele levantou-a em seus braços.

– Rowan! – Sasha tentou empurrar Trey, mas ele conteve-a.

A respiração de Lucien era dificultosa, e ele concentrou seu olhar em Trey.

– Não se preocupe. Não vou atacar ninguém aqui.

– O que você acabou de fazer? – perguntou Trey.

Segurando o corpo amolecido de Rowan em seus braços, Lucien respondeu:

– Removi a força que a prendia... temporariamente. Ela não está louca, mas alguém a controla quando ela baixa a guarda. Acho que a mente dela foi envenenada enquanto dormia, já que Sasha nos disse que Rowan anda cansada e dormindo muito. Isso provavelmente acontece quando a possessão está entranhada em seu subconsciente. Eu apostaria que Ekkbar causou-lhe a insanidade para poder usar as habilidades dele para curá-la em troca da abertura do portal. Que outro motivo o levaria a estar tão certo de que poderia curá-la?

– Esse é um bom raciocínio. Nós não deveríamos acordá-la? – perguntou Trey.

– Não. Ela precisa descansar para combater a loucura. Se não fosse tão forte, ela já teria matado alguém – Lucien voltou sua atenção a Sasha. – Aonde devo levá-la?

– Eu te mostro – Sasha afastou-se de Trey. – Eu estou bem. É verdade.

No alto das escadas, Sasha guiou Lucien até o quarto de Rowan, acima do dela. A irmã preferia cores como lavanda e vermelho-canela, em vez das cores góticas que Sasha tanto apreciava.

Sasha permaneceu na porta enquanto Lucien deixava Rowan sobre a colcha de veludo. A irmã mais velha despertou e agarrou-lhe os braços enquanto ele se levantava. Quando os dedos dela apertaram-se na pele dele, Sasha segurou a respiração.

– Você sabe o que aconteceu comigo, não sabe? – sussurrou Rowan com uma voz abatida.

– Sim.

– Como você fez aquilo parar?

– Puxei a energia negativa para fora de você.

– Mas você não gosta de bruxas. Aliás, senti um ódio intenso...

– Mantenho minhas opiniões pessoais distantes enquanto estou trabalhando.

Ele *detestava* bruxas? Sasha deu um passo para a frente, pronta para colocá-lo no lugarzinho dele, muito embora aquele cara tivesse salvado sua irmã.

Rowan olhou para ele com a mesma curiosidade que tinha demonstrado mais cedo, fazendo Sasha parar imediatamente quando pronunciou:

– Bem, esta bruxa te considera um amigo e te receberá em sua casa toda vez que você quiser visitá-la ou precisar de um lugar para dormir. Obrigada – depois, ofereceu-lhe um leve sorriso.

– Descanse um pouco – isso foi tudo que ele disse como resposta.

Aquele homem era extremamente sexy, mas também bastante assustador. Sasha refletiu sobre o que devia fazer, enquanto ele ficava ali parado. Lucien não se movimentou até os olhos de Rowan se fecharem totalmente. Então, suavemente afastou as mãos dela de seus braços e colocou-as na lateral do corpo.

Se Sasha não estivesse observando em busca de qualquer sinal de ameaça vindo daquele homem, talvez não tivesse percebido quando ele afastou uma mecha de cabelos do rosto de Rowan em um gesto quase íntimo.

Ele podia não gostar de bruxas de modo geral, mas não parecia ser uma ameaça a Rowan, de modo que Sasha suspirou aliviada e se distanciou, seguindo de volta para o corredor. Quando ele passou pela porta e caminhou com passos rápidos em sua direção, ela o esperou. Um milhão de perguntas passeavam afoitas pelos pensamentos dela. No entanto, ela não seria suficientemente idiota de lançar aqueles questionamentos a um homem que tinha enfrentado com tanta facilidade a loucura de Rowan e que, *além disso,* não gostava de bruxas.

Trey estava parado na base da escada, já com sua jaqueta, claramente esperando o retorno de Sasha.

– Vou sair – anunciou. – Voltarei em algumas horas.

– Vou com você – Sasha passou por Lucien e seguiu na direção de Trey.

Lucien passou pelos dois e saiu pela porta da frente, fechando-a atrás de si.

Trey beijou a testa de Sasha:

– Fique com sua irmã até eu voltar. Você é o único motivo pelo qual eu arriscaria uma batalha. Espero encontrá-lo e descobrir outra forma de resolver isso.

Quando ela assentiu, Trey passou pela porta da frente.

– Preciso confiar que você vai proteger Sasha e Rowan – Trey disse a Lucien, que estava parado na beirada da varanda, com o rosto virado na direção do céu escuro.

– Eu não machuco mulheres indefesas – Lucien deu meia--volta, ainda com os braços cruzados sobre o enorme e musculoso peito. – Nem mesmo quando elas são bruxas.

Trey precisava ir enquanto ainda era capaz de reunir todas as suas forças. À meia-noite, ele começaria a enfraquecer até se tornar totalmente vulnerável, quando os primeiros raios do sol brotassem na manhã seguinte. Então, seus poderes desapareceriam e surgiriam continuamente, como um sinal ruim de rádio.

– Rowan não fica totalmente indefesa quando está possuída – apontou Trey, apenas para deixar claro.

Lucien deu de ombros.

– Não me preocupo.

As palavras ainda não eram uma resposta direta, então Trey esclareceu:

– Saiba que eu não vou respirar até encontrá-lo se alguma coisa acontecer a uma dessas mulheres.

– Quanto mais cedo você se for, mais cedo retornará – observou Lucien com ares de sarcasmo.

Trey suspirou com o peso da responsabilidade em seus ombros, mas tinha aprendido que seu destino havia sido traçado no dia em que respirou pela primeira vez, e sabia que não tinha muito controle sobre isso. Precisava pagar os pecados cometidos por outras pessoas. O fim da guerra civil entre Beladors e Kujoo tinha ocorrido naquela mesma noite, oitocentos anos atrás. A deusa dos Beladors, Macha, tinha fechado um acordo com Shiva, o deus hindu, para colocar um ponto final no sangue derramado. Pelo acordo, Macha acabaria com os homens Beladors e somente permitiria que gerações futuras florescessem se eles mantivessem um juramento de honra. Shiva, em troca, enviou os Kujoo para viverem sob o Monte Meru, já que eles tinham cuspido na cara do deus ao jurar fidelidade a Ravana, um demônio que Shiva acreditava ter matado.

Agora Trey estava diante da quebra da trégua.

– Retornarei à meia-noite se eu não encontrá-lo.

Dizendo isso, seguiu até seu Ford Bronco, onde tirou os óculos de grau e colocou os de proteção com as mesmas lentes inquebráveis. Subiu no carro e seguiu, preparado para o confronto.

O sol já havia se escondido horas antes quando Trey retornou à casa sem encontrar Vyan, andarilhos da noite ou qualquer outra entidade sobrenatural.

Alguma coisa certamente aconteceria naquela noite.

Quando Trey pisou na varanda de Sasha, Lucien abriu a porta.

– E então, teve alguma sorte?

– Não.

– Por que tenho essa sensação de que meia-noite é algo significativo para você?

– Realmente é, mas não quero falar sobre isso – um trovão ecoou no céu. O ar frio se espalhou com um cheiro de perigo, batendo na pele de Trey como que para avisá-lo do temporal que se formava. – Não vou ficar aqui durante muito tempo – contou a Lucien e, em seguida, distanciou-se para encontrar Sasha curvada no sofá, observando a chama na lareira. A sala aquecida tinha um cheiro aconchegante e convidativo, especialmente depois de ele ter andado pelas ruas frias do centro de Atlanta.

Trey queria ficar ali, mas o tempo não permitiria.

Sasha pulou quando o viu e jogou-se nos braços abertos de seu parceiro, abraçando-o apertado.

– O que aconteceu?

– Nada. Ainda não o encontrei.

Ele esperava que as palavras saíssem mais como um encorajamento do que como a má notícia que realmente era.

Sasha virou o rosto na direção do parceiro para o beijo que ele também precisava. Trey beijou-a e, em seguida, encostou a testa à dela, disposto a fazer o que fosse necessário para mantê-la longe dos perigos – até mesmo enfrentar os deuses, que poderiam interpretar suas ações como uma declaração de guerra.

– Preciso sair outra vez... por algum tempo.

Um relâmpago estampou o céu do lado de fora e brilhou pelas janelas. Um estouro ecoou logo em seguida.

– Esperei muito tempo pelo seu retorno.

Sasha soava furiosa, mas Trey sabia que aquela era a forma que ela usava para esconder o medo.

– Farei tudo o que estiver ao meu alcance para retornar esta noite – ele sussurrou. – Independentemente de qualquer coisa, por favor, me perdoe.

Uma lágrima correu pela maçã do rosto de Sasha, que secou-a com o dedo.

– Eu já perdoei. Eu te amo.

Ele abriu a boca para dizer que também a amava, mas mais um trovão ecoou pelo ar, fazendo-o repensar suas palavras. Como poderia dizer que a amava e nunca mais retornar?

– Não há nenhuma outra mulher como você – ele finalmente disse. Sua voz tinha se tornado rouca por conta do nó na garganta. – Fique aqui e permaneça segura até... isso acabar.

O relógio de Trey apitou. Meia-noite.

Ele beijou-a por todos os ontens que eles não tinham passado juntos. Beijou-a por todos os amanhãs perdidos. Abraçou-a mais forte, silenciosamente entregando-lhe o coração inteiro. Um presente simples, considerando que ela já o tinha desde o dia em que se conheceram.

Separou-se de Sasha, desejando que as coisas tivessem ocorrido de outra forma. No entanto, seu destino havia sido traçado muito tempo atrás. Meia-volta e deu o primeiro passo em direção à mais longa jornada que já tinha encarado, uma jornada que provavelmente lhe custaria a vida. Parou para falar com Lucien.

– Se eu não voltar, leve Sasha e Rowan à fortaleza da VIPER.

Trey sentiu um desconforto interno ao pensar em sua Sasha, uma mulher de espírito livre, trancafiada em um esconderijo subterrâneo. No entanto, assim ela estaria segura até a guerra terminar, caso ele falhasse esta noite.

Lucien concordou, balançando a cabeça em um gesto austero e totalmente masculino.

– Farei contato telepático com você... se eu não puder voltar – disse Trey. Um tremor carregado de angústia se espalhou por seu corpo, lembrando-o de que era hora de ir. Seguiu até o Ford Bronco. Quando chegou à porta, as palavras *Estou esperando, Belador* foram-lhe sussurradas no ouvido.

Onde?, perguntou Trey enquanto colocava a chave na ignição.

Seu caminho o trará até mim.

O motor da caminhonete ganhou vida antes de Trey tocar na chave. O câmbio engatou e o Ford Bronco acelerou.

– Por que você não acorda, Rowan? – Sasha estava sentada na beirada da cama, segurando a mão da irmã. Ela não podia perder Trey, nem Rowan, quando ambos tinham acabado de retornar à sua vida.

Lucien entrou no quarto e colocou a palma da mão sobre a testa de Rowan:

– Alguma coisa a está mantendo inconsciente.

– O que eu posso fazer?

– Nada. Aliás, provavelmente seja melhor você se manter distante até verificarmos como ela estará quando acordar.

– Não vou deixá-la sozinha – anunciou Sasha, cruzando os braços.

– Vá para o andar inferior e descanse. Eu fico com ela.

Sasha bateu o pé, considerando a vantagem de deixar sua irmã sob os cuidados de um homem que Rowan acreditava detestar bruxas.

– Eu nunca disse que detestava bruxas – esclareceu Lucien, abrindo um sorriso sexy.

– Tampouco disse que gostava de nós.

– Exatamente. Mas sua irmã está segura comigo.

A garantia suave de Lucien fez Sasha desistir da decisão de ficar ao lado de sua irmã.

– Por favor, me chame se ela precisar de mim.

No andar inferior, Sasha andava de um lado para o outro da casa. Foi até seu quarto, onde caiu na cama e descansou. Dormir seria impossível esta noite, mas ela conservaria sua força para o caso de precisar lançar mão de seus poderes.

Sasha.

Ela correu os olhos pelo quarto. Seria Trey? Ele parecia estar distante.

Sasha, preciso te contar uma coisa.

Ela se sentou rapidamente e olhou em volta. Ele estava entrando em contato telepático com ela? Se fosse isso, ela não devia ouvi-lo *dentro* de sua cabeça, em vez de um sussurro pelo quarto?

– Trey, é você?

Sim. Estou ferido. Só queria dizer adeus antes de eu morrer.

Sasha sentiu seu coração pular. Não desperdiçou mais um segundo sequer refletindo sobre as propriedades telepáticas. Em vez disso, correu até o armário para colocar calças de náilon e uma blusa de moletom. Prendeu os cabelos em um rabo de cavalo e enfiou os pés num par de sapatos. Em seguida, parou. Ela poderia confiar Rowan a um homem em quem ela mesma claramente não confiava? Por outro lado, Rowan confiava em Lucien e Sasha confiava muito nas habilidades intuitivas da irmã. Ela orou para estar tomando a decisão certa, e então percebeu que não sabia aonde estava indo.

– Trey, onde você está? – sussurrou.

Deitado nos degraus onde encontramos Vyan pela primeira vez.

Parque Piedmont. A garganta de Sasha se fechou quando ela imaginou Trey morrendo. Então, camuflou-se e saiu da casa, deixando seu Subaru descer a rua desengatado antes de finalmente ligar o motor.

Quando chegou ao parque Piedmont, espessas gotas de chuva estampavam o para-brisa, mas ela não podia desperdiçar tempo procurando um guarda-chuva.

Correu debaixo da chuva pesada, tomando cuidado para não escorregar nas poças que se formavam ao longo do parque. Cruzou a passarela sobre o lago e finalmente parou quando mãos invisíveis agarraram seus braços, levantando-a a alguns centímetros do chão. Sasha começou a flutuar até ver Trey encarando o guerreiro hindu. Abriu a boca para gritar, mas as palavras se desfizeram em sua mente antes de ganharem a oportunidade de se deslizarem para fora de sua garganta.

Onde aquele guerreiro Kujoo estava se escondendo? O lugar estava vazio. A exaustão se estampava no corpo encharcado de Trey.

– Estou à sua espera, Belador.

Trey conseguiu virar-se e encontrou Vyan de pé no último dos degraus, com seu longo sobretudo balançando por conta do vento. Uma espada do tamanho do braço de Trey estava dependurada na lateral do corpo de Vyan.

– Sangue demais foi derrubado no passado por nossos antepassados – Trey começou a dizer, desejando ter um melhor argumento. – Os Beladors de hoje estão pagando a dívida contraída pelos nossos ancestrais. Não tenho outra forma de compensar os pecados que eles cometeram.

– Ah, mas é claro que tem. Você tem a bruxa.

– Sasha não teve nada a ver com a guerra entre nossos povos.

– Uma bruxa é a chave para libertar meu povo – Vyan enfiou a mão no bolso e tirou uma pedra. Quando ela brilhou, relâmpagos caíram em volta deles. – Palavras não vão colocar um ponto final neste conflito. Somente um de nós sairá vitorioso daqui.

– Então lute como um guerreiro – Trey abriu os braços o máximo que podia. – Não tenho armas. Você não tem honra?

Vyan fechou uma carranca e moveu-se tão rápido quanto um raio de luz, até ficar a três metros de Trey.

– Não se atreva a questionar minha honra. Diferentemente do *seu* povo, eu nunca estuprei ou assassinei mulheres e crianças inocentes.

– Nem eu. Deixe Sasha fora disso e te entregarei o que você quer.

– Ela não vai ficar com você, Belador – Vyan virou-se para a esquerda. – Não é verdade, bruxa?

Trey virou-se para a sua direita. Sasha moveu-se para perto deles, sem tocar os pés no chão. Seus olhos estavam desfocados, como se ela não o reconhecesse. A água escorria de seu rosto apático, grudando os cabelos em volta dos ombros e da face. O moletom ensopado dependurava-se no corpo trêmulo.

Não!

– Fique longe, Sasha.

– Sim – ela respondeu como se fosse um zumbi, antes de finalmente cair, em pé, sobre a grama. – Vou ficar com Vyan.

Trey lançou um olhar para o guerreiro hindu, que obviamente estava usando a pedra para controlá-la. E Vyan teria uma morte dolorosa se não a libertasse. Trey precisava pegar aquela maldita pedra.

Vyan virou-se novamente para Trey:

– Está vendo? Talvez eu a tome para mim, exceto se Batuk a escolher como sua nova rainha. É possível que uma bruxa atenda as demandas de um guerreiro poderoso, diferentemente das mulheres que ele teve no passado.

O coração de Trey começou a bater acelerado. Aquilo não era um movimento inteligente, já que somente esgotaria suas forças mais rapidamente. No entanto, seu controle se desfazia com cada palavra carregada de veneno que saía dos lábios de Vyan. Trey tentou conter-se para evitar uma guerra.

– Veja, Belador. Ela me quer – provocou Vyan, que, em seguida, virou-se para Sasha, ainda a cinco metros de distância. Levantou a pedra que estava em seu bolso. Ela começou a andar na direção do hindu, que segurou a espada e apontou-a na direção do abdômen de Sasha. – Ainda melhor, assista enquanto ela caminha para perto da espada e morre sem eu sequer precisar atingi-la. Depois disso, vou levá-la até sua irmã, a bruxa mais forte que Ekkbar controla.

Ao ver Sasha movendo-se na direção da espada, Trey perdeu a capacidade de pensar racionalmente. Ele se lançou na direção de Vyan, que enfiou a pedra no bolso e parou Trey simplesmente sacudindo seu forte antebraço. O Belador tropeçou, recuperou o equilíbrio e sacudiu a cabeça, aliviado por perceber que Sasha tinha parado de andar. Trey nunca quis que ela o visse em um combate, que ela visse no que ele se transformava. No entanto, Sasha agora era incapaz de reconhecer qualquer coisa, e os poderes dele diminuíam conforme os ponteiros do relógio avançavam.

Vyan correu para frente. Quando Trey o atingiu com todo o corpo, o hindu lançou-se ao ar, agitando as pernas enquanto girava sobre o Belador, que virou-se para ver o guerreiro retornar ao chão. Trey sentiu cãibras na área da barriga. Rangeu os dentes para tentar controlar a dor, e logo rugiu, chamando sua forma de guerreiro.

Ossos estalaram, alongaram-se. Músculos flexionaram-se e saltaram, transformando aquele corpo grande em uma massa ainda maior. As mãos se curvaram; os dedos se expandiram, tornando-se mais grossos e tão duros quanto aço temperado, enquanto as pontas brilhavam eletricamente.

Vyan gritou alguma coisa em sua língua materna. Relâmpagos espalharam-se em volta deles, abrindo crateras do tamanho de pias no chão. O hindu arrancou a jaqueta e empunhou sua espada. Faíscas saíam da beirada da lâmina. Ele foi até Trey, que girou, desviando-se da espada. No entanto, Vyan era rápido e forte. Girou a arma com uma velocidade estonteante.

Trey continuou seguindo à frente. Vyan cortava o ar com a espada, deixando-a na horizontal quando levava-a até a altura do ombro para arrancar a cabeça de um homem. Empurrando uma mão para cima, Trey desfez a força do ataque com seus dedos de aço. A espada deslizou e cortou-o na área do peito.

O corte, todavia, não foi profundo o suficiente para causar danos aos músculos. Mas, mesmo assim, aumentou a frequência cardíaca, fazendo o sangue bombear furiosamente na direção do ferimento.

– Nããão! – Trey virou-se ao ouvir Sasha gritar. Seus olhos agora estavam limpos e aterrorizados. Ela lutava para mover as pernas, mas era como se os pés estivessem ancorados no chão.

– Fuja, Sasha!

– Ela não consegue.

Trey virou-se na direção do guerreiro sorridente e perdeu qualquer compaixão que talvez tivesse sentido pelas perdas daquele homem.

– Ajude-o e eu garantirei que ele sofrerá uma morte lenta e dolorosa – Vyan avisou Sasha e, em seguida, virou-se para o Belador. – E, se você fizer qualquer movimento na direção da bruxa, ela vai pegar fogo.

Um trovão fez o chão tremer debaixo dos pés de Trey. A dor atingiu-lhe as coxas e o pescoço. Seu tempo estava acabando. Ele fechou as mãos, sentiu a ponta dos dedos se afundarem na palma. Alongou o pescoço e moveu os ombros para a frente e para trás, bombeando sangue para seus antebraços. Um barulho gutural cortou-o por dentro do peito e saiu por seu corpo, preenchendo o ar à sua volta com um golpe quente.

Vyan aproximou-se de Trey, usando a espada para desferir golpes habilidosos. Virou a espada de lado no último segundo e atingiu a cabeça do Belador, lançando-o a três metros no ar, fazendo-o bater com a cabeça no chão. Os óculos de proteção voaram para longe dos olhos de Trey, arrancados por uma força invisível. O Belador girou, batendo a cabeça em uma poça d'água. A lama atingiu-lhe os olhos; os músculos de seu braço se retorceram. O corpo começava a voltar ao tamanho normal.

A morte uivou para ele, oferecendo um fim rápido à dor que acometia seus músculos. Seu peito queimou na área do ferimento. Respirar tornava-se cada vez mais difícil.

Sasha gritou:

– Não se atreva a morrer!

Trey sacudiu a cabeça e abriu os olhos para a chuva, que limpou sua visão. Empurrou-se até ficar de joelhos. Seus cabelos molhados caíam-lhe sobre o rosto quando ele levantou o olhar na direção do guerreiro hindu.

– Levante-se, Belador. Eu não vou matar um homem de joelhos.

Trey rangeu os dentes para conter o grito da dor que atingiu suas pernas e lutava para chegar aos pés. Desviou o olhar para onde Sasha estava. Ela envolvia o corpo com os próprios braços, tremendo. Aquele lindo rosto se contorcia em agonia, chorava. Ele não poderia desapontá-la.

O Belador inspirou com dificuldade e virou-se para Vyan, reunindo o poder mínimo que lhe restava para atacar. No entanto, quando deu um passo para a frente, suas pernas quase se dobraram.

Vyan reagiu rapidamente, levantando a espada em um arco, numa tentativa de atingir Trey na região central da cabeça e cortar a parte superior de seu corpo pela metade.

A espada deu início à sua longa descida enquanto Trey não tinha forças para evitar o inevitável. Quando a arma estava a poucos centímetros do crânio do Belador, Vyan voou para trás, pousando contra uma árvore e finalmente caindo no chão.

Trey encarou, assustado. *O que diabos tinha acontecido?*

Então, sentiu a presença de outro ser sobrenatural; de mais de um ser sobrenatural. Em meio à chuva torrencial que atingia o parque, três imagens tomaram forma: dois homens e uma mulher. Os homens eram Beladors que tinham lutado ao seu lado antes: Tzader Burke e Quinn Vladimir. A mulher tinha pelo menos 1,80 metro... E era uma Alterant, mistura de Belador com alguma outra espécie.

– O que vocês três estão fazendo aqui? – perguntou Trey com uma voz ofegante.

– Viemos ajudá-lo – respondeu Quinn, tentando secar seus cabelos loiros presos em um rabo de cavalo. Revestido com um smoking preto e cinza, seu corpo magro parece ter saído diretamente de uma passarela. No entanto, o corretor internacional da bolsa de valores tinha provavelmente saído de algum cabaré no centro de Atlanta para ir até o parque. Os óculos cobrindo seus olhos tinham sem dúvidas, sido produzidos em algum lugar da Suíça.

– Não esta noite, Quinn – Trey lutava para conseguir respirar; sua mente estava confusa. Ele queria ir até Sasha, que permanecia com os olhos abertos e, até agora, sem nenhum ferimento, mas não se arriscaria a fazê-la ser queimada viva. Lançou um olhar na direção em que o guerreiro tinha sido arremessado. Vyan não se movimentava, mas isso não significava nada. Ele provavelmente estava se fingindo de morto para avaliar os recém-chegados.

Trey franziu a testa para o trio:

– Não me diga que você esqueceu qual noite é hoje, Tzader...

– Não, mesmo.

Tzader não poderia ser mais diferente de Quinn, nem mesmo se tentasse. Seus cabelos escuros, ondulados e grossos se espalhavam na parte superior da cabeça, mas eram raspados nas laterais. Sua pele, escura como café, brilhava com energia e ameaça. As adagas de mais de 30 centímetros presas de cada lado da cintura destripariam qualquer criatura, viva ou não. Uma inspeção atenta da ponta serrada revelava dentes afiados. Tzader não era tão alto quanto Trey ou Quinn, mas sua camiseta sem mangas se esticava para conter um corpo composto por mais de cem quilos de puro músculo.

– Sou Evalle Kincaid – a amazona morena pronunciou como “ival”. – Diferentemente de vocês três, que são raça-pura, minha energia não está desaparecendo agora. E, diferentemente de você, Trey, esses dois conservaram seus poderes e suas energias desde a meia-noite. Portanto, precisamos entrar em ação antes do seu coleguinha ali recuperar a consciência. – Os óculos de grife de Evalle descansavam sobre um nariz empinado e maçãs do rosto salientes. Sua visão devia ser extremamente sensível, já que ela escudava os olhos com lentes escuras mesmo em uma noite de tempestade.

– Não! – gritou Trey, e pagou pelo esforço com uma onda de dor em seus pulmões. Eles eram loucos? – Essa não é uma batalha sancionada, e não vou arriscar a vida de todos vocês.

Ligar-se a outros Beladors aumentava exponencialmente seus poderes. No entanto, se um deles morresse enquanto ligado aos outros em uma batalha, todos morreriam.

– Fizemos um juramento – interrompeu Quinn. – Que tipo de honra teríamos se não o apoiássemos? E Evalle está certa. Precisamos agir. Logo.

– Vocês não podem fazer isso. As penas serão pesadas.

Trey só conseguia desejar que Macha o penalizasse sozinho, poupando o restante da tribo.

– O que você diz não conta – declarou Evalle em um tom que denunciava seu tédio com relação àquela conversa. – Quando Brina diz que tudo bem, tudo bem. Como eu disse, quanto mais cedo o... – ela levantou a cabeça na direção da árvore onde Vyan estava e murmurou. – Tarde demais. Ele está se levantando. Vamos nos unir agora.

Brina os tinha enviado? Trey não conseguia acreditar!

Por que não, Trey?, Brina soava zangada.

Pensei que você não fosse apoiar esta batalha.

Como eu lhe disse, protejo minha tribo. Até mesmo guerreiros teimosos como você. Vou me preocupar com Macha assim que você chutar o traseiro desse idiota de volta para aquela rocha gigante de onde ele nunca deveria ter saído.

O trio se espalhou e Trey começou a sentir a energia deles invadir-lhe o corpo enfraquecido. Respirou, e respirou novamente, tornando-se mais alto com cada infusão daquela força gerada quando eles se uniram.

Vyan caminhou na direção dele, como se não se preocupasse com o que tinha se desenrolado por ali. Apontou um dedo para seu sobretudo no chão, e a peça logo voou em sua direção. Quando vestiu-a, tirou a pedra do bolso do casaco.

Trey esbravejou por não ter considerado a ideia de pegar a pedra.

– Você não teria segurado a pedra por muito tempo, afinal, ela escolhe o próprio dono – pronunciou Vyan, claramente compreendendo os pensamentos de Trey. Em seguida, levantou a pedra multicolorida e murmurou algumas palavras em uma língua estrangeira. – O poder combinado de vocês não alcançará o meu, Beladors – Vyan cuspiu a última palavra como se o nome da tribo queimasse sua língua.

O trio se aproximou, mas Trey manteve sua mão erguida.

– Lutarei sozinho contra ele.

– Permita-nos aumentar suas chances – sugeriu Evalle. Todas as luzes no parque e nas áreas ao redor se apagaram. Trey piscou os olhos, sem conseguir acreditar em como sua visão estava aguçada.

Você está com a minha visão, explicou Evalle na mente de Trey. *O Kujoo também pode enxergar, mas não com a alta definição que você tem agora.*

Obrigado, respondeu Trey. Então, fechou sua mente, concentrando-se somente em confrontar Vyan.

O hindu se aproximou. A ponta de sua espada queimava com eletricidade. Trey esquivou-se do primeiro ataque, girando para longe e buscando uma arma. Ele mal tinha acabado de pensar em arrumar uma arma quando já estava segurando as duas adagas de Tzader.

As facas chegaram a rosnar quando Trey, com os dentes expostos, levantou-as para se preparar para o próximo golpe de Vyan. O guerreiro lutava com uma mão empunhando a espada e a outra segurando a pedra que radiava chamas de luzes multicoloridas. Raios como relâmpagos cortavam o ar em volta deles. Usando as adagas, Trey bloqueou carga após carga vinda de Vyan, até ter a chance de, com uma pancada, fazê-lo soltar a pedra.

Então, lançou uma das adagas, tentando acertar o pulso da mão de Vyan que segurava a pedra. A arma desviou antes de atingir seu alvo. Vyan sorriu e apontou a pedra na direção da outra mão de Trey. A segunda adaga voou para longe.

Tzader assobiou e ambas as armas retornaram para a lateral de seu corpo.

– Tome a minha. – A ordem veio de trás de Trey. Ele se virou e encontrou Lucien, que fez uma espada surgir e girar. Trey segurou a arma, que parecia leve demais para poder ser útil. Lançou um olhar para Lucien, que permanecia ao lado de Sasha. Rowan estava ao lado deles, usando uma capa de chuva amarela, nada parecida com uma bruxa.

Lucien cruzou os braços, abrindo um sorriso.

– Vocês dois, continuem. Eu só vim para assistir.

Qual deusa do destino tinha feito Trey ficar ao lado de Lucien e seu estranho senso de humor? E o que Rowan, que poderia ficar louca e totalmente fora de controle a qualquer momento, fazia ali?

– Pode trazer uma legião de guerreiros, Belador – disse Vyan, balançando a pedra. – Nada pode me deter nisso. Quando eu acabar com ele... – vociferou, apontando para Trey. – Vou chamar Ravana, que acabará com o restante de vocês em seguida.

– Pode chamar – respondeu Tzader.

Sasha não conseguia acreditar no que estava testemunhando. Afastou uma mecha de cabelos molhados de seu rosto e virou-se para Rowan:

– Você pode fazer alguma coisa para ajudar Trey?

Rowan negou com a cabeça. A água espirrou do capuz de sua capa de chuva.

– Eu poderia deixar as coisas ainda piores.

Sasha não achava que isso seria possível. Seu coração se tornava mais acelerado com cada movimento de Trey e Vyan. Ela tinha de encontrar uma forma de ajudar seu amado. Vyan a tinha avisado para não fazer isso, mas como ele podia saber quem enviou aquele grupo para ajudar Trey? E de onde todos aqueles seres tinham surgido?

O som do metal se espalhou pelo ar quando Vyan atacou e Trey rebateu. O Belador lutava empunhando uma adaga em cada mão, mas Vyan não parecia nada cansado... Por conta daquela pedra, Sasha se deu conta. Sem a pedra, todavia, ele seria atingido, disso ela tinha certeza.

Trey lutou até levar Vyan à borda do lago que corria debaixo da passarela na área sul do parque. Vyan cambaleou uma vez, mas voltou a recuperar o equilíbrio, como se simplesmente não estivesse prestando atenção. Os golpes de Trey e de Vyan ecoaram pelo ar até Trey perder o ritmo e a lâmina de Vyan passar tão perto de seu pescoço que Sasha sentiu uma vertigem por conta do medo.

Trey urrou e se recuperou, balançando a espada como um grande jogador de beisebol faz com um taco, impelindo Vyan para trás, na direção do lago.

Sasha viu sua chance e começou a entoar:

– Terra, vento e chuva, ouçam-me...

O casaco de Vyan tornou-se mais longo, arrastando-se contra o chão enquanto ele se abaixava na direção de um buraco cheio de lama que se formava rapidamente. Ele pisou na ponta do casaco, agitando os braços para manter o equilíbrio. No entanto, seu impulso lançou-o para trás. A pedra voou de sua mão em direção ao lago, fazendo a água ferver enquanto o objeto afundava. Alguns segundos depois, o brilho abaixo da superfície se desfez.

Cinco relâmpagos atingiram o chão entre Sasha e Trey, fazendo a terra voar e se afundar em um buraco. Um estrondo precedeu uma imagem fina que se levantou da terra e pairou até a fumaça se desfazer, deixando ali um homem de pele escura, com a aparência de alguém vindo do Oriente Médio, bastante similar à feição de Vyan. No entanto, os olhos desse homem tinham aspecto de ouro fundido e íris vermelhas. Seus dentes, afiados e à mostra, respingavam sangue. Seus cabelos curtos começavam a crescer e a engrossar, tomando a forma de serpentes chiando e golpeando o ar em volta de sua cabeça.

– Ravana, eu perdi a pedra – gritou Vyan, enquanto lutava para se levantar.

– Não se desespere – Ravana apontou para áreas vazias e, em todas elas, um emaranhado de braços, pernas e cabeças feridas tomavam forma de criaturas que Sasha nunca tinha visto.

– Eles vêm de Fene e não temem nada, já que vivem no inferno.

Vinte criaturas ganharam vida. Suas cabeças tinham crostas apodrecendo, a pele era tão escura quanto carne assada. Sasha tentou não inspirar a onda de intenso fedor que tomou conta do ar. Trapos rasgados se dependuravam dos corpos das criaturas, mas foi aí que a disparidade cessou. Músculos envolviam os torsos e os membros com tecidos vigorosos que brilhavam como fitas de metal. As criaturas se abaixaram, raspando o chão como se esperassem para serem soltas.

Em seguida, o que apareceu foi o holograma de uma bela mulher com cabelos ruivos e olhos tão verdes a ponto de competir com uma esmeralda banhada pelo sol. A pele translúcida estava coberta com uma toga também verde que brilhava quando ela se movia, embora nunca realmente tomasse forma.

– Olá, Brina – disse Evalle ao holograma. Então, murmurou: – Está definitivamente acontecendo agora.

O brilho no sorriso que se curvou abaixo do tom escuro da amazona fez os pelos do braço de Sasha se enriçarem, o que dizia alguma coisa naquele ponto da noite. Sasha definitivamente preferiria jamais encontrar aquela mulher em um beco escuro. Brina bateu os sapatos e, então, pontas prateadas e afiadas como lâminas brotaram em volta das solas. Ela sacudiu as mãos uma vez, livrando-se da água, e pontas afiadas também brotaram na pele suave de suas palmas. Uma cartilagem pontiaguda se estendeu na parte de trás das mãos e ao longo dos braços e dos ombros.

– Beladors, unam-se e defendam-se – gritou Brina com uma voz tão forte a ponto de fazer Sasha se perguntar se aquela mulher era realmente apenas uma imagem.

– Já era tempo! – Tzader girou as adagas em suas mãos com tanta agilidade quanto um ventilador em alta velocidade.

– Concordo – disse lentamente Quinn, claramente cansado da inatividade. Ele enfiou ambas as mãos na jaqueta e sacou quatro discos triangulares com lâminas em todos os cantos e um símbolo celta grafado no centro.

As orelhas de Sasha queimavam. Qual outra bruxa, além de Rowan, estava presente? A sensação era mais quente do que qualquer outra coisa que ela tivesse experimentado antes. Lançou um olhar para Rowan, que esfregava a orelha e analisava com olhos estreitados a multidão.

– Destruam os Beladors, demônios – Ravana acenou com a mão, o que devia ser um sinal para atacar.

– Por que você não está ajudando Trey? – perguntou Sasha a Lucien.

– Eu lhe dei uma espada – respondeu Lucien, encolhendo os ombros.

Sasha deixou de lado tanto Lucien quanto sua orelha queimando. Que importância teria outra bruxa presente a essa altura?

Os demônios deram gritos agudos e entraram em ação. Tzader entrou de cabeça na briga, tomando duas adagas e empunhando-as com uma velocidade impressionante. Sasha nunca viu os cortes, mas braços e cabeças rolaram, fazendo seu estômago se revirar.

Trey e Vyan voltaram a lutar, mas agora em uma briga justa, sem a ajuda da maldita pedra. Gritos, berros e uivos impressionantes envolveram o ar. Corpos batiam contra o chão e uns contra os outros, espalhando a mistura de sangue e lama por toda a volta. O fedor da morte permeava cada inspiração dificultosa de Sasha. Suas orelhas pareciam estar pegando fogo.

Seus olhos seguiam Trey enquanto ele se virava para apoiar Evelle, que agora enfrentava sem armas os três demônios. Ela arrancou a cabeça de um deles com um chute. Vyan desferiu um golpe, descendo a espada em um arco na direção da cabeça de Trey.

Sasha gritou com todas as suas forças para Trey tomar cuidado. Ele se virou na direção dela, e a lâmina de Vyan por um triz não o acertou.

– Atrás de você! – gritou Sasha.

Trey virou-se rapidamente e derrubou Vyan no chão, prendendo-o com a espada na garganta.

Ravana bramiu.

– Mate-o e você terá de me enfrentar, Belador. Demônios, parem!

Todos os movimentos na luta tornaram-se mais lentos. O trio de guerreiros Belador se reuniu, com as armas prontas para continuar. As criaturas, que derrubavam sangue pela boca, ficaram de quatro e voltaram a arranhar o chão.

– Você é melhor guerreiro do que ele, Ravana? – queixou-se Trey.

Ravana deu um passo para frente.

– Já chega! – A voz retumbante sacudiu o parque, ricocheteou na terra, atingiu os céus e voltou. Um homem apareceu do nada e Sasha ficou boquiaberta com aquela linda imagem. Homens não deviam ser tão bonitos. Cabelos ruivos e brilhantes caíam pelos ombros dele. O homem correu a mão pela cabeça em um gesto que demonstrava impaciência, e seus cabelos, de repente, estavam em um rabo de cavalo, com uma fita de couro prendendo-os naquela posição. Uma pele com um bronzeado suave cobria seu corpo torneado e seu rosto angelical. A cicatriz em sua testa só o tornava ainda mais místico. Olhos de um azul mediterrâneo, porém com forma asiática. Ele devia ter quase dois metros de altura. Seguiu para o meio da zona de combate como se fosse dono deste planeta.

– E aí, Sen, como anda? – gritou Tzader para o recém-chegado.

Sen o encarou e, em seguida, correu o olhar pelo campo de batalha.

– Vocês estão todos errados por lutarem entre civis.

O olhar daquele homem fazia ninguém querer desafiá-lo. Ele usava um colete de couro, um cinto que mais parecia uma corrente com gravuras de caveiras e uma calça jeans com medidas perfeitamente ajustadas, o que sugeria, para responder à pergunta de Tzader, que ele andava muito bem. Estendeu as mãos aos céus, flexionando aqueles bíceps definidos. Seu rosto estava endurecido e sua voz, sóbria, quando ele falou, embora suas palavras fossem indecifráveis. A tempestade continuou, mas a água não caía onde eles estavam reunidos. Sen tinha criado uma espécie de cúpula invisível sobre eles.

– Se alguém fizer qualquer coisa, mesmo que seja contrair um músculo, será transformado em poeira – advertiu Sen. Em seguida, lançou seu olhar na direção dos demônios, que ainda rosnavam. – Vocês acham que Fene é ruim? Então me deixem mais irritado do que já estou para verem...

– Os Beladors quebraram a trégua – alegou Ravana.

Sasha inclinou o corpo para frente, pronta para desafiar aquele maldito mentiroso, mas Lucien moveu um braço para impedi-la, mesmo enquanto matinha seus olhos no campo.

– Mate-me agora, pois já não tenho motivos para viver – Vyan ordenou a Trey. – Decepcionei meu povo e mereço morrer.

Trey olhou para baixo e encarou os olhos torturados do homem que tinha perdido a esposa e a família.

– Não. Sangue demais já foi derramado – então, virou-se para o homem que tinha acabado de chegar. – É muito bom vê-lo, Sen, mas isso ainda não é uma questão da VIPER.

– É, sim. Quando uma guerra tem início neste mundo, torna-se uma questão da VIPER – respondeu Sen.

– Os Beladors quebraram a trégua – vociferou Ravana novamente.

– Os Kujoo atraíram os Beladors a uma batalha e os enganaram – gritou Brina, ainda como um holograma, como resposta.

– Resolvam isso agora ou convocarei um tribunal – ordenou Sen, que claramente não estava com vontade de ouvir as queixas de ninguém.

Trey suspirou. Aquilo realmente poderia transformar-se em uma situação complicada. Se as entidades celta e hindu que governavam, respectivamente, os Beladors e os Kujoo não resolvessem aquele problema, um tribunal formado por três entidades não relacionadas ao problema seria reunido para tomar uma decisão. Essa era a única forma que todos aqueles deuses e deusas tinham encontrado ao longo dos últimos milênios para não destruírem uns aos outros ou ao planeta.

– Convoquem aqueles que os governam – ordenou Sen.

Brina abriu os braços e arqueou o corpo.

– Deusa Macha, por favor, agracie-nos com a sua presença.

Um ruído apressado atraiu todos os olhares para onde um cisne gigante desceu dos céus e pousou suavemente no chão. Cabelos ruivos caíam em ondas até a cintura da mulher elegante sentada sobre as costas da ave. Seu vestido iridescente brilhava, iluminando a área do pavilhão enquanto ela descia do cisne.

Macha, a deusa celta, tinha chegado.

Então, todos os olhares se voltaram a Ravana, que não fez nada.

– Chame quem os governa, Ravana – disse Sen com um tom que ia além de uma mera sugestão.

– Não. Você não tem direito de ordenar nada a mim ou ao povo Kujoo – respondeu Ravana, fechando uma carranca. – Se quiser acabar com isso, puna os Beladors, fazendo-os viver debaixo do Monte Meru, e então garantirei que meu povo afiance a trégua de agora em diante.

Trey acenou com a cabeça. Ravana claramente não conhecia Sen.

Sen rosnou e tomou outra forma, com mais de três metros de altura, pescoço curvado e um rosto com ossos ressaltados que se tornou ainda mais fora de forma quando ele mostrou deformando a boca cheia de dentes pontiagudos. Pelos cobriam seus ombros e as costas de suas mãos, que agora eram verdadeiras garras. No entanto, a parte inferior de seu corpo permaneceu humana.

Trey tinha ouvido falar daquele "estado de besta" de Sen, mas nunca o havia testemunhado. Ele lançou um olhar para Sasha. O semblante de admiração que ela tinha lançado anteriormente para Sen já havia se desfeito, abrindo espaço para o terror.

Evalle, por outro lado, sorriu e exclamou:

– Legal!

E é exatamente por isso que os homens jamais entenderão as mulheres.

– Shiva, por favor nos abençoe com sua presença – disse Macha com uma voz melódica.

Ravana encarou horrorizado enquanto um grave rugido se espalhou pela terra, fazendo o chão tremer. Raios de luz atravessaram o pavilhão em diferentes ângulos, com origens que ultrapassavam o universo. Quando todos os pontos se encontraram em um local, um homem magro, usando uma túnica de seda branca, calças folgadas e sandálias de cor bronze apareceu. Cabelos negros brilhavam ao cair por sua nuca. Seus olhos eram como pequenas sementes negras, mas preenchidas com mil anos de compreensão e sem qualquer malícia aparente.

– Olá, Shiva – cumprimentou-o Macha, inclinando a cabeça. – É bom vê-lo novamente.

Sen relaxou, tomando novamente a forma que as mulheres idolatravam.

– Olá, Macha – disse Shiva. – Gostaria que nosso encontro tivesse ocorrido em circunstâncias diferentes. Uma quebra da trégua me entristece.

– Concordo com você, mas o que podemos fazer?

Shiva virou-se para Ravana:

– Pensei que você estivesse morto há muitos anos... Como está aqui agora?

– Os Beladors quebraram a trégua – repetiu Ravana com uma voz mais aguda. – Eu governo os Kujoo e exijo justiça.

– Você evita minhas perguntas, o que me deixa perplexo. Eu saberia se um deus como você continuasse vivo – apontou Shiva.

– Um deus? Espere aí – gritou Sasha.

Trey rangeu os dentes. Ele não podia se distanciar de Vyan - afinal, o filho da mãe poderia atacar. Os membros de sua tribo ainda estavam ligados a Trey e morreriam se ele cometesse qualquer erro.

– Sasha, por favor, não interfira – advertiu Trey rapidamente, antes que Macha se ofendesse e transformasse Sasha em vapor.

– Mas ele não é um deus. Trey, minhas orelhas estavam queimando. Acabei de me dar conta de que ele deve ser um bruxo, um bruxo poderoso.

O grupo ficou boquiaberto. Trey apressou-se em pensar em algo para dizer. Sasha tinha insultado uma entidade.

– Pelos deuses! Você acha que... – Brina começou a dizer, mas logo foi silenciada pela mão erguida de Macha.

– Entidades, mostrem suas verdadeiras formas agora – gritou Macha, uma voz que nenhuma entidade poderia se recusar a obedecer.

Ravana gritou:

– Nããão! Nããããão, nããããããããão!

Em seguida, vacilou e curvou-se. Suas roupas giraram, formando uma mancha vermelha feroz. Quando se levantou novamente, já não era Ravana, mas uma mulher que seria linda, não fosse a forma sinistra de seus olhos.

– Eu devia ter desconfiado que isso era fruto de seu trabalho sujo, Moran – disse Macha com uma voz nada doce. – Como você pôde fazer isso com seu próprio povo?

Moran levantou-se do chão, lançando um olhar carregado de sarcasmo para Macha.

– Sua tribo quebrou a trégua, mesmo assim. O que você tem a dizer sobre isso?

– Eu pediria a Shiva para julgar com compaixão uma tribo que sustentou a trégua por oitocentos anos, e que continuará fazendo isso – respondeu Macha, direcionando sua atenção ao deus hindu.

Shiva inclinou a cabeça, ostentando uma expressão pensativa em seu rosto calmo.

– Seu guerreiro poupou a vida de um Kujoo quando poderia tê-la tomado. Tenho a inclinação de permitir que a trégua continue.

– Os Beladors devem ser castigados – exigiu a bruxa Moran.

Shiva e Macha encararam-se. Uma comunicação silenciosa fluiu entre os olhares, até Shiva acenar com a cabeça e virar-se para Moran.

– Não, os Beladors não serão punidos, mas você será, por ter simulado ser outra entidade.

– Você não se atreveria... – disse Morgan, levantando-se no ar.

– Não tenha dúvida – respondeu Macha. – Convocaremos o tribunal se for necessário. Nosso único dilema é chegar a uma conclusão sobre o que você merece.

A cratera criada pelos relâmpagos se abriu ainda mais e vapores escaparam, passando pelas cabeças do grupo e instalando-se no meio deles.

– Eu devo escolher – sussurrou o vapor com uma voz estranha.

– Então você realmente morreu, Ravana – constatou Shiva, identificando o vapor.

– Sim. E tomei a bruxa como minha escrava em Fene por um ano.

Moran ficou boquiaberta.

– Você não pode...

– Aceito essa decisão – interrompeu Macha.

– Eu também – concordou Shiva.

Moran deu meia-volta, mas seus cabelos voaram na direção do vapor. Ela gritou de dor, tentando libertar-se, implorando misericórdia. O vapor tornou-se mais intenso, atraindo-a mais para perto, até que estivesse totalmente envolvida por uma nuvem de fumaça vermelha. Em um piscar de olhos, foi totalmente empurrada para dentro da cratera.

Shiva virou-se para os demônios restantes e ordenou:

– Vão embora. Agora.

Os demônios cambalearam em direção ao buraco e desapareceram, um a um. Assim que o último deles se foi, a cratera se fechou, fazendo a terra voltar ao seu estado original.

– E quanto a ele? – perguntou Trey, apontando para Vyan.

– Ele já sofreu o suficiente e veio para salvar seu povo – respondeu Shiva. – Não libertarei os demais do Monte Meru, mas ele pode ficar aqui se jurar não voltar a atacá-los.

Trey distanciou-se e permitiu que Vyan se levantasse. O que aquele guerreiro faria agora, em um mundo onde era um excluído e com o qual não estava familiarizado? Lá estava um lugar onde Vyan poderia se sair bem, se realmente mantivesse a paz. E, apesar de tudo que tinha ocorrido, Trey sabia que Vyan seria torturado se Sasha morresse.

Quando Vyan retomou sua espada e deslizou-a para dentro da bainha na lateral de seu corpo, Trey disse:

– Entendo a profundidade da sua dor e sinto por sua perda. No entanto, como lhe disse desde o início, sou parte da tribo Belador que jurou proteger os inocentes, e não destruí-los. Se puder deixar de lado o seu ódio, talvez eu consiga levá-lo para um grupo chamado VIPER, onde suas habilidades serão bem-vindas. Um lugar a que você pertence.

O olhar endurecido de Vyan transformou-se em derrota e exaustão.

– Não quero nada com você, Belador. Não o atacarei, mas tampouco estou pronto para me unir ao seu grupo.

Trey assentiu, entendendo a relutância de Vyan.

– Quando mudar de ideia, encontre um andarilho da noite e diga-lhe que você está procurando por VIPER e por mim. Alguém me encontrará e o levará até mim.

Isso era o melhor que Trey podia fazer pelo guerreiro naquele momento.

Vyan deu um passo em direção ao lago e Trey ficou tenso. O guerreiro estava indo em direção à pedra.

– Não, Vyan – disse Shiva, detendo o guerreiro. – Agora que a pedra Ngak foi libertada das garras do Monte Meru, ela deve escolher seu próprio dono. E já fez isso.

Vyan assentiu e, em seguida, olhou para Trey.

– Não aposte que vai me ver de novo, Belador – então, virou-se para Sen. – Solte-me desta tenda invisível. Quero respirar ar limpo.

Irritado, Sen arqueou uma sobrancelha para o guerreiro e, então, virou-se para Shiva e Macha.

– Antes de sair, se vocês não quiserem mais nada de mim, vou apagar as mentes de todos os civis desta área, para que eles não se lembrem de nada além de um forte temporal, e também para que o parque retorne ao seu estado original.

Shiva e Macha assentiram.

A cúpula se desfez, assim como o temporal. Nuvens passavam preguiçosamente diante da lua cheia. As luzes do parque se acenderam. Trey manteve-se controlado, mesmo enquanto queria correr na direção de Sasha, para que ela consolasse seu guerreiro enfraquecido. Ela tinha salvado a todos quando expôs Moran, a bruxa celta. No entanto, primeiro ele precisava tentar corrigir mais uma coisa.

Aproximou-se de Macha.

– Gostaria de fazer-lhe um pedido.

– Você devia estar de joelhos me agradecendo, Belador, e não pedindo mais – vociferou Macha para ele. – Você tem sorte por não ter libertado uma legião de soldados Kujoo ou até mesmo condenado a tribo Belador a um futuro debaixo do Monte Meru.

– Sinto muito pelo risco que fiz todos correrem, mas foi por acreditar que minhas ações eram honráveis. – Trey abaixou a cabeça, demonstrando respeito, mas precisava perguntar sobre Rowan.

– Essa é a única razão pela qual não o punirei. Quanto a Rowan, não tenho nenhuma autoridade sobre o mágico Ekkbar.

– Eu desfiz a influência do mágico sobre a bruxa – afirmou Shiva.

Aliviado, Trey virou-se para Shiva.

– Obrigado.

Shiva assentiu. Em seguida, uniu as mãos como se fosse fazer uma prece e desapareceu.

Macha retornou ao cisne e sentou-se no dorso da ave. Estendeu as palmas das mãos de modo que as pontas dos dedos se tocassem, e então desapareceu.

– Vão em paz, Beladors.

O holograma de Brina se desintegrou.

Trey arrastou uma mão por seus cabelos molhados e virou-se para Sasha, que correu em sua direção. Recebeu-a em seus braços e abraçou-a, respirando profundamente, feliz. Ela tinha sobrevivido. Seu olhar correu o local. Nem sinal de Vyan; nem sinal de Sen.

Lucien e seus três Beladors correram até ele. Trey empurrou Sasha para o lado de seu corpo, detestando deixá-la fora de seu alcance.

– Tenho trabalho a fazer esta noite, portanto, estou indo.

Os braços escuros de Evalle estavam cobertos novamente por uma pele suave. Seus pés não ofereciam outra ameaça que não fosse um chute rápido na genitália do homem errado.

– Obrigado, Evalle – disse Trey, que, em seguida, virou-se para todo o grupo: – Eu não conseguiria ter feito isso sem todos vocês.

– É verdade – concordou Tzader. – Lembre-se disso na próxima vez em que for se meter em mer... ah, perdão, Sasha... Da próxima vez que for se meter em encrenca – complementou, sorrindo.

– Atrevo-me a dizer que você será um cachorrinho choramingando assim que desfizermos a ligação – acrescentou Quinn. – Planejo passar o restante desta noite no colo do luxo, ou no colo de uma mulher luxuriante que esteja disposta a amenizar as dores que imagino estarem prestes a surgir quando desfizermos nossa ligação. E então, vamos embora? – disse Quinn a Tzader e a Evalle.

O trio se afastou e se dispersou na escuridão. Trey gemeu com o rompimento da ligação; seu corpo agora lhe dava a sensação de que um caminhão de carga passara (duas vezes) em cima dele. No entanto, ele logo começaria a se curar e poderia ir para casa sem precisar de ajuda.

– Vyan me enganou – declarou Sasha rapidamente. – Pensei que você estava me chamando telepaticamente, dizendo que estava morrendo. Mas agora eu me dou conta de que isso não poderia ter acontecido.

Trey apoiou a cabeça de Sasha em seu peito forte.

– Não se preocupe com isso, querida. Só estou contente por você estar bem.

– Obrigada, Trey – disse Rowan, abraçando os dois antes de se distanciar.

Trey tocou na pele de Rowan e percebeu que seus olhos agora estavam fortes, saudáveis.

– Obrigado por cuidar das mulheres – disse Trey a Lucien, que respondeu com um franzir de testa. Em seguida, ofereceu um sorriso ao cara temperamental.

– Tenho mais o que fazer – claramente entediado, Lucien se distanciou antes que Trey pudesse oferecer um aperto de mão.

Trey não guardaria mágoa depois de tudo que Lucien tinha feito para ajudar Rowan. Ele descobriria o que Lucien era, mas não agora.

Rowan correu alguns metros para segurar o braço de Lucien. Ele parou e lançou um olhar para ela. Rowan sorriu de volta e disse:

– Minha oferta continua de pé. Volte se precisar ou se sentir vontade. Você será bem-vindo como um amigo.

Lucien estudou-a por um breve momento. Em seguida, segurou o queixo de Rowan e a beijou tempo suficiente para fazê-la suspirar.

– Manterei isso em mente, bruxa – respondeu Lucien, que virou as costas e seguiu seu caminho.

Rowan virou-se, ostentando um sorriso.

– Eu sei onde está a caminhonete de Trey. Encontrarei vocês dois lá.

E, então, distanciou-se do casal.

– Onde isso nos deixa? – Sasha perguntou a Trey, posicionando-se na frente dele com um olhar de desafio nos olhos e mãos na cintura.

Ele tinha de contar a verdade a Sasha, para que ela entendesse por que eles não poderiam ficar juntos. E isso significava toda a verdade.

– Sasha, você significa para mim mais do que poderia imaginar, mas...

– Eu entendo por que você não confia no que não consegue ouvir na mente de alguém – ela segurou a mão dele. – Acredite, se eu estivesse no seu lugar, jamais confiaria em outra alma viva. Mas você não é eu, e preciso que confie em mim. Não sei fazer a telepatia funcionar, mas acredito que possamos fazer com que *nós* funcionemos.

Trey queria isso, mais do que ela poderia imaginar.

– Esse não é o único problema. Se fosse, eu aceitaria o que você disse.

– Não, eu não conseguiria viver com você sempre desconfiado – Sasha se apressou em dizer. – E sei que você está pensando que me decepciona quando questiona algo que eu digo. Está bem, eu o questionarei algumas vezes, mas isso não significa que não confie em você. Além disso, você pode me ouvir se escutar com atenção.

– Como, Sasha?

Ela levantou a mão de Trey e colocou-a sobre seu coração.

– A gente ouve o amor com o coração, e não com a mente. Também não consigo ler seus pensamentos, mas posso ouvir o amor em cada palavra que você diz, consigo sentir o amor toda vez que você me toma, em cada um de nossos beijos.

Caramba! Trey nunca tinha imaginado que ela não conseguiria ler sua mente. Sasha estava se arriscando tanto quanto ele. Talvez até mais, se ele pudesse aceitá-la como sua parceira, pois Sasha não sabia o que estaria aceitando se eles se unissem em uma única entidade pelo resto da vida.

– Eu te amo, Sasha.

As palavras saíram sem pensar, mas agora que as tinha dito, Trey não as retiraria.

– Sei que você me ama. E eu também te amo, então, vamos parar de passar nossas vidas separados.

– Se eu aceitar uma parceira – ele começou a dizer, mas parou para limpar a garganta. – Minha parceira e quaisquer filhos frutos da união estariam sujeitos às repercussões que eu sofreria por conta de uma decisão errada.

– Eu não entendo... – Sasha franziu a testa.

– Basicamente, se eu quebrar meu juramento – honra acima de tudo – e realizar uma ação que Macha considere indigna, minha parceira vai encarar o mesmo destino decretado para mim.

– Ah, isso é tudo? – Sasha sorriu. – Você é o homem mais honrável e digno que eu conheço. Se ela o enviar para outro lugar, isso quer dizer que eu também vou? Isso sela o acordo para mim. Confio plenamente que você fará as escolhas corretas, então, eu aceito.

E era exatamente por isso que aquela condição havia sido imposta a todas as uniões com um Belador. Nenhum guerreiro, homem ou mulher, arriscaria seu parceiro tomando uma decisão descuidada.

– A decisão final não está em minhas mãos – acrescentou Trey. – Os Beladors normalmente se unem com humanos, e não com outros seres sobrenaturais. Temos um gene de nossos ancestrais que poderia dar origem a uma cria demoníaca se dois Beladors tiverem filho. A mulher no holograma era Brina, a guerreira rainha que lidera nossa tribo. Ela responde somente a Macha. Precisaríamos da permissão dela, e ela pode ser...

Difícil, irritante, impossível de ser encontrada...

Também posso mandá-lo viver na Antártica, vociferou Brina.

Desculpe, Brina.

– *Ela* é a líder dos Beladors? – perguntou Sasha. – Nossa! Ela é totalmente maravilhosa e linda.

Gosto dessa garota, animou-se Brina.

Brina, você aprovaria Sasha como minha companheira?, perguntou Trey antes de não conseguir fazer contato novamente com a líder.

Sasha provou ser honrável e digna de um Belador. Agora você deve provar que a merece. Eu a aceito com as boas vindas em nossa tribo. Pelo menos ela vai garantir que você não dê início a outra guerra. Portanto, tem minha bênção para se casar com ela.

Obrigado, Brina, e obrigado por esta noite. Farei meu melhor para não decepcioná-la depois de toda a ajuda que você me ofereceu.

É melhor mesmo que você não me decepcione. Um ponto na testa de Trey se repuxou rapidamente – um toque de afeição de Brina. Em seguida, ela se foi.

– Bem, Sasha, já temos uma aprovação.

– O quê?! Vocês acabaram de conversar? Terei de pensar sobre como me sinto em relação a isso.

O estômago de Trey caiu no chão.

– Então você mudou de ideia?

– Com relação a quê?

– A se casar comigo.

– Você não pediu minha mão. E, pensando melhor, talvez eu o faça esperar minha resposta. Uma retribuição pelos nove anos de angústia.

Ele puxou em seus braços e beijou aquela mulher que confiava nele sem questionar. O destino tinha lhe reservado uma surpresa quando ele o aceitou. Se naquela época ele já soubesse que ficaria com Sasha, certamente teria sido muito mais feliz até agora.

Trey interrompeu o beijo.

– Vou pedir sua mão esta noite e você vai me responder imediatamente.

– Você acha, mesmo? – ela sorriu, cheia de travessura.

– Eu sei. Me dê cinco minutos com você na cama e você estará disposta a concordar com qualquer coisa.

– Isso seria tirar vantagem de mim, o que cairia na categoria "desonroso".

Trey tornou-se sério.

– Não há desonra em amar uma mulher o tanto que eu te amo.

A alegria de Sasha tornou-se mais suave e seus olhos brilharam.

– Eu acredito em você.

Ela ficou na ponta dos pés e beijou-o. Seus lábios estavam mais quentes do que fogo. Quando ela deslizou a mão para acariciar uma ereção que talvez jamais se desfizesse enquanto ela estivesse tão perto, Trey gemeu e cinematicamente desligou as luzes em volta deles. Sasha claramente pretendia tirar todas as vantagens possíveis dele, exatamente como ele desejava. Trey abriu o moletom de Sasha e deixou-o cair. Em seguida, abaixou sua cabeça, buscando preparar a parceira para as negociações.

O urro de Batuk fez a base do Monte Meru estremecer. Sua fúria era mais forte do que qualquer outra coisa que Ekkbar tinha testemunhado. As meretrizes que por ali serviam se dissiparam. Os soldados se arrastaram para fora do grande corredor.

As paredes brilharam com um vermelho furioso. Chamas saíam das fendas e as pedras soltas batiam umas contra as outras.

– Me-mestre, por favor, escute. Nem tudo está perdido.

Os joelhos de Ekkbar bateram um contra o outro. Quando seu mestre virou os olhos ardentes na direção dele, o mágico se encolheu.

– Não vou tolerar outra mentira da sua boca venenosa, seu tratante. – Batuk levantou-se do trono com o peito crescendo convulsivamente a cada inspiração furiosa. As pontas de seus dedos brilharam, transformando-se em garras.

– Eu não minto, Mestre – sussurrou Ekkbar com a garganta seca demais para produzir um som completo. – Po-por favor, me escute. Me escute, por favor – ele engoliu em seco e esfregou uma mão sobre a cabeça. O suor escorria e atingia-lhe os olhos. A fúria de Batuk tinha aquecido o nihar, ameaçando queimar os habitantes do submundo.

– Me dê um motivo pelo qual eu não deva passar o resto da eternidade nesta fossa de estrume arrancando uma fatia da sua pele por dia e fritando-a para servir como refeição.

– P-porque Vyan ainda está no outro mundo. E vivo.

– Pouco me importa o fato de ele estar vivo quando o restante de nós continua aprisionado.

– Vyan pode... – Ekkbar engoliu em seco novamente, esperando não estar prestes a selar seu terrível destino. – Ele pode buscar outra criatura para abrir o portal do outro lado.

Ao perceber uma leve faísca de interesse nos olhos de Batuk, Ekkbar apressou-se em continuar:

– É verdade, é verdade. Posso guiá-lo por meio dos sonhos, como fiz com a bruxa.

Batuk expôs os dentes e estalou os dedos. Uma adaga com a ponta afiada apareceu na palma de sua mão.

Ekkbar estremeceu ao perceber a enorme tolice que tinha acabado de cometer. *Não mencione a bruxa outra vez, jamais.*

– Mas, dessa vez, Vyan vai estar do outro lado para garantir o sucesso. Nós vamos conseguir, Mestre.

Batuk rosnou no fundo da garganta, arfando como um animal desesperado. Olhou para o nada, pensativo. A temperatura diminuiu lentamente, até ele correr o olhar para Ekkbar.

– Você tem mais *uma* chance.

EPÍLOGO

TREY RECOSTOU-SE EM UM carvalho gigante que havia ao lado da larga clareira; os braços cruzados esperavam impacientemente o bater da meia-noite. Os dois meses que Brina lhe fizera esperar para se casar não teriam sido tão longos se ele não tivesse passado metade do tempo longe de Sasha em missões da VIPER.

Beladors, companheiros da VIPER e o lado de sua nova família bruxa estavam presentes. A lua cheia sorria em seu reflexo no lago cercado por uma fortaleza de montanhas.

– Sinto muito que você não tenha podido convidar seu pai, Trey. Mas vamos fazer uma bela cerimônia quando ele estiver presente – Rowan aproximou-se dele tão sutilmente a ponto de fazê-lo sentir-se impelido a verificar se os sapatos dela, de fato, tocavam o chão abaixo da cauda de seu vestido longo.

– Eu sei.

Era triste não ter o pai presente, mas Trey vivia em dois mundos e manter o pai do lado "normal" protegia o único familiar que o havia verdadeiramente amado. E seu pai adorava Sasha, sempre adorou. Passava mais tempo com ela do que o próprio Trey.

– Quem mais da VIPER veio? – perguntou Rowan casualmente. Trey, contudo, sabia quem ela estava procurando.

– Também convidei Lucien, mas nunca tive uma resposta.

– E isso não o surpreendeu, não é mesmo?

– Não. Só achei que você deveria saber.

Ela sorriu:

– Obrigada. Acho que ainda vou vê-lo novamente. Gostei de Sasha querer que você usasse preto e, todos os outros, vermelho.

Foi a vez de ele sorrir. Usaria qualquer cor que Sasha quisesse, desde que ela passasse o resto da vida ao seu lado.

– Quem mandou as fadas? – perguntou Rowan. – Sasha as adora.

– Lucien – *o cachorro.* Trey olhou para os pequenos duendes e fadas voando em volta do enorme bolo de casamento, espalhando seu brilho intermitente. – Gostaria de ter algo para eles.

– Lucien? – os olhos de Rowan derreteram-se em adoração.

Trey apreciava tudo que deixasse Sasha feliz, tudo menos o que viesse daquele cara.

As fadas começaram a cantarolar e suas vozes emanavam uma encantadora melodia.

– Com licença, essa é minha deixa – Trey deu um passo para o centro da clareira.

Das sombras da floresta, Sasha apareceu em um feixe de luz em torno do qual as fadas flutuavam. Ela vestia botas de cano baixo e salto alto e um vestido sem alças feito de um material etéreo que a envolvia em camadas alternadas de vermelho e preto. Trey a tinha presenteado com o pingente de Belador prata e preto. O ícone triangular com design celta pendia de uma gargantilha de prata.

Os lábios dela estavam profundamente vermelhos, quase pretos. As sedosas ondas de seus cabelos negros repousavam nos ombros desnudos.

Trey não pensou que pudesse amá-la ainda mais do que já amava, mas sabia que jamais se esqueceria daquele momento em que ela caminhava em sua direção para recebê-lo para sempre. Os convidados aproximaram-se, formando um círculo, quando Sasha juntou-se a ele. Ela segurava um buquê de rosas negras e botões vermelhos, presente de Rowan.

Trey curvou-se para beijar sua futura companheira, o amor de sua vida. As rosas do buquê suspiraram. Quando um holograma apareceu em sua frente, Trey virou para cima o punho esquerdo, onde a forma de uma estrela brilhou sob sua pele. Em seguida, pegou o punho direito de Sasha e pressionou-o contra o seu. Quando a cerimônia chegasse ao fim, eles estariam unidos para sempre.

Estrelas cadentes explodiram no céu aberto, banhando a clareira com uma luz brilhante.

Trey sussurrou ao pé do ouvido de Sasha:

– *Aquele* é o meu presente.

O sorriso radiante dela ofuscou o show de luzes que continuou quando Brina deu início à cerimônia. Nenhuma telepatia incitava Trey naquela noite: sua tribo o impediu de fazê-lo, em consideração à futura esposa, reafirmando-lhe o valor de ouvir apenas com o coração.

Trey apertou os dedos dela. Quando Sasha sorriu, ele aceitou seu destino, sabendo que ela estaria sempre ao seu lado.

Sobre as autoras

J. R. Ward é autora de romances eróticos paranormais *best-seller* do *The New York Times* e do *USA Today*. Vive no sul dos Estados Unidos com seu adorado *golden retriever* e um marido que a apoia muito. Depois de se formar em Direito, começou a trabalhar em uma empresa de assistência médica em Boston e passou muitos anos como coordenadora de equipe de um dos principais centros acadêmicos médicos dos Estados Unidos. Escrever sempre foi sua paixão; sua ideia de paraíso é um dia inteiro com nada além de seu computador, seu cachorro e uma garrafa de café. Saiba mais sobre a autora no site: www.jrward.com.

Autora *best-seller* do *The New York Times*, **Sherrilyn Kenyon** já vendeu mais de 14 milhões de cópias de seus livros impressos em 30 países. É autora da série *Dark-Hunter*, cultuada internacionalmente, e que já apareceu no topo de listas como *Publishers Weekly* e *USA Today*. Escrevendo tanto como Sherrilyn Kenyon quanto como Kinley MacGregor, é autora de várias outras séries, incluindo *Lords of Avalon* e *BAD*. Perto de Nashville, Tennessee, Sherrilyn Kenyon leva uma vida de perigos extraordinários – assim como qualquer mulher com três filhos, um marido e uma coleção de espadas adorada por todos. Visite o site da autora: www.sherrilynkenyon.com.

Como parte de uma das muitas crises de meia-idade, a autora *best-seller* do *The New York Times* **Susan Squires** começou a escrever profissionalmente enquanto ainda trabalhava como executiva em uma das empresas que aparecem na *Fortune 500*. Ela ainda usa as histórias de romance e aventura para escapar de projetos e orçamentos. Susan faz pesquisas e escreve seus livros em uma praia do sul da Califórnia, acompanhada por dois pastores belgas, uma égua sangue-puro e um marido maravilhoso chamado Harry, que escreve sobre mistérios ocultos como H. R. Knight. Visite a página de Susan em: www.susansquires.com.

Dianna Love adora estar ao ar livre e é apaixonada por pescarias e passeios de motocicleta. Chegou até mesmo a praticar esqui aquático, mergulho, esqui na neve e paraquedismo. Recebeu o prêmio RITA na categoria de Melhor Romance Contemporâneo em 2006. Dianna vive perto de Atlanta, Geórgia, com seu marido. Visite seu site em: www.diannalovesnell.com.